BEST 嚴選

奇幻基地出版

栗子人殺手

The Chestnut Man

索倫・史維斯特拉普 著

清揚 譯

Søren Sveistrup

BEST 嚴選

緣起

在繁花似錦的奇幻文學花園裡，你或許還在門外徘徊，不知該如何抉擇進入的途徑；也或許你已經置身其中，卻因種類繁多，或曾經讀過不合口味的作品，而卻步、遲疑。

BEST嚴選，正如其名，我們期許能透過奇幻基地對奇幻文學的瞭解，以及對讀者的理解，站在出版者與讀者的雙重角度，為您精選好作家與好作品。

他們是名家，您不可不讀：幻想文學裡的巨擘，領域裡的耀眼新星。

它們最暢銷，您怎可錯過：銷售量驚人的大作，排行榜上的常勝軍。

這些是經典，您務必一讀：百聞不如一見的作品，極具代表的佳作。

奇幻嚴選，嚴選奇幻。請相信我們的眼光，跟隨我們的腳步，文學的盛宴、幻想世界的冒險，就要展開。

excellent bestseller classic

獻給摯愛的兒子們，

席拉斯（Silas）及西爾維斯特（Sylvester）

一九八九年十月三十一日　星期二

I

豔紅、金黃的落葉飄落在陽光中，散落在波光粼粼、如黑河般穿林而過的濕柏油路上。那輛白色警車唰地駛過，激起落葉翻飛，又落在了馬路邊的泥土堆上。馬呂斯．拉森（Marius Larsen）放開油門，減速過彎，並且暗暗提醒自己，要記得請地方議會安排清潔工過來這裡清理一番。若是置之不理，一段時間後，落葉會使得馬路變得滑溜，容易釀成死亡車禍。馬呂斯親眼見過多次。他在警界服務了四十一年，十七年前升任為資深警官，每年一到秋天，都得敦促議會清理落葉。但今天不行，他必須集中心力應付稍晚的溝通上。

馬呂斯不耐煩地旋轉收音機的頻道調節鈕，就是找不到他要的電台，全都是戈巴契夫和雷根的峰會新聞，以及對於柏林圍牆倒塌的推測。新聞都信誓旦旦地宣告，柏林圍牆的倒塌近在眼前，一個全新的世紀很可能已經上路。

他早就知道這次的溝通勢必要面對，卻總是提不起勇氣，一直拖延。現在距離妻子期盼他的退休日只剩一個星期，只能老實向她坦白自己不能失去這份工作，說他不能與社會脫節，所以要延遲退休，並坦白自己尚未準備好窩在角落的沙發裡看連續劇，或清掃花園裡的落葉，或陪孫子玩桌牌遊戲。

他在心裡預演了整個溝通過程，覺得這些心裡話輕易就能出口，不過馬呂斯很清楚妻子聽完後會十分失望和沮喪。她會起身走到廚房的瓦斯爐前面，一邊擦拭一邊背對著他說她理解，但她其實是口是心非。因此，在十分鐘前接到勤務調度中心的無線電通知，並回應會獨自前往處理後，他就決定再把此次的攤牌推遲一次。通常，他會厭煩駕車穿過田野和森林，大老遠跑去厄魯姆（Ørum）的農場，只為了提醒那戶人家看好自家牲口。厄魯姆家的豬隻牛隻已經好幾次破壞柵欄闖出去，蹂躪鄰居家的農田，馬呂斯或他的下屬總要大老遠跑去要求厄魯姆解決問題。但今天他十分樂意接下這個任務。他要求調度中心先打電話聯絡厄魯姆家和厄魯姆兼職的渡輪終點站，但兩處都無人接聽，他只好轉彎駛離大路，朝農場而去。

馬呂斯找到一個播放丹麥老歌的頻道。〈大紅色橡皮艇〉（*Den Knaldrøde Gummibåd*）的旋律充滿了福特 Escort 老車的內部，馬呂斯調大音量，享受著這段秋日自駕行。紅、黃、棕色點綴著常綠森林，打獵季節才剛剛開始。他搖下車窗，陽光穿透樹梢灑落下來，馬路上光影斑斑，馬呂斯有那麼一刻都恍惚了，忘了自己已長的年歲。

農場一片寂靜。馬呂斯下了車，砰地關上車門，這才意識到他已經好幾年沒來這裡了。寬廣的前院一片破敗之象。豬舍、牛棚的窗戶上有好幾個洞，房子牆壁的灰泥片片剝落，長長雜草地上的盪秋千幾乎快被農場周圍的高大栗樹所淹沒。落葉和栗子散落在碎石院落上，在他腳下嘎吱嘎吱響。他來到了大門前，抬手敲門。

他喊著厄魯姆並敲了三次門，確定沒有人前來應門、又沒看到人影後，於是拿出筆記本撕下一頁，留了張紙條塞進郵筒裡。此時，幾隻烏鴉輕掠過前院，消失在穀倉前的牽引機後方。馬呂斯為了這個無聊的差事千里趕來，現在又必須再開車到渡輪站逮住厄魯姆，心中實在無奈。但他的厭煩並沒有持續太久，才剛往警車走去，突然一個念頭冒了出來。他轉念一想，自己已好多年沒經手這份鬼差事了，現在突然碰上，就表示老天也在幫他，讓他無法趕回家面對妻子。為了彌補，他打算帶妻子去柏林度假。一旦工作有了空檔，他會立刻請假和妻子去那裡悠哉一個星期，或者至少一個週末吧。夫妻倆自駕前行，見證新世紀的到來，並且像很久以前帶孩子去哈爾森（Harzen）露營一樣，品嚐當地的餃子和德國酸菜。他幾乎快走到車邊時，看見了烏鴉逗留在牽引機後方的原因。烏鴉圍繞著一團軟爛的東西蹦跳著，馬呂斯走近一看，才發現那是一頭死豬。死豬的雙眼無神，但身體抽搐著，似乎想嚇走那群啃噬著後腦上彈孔血肉的烏鴉。

馬呂斯立刻調頭朝主屋走去。他打開了前門，玄關幽暗，飄散著一股潮濕的霉味，以及另一種說不出的氣味。

「厄魯姆，是警察！」

沒人回應，但他聽到了流水聲，於是朝廚房走去。那個女孩大約十六、七歲，仍然坐在餐桌邊的椅子上，左側面孔毀爛，浸在她的麥片糊碗裡。餐桌對面的亞麻油地氈上，躺著另一具死屍。是個男孩，也是十幾歲年紀，似乎比女孩大幾歲，胸口有一個彈孔，後腦杓歪曲地靠在灶台邊。馬呂斯一凜，他當然見過死人，但從沒見過這種死狀。有那麼一刻，他幾乎動彈不得，最後才回神拔出腰帶槍套裡的手槍。

「厄魯姆？」

馬呂斯舉槍，一邊喊著厄魯姆一邊朝裡屋走去。仍然沒人回應他。他在浴室發現第三具屍體，連忙抬手摀住嘴巴以免吐出來。浴缸的水龍頭依舊流著水，已將浴缸注滿，而且顯然已經流了一段時間。水溢出來流到磨石地上，混合著鮮血注入排水孔中。那具光裸的女屍想必是外面那對青少年的母親，她肢體扭曲地躺在地板上，一隻手臂和一條腿都被截肢。未來的驗屍報告會寫她是遭受到斧頭的連續砍擊。就現場來看，她最先是躺在浴缸裡，之後為了逃避攻擊爬到地板上，並且以手腳自衛，所以才會被砍斷。她的臉孔面目全非，因為斧頭也往她腦袋上劈砍。

馬呂斯僵立在浴室裡，從眼角瞥見有東西一閃而過，這才回過神來。被丟棄在角落裡的浴簾半掩著另一具屍體。馬呂斯輕手輕腳地掀開浴簾。是個男孩，頭髮凌亂，大約十一歲。他癱在血水中，浴簾的一角覆蓋住他微微抖動的嘴唇。馬呂斯連忙傾身移開浴簾，拉起男孩的手臂檢查脈搏。男孩的四肢布滿砍傷和刮傷，身上是染血的T恤和內褲，一支斧頭被扔在他頭部附近。馬呂斯摸到了脈搏，立刻起身往客廳走去。

他慌慌張張地想抓起旁邊的話筒，不小心把一旁裝滿菸灰的菸灰缸撞翻到地上，不過等他與勤務中心接上線時，神思已經恢復鎮定，能夠有條理地通報。救護車，需要支援，盡快；沒有厄魯姆的蹤影，立刻出發！掛斷電話後，他原本打算回到男孩身邊，卻又想起男孩有個雙胞胎妹妹，到目前為止還沒發現她。

馬呂斯回到前面玄關處，打算爬上樓梯到二樓查看。他經過廚房和敞著門的地下室時，腳步頓了一下。他聽到門內有動靜，似乎是腳步聲或一道刮擦聲，可現在又恢復一片寂靜。馬呂斯舉起手槍，將門再往外一拉，輕手輕腳地走下狹窄的樓梯，來到水泥地上。地下室幽暗，他適應了一下才能視物，看見通道盡頭敞開的門。他遲疑了下，內心有個聲音警告他在這裡打住，等待救護車和支援到來，可他又擔心那個女孩。他走到門前，那扇門一看就是被蠻力強行撬開的。他跨過被丟棄在地上的門鎖和門閂，進入了地下室。室內昏暗，光線是從頭頂上幾扇灰濛濛的天窗透進來的，但他仍辨識出在最深處角落的桌子下，有個小東西縮在那裡。他快步走到桌前，放低手槍，彎腰安撫那個小東西。

「沒事了，都結束了。」

他看不見女孩的臉，女孩只是全身發抖蜷縮著，看也不看他。

「我是馬呂斯，是警察，我來救妳的。」

小女孩害怕地動也不動，似乎沒聽到他的聲音。馬呂斯突然意識到自己現在處境危險，連忙環視一圈，這才明白這個地下室的用途。一股憎惡之情油然而生。他的目光穿過通往內間的門，瞥見幾個已變形的木櫃，霎時忘了女孩的存在，邁步朝內門走去。他一下子眼花撩亂，根本數不清究竟有多少個，但數量絕對超出想像。眼前滿室的栗子娃娃，男的女的，也有動物形狀的；大的小的都有，有些可愛童趣，有些神祕詭異，其中有許多的半成品和畸形的模樣。這些娃娃數量之多，樣式之繁雜，搞得馬呂斯一時目眩神迷，那些小娃娃令他不舒服。然而，就在他恍神之際，男孩跨過了門檻來到他背後。

在千鈞一髮之際，馬呂斯猛地想起，要記得請鑑識小組檢查，地下室的門是從內還是從外被破壞的。他猛然意識到有個可怕的東西逃脫了，就像突破圍欄的動物。而當他轉身面向男孩時，這些念頭像天空中一團團的雲霧般消散了。接著，那把斧頭劈中他的下巴，眼前瞬間一片漆黑。

十月五日　星期一

2

黑暗中，到處都是那個聲音。它在耳畔低語，輕輕調侃，在摔跤時扶起她，帶著她隨風翻飛。勞拉．克約爾（Laura Kjær）再也看不見了，也聽不到林間葉子的沙沙聲，感受不到腳下冰冷的青草。周遭只剩下那個聲音，在一聲聲棍棒暴打之間低語。她嘗試不再抗拒那聲聲低語，以為它會就此消失，但並沒有。它繼續低吟，那些暴打聲也是，直到最後她動彈不得為止。等到她感受到攻擊手腕的尖銳鋸齒時，為時已晚，她就在電鋸轟轟的馬達聲和骨頭斷裂聲中陷入昏迷，失去意識。

不知過了多久，她緩緩甦醒，眼前仍是一片漆黑。那聲音仍然沒消失，彷彿一直在等著她轉醒。

「勞拉，妳沒事吧？」

那陣輕柔的聲音太靠近她的耳朵了。那個人拔出塞在她嘴裡的物件，勞拉聽著自己在哀吟求饒。她意識模糊，願意付出一切擺脫苦難。為什麼是她？她究竟做了什麼？那個聲音說她很清楚答案。它傾身在她耳邊低語，她聽得出來它就是在等待此刻的到來。她必須集中注意力，才能聽得清楚。她聽懂了，卻無法置信。這次的痛楚比其他傷口都更加劇烈，不可能的，絕對不是。她將那些話語推走，它們與她吞入黑暗的狂暴兇殘一樣可怕。她想起身繼續反抗，但全身無力，只能歇斯底里地啜泣。她很清楚自己的下場，卻又無法接受。直到現在，那個聲音輕聲細語地宣告，她才赤裸裸地意識到自己無路可逃。她想放聲尖叫，但膽子早已消失在半截喉嚨處。她感覺到棍棒擊中臉頰，接著她奮起往前一撲，蹣跚地衝進更深的黑暗中。

十月六日　星期二

3

天剛破曉，天空濛濛亮起，乃雅·蘇林（Naia Thulin）伸手下去引導他進入時，他才緩緩地甦醒。感覺到體內的他，她開始前後搖擺。她抓住他的肩膀，他的手清醒過來，但仍然又笨又重。

「嘿，等等……」

他仍然迷迷糊糊的，但乃雅沒有等他。她一睜眼就想要，所以她更堅定、劇烈地搖擺，甚至必須一隻手撐在牆上協助平衡和施力。她知道下面男人的腦袋不舒服地頂著堅硬的床頭板，並將床頭板撞得牆壁砰砰響，但她不在乎。她繼續搖擺，感受到男人噴洩而出，自己也達到高潮，指甲掐入男人的胸口，感受著他的疼痛和激昂，兩人同時全身繃緊。

一會兒後，她喘著氣躺倒在床上，聆聽著後院垃圾車的聲響，隨後翻身而起，丟下男人愛撫她背部的手，下床走開。

「你最好在她睡醒前離開。」

「為什麼？她喜歡我在這裡。」

「別鬧了，快起床。」

「妳們兩個搬去我那裡，我就起床。」

她拿著男人的上衣往他臉上一拋，隨即消失在浴室裡，男人微微一笑又躺回枕頭上。

4

今天是十月的第一個星期二。今年的秋天姍姍來遲，不過今早城市的上空籠罩著低低的烏雲，乃雅．蘇林在大雨裡衝下車，在車陣中穿梭。她聽到外套口袋裡的手機在響，但沒伸手去拿。她一隻手放在女兒的背上，催促女兒快步在車陣的夾縫中左拐右彎。今天上午她會很忙。樂（Le）興致高昂地說著線上遊戲《英雄聯盟》（League of Legends），她年紀太小應該還無法理解這款遊戲，卻又說得頭頭是道，還把一個名叫蘇帕克的韓國職業玩家當成她的大英雄。

「長筒雨靴帶了吧，免得妳放學後要去公園玩。別忘記今天是外公來接妳放學，但妳要自己過馬路。過馬路時，要先看左邊，再看右邊，然後——」

「——再看左邊，我還必須穿上外套，反光條能讓開車的人容易看到我。」

「站好，我幫妳綁好鞋帶。」

母女倆已來到學校的大門前，正站在自行車車棚下，蘇林蹲下去為乖乖站在水坑中的女兒綁鞋帶。

「我們什麼時候搬去薩巴斯坦（Sebastian）家？」

「我沒說過我們要搬去他家。」

「那他為什麼早上不在他家，晚上在呢？」

「大人早上都很忙，而且薩巴斯坦必須趕去上班。」

「拉馬占（Ramazan）又有了一個小弟弟，現在他的家庭樹上有十五張照片了，而我只有三張。」

蘇林仰頭瞥了女兒一眼，暗罵那些家庭樹上的甜蜜照片。女兒的導師在教室牆上用秋天落葉裝飾出一棵棵的家庭樹，好讓家長和孩子可以駐足觀賞。不過，她同時也很欣慰女兒主動將外公納入家庭的一員，即使嚴格說來他並不算是她的親外公。

「不只啊，妳把長尾鸚鵡和倉鼠算進去的話，就有五張照片了。」

「其他同學的家庭樹都沒有動物。」

「是啊，因為他們沒有妳幸運。」

樂沒有回應，蘇林綁好鞋帶站了起來。

「我知道我們家人不多，但我們很幸福啊，這才是最重要的。行了嗎？」

「那我可以再養一隻長尾鸚鵡嗎？」

蘇林盯著女兒瞧，她們怎麼會聊到這裡？又或者，是她低估了女兒的精明。

「我們另外再找時間討論這個問題。等我一下。」

她的手機又響起來，這次不能不接聽了。

「我十五分鐘後到。」

「不急，」手機另一頭的人回答，蘇林這才認出來那是尼藍德（Nylander）的一位祕書。「尼藍德今早不能和妳面談了，要改到下星期二。但他要我告訴妳，妳今天要帶著那個剛報到的傢伙出任務，聽說他很厲害，這段時間能協助局裡的工作。」

「媽，我和拉馬占要進去了！」

蘇林看著女兒蹦蹦跳跳朝那個叫拉馬占的男孩走去，並且很自然地融入那個敘利亞家庭：一對夫婦，男人抱著一個嬰兒，以及另外兩個孩子。她覺得那家人活脫脫是從親子雜誌裡走出來的模範家庭。

「但尼藍德已經兩次取消我的約談了，我只需要五分鐘而已。他現在在哪裡？」

「他應該去開會了，今天有個年度預算會議。不過他在問，妳想跟他談什麼？」

蘇林很想回答，她在重案組，也就是一般人所謂『凶殺小組』的九個月以來，就像是逛警察博物館一樣無聊。這裡的任務單調乏味，裝備設施只比Commodore64八位元電腦（注）略高一籌，她極度渴望更上一層樓。

「不是很重要的事。謝謝。」

她掛斷電話，朝正往學校裡跑去的女兒揮揮手。雨水漸漸滲入她的外套，她轉身朝馬路走去時，意識到自己已等不及下星期二了。她在車陣中穿梭，來到車子邊打開了車門。這時，她突然感覺有人在看她。十字路口的對面，穿過無止境的汽車和卡車車陣，她瞥見一個人影，但等到車隊駛過，那個人影已然消失無蹤。蘇林甩開那股感覺，坐進車子裡。

注 康冒達電腦公司（Commodore）是與蘋果電腦同期的公司，當年推出的Commodore64八位元電腦曾經創下最高銷售紀錄。

5

警局寬敞的走道迴盪著兩個男子的腳步聲，兩人與一群迎面而來的探員擦身而過。重案組組長尼藍德其實有些排斥這類的交談，但他知道這很可能是今天唯一的機會，因此只能吞下自己的傲氣，跟上副局長的步伐，捺著性子一句接一句地討論。

「尼藍德，我們需要緊縮預算，所有部門皆是如此。」

「我以為局裡會安排更多人手給我——」

「沒錯，但現在不是時候。眼下司法部比你的部門更需要人手。司法部決心將國際網路犯罪中心經營成全歐洲最精良的網路犯罪團隊，所以政府削減了其他所有單位的預算，集中資源扶持司法部。」

「這不代表我的部門就應該受罪。我們需要擴充兩倍的人力，尤其過去這幾——」

「我知道，我也還在爭取中，但你的壓力不也減少了一些？」

「壓力並沒減少。的確有位偵查員會在這裡待上幾天，但他被歐洲刑警組織踢出來，不能算數。」

「那位偵查員很可能會多待一陣子，這要看實際情況而定。但上頭的確會裁減人力，所以你現在能做的，就是盡力將一副爛牌打好，好嗎？」

副局長為了加強語氣，停下腳步轉向尼藍德，尼藍德強壓下挫敗感，憋住就要脫口而出的反駁。他需要上頭承諾過的人力補給，可現在為了ＮＣ３那群娘炮（ＮＣ３是『國際網路犯罪中心』的縮寫），他的希望落空了。更令人無法忍受的，是官僚體系甩來的巴掌，逼他去伺候一個被海牙歐洲刑警組織嫌棄、淘汰下來的探員。

「能耽誤你幾分鐘嗎？」蘇林突然冒了出來，副局長立刻趁機溜進會議室，關上了門。尼藍德瞪著那扇門，半晌後才調頭朝原路返回。

「現在不行，尤其是妳。妳去勤務警官那裡要一份從胡蘇姆（Husum）送來的報告，然後帶著那個歐洲刑警組織送來的傢伙上路辦案。」

「可是我——」

「我現在沒時間跟妳談。我又不是瞎子，沒看見妳優秀的能力，但妳是重案組歷年來最年輕的探員，我不希望妳將目光鎖定在小組組長這類領導職位上。」

「我沒想當小組組長。我想請你幫我寫一封推薦信，我要進NC3。」

尼藍德猛地打住。

「NC3，網路犯罪——」

「我知道那是什麼樣的部門。為什麼？」

「因為我覺得NC3的任務很有趣。」

「與什麼相比很有趣？」

「沒與什麼相比，我只是喜歡——」

「妳的刑警職涯基本上才剛開始。NC3不會隨便接受申請書，妳沒必要浪費時間了。」

「是他們主動邀請我申請的。」

尼藍德壓抑住心中的詫異，但很清楚蘇林能識破他。他盯著眼前這位嬌滴滴的女人瞧。她幾歲了？二十九，頂多三十左右吧？還是個小孩子，根本不足為道。他清楚記得自己曾經先入為主，低估了這個小女人。他在最近一次的員工考績評量中，將手下的探員區分成A、B兩組，而蘇林儘管年輕，卻是他率先放進A組的其中一位，與傑生（Jansen）和理克斯（Ricks）等資深老道的探員並列為組裡的主梁柱。而且，尼藍德的確有考慮將蘇林升為小組組長。尼藍德並不十分認同女性探員，再加上蘇林不經意間流露出來的清高也令他不快，但蘇林的確機靈聰敏，她能以秋風掃落葉的速度處理手上的案子。相較之下，許多資深探員似乎都在原地踏步，毫無進展。蘇林很可能認為重案組的科技設備太過老舊，屬於石器時代的產物，也就是因為尼藍德也認同她的看法，所以這個部門更需要像她這種的科技狂，才能跟上時代腳步。所以他刻意提醒蘇林，就刑警而言，她尚且太嫩，就是要確定她不會做一個逃兵。

「誰邀請妳申請的？」

「他們的大頭，那個叫尹薩克．文格（Isak Wenger）的。」

尼藍德感覺到自己的臉沉了下來。

「我在重案組工作得很開心，但我想在這個星期結束前，將申請書送出去。」

「我會考慮的。」

「那就是這個星期五了？」

尼藍德已經走開，不過仍能感覺到蘇林的眼睛直盯著他的頸背，他心裡清楚蘇林星期五一定會來找他要推薦信。他的部門顯然成了菁英培訓基地，專為部長的新歡NC3育才。他參加預算會議都只有幾分鐘時間，主要是來拿走一張張的數字報告和艱澀難懂的圖表。今年聖誕節一到，尼藍德接任重案組組長就滿三年了，但現在組裡的運作就像沉重的石磨般轉不動。再不做改變，升遷的機會將遙不可及。

6

雨刷刮著擋風玻璃上的水流往一旁甩去。綠燈亮起，那輛警車立即轉出車陣，遠離貼著豐胸、除皺和抽脂醫美廣告的公車，朝市郊而去。廣播DJ吱吱喳喳地聊天，播放著性、臀和淫慾之類的熱門流行歌曲，間接穿插著新聞報導。新聞主播播報著：今天是十月的第一個星期二，國會的開幕日。頭條當然是社會事務部部長，蘿莎・哈同（Rosa Hartung）復職的新聞。這位部長的女兒將近一年前遇害，此事件引起全國人民的高度關注。但新聞尚未結束，坐在蘇林旁邊的陌生人就伸手調低了音量。

「妳車上有剪刀或小刀嗎？」

「沒有，我沒有剪刀。」

蘇林一邊回答，一邊將目光從前方馬路移到旁邊的男子身上，後者正在想辦法撕開新手機的包裝袋。蘇林來到警局對面的室內停車場時，就看見這個男子站在這輛警車的不遠處抽菸。男子高大英挺，但美中不足的，是他那一頭蓬亂的濕髮，破破爛爛的Nike球鞋，寬大的薄長褲和一件也濕透的黑色短版棉外套。他沒有任何雨具，顯然是直接從海牙過來的。他身旁的小旅行袋更加印證了蘇林的推測。蘇林早上在福利社買咖啡時聽到同事在談論他，這才知道他抵達警局不到兩天。同事說他是派駐在歐洲警察組織海牙總部的「協調官」，最近因為失職被流放來哥本哈根。這引來同事的一番挖苦和嘲諷。丹麥警局和歐洲警察組織的關係，自從幾年前丹麥的公民投票堅持不加入歐盟後，就一直緊繃。

蘇林在室內停車場與他碰面時，他正在沉思中，蘇林自我介紹後，他也只是跟她握手，說了聲「赫斯」（Hess）後，便不再有任何的寒暄。若是在平時，蘇林也不會費神跟人寒暄，但今早與尼藍德的會談很順利，她感覺自己在重案組的時間不多了，對這個並肩作戰的同事友善些也無傷大雅。

兩人坐上車後，蘇林就喋喋不休地將所知的任務細節都告訴他，但男子只是冷淡地點點頭。蘇林推斷他的年齡介於三十七至四十一歲之間，而他邋遢的街頭頑童造型很像某位演員，但蘇林想不起來是誰。他戴著一枚戒指，很可能是婚戒，不過蘇林的直覺告訴她這個男子早已經離婚，再不然就是正在辦理離婚手續。蘇林覺得自己像是拿熱臉貼人家的冷屁股，但這並沒有破壞她的好心情，而且她對這種跨國合作辦案的興致正濃烈。

「你回國預計會待多久？」

「可能只有幾天，由他們決定。」

「你喜歡歐洲刑警組織？」

「嗯，還不錯。海牙的天氣比較舒適。」

「聽說那裡的網路犯罪單位，開始收攏聘用一些之前在追緝的駭客，對嗎？」

「不清楚，我不是那個單位的。等等勘查完犯罪現場我想翹班一下，妳介意嗎？」

「翹班？」

「就一個小時。我必須去拿公寓的鑰匙。」

「當然可以。」

「謝謝。」

「但你不是都待在海牙嗎？」

「對，還有任何上級需要我去的地方。」

「都是哪些地方？」

「很多，馬賽、日內瓦、阿姆斯特丹、里斯本……」

男子又回頭專注在手機的包裝袋上，蘇林知道他的城市清單還很長。他身上有種四海為家的氣質，是那種輕裝走天下的旅者，儘管那些大城市華麗時髦，儘管飛行距離遙遠，他都能安身立命。

「你被外派的時間有多長？」

「快五年。跟妳借一下那個。」

赫斯從座位之間的杯架中抓起一支原子筆，並用它撬開包裝袋。

「五年？」

蘇林聞言一驚，她聽說大部分的協調官通常一次簽約兩年，有些會延至四年，但從沒聽過有人一走就是五年。

「時間過得很快。」

「是因為警務改革嗎？」

「什麼意思？」

「你離開的理由。我聽說很多警察離開所屬單位，是因為他們待得不快樂——」

「不是，那不是原因。」

「那是什麼呢？」

「沒什麼特定原因，我就是離開了。」

蘇林看著他，他飛快地瞥了蘇林一眼，蘇林這才發現他的左眼是綠色，右眼是藍色的。他剛才的回應還算客氣，但也暗示了「到此為止」，而且他的確沒再多說一個字。蘇林打了方向燈，轉進一個住宅區。若是他想繼續耍酷、扮演神祕硬漢，隨便他。警局裡有的是這類硬漢，都能組成一個足球隊了。

那是一棟白色的現代樓房，附有私人車庫，位於胡蘇姆住宅區的正中央，路邊都是私人圍籬和信箱。這裡是財力充裕的中產階級成立小家庭後會入住的社區，治安良好，儘管限速三十，警察都可以放鬆慵懶地向你保證沒人會超速。花園裡放著彈跳床，濕柏油路上有粉筆的繪畫痕跡。一些學生戴著安全帽，穿著反光外套騎著自行車在雨中經過。蘇林將車停在一輛輛警車和鑑識組專用車的旁邊。封鎖線後方，三三兩兩的居民在雨傘下竊竊私語。

「我必須接一下電話。」不到兩分鐘前，赫斯才將ＳＩＭ卡插進手機裡，並發送一條簡訊出去，現在手機鈴聲已經響起。

「好的，你慢慢來。」

蘇林下車走進雨中，赫斯留在副駕駛座上，以法語與手機另一頭的人交談。蘇林慢跑進小花園的鋪石水泥小徑時，一個念頭突然冒出來，她或許又找到另一個離開重案組的理由。

7

晨間訪談節目的兩名主持人的聲音迴盪在外奧斯特布羅（Outer Østerbro），一棟大型且時髦的別墅中，他們坐在攝影棚舒適的角落沙發區，為下一場咖啡訪談做暖身。

「今天國會會期開始，又一年過去了。一直以來，這天都是十分特別的日子，但今天對某位政治人物來說，更是獨一無二。我指的是社會事務部部長蘿莎．哈同，她在去年十月十八日失去了十二歲女兒。蘿莎．哈同請假至今，在女兒——」

史汀．哈同（Steen Hartung）伸手關掉冰箱旁邊牆上的液晶電視，從寬大的法式鄉村廚房的木地板上撿起剛才丟下的建築圖和筆具。

「快點去準備了，你媽一出門，我們就出發。」

他的兒子仍然坐在大餐桌前，對著數學課本埋頭苦幹，四周全是吃剩的早餐。每個星期二早上，古斯塔夫（Gustav）都會比平常晚一個小時到校，而每個星期二史汀也都必須跟他說一遍，現在不是寫作業的時刻。

「為什麼我不能騎自行車去？」

「今天是星期二，你放學後要練網球，所以我要接送你上下學。你帶運動衣了嗎？」

「帶了。」

嬌小的菲律賓互惠生（注）走進廚房，放下一個運動袋，史汀感激地看著她著手清掃廚房。

「謝謝，愛麗絲（Alice）。走吧，古斯塔夫。」

「其他同學都自己騎自行車。」

史汀從窗戶看到那輛大黑車駛進車道，停在水灘上。

「爹地，就今天嘛？」

「不行，不能破例。車子來了，你媽呢？」

8

史汀一邊爬樓梯，一邊呼喚她。這棟百年的貴族別墅將近四百平方公尺，而史汀對它的每一個角落瞭若指掌，因為這是他親手修建改造的。當初買下別墅搬進來時，改造的重點是增加居住空間，但現在它太大了，實在太大了。他在臥室和浴室都找不到妻子，這才發現對面的房門是半敞開的。他遲疑了下，推開門，瞄了女兒的房間一眼。

妻子穿著外套，圍著圍巾，坐在牆邊的空床墊上。史汀的目光掃視過空蕩蕩的牆壁和堆疊在角落裡的厚紙箱，再回到妻子身上。

「車子到了。」

「謝謝……」

她點點頭，仍然坐著不動。史汀往前踏出一步，走進冰冷的房間裡，注意到妻子雙手握著一件黃色T恤。

「妳還好吧？」

他問了一個蠢問題——他的妻子一看就不好。

「我剛才想到，昨天我打開窗戶，忘了關上。」

注 Au Pair，一種新型態的打工度假，也是一種免費交換食宿的方式，源自法語，中文是互惠生。互惠生與寄宿家庭在互惠互利的基礎上共同生活。寄宿家庭提供生活所需，互惠生幫忙料理家務。

儘管她答非所問，史汀仍憐惜地點點頭。他們聽見兒子在樓下大叫沃戈已經到了，但兩人都沒移動。

「我想不起來她身上的氣味了。」

她雙手輕撫著黃色布料，眼睛盯著T恤看，似乎想從纖維中搜尋出某些訊息。

「我試著找回她的氣味，但都找不到，其他的物品上也是。」

史汀在她身邊坐下來。

「也許這樣比較好。」

「怎麼可能比較好……一點都不好。」

史汀沒有回應，他感受得到妻子很後悔對他發脾氣，她的聲音變得輕柔下來。

「我不知道自己能不能做得到……那樣似乎不對。」

「沒有不對，那是唯一該做的，而且是對的事。是妳自己告訴我的。」

兒子又在下面大喊了。

「她也會告訴妳要向前看。她會告訴妳，一切都會好轉的。她會告訴妳，妳是個了不起的媽媽。」

蘿莎沒有回應，只是握著T恤呆坐著。不久她才握住丈夫的手，輕捏一下，勉強擠出一個微笑。

「好，很好，一會兒見。」蘿莎．哈同的個人顧問看見她走下樓梯，掛斷了電話。

「我是不是來得太早了？要不要打電話請皇室將開幕延到明天？」

「不用，我準備好了。」

蘿莎看見腓特烈．沃戈（Frederik Vogel）活力四射，微微一笑，心想這會是個改頭換面的好開始。只要沃戈在，任何她的自憐自艾都會遁形無蹤。

「好，我們來跑一遍流程。我們會遇到很多提問，有些是善意的，有些是可預期地聳動——」

「我們等等在車上排練。古斯塔夫，別忘記今天是星期二，爹地會去接你回家。如果有任何需要就打電話給我，好嗎，親愛的？」

「我知道了。」

男孩不耐煩地回應，沃戈為她拉開了車門，蘿莎只好搓揉兒子的頭道別。

「妳先跟新司機說哈囉，打聲招呼，然後我們真的需要討論一下這次協商談判的流程……」

史汀站在廚房窗戶前對著妻子微笑，並看著她和新司機打招呼，然後坐進後座。大黑車駛出車道後，史汀不覺鬆了一口氣。

「我們要出發了嗎？」

兒子在催他了，史汀聽見兒子在玄關穿外套和靴子。

「對，我來了。」

史汀打開冰箱，拿出一盒的小酒瓶，扭開其中一瓶的蓋子，一仰而盡。烈酒滑過喉嚨，灌進肚子裡。他將其他小酒瓶放進背包裡，關上冰箱，最後才想起要拿放在餐桌上的車鑰匙。

9

蘇林不喜歡這棟房子，總覺得哪裡不對勁。她穿戴好手套和藍色塑膠鞋套，一踏進幽暗的玄關，這種不舒服的感覺愈加強烈，然而觸目所及，鞋子一雙雙整齊地排列在衣帽架下方，整潔且乾淨，走道的牆上更掛著一幅幅精緻裱框的花朵圖。蘇林進入了臥室，一股濃濃嬌柔的純真氣息撲面而來，房裡以白色為主調，除了那粉紅色羅馬窗簾，而窗簾仍然是放下的。

「死者是勞拉．克約爾，三十七歲，是哥本哈根市中心一家牙醫診所的護理師。從床鋪看來，她應該是上床睡覺後受到驚嚇。她九歲的兒子當時在走道盡頭的房間裡睡覺，但他顯然沒看見或聽見任何騷動。」

蘇林一邊盯著雙人床瞧，床只有一邊被使用過，一邊聽著穿著制服、年紀稍長的警察簡報。床頭櫃上的檯燈被翻倒，掉落在厚厚的白地毯上。

「男孩早上起床後，發現屋裡沒人，自己做了早餐，換好衣服等著媽媽回來，但一直沒有等到，所以就去找鄰居。鄰居過來後，轉了一圈也發現屋裡是空的，然後就聽到遊樂區一隻狗在狂吠，她走過去查看，這才發現死者，隨即打電話報案。」

「聯絡孩子的父親了嗎？」

蘇林繞過那位警察，朝孩子的房間一瞥，然後又回到走道上，那位警察跟在她後面。

「那位鄰居太太說，孩子的父親兩年前死於癌症。死者在丈夫死後六個月交了一個男朋友，然後一起搬來這裡。那個男的正在西蘭島（Sjælland）（注）某地參加商展，我們抵達後就打電話通知他，他應該很快就到了。」

蘇林望進敞開著的浴室，三支電動牙刷排成一列，磁磚地板上放著一雙拖鞋，掛勾上掛著兩件浴袍。她走出走道，進入開放式廚房，穿著白衣的鑑識小組正在裡面尋找蛛絲馬跡和指紋。廚房的陳設與周遭鄰里的風格一樣，並無突出之處。那些北歐式廚具很可能大多來自宜家和丹麥家居品牌 Ilva，餐桌上放著三張餐墊，花瓶裡插著一束小樹枝，沙發上放有坐墊；中島式流理檯上放著一個深碗，碗裡有剩下的牛奶和玉米片，她推測應該是男孩留下的。客廳裡有一幅數位電子相框，連續播放著小家庭三口人的照片，相框旁有張空蕩蕩的扶手椅。照片裡的母親、兒子與那位八成是同居男友的男人，全都笑得很開心。勞拉．克約爾是個美女，身材苗條，長長的紅髮，但柔和的眼睛裡透著一股淡淡的憂愁。整體看來，這是個幸福美滿的家庭，但蘇林就是感到某種不舒服，令她有些抗拒。

「有破門而入的跡象嗎？」

「沒有，門窗都檢查過了，死者似乎在上床前喝了咖啡和看電視。」

蘇林瀏覽著廚房記事欄，但上面都是學校課表、月曆、當地游泳池的營業時間、醫樹廣告傳單、社區發展協會萬聖節的邀請函，還有一封里格斯醫院兒科的檢驗通知單。觀微知著，這向來是蘇林的強項。她很久以前就習慣如此，習慣回到家、轉開大門的鎖，藉由觀察一些小細節，來判斷當天將會有個美好的句點，或者是糟糕的結束。但這樁案子沒有任何值得一提的現象，就是個普通的家庭，以及美好的日常生活。這樣的人生不是她能接受的，也許這就是她不喜歡這棟房子的原因吧。

「那電腦、便利貼和手機呢？」

注 丹麥最大島嶼，也是人口最密集的島嶼，首都哥本哈根就在此大島上。

「目前看來沒有遭竊的物品，建茲的組員已經把所有雜物都打包起來，帶回去鑑識。」

蘇林點點頭，大部分的重傷案和凶殺案的現場，都會被凶嫌清理得乾淨俐落。多數情況下，簡訊、電話通聯、電子郵件或臉書都能透露出事情何以發展到此地步，蘇林迫不及待準備調閱和追蹤。

「這裡有股味道，是嘔吐物？」

房子裡那股難聞的腐臭味，突然強烈地衝擊蘇林的嗅覺。跟在後面的警員一臉尷尬，蘇林這才發現他的臉色慘白。

「抱歉，我剛從第一犯罪現場過來。我以為自己習慣了……我現在就帶妳過去。」

「我自己過去好了。死者男友回來時，請通知我一聲。」

警員感激地點點頭，蘇林打開了露臺的門，朝後花園走去。

10

那張彈跳床曾經活力十足、青春耀眼，露臺門左手邊雜草叢生的溫室也是如此。右邊的濕草地一直延展到後牆前的閃亮鐵皮車庫；鐵皮車庫的確實用，但與白色的現代式房子完全不搭。蘇林朝花園盡頭走去。樹籬的外側有探照燈的光束、穿著制服的警察和白衣鑑識組組員。她鑽進樹木和灌木間，謹慎地撥開火紅和金黃相間的葉子，最後來到一處遊樂區。破舊的玩具屋附近有盞燈泡在雨中閃啊閃的，她遠遠看見建茲積極地指揮組員拍攝現場的各種細節。

「有進展嗎？」

西蒙・建茲（Simon Genz）的目光離開相機的取景窗，抬眼往上一瞧。他面色嚴肅，一看見蘇林立刻展顏一笑。建茲應該有三十五、六歲，個性積極主動，聽說單單是今年，他就已經參加五次馬拉松路跑了。他也是鑑識部有史以來最年輕的主管，是蘇林少數願意花時間聆聽意見的人之一。他精準敏銳，蘇林十分信任他的判斷。但只要他開口邀請蘇林找一天時間一起跑步，蘇林就會跟他保持距離，因為她實在不想一直拒絕他。蘇林在重案組的九個月期間，建茲是她唯一有交情的同事，但在她看來，辦公室戀情是最無趣的愛情。

「嗨，蘇林，沒什麼進展。雨水會沖刷掉很多痕跡，而且凶殺發生到現在已經過了好幾個小時。」

「死亡時間判定了嗎？」

「還沒，法官才剛到。但雨是半夜開始下的，我推測差不多就是那個時候。若是泥土上有印跡，也被雨水沖得乾乾淨淨，但我們會繼續尋找。妳想看看她嗎？」

「當然，謝謝。」

草地上那具已無生氣的遺體，被鑑識組的白布覆蓋著。它倚靠著支撐玩具屋前廊屋簷的其中一根柱子，而整個現場一片和諧，茂密的灌木林中有紅、黃色的藤蔓攀爬，色彩斑爛美麗。建茲輕輕拉開白布，女子身軀漸漸展露出來。她像個布娃娃軟軟地癱坐著，身上穿著吊帶內衣和襯褲，衣料原本的米黃色已被雨水浸濕，沾染上暗紅色的血跡。蘇林走過去，蹲下來仔細檢視。死者的頭部被黑色絕緣膠帶纏住。膠帶從張開且僵硬的口唇之間繞過去，往後包住後腦杓和漉濕的紅髮，纏繞了好幾圈。一邊的眼睛陷下去，眼眶凹成一個洞，另一隻眼睛無神地望著遠方。臉部裸露在外的青色肌膚，傷痕處處，布滿淚痕和瘀青，赤裸的雙腳也被刮得鮮血淋漓。雙手被埋在大腿間的一小團落葉下，手腕處被寬版的塑膠帶緊緊綁住。蘇林只瞥了一眼，就明白那位警員為何承受不住。她向來能安定自若地檢視屍體，這也是成為重案組一員的必要條件，若是無法冷靜面對一具屍體，那最好趕緊轉調部門。但蘇林從未碰過眼前這位女子如此的慘狀。

「當然了，妳之後會從法官那裡取得詳細的驗屍報告，但我先說說我的看法。她身上的一些傷應該是逃跑時穿越樹叢造成的，無論她是從房子裡逃出來，或者是想逃回屋內。但當時一片漆黑，而且她被截肢後一定很痛，還有，我確定她是先被截肢，後來才被綁成這樣的。」

「截肢？」

「拿著。」

建茲下意識地將沉重的相機和閃光燈遞給她，然後朝死者走近，蹲下來，輕輕地用手電筒稍微抬起女人被綁住的手腕。死者的軀體已經僵硬，所以兩隻手臂也跟著被舉高，蘇林這才清楚看見死者的右手不見了，而非她以為的被埋在落葉之下。右手臂詭異地終止於手腕處，骨頭和肌腱都暴露出來，切口是斜面且帶有鋸齒狀。

「我們推測截肢是在屋外發生的，因為車庫和房子裡找不到一點血滴。當然了，我要求組員徹底搜查車庫，尤其針對膠帶、園藝工具和電纜束帶，不過目前為止沒有任何進展。而且我們也在納悶，為什麼一直找不到那隻手，總之我們還在努力中。」

「有可能被狗叼走了。」

這是赫斯的聲音；他已穿過花園和樹籬，冒了出來。他四下張望，肩膀在雨中打了個冷顫，建茲詫異地盯著他瞧。不知為何，蘇林被他的話惹惱，儘管知道他很可能是對的。

「建茲，這是赫斯，他這幾天會加入我們一起辦案。」

「早安，歡迎。」建茲起身並伸出手打算和赫斯握手，但赫斯只是下巴朝鄰居揚去。

「有人聽到任何動靜嗎？鄰居呢？」

這時雷聲轟隆隆響起，再加上一列電車咻地飆過遊樂區後面的鐵軌，所以建茲必須用吼的回答。

「沒有，就目前來看，沒人聽到任何動靜！S線電車到了晚上班次不多，不過，這條線有許多貨運列車行駛！」

電車的聲響褪去，建茲的目光回到蘇林臉上。

「我很希望能提供妳更多證據，但目前能告訴妳的，就剛才那些而已。只是我以前從未見過有人被打得如此慘重。」

「那是什麼？」

「什麼？」

「那裡。」

蘇林仍然蹲在遺體旁邊，她指著某個東西，建茲必須轉身去瞧。死者背後，玩具屋門廊的橫梁上，有個東西在風中搖盪，它被自己的吊繩纏住了。建茲伸手去解開，於是它可以自由地在橫梁下前後晃動。原來是兩顆串疊在一起的栗子，上面那顆較小，下面的較大。小顆上面刻了兩個洞，代表眼睛。大顆的插了幾根火柴，代表雙臂和雙腿。那雖然只是兩個球體和四支火柴棒組成的陽春娃娃，卻毫無由來地令蘇林觸目心驚。

「栗子娃娃。我們要不要帶它回去問訊？」

赫斯愣愣地盯著她瞧。這個經典玩笑當然也流行在歐洲刑警組織，所以蘇林並沒有多作說明，只是和建茲交換了一個眼神，隨即建茲就被組員叫走了。赫斯伸手進口袋去拿手機，他的手機鈴又響起了，這時房子那頭響起一聲口哨，是之前那位警員，示意要蘇林過去。蘇林站起來，目光掃射過被古銅色樹叢包圍的遊樂區，仍然沒有任何發現，依舊是被淋濕的秋千、攀爬架和跑酷跑道，荒蕪而淒涼，只有刑警和鑑識組組員在雨中四處走動搜查。蘇林朝房子走回去，經過赫斯身旁時，聽到他又在用法語講電話，此時，又一列火車轟隆隆駛過。

11

坐在首長級公務車前往市中心的路途中，沃戈跑了一遍行事曆上的流程。所有政府部門的首長會先在克里斯蒂安堡宮（Christiansborg）會面，再繞過轉角到皇家禮拜堂執行傳統教儀。之後，蘿莎回到位於宮殿廣場對面霍門斯卡納爾（Holmens Kanal）的辦公室，與團隊會面，再趕回到克里斯蒂安堡宮參加國會議會的正式開幕。

接下來的行程依然緊湊，但蘿莎做了一些修改，並更改了iPhone的行事曆。她其實沒必要更改手機上的行事曆，她的祕書會提醒她，但蘿莎還是喜歡擁有一份自己的行事曆。這樣，她能有個概念，抓住每天的節奏感，並感覺一切都在掌控中，特別是今天。然而公務車一駛入國會外面的庭院，她的注意力就飄走了。中央尖柱上的丹麥國旗飄揚，而庭院裡停滿了媒體的採訪車。她見那些人全副武裝，在攝影師舉著的雨傘下，嚴陣以待。

「阿斯格，繼續往前開，繞到後面的出入口。」

新來的司機聽了沃戈的指示點點頭，但蘿莎不喜歡這個提議。

「不用，讓我在這裡下車。」

沃戈轉頭詫異地看著她，司機則從後視鏡瞥了她一眼。蘿莎這才注意到，這位新司機儘管年紀尚輕，但嘴唇四周已有明顯的皺紋。

「現在躲開了，他們會跟我一整天。直接開進去，讓我下車。」

「蘿莎，妳確定嗎？」

「確定。」

黑色公務車滑向路邊，司機跳下車為她開門。她下了車，朝國會大廈寬敞的階梯走去，四周的人們彷彿以慢動作擁來，攝影師轉過來，記者們紛紛朝她大步奔走，一張張臉龐張口吐出扭曲的句子。

「蘿莎．哈同，等一下！」

她一下回到現實中。人群將她團團圍住，相機往她臉龐擠來，記者的問題像冰雹般砸向她。蘿莎勉強走上兩個臺階，才轉身凝視人群，將一切收納進來：吵雜的問話、補光燈和一支支的麥克風，一頂頂在皺起眉頭上的藍帽、一隻揮動的手臂，以及後方一雙緊盯不放的黑眸。

「哈同，說說妳的感想。」

「重回工作崗位的感覺是什麼？」

「能給我們兩分鐘嗎？」

「蘿莎．哈同，看這裡！」

蘿莎知道過去幾個月，尤其是過去幾天來，自己都是各個政論節目的談資主題，但沒人想到她會如此坦蕩地現身在公共場所，因此有些措手不及，這也是蘿莎決定如此應變的原因。

「退後！部長要發言了。」

沃戈在前面屈臂將人群往後推，隔出一些距離。大部分記者都照著他的話做，蘿莎一一打量著那些面孔，其中有很多都是舊識了。

「大家都清楚，這是人生一段艱難的考驗。我和我的家人很感激所有人給予的支持。今天是國會新會期的開幕日，也是時候往前看了。我要謝謝首相對我的信心，我現在迫切地想投入眼前的政務中，希望你們能尊重我的這個願望，謝謝大家。」

蘿莎．哈同說完，轉身跟著在前開路的沃戈，走上階梯。

「但是哈同，妳準備好重回工作崗位了嗎？」

「妳現在感覺如何？」

「凶手無法交代妳女兒在哪裡——」

沃戈在前面奮勇開路，帶她爬上階梯來到巨門前，在門檻等待著的祕書伸出手來迎接她，她頓時覺得自己從怒海中被救上岸。

12

「妳也看到了，我們為了新沙發調整了辦公室的擺設，如果妳想恢復原狀——」

「不需要，這樣很好，我喜歡這種煥然一新的感覺。」

蘿莎踏進了四樓的社會事務部部長辦公室。在克里斯蒂安堡宮殿參加教儀時，她已經和許多同事照面，能從大眾焦點下短暫脫身，她真是鬆了一口氣。在同事們的擁抱和真誠的頷首致意下，她努力讓自己進入工作狀態，只是在教儀中，她必須卯足全力才能專注聆聽主教的布道。教儀完畢，沃戈留下來和幾位國會議員交談，她的行政祕書和幾位助理與她會合後，一起穿行過宮殿廣場，進入社會事務部所在的灰棕色大廈。沃戈不在正好，她可以盡情地與部屬輕鬆打招呼、與行政祕書聊天。

「算了，我直接問了。妳好嗎？」

蘿莎很了解這位祕書，知道對方凡事都會將她的最大利益放在首位來考量。劉（Liu）是中國人，嫁給丹麥人，育有兩子，是蘿莎認識的人之中最善良的一位，但她仍然不好意思詢問如此私人的問題。

「沒關係的。就目前來說，我還好，我迫不及待開始新生活。妳呢？」

「喔，我一切都好。小的那個這幾天腸絞痛，大的那個……總之，我一切都好。」

「那面牆有些空啊，是吧？」

蘿莎伸手指了出去，察覺到劉很緊張，似乎唯恐一不小心踩中她的傷口。

「原本照片都是掛那裡的。我想應該由妳自己決定，嗯——有些照片是你們的全家福，我不確定妳想不想再把它們掛上去。」

蘿莎垂眼望向牆邊的箱子，看見一張照片的一角，認出那是克莉絲汀（Kristine）的照片。

「我晚點再看看。我今天有多少時間開會？」

「不多。妳待會要和團隊會晤，接著參加開幕儀式，聆聽首相的發言，之後——」

「好，但我希望能將那些會議擠進今天的行程。那些會議不算重大，可以隨意一些，就安插在正式行程之間的零碎空檔。我過來的時候發送了幾封電子郵件，但網路有問題，傳送不出去。」

「網路恐怕到現在都還沒恢復正常。」

「好，那請恩格斯（Engells）進來，我告訴他我打算找哪些人會談。」

「恩格斯好像出去辦事了。」

「現在？」蘿莎盯著她瞧，頓時驚覺祕書的遲疑和緊張另有緣由。通常，遇到像今天這樣的大日子，那位幕僚長都會準時就定位等待她的到來，但他不在，一定事有蹊蹺。

「對，他必須出去一趟，因為……他回來後，會親自告訴妳原因。」

「從哪裡回來？到底出了什麼事？」

「我不是很清楚。但我相信事情會解決的，但就像我剛才說——」

「劉，究竟出了什麼事？」

行政祕書又遲疑了，看起來很難過。

「我真的很遺憾。我們收到很多好心的郵件，人們表達了對妳的支持並祝福妳一切順利，但我不明白怎麼有人會寄那種東西過來。」

「寄什麼？」

「我沒看到，但很顯然是某種恐嚇。恩格斯告訴我，是跟妳女兒有關的。」

13

「但我昨晚才和她說話……我吃完飯後打電話回來，當時並沒有任何異常啊。」

勞拉．克約爾的四十三歲同居男友，漢斯．亨力克．豪格（Hans Henrik Hauge）坐在廚房的一張椅子上，身上仍然穿著被淋濕的大衣，一隻手握著車鑰匙。紅腫的眼睛裡一片迷茫，目光穿過玻璃窗望向花園裡白布覆蓋著的遺體，再望向樹籬，最後回到蘇林的臉上。

「我想知道事發的經過。」

「我們目前還未釐清。你們在電話中聊了什麼？」

唰啦啦一陣聲響傳來，蘇林斜睨了歐洲刑警組織那傢伙一眼，他正四處晃蕩，看見抽屜就拉出來，看見櫃子就打開。蘇林發現那傢伙即使不說話，也能激怒她。

「就是一些家常話，沒什麼特別的。馬格努斯（Magnus）怎麼說？我想見見他。」

「等一下。勞拉．克約爾有沒有說什麼奇怪的話？她聽起來焦躁不安嗎？或者——」

「沒有。我們聊完馬格努斯的事後，她就說她很累，要準備去睡了。」

漢斯．亨力克．豪格的聲音哽咽沙啞。他高大魁梧，衣著體面，但內心依然會脆弱，而蘇林明白若不加快步伐，這個男人撐不到訊問結束。

「跟我說說你們兩個認識多久了。」

「一年半。」

「你們結婚了？」

蘇林盯著豪格的手，而豪格正把弄著一枚戒指。

「訂婚。我給了她戒指。我們本來打算去泰國，冬天時要結婚。」

「為什麼選擇泰國？」

「我們兩個都是再婚，因此決定這次的婚禮要不同於以往。」

「勞拉．克約爾把戒指戴在哪隻手上？」

「什麼？」

「婚戒。她戴在哪隻手上？」

「應該是右手，怎麼了？」

「只是問問，不過你的回答很重要。跟我說說你昨晚的行蹤。」

「我昨晚在羅斯基勒（Roskilde）。我是軟體開發工程師，昨天早上開車過去的，本來今天下午就要回來了。」

「那昨晚有人跟你在一起囉？」

「對，我的老闆。大約九或十點時，我開車去汽車旅館住宿，我就是在旅館裡打電話給她。」

「你為什麼沒開車回家？」

「公司要求我們在那裡過夜，隔天一大早要開晨會。」

「你和勞拉感情如何？你們之間有問題，或——」

「沒有，我們很好。那些人在車庫幹嘛？」

豪格淚水盈眶，目光又穿過玻璃窗望向車庫後方，兩位鑑識人員正站在那扇門旁邊。

「他們在搜集證據。你想有誰會傷害勞拉嗎？」

豪格瞧著她，但眼神空洞茫然。

「也許勞拉有事瞞著你？勞拉會不會同時和另一個男人交往？」

「不可能。我現在要見馬格努斯。他需要吃藥了。」

「他怎麼了？」

「不知道……他在里格斯醫院（Rigshospital）接受治療，醫師認為他有自閉症傾向，開了鎮定劑給他，緩和他的焦慮。馬格努斯是個好孩子，但太過內向，他才九歲……」

漢斯．亨力克．豪格的聲音又哽住了。蘇林正打算問下一個問題，赫斯插話進來。

「你說你們感情很好？沒有問題？」

「我剛才就是那麼說的。馬格努斯在哪裡？我現在要見他。」

「你們幹嘛換鎖？」

赫斯沒頭沒腦迸出這麼個問題，惹得蘇林又瞪了他一眼。只見他從廚房的一個抽屜裡，拿出一件物品並高舉著：紙張中放著兩支閃亮的鑰匙。

豪格張目結舌地看著赫斯和那張紙。

「這是鎖匠開出的收據。收據上寫明，鎖是十月五日下午三點半換的。那是昨天下午，也就是你開車去參加商展的時候。」

「我不知道。馬格努斯經常掉鑰匙，我們是說過要換鎖，但我不知道勞拉真的找人來換……」

蘇林起身拿過收據細讀一番。她稍後搜屋，其實也會翻找到這張收據，不過她現在沒時間懊惱，只能趁機追問下去。

「你不知道勞拉換了門鎖？」

「不知道。」

「你們講電話時，她沒提起？」

「沒有……她應該沒有說。」

「她沒告訴你，是不是有其他原因？」

「她可能打算以後再告訴我。這很重要嗎？」

蘇林沒有回答他。漢斯．亨力克．豪格睜著眼睛，眼神困惑，接著猛地一挺站了起來，用力之猛把椅子都撞翻到地上。

「你們不能把我困在這裡，我有權見馬格努斯。我現在就要見他！」

蘇林遲疑了下，才朝默默等在門邊的警員點了個頭。

「見了他之後，你必須過來留下指紋資料。這很重要，我們才能根據指紋比對，辨識出這棟房子有誰在，誰不在。你明白嗎？」

豪格不耐煩地點點頭，跟著警員離開了。赫斯已經脫下乳膠手套，拉起外套的拉鍊，拿起放在玄關塑膠袋上的小旅行袋。

「等等法官辦公室見。或許確認一下那傢伙的不在場證明，會比較妥當。」

「謝謝，我會想辦法記住你的建議的。」

赫斯不為所動地點點頭，走出了廚房，這時，另一位警員走了進來。

「妳現在能和那個男孩談談嗎？他在鄰居家裡，妳從窗戶望過去就能看到他。」

蘇林朝那扇面對鄰居家的窗戶走去，目光穿過參差不齊的樹籬望見一棟溫室。男孩就坐在白桌旁的椅子上，拿著看似電玩主機的物件專注地玩遊戲。蘇林之前看照片時，就已看出他的表情和動作透著呆滯和空洞。

「他不太說話，似乎有些發育遲緩，真的。他說話都只說一個字。」

蘇林一邊聆聽一邊觀察著男孩，彷彿在男孩身上看到了自己，她知道男孩今日還有未來的許多年都將面臨著無盡的孤單。一位老太太走進溫室擋住了男孩，她應該就是那位鄰居，而漢斯・亨力克・豪格就跟在她的後面。豪格一看到男孩就哭了出來，他蹲下伸手抱住男孩，而男孩猛地一僵，兩手仍然拿著遊戲主機。

「要我去接他過來嗎？」

警員不耐煩地看著蘇林。

「我去請——」

「不用，給他們一點時間。但要盯著死者的男友，找個人去查驗他的不在場證明。」

蘇林轉身離開了窗戶，心裡暗自期望這樁案子和表面看起來的一樣簡單明瞭。突然間，她腦海裡冒出玩具屋的栗子娃娃。真希望國際網路犯罪中心的批准函能盡快下來。

14

遼闊的城市在建築師事務所的全景落地窗下，一覽無遺。寬大的天窗房裡，辦公桌呈小島狀安放著，但整個房間似乎天翻地覆，大部分的職員都聚集在落地的大液晶電視前。史汀・哈同夾著建築圖爬上了樓梯，電視正播放著他妻子抵達克里斯蒂安堡宮殿的經過。大部分職員注意到他的出現，紛紛趕緊收心假裝忙碌。他朝辦公室走去，合夥人比耶克（Bjarke）看見他，先是尷尬一笑。

「嗨，有空嗎？」

兩人走進哈同的辦公室，比耶克關上了門。

「她的表現實在不錯。」

「謝謝。你跟客戶談了嗎？」

「談了，他們很滿意。」

「那為什麼還沒簽約？」

「他們相當謹慎，要求我們多提供一些建築圖。我跟他們說了，你需要時間。」

「還要建築圖？」

「家裡怎麼樣了？」

「我會盡快畫好，不會有問題。」

史汀清理製圖桌，好空出位置來安放小冊子，但合夥人依然站在原地盯著他瞧，他不覺煩躁起來。

「史汀，你把自己逼得太緊了。你能不能放過自己，我們都能理解的。讓其他人接手吧，這不就是花錢雇用他們的原因？」

「你跟客戶說，再給我幾天的時間，讓我釐清思路、完成提案。我們必須拿下這個案子。」

「但這不是眼前最重要的事。史汀，我擔心你。我還是覺得——」

「你好，我是史汀．哈同。」

電話鈴一響，史汀就接了起來。電話那頭的人表明身分，是他律師的祕書，史汀轉身背向合夥人，暗自期望比耶克能讀懂他的暗示。

「方便，什麼事？」史汀一邊聆聽，一邊透過大玻璃窗，看著合夥人步伐沉重地走出辦公室。

「只是後續追蹤一些您之前提供的資料。不用現在就回答，我們可以等，不過事件發生快滿一年了，我們只是想提醒，您授予我們辦理她的宣告死亡，應該開始執行了。」

史汀．哈同沒想到會聽到這個，不禁一陣反胃，整個人動彈不得，呆視著雨痕斑斑的玻璃窗上自己的倒影。

「您也知道，對於一直找不到的失蹤人口，我們可以採取一些步驟，但結果通常顯而易見……當然，是否現在結案，這由您決定。我們只是告知你們可以開始討論——」

「我們想現在結案。」

電話那頭沉默了半晌。

「您不需要現在——」

「麻煩你將文件寄給我簽名，我會親自告知我太太。謝謝。」

他掛斷電話。兩隻被雨淋濕的鴿子在窗沿外，小步地踱步。他失神地看著牠們，一轉身，鴿子就振翅高飛。

史汀從公事包裡拿出一支酒瓶，在咖啡杯裡倒了一些，才開始埋頭鑽研那些小冊子。他雙手顫抖，必須用兩隻手去取出測量儀器。他知道自己的決定是對的，他希望盡快讓事情告一段落，然後將之拋於腦後。這是小事，但很重要，不能讓活著的人為死者陪葬。心理學家和心理治療師都是這麼說的，而且身體的每個細胞也告訴他，他們說的沒錯。

15

「信件是今天一大早寄到妳的國會電子信箱。情報單位正在調查寄件者，我相信他們一定會查出來，但需要時間。發生這種事真的很遺憾。」恩格斯柔聲說。

蘿莎和部屬照面後回到辦公室，而恩格斯正等著她。現在，她人站在辦公桌後方的窗戶旁，很清楚她的幕僚長正看著她，而且是以那種她無法忍受的同情目光。

「我以前就很討厭信件，那些寄信人通常是一些怨天尤人的人。」

「這次不同，帶有更多的敵意。他們盜用了妳女兒臉書的照片，那些照片在一年多前就刪除了，當她……她失蹤後。這表示，寄件人早就注意妳很久了。」

蘿莎聽到這裡忍不住震驚，但她拒絕被擊倒。

「讓我看看那封信。」

「我交給情報單位和保安部了，他們目前——」

「恩格斯，你一向都是會複本七份的人，給我看看。」

恩格斯遲疑地看著她，但還是打開了他帶來的文件夾，抽出一張紙，放在辦公桌上。蘿莎拿起影本來瞧著。一開始，她只看到一堆雜亂的彩色紙片，後來才逐漸意識到，那些都是克莉絲汀的自拍照。照片中的她，躺在體育館的地板上，穿著手球運動服，滿頭大汗又開心地笑著；她騎著新買的越野自行車去海邊；與古斯塔夫在家裡花園裡打雪仗；在臥房鏡子前假扮模特兒擺姿勢。如此之多又充滿歡笑和快樂的照片。失落悵惘朝蘿莎洶湧襲來，隨後才看到那句針對她的文字：歡迎回來。等死吧，婊子。那些紅色字體呈拱形直接寫在照片上，字跡幼稚，像是小孩子寫的，使得那幾個字更加令人不寒而慄。

蘿莎費盡全力以平穩的語氣說：「我們不是第一次遇到瘋子，以前也都沒放在心上。」

「對，但這……」

「我不接受恐嚇，也不會被嚇到。我做我該做的，情報單位做他們的。」

「我們都認為妳應該申請保鑣，他們能保護妳——」

「不，不需要保鑣。」

「為什麼不要？」

「因為沒必要。寫信的人沒那個膽子，他只敢躲在螢幕後面發洩怨恨而已，而且我們現在家裡沒有保鑣也過得很安全。」

恩格斯微微一驚。蘿莎甚少提及個人私生活，但每次說起，恩格斯都是這個反應。

「若想要不受影響往前走，就必須以平常心面對，保持一切正常。」

幕僚長聞言欲張口要說話，蘿莎看得出他不贊同。

「恩格斯，謝謝你為我操心，若是沒別的事，我要去議院聽首相的開幕發言。」

「當然。我會轉告妳的意願。」

蘿莎經過他朝門走去，劉就在門口等著她。恩格斯看著她走出去，蘿莎感覺他會留在原地很久很久。

16

那棟連接著禮拜堂的長方形建築，座落在納蕊布羅（Nørrebro）和奧斯特布羅兩區之間，交通繁忙的主幹道上。距離城市的入口不遠，生機勃勃，車水馬龍，行人匆匆；再過去不遠處，公共遊樂區和溜冰場傳來了歡笑聲，但那棟擁有四間無菌解剖室和冰櫃地下室的橢圓形建築，仍然令人聯想起死亡，以及對世事無常的感嘆。整棟建築透著一種虛空的氣息。

蘇林來過法醫部門多次，仍然無法習慣，每次都想立即逃出腳下那條長得不能再長的走廊，衝出盡頭的旋轉門。她才剛結束旁觀法官檢驗勞拉．克約爾的遺體，現在正在聯絡建茲。建茲的語音信箱又重複著留言邀請，蘇林切斷電話，再次不耐煩地撥號。建茲答應下午三點提供她勞拉．克約爾初步的電子郵件、簡訊和通聯紀錄的副本，但現在已經超過半小時，仍然無消無息。建茲向來準時交件，蘇林從沒碰到過他失信，也從沒遇到過他不接她的電話。

驗屍並未發現任何新證據。那位從歐洲刑警組織（或任何他所謂的家）調過來的客人，想當然地並未如約現身，蘇林時間一到，立刻要求法官著手進行解剖。殘留在塵世的勞拉．克約爾就躺在解剖檯上，而法官則在螢幕前一邊瀏覽工作紀錄，一邊嘮叨著今日滿檔的行程。他說，可能是大雨的關係，今天已經出了幾場車禍，但他手上的工作仍然有條不紊地進行著。蘇林剛剛嚥回了一陣反胃，那透露了她的晚餐內容，有南瓜湯、花椰菜雞肉沙拉，可能是搭配著一杯茶狼吞虎嚥下肚的。她請求法官加快速度，只說重點。但法官每次遇到這類請求，都會沉著臉教訓：「蘇林，妳這是在要求大畫家梅．柯克比

（Per Kirkeby）解釋他的畫作！」但蘇林還是不為所動。那天並未出現她想要的答案，法醫唸著驗屍筆記，雨珠乒乒乓乓落在屋頂，感覺彷彿是打在棺材上。

「死者身上有許多穿刺性傷口和撕裂傷，同時被鐵棒或鋁棒之類的鈍器擊打了五、六十下。至於是什麼樣的鈍器，我看不出來，但根據傷痕判斷，可能是拳頭大的球狀器具，球具上密布著大約兩、三公釐的小刺。」

「類似釘鎚嗎？」

「算是，但又不是釘鎚，我推測可能是園藝工具之類的，總之還需要更進一步探討。她的手腕被電纜綁住，所以無法自我防禦。而且，她不斷地摔倒，造成更多的傷口。」

這些驗屍結果與早上建茲說的大同小異，然而蘇林更想知道的是，有無任何證據指向那位男友，漢斯・亨力克・豪格。

她得到的回覆是令人生氣的模稜兩可。「是，但又不是。目前我在死者的內褲、內衣和遺體上，都未檢驗出他的DNA，但這不能說明死者生前是否在他們的雙人床上發生過性交。」

「性侵呢？」

這個推測被法醫否絕了——若是性侵，不至於讓死者重傷得慘不忍睹。「除非在殘暴的虐待背後，突然冒出性衝動。」蘇林請他進一步說明，法醫指出勞拉・克約爾生前遭受到酷刑。

「凶手施暴時，必定看到了死者生不如死的痛苦。若他只想殺人，大可以直接動手。死者在過程中陷入昏迷數次，我的推測是，整個施暴時間大約是二十分鐘，最後才是重擊在眼睛上致命的一擊。」

被砍斷的右手傷口上，也沒發現新證據。法醫無法判定是哪種凶器，但他指出切口處的傷痕經常在不良少年等幫派份子身上見到，通常是基於債務糾紛而被剪斷手指，所選擇的凶器大多是剪肉用的料理剪刀、武士刀之類的。

「樹剪？大剪刀？」蘇林想起胡蘇姆那間車庫裡的工具。

「不是，絕對是某種鋸子，很可能是圓鋸或軌道鋸，而且應該是由電池供電，所以凶手才能在遊樂區中進行截肢。從切口來看，我認為是鑽石刀片之類的。」

「鑽石刀片？」

「鋸片的材質五花八門，用途各有不同。鑽石刀片最為堅硬銳利，一般用來切割磁磚、水泥物質或磚頭，大部分的DIY商場都買得到。手腕上的切口，一看就是手起刀落片刻之間切斷的。不過另一方面來看，鋸片顯然鈍了，切口崎嶇不平，銳利的刀片不會造成這樣的傷口。無論如何，截肢如此的重傷都耗盡了死者殘餘的體力。」

所以，勞拉·克約爾被截肢時仍然活著。這點令蘇林十分難受，一下子的分神使她沒聽到接下來的句子，只能請法醫重複一次。從別處的傷勢看來，勞拉·克約爾被截肢後，在大量失血、頭暈眼花的情況下仍舊試圖逃生，直到最後筋疲力盡，凶手毫不費力地將她拖到玩具屋外的刑場處決。蘇林想像那個女人在漆黑的夜裡害怕地奔跑，而她的掠食者尾隨在後。此時，另一個畫面突然冒了出來：那是她在童年某個夏日目睹的畫面，一隻斷頭的雞，在朋友的農場地上四處亂竄。她將那些畫面拋開，詢問死者指甲、嘴裡和皮膚上的擦傷有無任何發現，但法醫早已說了，凶手與死者肢體上的接觸的證據，只有那些重創傷口，沒有其他證據。不過法醫也說，一些證據很可能已被大雨沖刷掉。

蘇林走到旋轉門前時，第三次被轉進建茲的語音信箱。這次她留下了簡短的信息，態度堅定地要建茲盡快回電。外面仍然是傾盆大雨，蘇林穿上外套，決定開車回警局等電話。目前，他們已確認漢斯·

亨力克・豪格前晚大約九點半開車離開商展場地，和其中一位老闆、兩位從日德蘭半島（Jutland）來的同事喝了杯白酒，同時討論一道新的防火牆措施。但在那之後，豪格就沒有不在場證明了。他的確入住了那家汽車旅館，但沒人能證明他的黑色馬自達6estate是否整夜都停在車庫裡。理論上，時間足夠他開車回胡蘇姆的家，再返回商展，但證據不足就無法申請傳票、傳訊豪格，以及搜查他的車，因此蘇林急需建茲的鑑識結果。

「抱歉，耽誤了一些時間。」

赫斯到了，他從旋轉門冒了出來。濕透的衣服正滴著水，他拿著外套一甩。

「我聯絡不到我的房屋仲介經理。這裡一切順利嗎？」

「嗯，一切順利。」

蘇林頭也不回地大步走出旋轉門，進入大雨中，小跑步朝她的車而去，想盡量減少被雨淋的機會。她聽到赫斯在後面大喊。

「我不知道妳要去哪裡，但我可以去死者工作的地方問話，或者——」

「不用，已經去問過了，不勞你操心。」

蘇林打開車門，坐進車裡，正要關上門時，赫斯抓住門板，攔住她。赫斯在大雨中顫抖著。

「妳應該沒聽懂我的意思。我遲到了，抱歉，但——」

「我懂你的意思。你在海牙搞砸了，上級要你來這裡避避風頭，等事情好轉後就能回去，這個案子對你可有可無，所以你就東摸西摸、愛做不做的。」

赫斯聞言後，一動也不動，只是站在原地，用她仍然不能習慣的雙眼盯著她。「嗯，今天這件案子不算是最棘手的。」

「我也不為難你，你就專心等著海牙和原單位的召回，我不會打小報告的。就這麼說定了？」

「蘇林！」

蘇林朝旋轉門望去，那位法醫撐著一把雨傘在門外喊她。

「建茲說他找不到妳，他要妳立刻過去鑑識部一趟。」

「為什麼？他幹嘛不打電話給我？」

「因為有東西要妳親自過去看看。他說妳必須親眼目睹，不然妳會以為他在胡說八道。」

17

犯罪鑑識部的新總部是棟管狀建築，座落在哥本哈根的西北部。白樺樹林間的停車場上空，天色漸暗，但位於大車庫上方樓層的實驗室裡，人們個個仍舊埋頭苦幹。

「簡訊、電子郵件、通聯紀錄，你們都查過了？」

「資訊科技組還沒發現重要線索，現在先不管這些，我要讓妳看的才是重點。」

建茲來到會客室接她和赫斯，蘇林跟著他朝內走去。赫斯堅持同行，但他只是不想給蘇林機會再指控他怠忽職守而已。過來的路上，他大致瀏覽了驗屍報告，蘇林也懶得和他討論，但仍然被他搞得快要發飆，而現在建茲又神祕兮兮的，蘇林幾乎想要尖叫大喊，但建茲沒有更進一步解釋的打算。

三個人來到了建茲負責的實驗室。四處都是隔間用的霧面玻璃，鑑識人員像白色蜜蜂般忙碌地在自己實驗桌附近來回走動，牆上掛著一大堆的冷氣機和自動調溫器，以確保各個隔間的溫度和濕度保持在適當範圍內。從犯罪現場搜集來的所有物件都會存放在這裡，並進行鑑識。鑑識發現的證據經常左右案子的偵查方向，蘇林待在重案組短短的時間內，見識過鑑識部一絲不苟地檢驗衣物、床上用品、地毯、壁紙、食物、車輛、植物和土壤，這份清單是沒完沒了地長。法醫室和鑑識部就像偵查工作的兩隻科技腳，這兩隻腳所提供的證據，未來將會成為檢察官論案的依據。

一九九〇年代開始，鑑識部也負責處理數位證據，成立了專門鑑識受害者和嫌疑人數位用品的分部。隨著全球網路犯罪、駭客和恐怖份子的議題逐漸升溫，二〇一四年時，數位鑑識的責任慢慢轉移到國際網路犯罪中心，但就現實面來說，鑑識分部仍然會處理本地的案子，例如這次調查勞拉・克約爾家中的電腦和手機。

「其他證據呢？臥房？車庫？」蘇林站在建茲領頭的大實驗室裡，不耐煩地問。

「都沒發現。在我進一步說明之前，我要確認我們能否相信他。」

建茲關上門，下巴朝赫斯一揚。見建茲突然對這個陌生人起了戒心，蘇林暗自竊喜，卻也吃了一驚。

「什麼意思？」

「我待會要說的事關係重大，我不能冒險讓這條線索洩露出去。對事不對人，希望你能理解。」最後一句，是對著一直保持沉默的赫斯說的。

「他是尼藍德指派的偵查員，而且既然他來了，我認為我們可以信任他。」

「我是認真的，蘇林。」

「出了事我負責。你說吧。」

建茲遲疑了一下，這才轉身在鍵盤上快速敲下登入密碼，另一隻手則伸去拿近視眼鏡。蘇林從未見過建茲如此慎重又迫不及待的樣子，以為會聽到某種驚天動地的線索，但大辦公桌上方的液晶螢幕只出現了一個尋常的指紋。

「這是我偶然發現的。我們在死者陳屍處的玩具屋採取指紋，凶手很可能用手撐過柱子，或被釘子劃破。這當然很費時，因為玩具屋到處都是指紋，應該都是孩子們的。我們也在那個小娃娃，也就是栗子人偶身上採集指紋，因為它被吊掛的位置十分靠近死者。」

「建茲，這究竟有什麼重要？」

「我們在下面的栗子上發現了這枚指紋，也就是人偶身體的部分。這也是整個人偶上唯一的指紋。我不知道你們是否知道，指紋鑑識通常是以指紋上的十個點來做比對。但這個指紋部分已經糊掉，我們只能鎖定五個點做比對。理論上，五個點應該足夠。絕對是足夠的，尤其是在一些法庭——」

「足夠什麼，建茲？」

建茲剛才是一邊說，一邊拿著電子筆在平板電腦上指著指紋的五個點，現在他放下電子筆，看著蘇林。

「噢，抱歉。足夠判斷栗子人上面的指紋。這五個比對點，都是屬於克莉絲汀．哈同。」

蘇林吃了一驚，差點忘了呼吸。她十分震驚，並且預感建茲接下來丟出的消息，起碼能震撼整個太陽系。

「電腦逐一比對了五個點，最後跑出的結果就是克莉絲汀．哈同。整個過程全是電腦自己運作的，這台電腦連接上擁有成千上萬筆指紋的指紋資料庫，都是過往案子積累下來的。一般來說，我們當然希望一個指紋能有更多的比對點。十個點是最常見的，不過我認為五個點應該足夠——」

「克莉絲汀．哈同已被宣告死亡。」蘇林神思恢復鎮定，但口氣仍十分激動。「偵查結果是她在一年前遭到殺害。這案子已經了結，凶手也認罪了。」

「我知道。」

建茲摘下近視眼鏡，盯著蘇林看。

「我只是說那個指紋——」

「一定是弄錯了。」

「不會出錯的。我一次又一次地重新比對，至少三個小時了，確定無誤後才敢說出來。五個比對點，出現這個符合結果。」

「你用的是哪個程式？」

坐在後面玩手機的赫斯站了起來，蘇林注意到他的神情警惕，那是她從未在赫斯身上見過的。她聽著建茲謹慎地解釋著，赫斯聞言表示是與歐洲刑警組織同一款的指紋鑑識系統。

建茲一聽眼睛都亮了，很開心他的客人居然知道這個鑑識系統，但赫斯沒有附和他，而是將話題轉回到正事上：「誰是克莉絲汀．哈同？」

蘇林將目光從螢幕上的指紋，轉移到那雙一藍一綠的異色眼眸。

18

雨停了，足球場上空無一人，一片荒涼。他看著那道修長的身影從樹林中走出來，穿過柏油路，濕漉的合成草皮在探照燈下閃閃發亮。女孩經過球門，朝水泥路障後的停車場走來，他這才意識到真的是她。女孩身上的衣服與失蹤那天一模一樣，走路的步伐是他再熟悉不過的了，單憑那個步態，他總能在上千個孩子中一眼認出她來。女孩一看到車子就跑了過來，他看著她展顏笑開，兜帽往後滑落，燈光灑上她的臉龐。女孩的雙頰被凍得發紅，他已經嗅聞到女孩的氣息，十分清楚女孩被他緊抱在懷裡，會像以往一樣大笑，呼喚著他。他興奮地推開車門，抱起她轉圈圈。

「你在幹嘛？開車！」

後車門用力關上。史汀．哈同被驚醒，一臉迷茫。原來他靠著車窗睡著了。他的兒子已坐進後座，身旁都是運動袋和球拍，其他孩子騎著自行車從車窗外移動經過，目光掃過史汀，再彼此對視大笑。

「你練完——」

「你開車就是了。」

「我找一下車鑰匙。」

史汀打開車門，讓燈光流洩進來並藉著燈光翻找，最後在方向盤下方的墊子上找到鑰匙。他的兒子縮在後座中，躲過最後幾個騎自行車經過的孩子。

「啊哈……在這裡。」

史汀關上車門。

「今天順利嗎，你——」

「我不要你再來接我下課了。」

「你的意思——」

「車裡好臭。」

「古斯塔夫，我不知道——」

「我也想她，但我不會喝酒！」

史汀僵住了。他望著窗外的樹林，死亡的沉重彷彿濕落葉般淹沒了他。他看著後視鏡裡盯著窗外的兒子，兒子的眼神冰冷。他只有十一歲，剛才那番話像是童言童語，但不是。史汀想否認，想說他誤會了，想大笑一聲開個玩笑逗兒子笑，因為他已經失去笑顏很久了。

「抱歉……你說得對。」

古斯塔夫的面容沒有任何變化，只是繼續盯著空蕩蕩的停車場。

「我錯了，我會打起精神……」

仍然沒有回應。

「我明白你不相信我，但我是認真的。這種情況不會再發生了。我最不希望的，就是讓你不快樂。好嗎？」

「晚餐前，我能找卡勒（Kalle）玩嗎？」

卡勒是古斯塔夫最好的朋友，就住在回家的路上。史汀又瞧了後視鏡一眼，轉動鑰匙，發動引擎。

「好，當然可以。」

19

「然後呢？接下來發生了什麼？」

「嗯，反對黨開火了，場面一下子全亂了。記得左派那個戴著方框眼鏡的美女嗎？」

史汀站在大瓦斯爐前試味道，然後滿意地點頭微笑。收音機播放著音樂，蘿莎倒了杯紅酒，正準備也為他倒一杯，但被他揮手拒絕了。

「你指的是在聖誕節派對上喝醉，被送回家的那個女人？」

「對，就是她。她從會議廳中央的座位蹦起來，劈里啪啦地大罵首相，主席連忙要求她坐下。結果，她將矛頭轉向主席開始飆罵。之前女王進入會議廳時，她已經拒絕起立致敬，現在又亂罵人，惹火半數以上的人噓她，她最後惱羞成怒，把筆記本、筆和眼鏡盒往上一扔。」

蘿莎大笑出來，史汀也跟著笑。史汀想不起上次兩人站在廚房聊天說笑，是什麼時候的事了，感覺好像已是幾百年前。他將那件事拋諸腦後，他現在不能去想那件會令她傷心的事。他們四目相交，默默不語。

「看到妳今天過得開心，我也開心。」

蘿莎點點頭，輕啜了一口酒，史汀覺得她的動作有些太快，似乎在迴避什麼，不過她仍然在笑。

「我都還沒說到人民黨新上任的發言人，那個人也很有戲。」蘿莎放在餐桌上的手機響了起來。

「待會再跟你說。我先去換衣服，順便跟劉對一下明天的一份備忘錄。」

蘿莎拿起手機，史汀聽著她一邊爬樓梯，一邊講電話。史汀將白米倒進滾水中，此時門鈴響起，一定又是古斯塔夫，那孩子從卡勒家回來，又懶得翻找鑰匙開門。

20

別墅的大門打開，蘇林一看到史汀．哈同的面容立刻就後悔了。史汀腰間綁著圍裙，手上拿著盛有白米的量杯，眼神告訴著蘇林，他正期待的來客是別人。

「史汀．哈同？」

「是的？」

「抱歉，打擾了。我是警察。」

男子的表情立馬變了，彷彿內心一下子崩塌、夢境破滅，瞬間被打回現實中。

「我們可以進去嗎？」

「有什麼事？」

「只要一會兒，最好進屋裡談。」

蘇林和赫斯在寬敞的客廳裡等待，兩人尷尬地四下張望，真是話不投機半句多。玻璃落地門外的花園黑漆漆的。在丹麥現代設計師品牌的大檯燈下，餐桌上擺了三人份的餐具，廚房裡飄出了燉肉的香味。蘇林有股衝動，想趁著史汀．哈同回來前奪門而出。她斜睨了同伴一眼，赫斯背對著她，看來她是無法得到同伴的鼓勵了。

在鑑識部和建茲談完後，蘇林打了電話給尼藍德，碰巧她的上司正在開會，上司生氣地接起電話，即便是聽了蘇林的解釋後，仍然不高興。尼藍德一開始不可置信，堅持指紋比對結果必定有錯，但後來知道建茲反覆確認無數次後，這才沉默下來。儘管她對重案組印象不好，但很清楚尼藍德十分精明，而這位上司也的確認真地看待這條線索。他說其中一定有合理的關聯，只是他們還不知道而已，於是要蘇林和赫斯前來拜訪哈同夫婦。不過，蘇林自己是想像不出其中有什麼合理的關聯。

赫斯並沒有多說什麼。在來時的路上，蘇林簡要地向赫斯介紹克莉絲汀・哈同的案子。該案調查期間，蘇林尚未進入重案組，但因為是警局和媒體重點關注的大案子，即使已結案許久，仍然有人在討論。現在看來，它會繼續成為眾人的焦點。克莉絲汀・哈同是才剛復職的社會事務部部長蘿莎・哈同的女兒。這個十二歲的女孩，大約一年前，在練球完畢回家的路上失蹤。她的背包和自行車被丟在樹林中，幾個星期後，一個年輕的科技怪咖利呂斯・貝克爾（Linus Bekker）遭到逮捕。這個年輕人有多次性侵前科，而且證據確鑿。貝克爾在警局接受審訊時，坦承性侵了克莉絲汀・哈同，之後勒斃她，並用開山刀將她分屍；開山刀在他的車庫被發現，刀上沾有克莉絲汀的血跡。根據貝克爾的口供，他事後將屍塊分別埋在西蘭群島北部森林裡的各處，而這位被確診為妄想型思覺失調患者的兇手，無法告知警方確切的埋屍處。警方經過兩個月密集的搜山後，山上開始結霜，無法繼續搜尋而宣告放棄。貝克爾於春天在媒體緊迫盯人下被定罪，處以最重刑罰：無定期拘留於精神病療養中心。實際上，這表示這個年輕人將被監禁至少十五至二十年。

蘇林聽到收音機被關掉，史汀・哈同從廚房走了出來。

「我太太在樓上。如果你們來是因為——」

哈同先生瞬間遲疑了，琢磨著適當的用字。

「如果你們找到了什麼……我想在我太太下樓之前先知道。」

「我們並沒找到什麼。這次拜訪的目的，與那無關。」

哈同先生盯著蘇林瞧，整個人鬆了口氣，不過仍然一頭霧水，十分警戒。他當然知道警方不會無緣無故上門拜訪。

「鑑識部在檢驗今天早上一個犯罪現場的證物時，在一件物品上發現一枚指紋，經過比對，那指紋十分可能屬於你的女兒。具體來說，這個指紋是在一個由栗子做成的小人偶身上發現的。我帶了照片，請你看一下。」

蘇林拿出一張照片，但史汀・哈同只是困惑地瞥了照片一眼，目光又回到蘇林臉上。

「雖然不是百分之百確定是她的指紋，但準確性相當高，已足夠構成一條線索，我們必須追蹤為何指紋會出現在那裡。」

哈同先生拿起蘇林放在餐桌上的照片。

「我無法理解……一枚指紋……」

「對。我們在胡蘇姆的一個兒童遊樂區發現那個娃娃，塞德文格特（Cedervænget）七號。那個兒童遊樂區或者這個地址，對你有任何意義嗎？」

「沒有。」

「那麼一個叫做勞拉・克約爾的女人呢？或者她的兒子馬格努斯？或叫做漢斯・亨力克・豪格的男人？」

「沒有。」

「你的女兒有沒有可能認識那個家庭，或者那區的某戶人家？也許她有朋友住在那附近，她去找朋友玩，或——」

「沒有，我們住在這裡。我不明白妳問這些有什麼意義？」

蘇林不知如何回應。

「因為這之間可能有某種合理的關聯。如果你太太在家，能不能讓我們問她——」

「不行，你們不能問我太太。」哈同先生瞪著他們，眼神帶著敵意。

「我很抱歉，但我們有責任追查到底。」

「這不關我的事。我不允許你們打擾我太太，她的回答跟我一模一樣。我們不知道什麼指紋，也不知道妳說的那個地方，我不明白這為什麼那麼重要！」

史汀．哈同這才注意到蘇林和赫斯死盯著他背後瞧。他太太已經下樓了，就站在通道看著他們。四周瞬間安靜下來。蘿莎．哈同走進客廳，撿起剛才被史汀激動扔開的照片。蘇林再度想奪門而出，她越來越氣躲在後面不發一言的赫斯。

「抱歉，打擾妳了。我們——」

「我聽到你們的對話了。」

蘿莎．哈同久久地審視著栗子人照片，彷彿想在照片中找到什麼。她的丈夫開始驅趕他們。

「他們要走了。我跟他們說，我們什麼都不知道。謝謝光臨。」

「她以前會在大馬路邊賣栗子娃娃……」

史汀．哈同在門口頓了一下，回頭看著太太。

「每年秋天都會，和同班同學瑪蒂兒德（Mathilde）一起。她們會坐在這裡，做一堆的栗子娃娃……」

蘿莎．哈同的目光移到丈夫臉上，蘇林看到哈同先生彷彿瞬間被回憶擊中。

「怎麼賣？」赫斯走上前問。

「她們會擺一個小攤子，賣給行人或停下來的車子。她們也會烤蛋糕和榨果汁，你可以用這些買……」

「她們去年也做栗子娃娃嗎？」

「對……她們就坐在這張桌子前做的。她們收集花園裡的栗子，玩得很開心。在夏天，她們會參加跳蚤市場，但……但她更喜歡秋天，如果我們有時間跟她一起做，她更開心。我之所以記得，是因為就是那個週末，在發生……」蘿莎．哈同說不下去了。

「為什麼問這個？」蘿莎．哈同頓了頓，改而提問。

「只是為了另一起案件做的例行調查。」

蘿莎．哈同不再吭聲。她丈夫站在一步之外，兩人的心情似乎一落千丈。蘇林趕緊伸手抓起照片逃亡，彷彿那張照片是條救生繩。

「謝謝，我們必須走了。打擾你們了，我再次道歉。」

21

蘇林一邊透過後視鏡瞥了赫斯一眼，一邊踩下油門加速駛離。剛才在車道上，她打開車門時，赫斯回頭望著那棟別墅說他想要步行，蘇林巴不得趕快擺脫他。蘇林轉入第一條小街駛出社區，在回市區的路上打了兩通電話。第一通打給尼藍德，他立刻接起，顯然一直在等她的電話。蘇林聽到電話裡有他妻兒的聲音。蘇林告訴他克莉絲汀・哈同父母的回答後，尼藍德聽起來十分滿意這個線索。不過在掛斷電話前，他仍特意囑咐蘇林要保密，表示不希望給媒體機會胡謅亂扯，造成女孩父母的困擾。這些顧慮蘇林早就考量到，所以敷衍帶過。

結束通話後，她打電話給家庭樹上的第三張照片，也就是她女兒喚做外公的阿克塞爾（Aksel）。他不離不棄地護衛著她們，這份恩情，蘇林這輩子都償還不了。聽到他平靜的聲音，蘇林緊繃的思慮立刻放鬆不少。阿克塞爾說他們祖孫倆正在玩一個十分複雜的南韓遊戲，但他玩到目前為止，仍然不知道自己在玩什麼。樂在後面大聲問她能否在外公家過夜，儘管蘇林今晚不想獨自一人，卻仍然妥協了，但被阿克塞爾聽出了端倪。她趕緊搪塞一番，隨即掛掉電話。車窗外，一家人正提著購物袋吃力地往家的方向走去，她突然感到一股不安感不斷上升，並努力想平息這突如其來的焦慮。

一個女孩在路邊的小攤子賣著栗子人，結果栗子人流落到胡蘇姆的一棟兒童玩具屋，就是這樣，故事結束。她做了一個決定，方向盤一轉，車子駛下哥本哈根市中心最長的孔根斯加德商店大街（Store Kongensgade）。

一位穿著毛皮外套的老先生，抱著一隻狗從大門走出來，警戒地看著蘇林沒按門鈴逕自進入大廳。蘇林走上連接一層層豪宅公寓的寬大樓梯，來到二樓，音樂聲從薩巴斯坦家流洩出來。她敲了一下門，就開門進去。薩巴斯坦正在講手機，他吃了一驚，隨即對她微微一笑，身上仍然穿著西裝，那似乎是在他的專業領域中唯一能接受的裝扮。

「嗨？」

蘇林脫下外套，任由它滑落在地上。

「脫掉衣服，我有半個小時。」

蘇林伸手去拉下他褲子的拉鍊，接著進攻他的腰帶，這時才聽到有其他人的腳步聲。

「你把開瓶器收在哪裡，小伙子？」

一位五官立體的老先生出現在門口，他手上拿著一瓶酒，唱盤碰巧來到更換曲目的空檔，蘇林這才聽到客廳的喧鬧聲。

「這是我父親──爸，這位是乃雅。」薩巴斯坦咧嘴一笑，為兩人彼此介紹，此時兩個孩童追追跑跑地穿過玄關，鑽進了廚房。

「很高興認識妳。甜心，來！」

蘇林一頭霧水，卻已被薩巴斯坦的母親和家人包圍住。她嘗試拒絕了三次，最終慘敗，只好無奈地加入他們的晚餐陣容。

22

天空飄著毛毛雨，自行車棚的日光燈管照亮著籃球場的一端。全身淋濕的孩童暫停下動作，盯著那個人一下後，又回頭繼續玩耍。外奧斯特布羅區的奧汀公園（Odin Park）附近，白人居民並不多，所以他的出現容易引人注目。通常，那些白人大多是警察，有的穿制服，有的是便衣，不過一般都是兩兩成雙出現，從沒見過落單的。然而，那個人孤身隻影，提著一個外帶餐盒，漫步走過社區公園，朝下一個街區而去。

赫斯爬上室外樓梯來到四樓，走下走道朝最後一扇門而去。其他住家的門前放有垃圾袋、自行車和閒置的舊物；一扇微啟的窗戶中，流洩出阿拉伯語的交談聲和異國香料的氣味，令赫斯想起了住在巴黎時的突尼西亞人街坊。最後一扇標誌著37C的門前，放著一張飽受風吹雨淋的舊花園桌，和一張盪來晃去的塑膠椅。赫斯停下腳步，翻找出鑰匙。

公寓裡一片漆黑，他打開了電燈開關。屋裡有兩個房間，他的髒旅行袋就放在牆邊，是稍早拿到房屋仲介經理送來的鑰匙後放在那裡的。他的公寓近期租給一位玻利維亞學生，但那位學生四月回家了，仲介經理告訴他之後房子就一直租不出去。這個結果也算是在意料之中的事。

前面的房間放了一張桌子、兩張椅子，還有一間安置了雙灶電磁爐的小廚房，以及布滿破洞且不平的地板，還有四面未上漆的髒牆壁。完全沒有私人用品，只有一台放在角落、勉強堪用的破舊電視，電視連接上住戶委員會的有線電視服務。赫斯並不住在這裡，也就不做裝修，但因為幾年下來租金已支付完房貸，所以這間就留了下來。他脫下外套，摘掉槍套，抽出菸盒，將外套掛在椅背上晾乾。他再次以事先約定好的手機號碼打給弗朗索瓦（François），這已是半小時內的第三通了，但仍然無人接聽，赫斯沒留言便掛斷。

他坐在桌子前，打開越南料理的餐盒，按下電視的開關。他一邊索然無味地吃著雞肉炒麵，一邊煩躁地選台，直到找到新聞台。新聞正在播放蘿莎．哈同在克里斯蒂安堡宮殿的一天，同時旁白敘述著她女兒的案件。赫斯繼續選台，看到一個自然環境的節目，它正在介紹南非蜘蛛，這種蜘蛛的特色就是小蜘蛛一旦孵化出來就會吃掉母親。這個節目並未引起他的興趣，但也不會干擾他琢磨如何盡快回到海牙。

最近的幾天對赫斯來說十分戲劇性。上個週末，他突然被歐洲刑警組織的德國上司弗雷曼（Freimann）停職，而且停職當下立即生效。嗯，這也不是完全沒有徵兆，但絕對是過度反應下的結果，至少赫斯是這麼看的。這個決定一傳十十傳百，飛快地傳到了哥本哈根，而星期天晚上他就接到命令，被調回家鄉自食惡果。星期一警局開會，他的丹麥上司們拒聽他的解釋，並且特意提醒他，丹麥警方在那次公民投票（注）後，與歐洲刑警組織的關係已經十分緊張，再加上他表現不佳，更是雪上加霜。換句話說，上司們認為赫斯在幫倒忙，而兩方警界的合作關係並不平等，丹麥警方必須看歐洲刑警組織的臉色。事實上，一位上司更直白地指責赫斯令丹麥警界蒙羞，赫斯應該為自己的行為感到懊悔。

之後，他們開始數落他的罪行：與上司爭辯、曠職、工作懶散、效率不彰；在歐洲各首都遭指控酗酒和出入派對，以及他發表工作負荷過重的理論。他反駁這次的調派回國只是對方小題大作，他保證風紀調查結果出爐，必定還他一個公道。其實，他的心已在下午三點五十五分飛往海牙的航班上了，他已經訂好機票，除非飛機誤點，否則他會準時回到位於澤堪斯佐拉特（Zeekantstraat）的二樓公寓，一屁股坐進沙發裡，觀賞那場因故延後、荷德交戰的歐洲足球聯賽。然而晴天霹靂的結果出爐，在風紀處調查清楚前，赫斯被貶謫回之前的單位：重案組。此調職令，隔天早上生效。

赫斯幾乎算是空手回到哥本哈根。他在離開前只將少數必需品扔進小旅行袋，但在那場災難性的會議後，他回到火車站附近才剛退房的旅館平復心情。首先，他打電話給搭檔弗朗索瓦，說明他目前的情況，並詢問海牙的最新動靜。弗朗索瓦是個來自法國馬賽的四十一歲光頭漢子，三代從警，性子清冷疏離但善良，是赫斯唯一喜歡且信得過的同事。弗朗索瓦告訴他，風紀評估已著手進行，也盡可能為赫斯開脫，但他們兩人必須合作無間，說了什麼都要立刻通知對方，以免在各自的報告中洩露兩人串供的跡象。若是情勢惡化、組織決定懲戒赫斯，那麼他們兩人的手機很可能會被監聽，因此最好買個新手機。通話結束後，赫斯從小冰箱拿出一罐啤酒，一下子咕嚕咕嚕喝光，再聯絡仲介經理討要他公寓的鑰匙，沒必要在旅館多花一夜的住宿費。但房屋仲介公司已經下班，赫斯只好外衣未脫地躺在旅館房間的床上，在荷蘭隊以三比零慘敗給德國隊的轉播中打盹。

新手機響了起來，此時，小蜘蛛已經吃光了母親。弗朗索瓦的英語不算流利，所以赫斯偏愛用法語與他溝通，儘管他自學的法語也很破。

弗朗索瓦開口就問：「第一天的工作順利嗎？」

「棒極了。」

兩人的寒暄曇花一現，赫斯快速知會弗朗索瓦他自己的報告內容，弗朗索瓦則告訴他最新的事態發展。談完公事後，赫斯感覺到弗朗索瓦有事沒說出口。

注 二〇一五年十二月三日，丹麥針對「是否加強與歐盟司法合作」一事進行公民投票，超過半數民眾反對與歐盟安全部門和歐洲刑警組織有密切的合作。

「你想說什麼？」

「你不會想聽的。」

「有屁快放。」

「那我就直說了。你為什麼不乾脆在哥本哈根休息放鬆一下？我知道你一定會回來復職，但或許現在這樣對你有益，讓你遠離這一切、重新充電，認識幾個甜美的丹麥女孩，還有——」

「你說得對，我不想聽這些。你就專心打你的報告，盡快交給弗雷曼。」

赫斯掛斷電話。一天下來，這個留在哥本哈根的提議，越來越令他反感。他在歐洲刑警組織將近五年的日子實在不輕鬆，但都比這裡好。他是代表丹麥警方的協調官，大可以坐在總部辦公室的電腦前享福，但他一報到，就被挖角到跨國機動特別任務組，成為該組探員之一。之後，一個案子接著一個，他平均一年有一百五十天都在出差，從柏林到里斯本，里斯本到卡拉布里亞，卡拉布里亞到馬賽，如此這般周遊各國，只偶爾回到海牙待幾天，儘管海牙總部有安排一棟公寓做為他的宿舍。他與丹麥警方體系的聯繫甚少，只偶爾寫報告，摘要犯罪組織與北歐——尤指斯堪地那維亞半島和丹麥——之間的關聯。通常是以電子郵件的形式傳送報告，在極少數情況下才通過 Skype。這種間接的聯繫完全適合赫斯，四處漂泊沒有歸屬感。最後，他學會並融入了歐洲刑警組織這個龐大的體系，這個金玉其外敗絮其中，必須面對無數個法律和政治難題的機構。不過他越來越到感到無力。是他熱情耗盡了？也許吧。

身為一位探員，他看盡了官官相護、官商勾結的不公正、陰謀和謀殺。他尋線追蹤，搜集證據，審訊各個說不同語言的人，然而一旦每到起訴階段，經常有政客以「與他國司法體系未達成默契」而擱置。但另一方面，赫斯算是被放生，沒人會管束他。這個體系太大又太複雜，輕易就能隱身其間，不用負任何責任，直到最近新上司上任。弗雷曼來自前東歐，是個信奉官僚主義的年輕人，主張全歐洲刑警應該合作，並且如火如荼地著手精簡工作和改革。但赫斯在哥本哈根上工一天後，他反倒情願和弗雷曼在無人島上過個週末長假。

不過坦白說，第一天的開始還算不錯。他本來就想躲開警局裡的舊識，很幸運地一大早就被外派執行任務。與他搭檔的女探員有著超乎尋常的機智敏銳，並且顯然不在意他的存在，這正中他的下懷。但話說回來，這樁發生在私人住宅區的謀殺案，因為一個指紋而變得撲朔迷離，實在令他百思不解。在他尚未回過神來時，人就已站在那棟房子前面，被那濃厚如柏油般的哀傷壓得呼吸困難，很想放聲尖叫、奪門而出。

走出哈同家時，他非常需要新鮮空氣。有個感覺一直糾纏著他，不只是那股濃濃的哀傷，而是某個小細節，但尚未成形，捉摸不到；又或者它已經成形，卻被淹沒在大量的疑問中，被自己直接忽略排除在外。

他穿行過濕漉的街道，彎彎繞繞地走進他不再熟悉的市中心。四周全是玻璃鋼鐵建築，以及象徵一座城市正在脫胎換骨的交通工程。這裡其實和歐洲其他首都並無不同，但相較於南方大部分的國家首都，它的整體市容仍顯得較不高聳，治安也比較良好。歡樂開心的大人小孩在寒冷濕雨中，照常被蒂沃利遊樂公園（Tivoli）的魅力吸引而來，但沿湖栗子樹下厚厚的落葉令他想起了勞拉．克約爾。這座城市明信片上童話故事般美麗寧靜的印象，再次崩裂。他走上露易絲皇后橋（Dronning Louises Bro），過往的回憶漸漸凝聚成形，彷若頑皮的小精靈纏繞不去，糾纏著他來到了外奧斯特布羅。

赫斯知道他可以不受剛才那個哀傷家庭的影響，那不是他的責任。大城市中到處都有瘋子，每天都有父母失去孩子，如同每天都有孩子失去父母一樣，早已是家常便飯。他在各座城市中穿梭來去，見過太多這種案例，多到他已記不得那些面孔。再過幾天，海牙總部就會打電話來安撫他，所以今天見到的對他來說無關痛癢。很快，他就會搭上飛機或火車或一輛車，奔向另一個任務。現在他要做的，就是打發時間。

赫斯這才意識到，自己正死盯著家中的一面裸牆，連忙趁著那股不安感再度干擾他前，將剩餘的麵連同盒子丟進垃圾桶，然後朝家裡大門走去。

23

《建築師巴布》（*Bob the Builder*）動畫卡通的聲音充斥著尼赫魯・安姆迪（Nehru Amdi）的客廳，他的么子正全神貫注在電視螢幕上。尼赫魯自己則忙著為老婆和四個孩子煮咖哩羊肉和菠菜，此時，門上傳來敲門聲。老婆大喊著她正在和表姊講電話談生意，所以他只好去應門。他不耐煩地圍著圍裙去開門，門外是住在37C的白人男子。他今天有瞥見這個人出入公寓。

「什麼事？」

「抱歉，打擾了。我住在37C，我想給牆刷油漆。」

「刷油漆？現在？」

「對。仲介經理告訴我，你是這裡的管理人，知道工具放在哪裡。」尼赫魯發現男子兩邊的眼眸顏色不同，一邊是綠色，一邊是藍色。

「但你不能擅自作主，必須得到房子主人的允許，但那個主人不在。」

「我就是房子的主人。」

「你是房子的主人？」

「我可以自己去拿，你把鑰匙給我就行了。東西在地下室嗎？」

「是的，可是已經天黑了，除非你有燈，不然要怎麼漆？你有燈嗎？」

「沒有，但我只有現在有時間，」男子有些不耐煩了。「我只會在哥本哈根待幾天，想把屋子整理一下比較好賣。如果不麻煩的話，能給我鑰匙嗎？」

「我不能把地下室鑰匙交給別人。請你到走廊那裡等我，我馬上過去。」

男子點頭先行離開。尼赫魯的老婆拿開手機，瞥著正在翻找鑰匙的老公一眼。一般正常白人是不會在奧汀公園這一帶購置房地產，更別提住在這裡了，所以她的警戒是有道理的。

滾筒在牆壁滾上滾下，將鋪在地板的卡紙板滴得滿是斑痕。尼赫魯拿著另一桶油漆進門時，男子正拿著滾筒沾上油漆，看了來者一眼後回頭繼續刷牆，汗水流下他的臉龐。

「剩最後一桶了。我得先回去了，你自己確認這桶顏色色調是不是一樣。」

「無所謂，只要是白色調就行了。」

「不行，必須是同色調的才行。」

尼赫魯挪開男子的外套，騰出空間放油漆桶，以便確定色調相同。這時，他瞥見了槍套，全身一僵。

「沒事，我是警察。」

「對，是啊。」尼赫魯說著，怯怯地朝門退後半步，想起了出門前老婆的一瞥。

男子的指尖彈開他的警徽，警徽沾上了白色油漆。

「沒唬你，我真的是警察。」

尼赫魯打量著警徽，這才稍稍放心下來，只見那高個子男人又回頭拿滾筒滾牆壁。

「是便衣刑警嗎？你用這個公寓當監視基地？」

奧汀一直被認為是黑幫和伊斯蘭恐怖份子的搖籃，尼赫魯的提問其來有自。

「不是，這就是我自己的公寓，沒有監控。但我人一直在國外出任務，所以想把它賣掉。你走時別關門，我想讓空氣流通。」

聽他這麼說，尼赫魯終於卸下心防。儘管他仍想不通這人為什麼會在奧汀置產，但男子直接送客的作派進一步令他安心，因為這就是一般丹麥人的作風。看著他刷牆，尼赫魯實在忍不住了。這位高個子刷牆怎麼像隻馬兒朝後踢踹那麼用力，彷彿不用力就會死。

「你不需要那麼用力。讓我看看滾筒——」

「不用，我可以的。」

「唉，沒燈光你根本看不到。」

「沒事的。」

「停下來，你聽我說。我可以幫忙，否則你不會滿意最後出來的效果。」

「我保證，我不會不滿意的。」

但尼赫魯抓住了滾筒把手開始檢查，即使男子仍抓著把手不放。

「果然跟我想的一樣，這滾筒該換了。我現在就去換。」

「不用，沒關係。」

「有關係。我是刷漆老手了，明明知道怎麼做更好，卻要看著你把工作搞砸，那怎麼行。」

「聽著，我只是想刷——」

「我就是不能袖手旁觀，能幫就一定要幫。抱歉，我沒辦法就這樣離開。」

男子緩緩放開了把手，眼神茫然，彷彿尼赫魯剝奪了他的生命意義。尼赫魯見狀，趕緊拿著滾筒先離開，以免男子改變主意。

尼赫魯回到家，從玄關厚紙板後方的一個水桶裡，俐落地翻出幾個工作燈和一支新滾筒。他的老婆和孩子坐在餐桌前，老婆納悶地看著他。37C室那人絕對可以獨自應付刷漆的工作，就算需要幫忙，也可以等到他們吃完飯。「那個人有可能在糊弄你。也許只是個可憐的怪人，住在政府配給的房子裡？」

尼赫魯知道老婆無法理解他對刷漆的執著，所以放棄了解釋。他手臂夾著工具，關上大門，正準備撿起剛才放在踏腳墊報紙上的把手時，突然看見37C的男人快步穿過外面的籃球場。

他這下可尷尬了，然後告訴自己，現在的人都不懂得尊重別人，他老婆剛才那番怪人和配給的評價，真是有先見之明。幸好，那個人已經打算賣掉房子了。

24

蘇林沒想到，她居然會喜歡薩巴斯坦豪宅中的這頓晚餐。薩巴斯坦出生於一個律師世家，他的父親更是大家族裡德高望重的大家長。將近十年前，他父親被任命為地方法官，律師事務所則交由薩巴斯坦和哥哥負責，但這不表示兄弟倆事事看法一致。這點，在晚餐中就顯而易見。他哥哥對於國家社會抱持著偏執的新自由主義，被薩巴斯坦犀利地一一回擊，而嫂嫂則譏諷她的丈夫在完成法律學分後，感情生活徹底死亡。他父親詢問蘇林在凶殺小組的工作，並讚賞她申調國際網路犯罪中心的決定，這位長輩確信國際網路犯罪將會橫行天下，重案組的重要性勢必為之讓路。他哥哥則堅信二十年內，這兩個部門都會消失，因為到那個時候，所有警察工作都會民營化。不過他後來話鋒一轉，改而探討薩巴斯坦為何無法吸引蘇林點頭答應搬過來同居。

「他不夠男人，給不了妳要的，是吧？」

「不是的，他是我要的。是我只想在性關係上佔他便宜，不想在親密關係上消耗生命。」

他的妻子聽完這個回答笑得一口酒噴出來，紅酒濺上丈夫的名牌白襯衫，他連忙用餐巾紙擦拭。

「乾杯。」他妻子對蘇林說著，帶頭一口乾掉杯裡的酒。

薩巴斯坦對蘇林微微一笑，他母親捏了捏蘇林的手。「我們真的很高興認識妳，我知道薩巴斯坦很快樂。」

「媽，拜託。」

「我什麼也沒說啊！」

薩巴斯坦的眼睛像他母親。同樣的黑色眼眸散發著相同的溫暖，與蘇林四個多月前在法院第一次遇上他時的感覺一模一樣。當時蘇林就坐在旁聽席，旁聽她手上一樁案子的庭審。目睹薩巴斯坦．瓦勒（Sebastian Valeur）在這場初步聆訊的表現，就像在古董車博物館看見一輛新出廠的特斯拉車，犀利明快，但那份傲慢自大真是令人不敢恭維。他被法院指定為一位索馬利人被告辯護，他毫無芥蒂地為這位客戶服務，並實事求是地說服被指控家暴的被告認罪。庭審結束後，薩巴斯坦在法院外追上她，雖然沒成功約到她，卻在她心中留下了好印象。

六月初的一個傍晚，蘇林毫無預警地出現在他位於阿馬利加德路（Amaliegade）上的辦公室，等到只剩他們孤男寡女，蘇林立刻動手脫掉他的褲子。她沒想要發展親密關係，只是那次的魚水之歡超乎想像地美好，薩巴斯坦也理解到，她並不想找個陪她在海邊散步的白馬王子。而她現在居然坐在這裡，與薩巴斯坦奇妙的家人說說笑笑，而且與她之前經歷的完全不同，一點壓力也沒有。

突然，一陣響亮的電話鈴聲響起，餐桌瞬間安靜下來，蘇林連忙抽出口袋裡的手機。

「喂，哈囉？」

「嗨，我是赫斯。那個男孩現在在哪？」

蘇林起身，快步走到玄關講電話。

「哪個男孩？」

「胡蘇姆那棟房子裡的男孩。我有事要問他，現在必須問。」

「你現在不能和他說話。醫師為他做了檢查，認為他受到驚嚇，把他送到急診室了。」

「哪一家醫院的急診室？」

「怎麼了？」

「沒關係，我找人問。」

「你為什麼——」

電話已掛斷，蘇林整個傻住。餐桌上的人繼續聊天，但她已無心聆聽。薩巴斯坦走過來關切時，蘇林已經穿上了外套，準備出門。

25

蘇林走在格洛斯特魯普醫院（Glostrup Hospital）的兒童青少年精神病中心，無人且昏暗的走廊上。她一來到櫃檯前，就看到赫斯在後面的辦公室跟一位老護理師爭論。他們的聲音從玻璃隔牆的門縫下流洩出來，有幾個穿著拖鞋的青少年停下來看熱鬧。蘇林從他們之間擠過去，敲了一下門，隨即推開。

「快跟我走。」

赫斯這才注意到蘇林，心不甘情不願地跟著她走，老護理師氣沖沖地看著他離去。

「我必須和那個男孩談談，但有個白痴向護理人員保證今天不會有人再打擾他。」

「那個擔保人就是我。你要跟他談什麼？」

蘇林看著赫斯，這個人不知為何臉和手指上都沾著白漆。

「那個男孩今天已經被問過話了，如果你不能解釋清楚，那就表示不重要。」

「就幾個問題。如果你能說服那個護理師，我就答應妳，我明天請假不上班。」

「跟我說說，你想問他什麼。」

26

兒童青少年精神病中心的病房區，與成年人的基本上大同小異，只是兒童桌椅旁多了幾堆散亂的玩具和書本。那些玩具和書本能發揮的作用不大，病房內依舊透著哀傷沉悶的氣息，但蘇林的經驗告訴她，有比這裡更淒涼的地方。

那位護理師終於從男孩的病房走出來，看也不看赫斯一眼，直接對蘇林說話。

「我跟他說了你們要跟他談談，就五分鐘。但他不太說話，在來這裡之前他就是這樣子了。千萬不能強迫他，知道嗎？」

「謝謝，不會有問題的。」

「我看著手錶計時。」

護理師輕敲著手腕，斜睨了赫斯一眼，然而赫斯已經握住門把在開門了。

馬格努斯．克約爾沒有抬頭看他們。他坐在床頭豎起的病床上，蓋著鴨絨毯子，兩手之間是一台筆電，筆電蓋上有個大大的醫院標誌。這間是單人病房。窗簾被拉上，床頭桌上的檯燈亮著，但照亮男孩臉龐的是螢幕的光。

「嗨，馬格努斯，抱歉打擾你了。我是馬克，這位是……」

赫斯瞥了蘇林一眼，而蘇林仍在消化赫斯居然有名字的事實。

「乃雅。」

男孩沒有回應，赫斯逕自走到床邊。

「你在做什麼？我可以坐這裡一下嗎？」

赫斯在床邊的椅子上坐下，蘇林則在後面徘徊。她就是想保持距離，說不出原因，但直覺這麼做是對的。

「馬格努斯，我有事需要問你，如果你不介意的話。可以嗎，馬格努斯？」

赫斯瞧著男孩，男孩沒有任何反應，蘇林覺得他們真是在浪費時間。馬格努斯全神貫注在螢幕上，手指則快速敲著鍵盤。他彷彿將自己包裹在一個泡泡中，赫斯可以問他問題，但就算等到臉色發青，也不會得到答案。

「你在玩什麼？玩得還順利嗎？」

男孩仍然沒有回應，但蘇林立刻就認出那是《英雄聯盟》的遊戲畫面，與她女兒螢幕上的類似。

「那是線上遊戲，你必須——」

赫斯抬手打斷蘇林的話頭，眼睛則死盯著男孩的螢幕。

「你在打『召喚峽谷』（Summoner's Rift），我最喜歡的也是那個地圖。這個驅魔聖槍路西恩（Lucian the Purifier）是你嗎？」

男孩沒有回應，赫斯抬手指著螢幕下方的一個圖示。

「如果你是路西恩，那你的積分很快就能升級了。」

「積分已經夠了。正在等升級。」

男孩說話的語調呆板，像個機械人，不過赫斯沒理會他，又指著螢幕。

「小心，那些小兵來了。再不快點閃電急擊要抓到你了，快按魔法傷害，不然就要輸了。」

「我不會輸，我已經按魔法了。」

蘇林壓抑住自己的驚訝。警局裡，她認識的其他同事，對電玩就像對廣東話般一無所知，赫斯顯然是個異類。直覺告訴她，這是馬格努斯一整天下來最開心的對話。隨即她驚覺到，那個坐在床邊椅子上全神貫注的男人，也是如此。

「你很厲害。等你告一段落，我有一個任務要給你。這個任務和《英雄聯盟》有點不一樣，需要你拿出看家本領。」

馬格努斯立刻放下了筆電，垂眼等著赫斯的指令。赫斯從暗袋裡拿出三張照片，反面朝上放在男孩面前的毯子上。蘇林靠了過來。

「你犯規，你剛才沒提照片的事。」

赫斯沒理會她，看著男孩。

「馬格努斯，我等等會一張一張把照片翻過來。你有十秒鐘去看每一張照片，然後告訴我哪裡不對勁，哪些東西不應該出現在照片中，還有哪些地方很奇怪。這有點像在找溜進你院子的特洛伊木馬。準備好了嗎？」

九歲的男孩點點頭，眼神堅定地盯著照片的背面。赫斯翻開第一張照片。那是塞德文格特那棟房子的廚房，照片中有幾個放香料和男孩抗焦慮藥物的櫃子。照片是建茲下屬拍攝的。蘇林突然明白，赫斯在來醫院前去了趟警局拿照片。這下蘇林更加警戒了。

馬格努斯仔細觀看，一個個細節地檢視，然後搖搖頭。赫斯讚許地微微一笑，翻開第二張。照片中是客廳的一角，聚焦在幾本女性雜誌和沙發上一張摺疊起來的毯子，背景是窗臺和一個數位相框，相框畫面停留在男孩的照片上。馬格努斯重複前面的步驟，再次搖搖頭。赫斯翻開最後一張。是玩具屋的那一區，蘇林緊張地掃視照片，確定沒有勞拉・克約爾的蹤影後，這才放心下來。照片拍攝的角度以溢秋千和後面的大樹為主題，男孩一下子就伸手輕指照片右上角橫梁上的小栗子人。蘇林看著男孩的手指，感覺肚裡的腸子正在逐漸打結。赫斯說話了。

「你確定？你以前沒看過那個東西？」

馬格努斯・克約爾搖搖頭。

「昨天喝茶前，和媽媽去了玩具屋。沒有栗子人。」

「太棒了……你真厲害。你知道是誰掛上去的嗎？」

「不知道。任務完成了嗎？」

赫斯看著男孩，挺直上半身。

「是的，謝謝你……你真的幫了我們一個大忙，馬格努斯。」

「媽媽不會回來了嗎？」

赫斯愣住了，不知該如何回應。男孩依舊沒看著他們，問題就懸盪在空中，直到赫斯牽起男孩放在毯子上的手，看著男孩。

「是，她不會回來了。她現在在另一個地方了。」

「天堂？」

「對，她在天堂，一個很棒的地方。」

「你會再來陪我玩嗎？」

「會啊，當然。改天再來找你。」

男孩掀開筆電的蓋子，赫斯放開了他的手。

27

赫斯背對著出口抽著菸，微風捲著白煙飄向建築物和大樹。面前是晦暗的停車場和漆黑的老樹，老樹的樹根在柏油路面底下盤節鼓起。蘇林等侍著自動玻璃門滑開，瞥見一輛救護車彈跳過柏油碎石，然後滑入地下車庫。

蘇林離開男孩病房後，去找那位護理師簡報情況，以緩和護理師的不滿，並確認男孩會得到最妥善的照護。赫斯沒等她們聊完就逕自離開了，蘇林走到停車場時發現赫斯在等她，不禁意識到自己內心有點高興。

「他怎麼辦？」

這個問題有一種難以言喻的親密感，雖然她認識赫斯不到二十四小時，但不用多說半句，她就已明白赫斯想問什麼。

「要看社工的決定了。他沒有其他親人，社工可能會將決定權交給他的繼父，除非這位繼父被定罪。」

赫斯看著蘇林。「妳認為他的嫌疑很大嗎？」

「他沒有有利的不在場證明，而且按照以往的經驗，這類案子百分之九十九是枕邊人幹的。我們剛才也沒問出什麼新線索。」

「沒有嗎？」赫斯直盯著她的眼睛。「如果男孩說的是實話，那麼這個沾有指紋的娃娃，很可能是行凶當晚被帶到犯罪現場。這很奇怪，而且換個角度想，那個娃娃妳要如何解釋？某人在一年前的某天，碰巧在路邊攤買下栗子娃娃，然後被掛到犯罪現場，這個說法妳能接受嗎？」

「不是所有的事都有關聯。事情可以很單純：繼父殺了那個女人，而男孩搞錯了，栗子娃娃可能早就掛在那裡很久了。我的意思是，我們目前掌握的線索太薄弱，不能證明什麼。」

赫斯張口打算回應，隨即又閉口不言，用鞋子踩熄香菸。「不對，也許不是妳想的那樣。」

赫斯點了個頭道別，蘇林看著他大步穿過停車場。她張口打算詢問赫斯是否要搭便車回城，此時，一陣大風颳來，有個東西掉在她背後的柏油路上。她轉身一看，一顆長滿刺的棕綠色球狀體，滾進了專丟菸蒂的菸筒邊坑洞中。她認出了那個球狀體，抬頭仰望著栗子樹，凝視著搖擺的樹枝，以及其他尚未成熟的棕綠色刺球。突然間，克莉絲汀．哈同坐在桌子前做栗子娃娃的畫面浮現出來，那可能是在她家的客廳，或者某個完全不相關的場所。

十月十二日　星期一

28

「我說過好幾遍了。我開車回汽車旅館，然後上床睡覺。現在我想知道，什麼時候可以帶馬格努斯一起回家！」

重案組長廊盡頭的小房間裡，燈光刺眼且悶熱，漢斯．亨力克．豪格坐在裡面捏著手啜泣。他的衣服又皺又臭，散發著汗臭和尿騷味。打從勞拉．克約爾的屍體被發現起，已經過了六天，蘇林拘禁他也將近兩天了。法官給重案組四十八小時，尋找足夠起訴他的證據，但截至目前為止，一無所獲。蘇林確信豪格知道的，絕對比他透露的還多，他不是傻子。這位出身自南丹麥大學的電腦專家，在工作上作風老派且保守，但其實為人世故。他聲稱在遇到勞拉．克約爾之前四處搬遷，是自由接案的資訊科技開發員，之後才在這家位於卡爾維博德碼頭（Kalvebod Quay）的中型科技公司找到目前的這份工作，安定下來。

「沒人可以證明你星期一晚上待在旅館裡，也沒人注意到你的車停在停車場，直到隔天早上七點。你究竟在哪裡？」

豪格被拘禁後，要求找律師。結果來了一位年輕女律師，一副精明能幹，身上穿著蘇林一輩子都買不起的套裝。律師開口回應了。

「我的委託人堅稱他一整晚都待在那家汽車旅館的房間裡。他耐心地重複自己與此案無關，所以若是你們拿不出新證據，請盡快放他出去。」

蘇林只是看著豪格。

「事實是你沒有不在場證明，還有，你出門參加商展的那天，勞拉．克約爾在你毫不知情的情況下換了門鎖，為什麼？」

「我說過了，馬格努斯丟了一把鑰匙——」

「是因為她有了別人？」

「不是！」

「但她在電話裡告知你門鎖換了，所以你發脾氣。」

「她沒告訴我門鎖換了——」

「馬格努斯的病情一定造成你們的關係緊繃。如果她突然告訴你，她在別處找到了慰藉，我能理解你為何發怒。」

「我不知道有任何人介入我們的關係中，而且我永遠不會對馬格努斯發脾氣。」

「所以你對勞拉發脾氣囉？」

「沒有，我沒發脾氣——」

「但她換了門鎖，因為她不要你了，這就是她在電話裡告訴你的話。你覺得很挫敗，你為了她和那個男孩付出那麼多，於是你開車回到那棟房子——」

「我沒有回到那棟房子——」

「你敲門或是敲了窗戶，她不希望你吵到孩子就開了門。你和她談話，提醒她手指上的婚戒——」

「妳胡說——」

「——那枚你送她的戒指，但她的態度冷漠又疏離。你拉她到屋外，但她只是不停咒罵你。你們兩人之間玩完了，你失去一切，不能再見到男孩，因為你什麼也不是了，然後你——」

「妳胡說，不是那樣的！」

蘇林感到律師眼中射來怒氣，但她仍繼續盯著豪格。豪格又開始扭弄雙手，撥弄手指上的戒指。

「這樣下去會沒完沒了。我的委託人才剛失去未婚妻，而且很擔心那個男孩，你們繼續拘禁他這樣不太人道。我的委託人想盡快回到他的家，在男孩出院後協助他回到生活正軌，給他安全感——」

「我們只想回家，老天！你們打算在我們家待多久？你們現在應該可以放了我們吧！」

豪格突然的爆發令蘇林不解。在這場搜屋鑑定和拒絕他入屋的持久戰中，這已不是這位四十三歲的資訊科技開發員第一次失控，但邏輯上，豪格理應對警察好整以暇地不斷搜屋一事感到欣慰才是。從另一個角度來看，那房子的每個犄角旮旯都被搜了好幾遍，若豪格真藏有東西，必定早被翻出來了，所以蘇林只能推測他只是在擔心男孩。

「我的委託人當然願意配合你們調查。但他可以離開了嗎？」

豪格緊張地瞧著蘇林。蘇林知道她必須放人了，然後向尼藍德報告，勞拉．克約爾的案子依舊在原地打轉。尼藍德絕對會發火，並要求蘇林別再散漫，別再浪費時間和資源，他還會詢問赫斯那邊的進度。但蘇林回答不了。自從上星期二晚上他們在格洛斯特魯普醫院分別後，赫斯基本上隨興而為，想來就來想走就走，幾乎沒什麼作為。週末他打了電話過來詢問查案進度，他那頭的電話裡傳來關於油漆和顏色代碼之類的交談聲，聽起來像是在一家ＤＩＹ店家。他掛斷電話後，蘇林這才意識到這通電話只是他的一個幌子，目的是製造他仍然在查案的錯覺。蘇林沒打算告狀，何必呢，尼藍德才因拘禁豪格無果而惱怒，若再被告知赫斯的缺席，必定會抓狂。這對蘇林沒好處，更何況她還想提醒尼藍德星期五關於轉調ＮＣ３的約談，但尼藍德仍舊以沒時間為由，又單方面取消了。

「可以，但那棟房子必須等到鑑識結果出來才能解除封鎖，所以妳的委託人必須另找住處。」

律師滿意地闔上公事包，站了起來。豪格本想出聲抗議，但被律師的目光阻止，閉上了嘴。

29

白樺樹高聳，黃葉在風中狂舞，赫斯將警車直接停在鑑識部的大門口。他走到一樓接待處，先發制人地亮出警徽並聲稱有來電預約。一會兒後，穿著白袍的建茲走了進來，一見是他，倒是有些意外。

「我想請你幫個忙，做個小實驗。花不了多久時間，我需要一間無菌室，和一位能操作顯微鏡的專業技師。」

「這裡大部分的人都會。是怎麼樣的實驗？」

「我必須先知道能不能相信你。這個實驗其實有點多餘，不值得花時間，但我不想錯失任何可能的線索。」

建茲抱著懷疑的態度聽著赫斯說完，咧嘴一笑。

「如果你是拐彎抹角地諷刺我前幾天的話，我希望你能明白，我沒有隨便說說，而是有經過審慎的比對和評估。」

「看來，現在輪到我必須審慎地評估了。」

「你是認真的？」

「我很認真。」

建茲快速回頭瞥了一眼，可能是在擔心辦公桌上堆積如山的工作。

「好，只要是和案情有關，並且不違法。」

「這你不用擔心，除非你是吃素的。我要把車開進來，從哪裡進去？」

大樓側邊的最後一道電動門滑開，赫斯將警車倒了進去，建茲趕緊按下按鍵關門，以防止落葉尾隨而入。這個空間大約是汽車維修廠的大小，是該部門的汽車鑑識室之一，雖然赫斯真正想鑑識的不是車子，但這裡也算符合他的需求。室內的天花板裝有明亮的燈管，地上有條排水溝。

「你想鑑識什麼？」

「你幫忙抬就知道了。」

赫斯打開後車廂的門，建茲目瞪口呆地注視著一具包裹在透明厚塑膠袋裡的慘白屍體。

「那是什麼？」

「死豬，差不多三個月大，在鮮肉市場買的，一直被吊掛在冷藏庫裡。我們把它抬到那張桌子上。」

赫斯抓住死豬的後腳，建茲怯生生地抓住了前腿，兩人將它抬到房間另一頭的不鏽鋼桌上。死豬的肚子被剖開，內臟已經全被取出，兩隻眼睛空洞地瞪著牆壁。

「我看不懂這怎麼會跟案情有關？我可沒時間和你開玩笑。」

「我沒在跟你開玩笑。這傢伙有四十五公斤重，差不多是一個九到十二歲孩子的體重。它有頭，有四肢，雖然軟骨組織、肌肉、骨頭與人類的不太一樣，但足夠讓我們比對凶器了。先肢解了再說。」

「肢解？」

建茲吃驚地看著赫斯，然而赫斯逕自轉身走回到車邊，從後座拿出一箱文件夾和一個被包裹住的長形物體。接著，他一手臂夾著檔案箱，拆開長形物體的厚包裝，展露出一把將近一公尺長的開山刀。

「這就是肢解完後要鑑識的目標物。這把開山刀，與哈同案在凶手家中找到的那支差不多，我希望能盡量按照凶手的口供來肢解這隻豬。借我一條圍裙。」

赫斯將開山刀和哈同案的檔案箱放到建茲身旁的不鏽鋼桌上，然後取下掛鈎上的一條圍裙。建茲看看檔案箱，又看看赫斯。

「但這是為了什麼？我以為這與哈同案無關，蘇林跟我說——」

「目前還無關。如果有人問起，就說這是聖誕節要用的；砍成小塊好放入冷凍庫保存。要由你來動第一刀，還是我來？」

上個星期的這個時候，赫斯絕對想不到自己會在這裡肢解一頭豬，不過後來發生一些事，使他對勞拉．克約爾的案子有了全新的看法。但這和他去了格洛斯特魯普醫院探訪馬格努斯後，所感受到的不安無關。那個沾有克莉絲汀．哈同指紋的栗子人，被留在犯罪現場的時間，若真與凶案發生的時間差不多，也實在太湊巧了。不過他離開醫院搭乘捷運回家時，不知不覺中又重新捋順了下案情。他並非在懷疑一年前那個女孩被殺且被分屍的調查結果。根據他自身經驗，在丹麥從事警察工作並不輕鬆，不過凶殺小組的破案率一直是歐洲警界的佼佼者。這個國家仍然重視人命的寶貴，尤其對孩子的更是慎重，特別是一位重要國會官員的孩子。克莉絲汀．哈同是一位部長的女兒，意義更是重大，當初這個女孩的遇害很可能被視為國安級別的大案子，國家全面動員，探員、鑑識人員、遺傳基因學者、特警小組和情報單位，展開全天候嚴密調查。所以，赫斯對此案的偵查過程和結果都是有信心的。但如此的巧合太過蹊蹺，即使回到了奧汀的住所，他仍然反覆思索停不下來。

幾天過去了，那個男友，漢斯．亨力克．豪格合理地成了最大嫌疑人，赫斯也接受了這個調查方向。這案子的調查由蘇林負責，而她既細心又意志堅定，並非池中物，終究會離開重案組更上一層樓。她對赫斯的態度一直都是冷冰冰的，但話說回來，赫斯除了那次主動去探訪馬格努斯．克約爾，付出甚少，再加上他又刻意保持距離，將大部分的精力都放在那份要交給歐洲刑警組織上司的報告。

經過與弗朗索瓦的仔細討論，他修改了幾個地方，兩人各自將報告上呈給弗雷曼，接著赫斯就趁著上司評估的空檔著手裝修公寓。既然再過不久他就會回到從前馬不停蹄的工作步調，他便開始尋找售屋仲介公司，而且已經接觸了幾家。他打電話過去的前三家都不甚理想，直到第四家才稍感滿意，但那位仲介事先提醒赫斯別期望太高，就他所知，那個地區的名聲不算太好，最後甚至補上一句：「除非買主是個回教徒，再不然就是得重病厭世的人。」而那位不插手就難安、熱心過度的管理人，自然而然地加入了他的裝修工作。這位個子矮小的巴基斯坦男子在赫斯刷漆時，不停地一旁耳提面命，不過最後出來的成果確實十分成功。

然而就在昨晚，發生了一件事，出現了轉折。首先，他接到海牙打來的電話。一位祕書冷冰冰地以英語通知赫斯，弗雷曼要在隔天下午三點與他電話會談，赫斯十分期待此次的會談，不禁精神一振，本來不打算漆天花板的，頭腦一熱就動手往上刷漆了。但厚紙板已經用完，只好拿管理員從地下室搬來的一疊舊報紙鋪地。就在他刷完小廚房的天花板、往下瞥時，看到一張報紙上的克莉絲汀・哈同仰望著他。

這誘惑太大了，他用沾了油漆的手撿起報紙。標題寫著：**克莉絲汀身在何處？**他隨即去翻找這段報導的其他頁面，後來在浴室地板上找到。原來是個專欄，日期是去年的十二月十日，文章摘要了案情，以及搜尋克莉絲汀・哈同遺體的無果。儘管當時警方確定克莉絲汀已遭殺害，但文章裡似乎對此抱持保守態度，並提出了驚人的看法。凶手利呂斯・貝克爾，在一個月前的審訊中，坦承對死者進行性侵後殺害並分屍，但屍體一直沒找到。文章中附有警方搜索霧氣繚繞的森林黑白照片，並引用多位不具名的警方人士意見。他們認為屍塊很可能被狐狸、袋獾或其他動物挖出並吃掉，這也許能說明為何搜尋無果。然而尼藍德對搜索仍抱持樂觀的看法，儘管他也認為天氣會提高搜尋難度。寫這篇文章的記者問尼藍德，既然找不到屍塊，利呂斯．貝克爾的供詞是否可能是假的，但尼藍德對此反駁。除了貝克爾的供詞，警方尚且掌握了謀殺和分屍的決定性證物，但尼藍德不願透露細節。

赫斯閱畢，又回頭去刷漆，但有個念頭不斷糾纏著，逼得他放下刷子，過去警局一趟。他一來是需要借一輛警車，好在隔天去DIY商店載回地板磨砂機，二來是為了讓自己安心。

警局走廊空蕩蕩的，當時是星期日將近十點，他很幸運趕上了最後一位值班的行政人員。他在昏暗的檔案管理部裡一台螢幕上做了登錄，並向值班人員說明原因：他需要調閱勞拉．克約爾的案件。但值班人員一走開，他立刻去找克莉絲汀．哈同的檔案。

這份檔案十分耗人心神，有將近五百份的口供，搜查了上百個地點場所，還有數不清的物件被送去做鑑識。然而赫斯的目標只鎖定在不利於利呂斯．貝克爾的證據一覽表上，事情因此變得簡單多了。只是問題來了，就算看完那份一覽表，他依舊沒有安心下來，反而更加混亂。

首先，他發現利呂斯．貝克爾之所以被列為嫌疑人，是一個匿名線報的關係。貝克爾有性侵前科，理所當然地被傳訊，但審問沒有任何結果，直到那條匿名線報的出現，而警方始終不清楚其來源。另一個困擾赫斯的點，是貝克爾堅持他記不得埋屍的確切地點，說是天色太暗，並且當時他十分慌亂。

那個不利於貝克爾的證物，是警方在搜查貝克爾位於北部比斯佩比約格區（Bispebjerg）的一樓公寓時，在車庫發現的，顯然是用來分屍的凶器；這顯然就是那篇文章中，尼藍德所說的決定性證物。那是把九十公分長的開山刀，被基因鑑識人員判定出刀上沾有百分之百符合克莉絲汀．哈同的血跡，隨後貝克爾就招認殺害了克莉絲汀。他的供詞描述了他開車跟蹤那個女孩進入森林，暴力制服了她，性侵後勒斃，再從後車廂拿出黑色垃圾袋包住屍體，開車回家從車庫拿開山刀和鏟子。然而，他堅稱自己當時有昏厥症，記憶很模糊又片段。他告訴警方，他開車載運屍體出城時，天色已暗，最後來到西蘭島北方的森林。他挖了一個洞，分屍並將部分屍塊埋進洞裡，很可能是軀幹部分，再開車繼續深入森林，埋下四肢。那把開山刀在基因鑑識人員的鑑識報告下，成了克莉絲汀・哈同案的凶器無疑，全案就此終結。

但也正是那份鑑識報告，讓赫斯在那天早上跑了一趟肉類市場。在前往鑑識部的路上，他在加姆梅爾托夫（Gammeltorv）舊市場附近的一家獵具釣具用品店停了下來。這家店是當初他還在重案組服勤時知道的，店裡仍有販售少見的刀具武器，赫斯不禁懷疑這是否合法。他找到了一把開山刀，儘管和哈同案的那把不完全雷同，但粗製的刀刃在長度、重量和彎度上卻大致相同，材質也一樣。他斟酌著應該找哪位鑑識人員協助他做實驗，想到建茲向來的聲望就不錯，即便在歐洲刑警組織中也是公認的好手，因此就決定找他。更何況，建茲身處上位，赫斯就能避免向舊識借調人手的麻煩。

他們兩人肢解死豬的工作接近尾聲，赫斯乾淨俐落地劈砍前肢肩胛骨下方的關節，兩下就把整隻前腿砍下來，他擦著額頭的汗水，退開不鏽鋼桌。

「然後呢，完工了嗎？」

一直幫忙固定死豬的建茲，放開了那隻前腿和軀幹，看了看手錶。赫斯舉高刀刃，就著燈光審視劈砍骨頭後的刃口。

「還沒。我們先清理環境，希望你的顯微鏡倍數夠高。」

「為什麼要那麼高的倍數？我還是搞不明白我們在幹嘛。」

赫斯沒有回應，只是用食指指尖輕輕滑過刀刃。

30

蘇林沮喪地滑著滑鼠，滾動面前液晶螢幕上的資料，看著勞拉・克約爾的通聯紀錄一頁頁滑開。鑑識部資訊科技人員送來了三個資料夾，其中包含了克約爾的簡訊、電子郵件和臉書的更新紀錄。她在上個星期已經反覆看了數次，但現在豪格被釋放，偵查工作頓時失去了方向。剛才一進入辦公室，她就要求被指派前來協助的兩位男探員，概括整理釋放豪格後偵查的可能方向，好提交給尼藍德。

「男孩的輔導老師，可能性很高，」其中一位說。「男孩病情不穩，不是自我封閉就是突然間爆發，攻擊性十足，所以這個老師和勞拉・克約爾的接觸機率很高。他說了，他曾多次建議男孩的母親將他送進特殊教育學校，兩人的關係也許就是從那時開始發展的。」

「如何發展？」蘇林想知道細節。

「也許那位母親開始腳踏兩條船，然後某天晚上老師無預警地來到她家，要求上床，麻煩就來了。」

蘇林不再理會他，專心面對著螢幕上大量滑過的字句。

數位鑑識人員說得沒錯，勞拉・克約爾的網路活動在凶殺發生前並不活躍，對調查毫無幫助。都是一些雞毛蒜皮的小事，大多是她和豪格之間的互動。於是蘇林要求瀏覽回溯至兩年前，克約爾丈夫過世之後的簡訊、電子郵件和臉書更新。她在警局自己的電腦螢幕上，輸入建茲在電話裡告訴她的密碼登錄資料庫，建茲則趁機詢問克莉絲汀・哈同的指紋對此案的影響。儘管建茲有權關切，但蘇林只覺不耐煩，便委婉地回應，邏輯上這個指紋並不值得花時間去琢磨。但事後她又後悔了，建茲是少數會追蹤案子發展的鑑識人員，為了彌補，她決定重新考慮和建茲去慢跑。

蘇林並未從頭到尾瀏覽那個資料庫，但所讀到的內容，已足夠勾勒出那位死者的大致輪廓。但這幫助不大，因此她拜訪了勞拉．克約爾上班的牙科診所。在那家位於市中心優美的步行街道邊、充滿消毒水氣味的牙科診所裡，克約爾的同事傷心地表示，勞拉是個居家型的女人，生活重心都放在她的兒子馬格努斯身上。兩年前，丈夫過世後她一直悶悶不樂，尤其是在那之後，原本活潑開朗的七歲兒子性情大變，從此極度地內向寡言。勞拉不是個能過單身生活的人，一位年輕的女同事介紹她許多約會網站。她透過 Tinder、Happn 和 Candidate 等約會軟體的媒合，與幾位男性約會過，而這點，蘇林已從她的電子郵件中得知。

但勞拉一直遇不到一位願意發展長期關係的對象，於是她換到《第二春》約會網站，嘗試幾次後，碰到了漢斯．亨力克．豪格。豪格與之前的約會對象不同，願意接受勞拉的兒子，勞拉一頭栽進愛河裡，開心地回到家庭生活。然而，馬格努斯社交障礙的情況愈加嚴重，成為了根管治療和洗牙之間閒聊的主題，勞拉越來越執著地尋找專家，希望能協助已被確診為自閉症的兒子。

勞拉的同事對豪格的評語全是正面的，說他偶爾會來接勞拉下班。豪格對待馬格努斯的耐心和付出是勞拉的一大支撐，甚至有幾位同事認為，若不是有豪格在，勞拉早就崩潰了。不過近幾個星期來，勞拉不再像以往那樣經常提起兒子的事。勞拉遭到殺害前的那個星期五，她請假想在家陪兒子，並取消了和幾位同事去馬爾默（Malmø）做兩天一夜受訓的計畫。

這些蘇林也從勞拉的簡訊中得知。豪格在上班時間傳簡訊給她，擔心她為了陪兒子孤立自己，將朋友往外推，但勞拉的回應十分冷淡。不過，豪格並沒有為此生氣，反而不斷傳簡訊想引起勞拉的注意，他執著地稱呼勞拉「此生至愛」、「親愛的」、「甜心」，以及其他令蘇林想吐的親暱稱呼。

蘇林趁著豪格被拘禁的期間，拿到傳票瀏覽豪格的網上活動，很希望能看到他的另一面，但她仍然失望了。她讀到的是一個全心投入工作的男人，是公司的重要員工，閒暇時間除了陪伴勞拉和馬格努斯，就是待在屋子、花園和車庫中。車庫顯然是他親自挖地基、完成主要結構的。豪格臉書上的分享十分稀少，頂多就一張他在花園中穿著連身工作服，和勞拉、馬格努斯站在手推車旁的照片。照片中沒有任何可疑的細節。也不見尋常男人都會上網搜尋色情圖片和三級片的痕跡。蘇林在最初審訊中曾詢問過豪格，為何對社交平台興趣缺缺，豪格回答，他工作時已花了許多時間盯著螢幕，閒暇時就想轉移注意力到其他事物上。他的同事和小小的朋友圈也確認了他這個無害的形象，他們在商展中和商展前都沒注意到他有什麼異樣。

接著，蘇林將希望寄託在建茲的鑑識工作上，豪格的車子、大量的衣鞋都被查封送檢，鑑識是否有勞拉．克約爾的血跡或其他凶殺遺留下來的證據。但依舊沒有任何發現。建茲後來告訴蘇林，封住勞拉嘴巴的絕緣膠帶和綁住她手腕的纜繩，都與豪格車庫架子上的不同，蘇林的希望隨之破滅。殺人的棍棒和肢解死者右手的鋸子，仍然下落不明；那隻手，也是。

蘇林登出資料庫後，做了一個決定。尼藍德只能耐心等下去了。她起身，拿起外套，打斷仍然繞著輔導老師話題打轉的兩位探員。

「放過那個老師，鎖定在豪格身上。再瀏覽一次道路監視器畫面，在那晚十點到隔天早上七點，從商展會場到胡蘇姆之間的路線，看能不能找到豪格的車子。」

「豪格的車子？但我們已經找過了。」

「那就再找一次。」

「我們不是才剛放了豪格？」

「如果有任何發現，打電話給我。我現在要再去找一次豪格的老闆。」

蘇林在他們的抗議聲中大步離去，卻在門口撞上了消失許久的赫斯。

「有時間嗎？」

赫斯像是來找麻煩的，甚至瞥了後面兩位探員一眼。蘇林繞過他。

「沒有。」

31

「抱歉今天早上我不在。我知道妳放走了豪格，但他也許沒那麼要緊。我們得再談談那枚指紋。」

「那枚指紋無關緊要。」蘇林大步走下長廊，赫斯的聲音在後面緊跟著她。

「那個男孩說，栗子娃娃在凶殺案發生前並不在那裡。妳最好查查，以確認男孩的話是否正確。住在那附近的人很可能看見了什麼。」

蘇林就快走到通往下面中庭的迴旋樓梯時，她的手機響起，但她不想放慢步伐，只好任由它繼續響著。她快步下樓，赫斯繼續窮追不捨。

「不需要，我們已經有合理的解釋了。本部門，向來主張時間必須花在尚未結案的案子上，而不是已經結案的。」

「這正是我來找妳談的原因。等一下，該死的！」

蘇林走下最後一層階梯，跨進空蕩蕩的中庭，赫斯抓住她的肩膀，逼她停下腳步。她甩開赫斯的手，瞪著他，他一隻手指用力戳著一個文件夾，蘇林認得那是案情摘要表。

「根據此案的分析，利呂斯·貝克爾用來分屍克莉絲汀·哈同的凶器上，沒有任何骨頭粉末的跡象。凶器上只驗出克莉絲汀的血跡，警方以這條線索再加上貝克爾的口供，就判定分屍的說法成立。」

「你究竟想說什麼？那份報告你是從哪裡拿的？」

「我剛從鑑識部過來，建茲協助我完成了一份實驗。我們拿刀砍骨頭時，任何一種骨頭，把刀放到顯微鏡下，刀刃的裂痕和凹口都會沾有骨頭粉末。妳看這張顯微鏡放大出來的照片，上面就是我們用來做實驗的開山刀的刀刃。無論清洗得再仔細徹底，都洗不掉那些微粒。但基因鑑識人員只找到血跡，沒有骨頭粉粒。」

赫斯遞給蘇林幾張放大的照片，照片中是一片金屬表面的小微粒，那金屬本體應該就是那把開山刀。但引起她注意的，是另一張照片中被砍斷的四肢。

「背景裡的是什麼？一隻豬？」

「這只是實驗，不能當作證據，但重點是——」

「如果這點真的那麼重要，負責此案的人員很可能早就想到了，不是嗎？」

「當時並沒那麼重要，但現在就很重要了，因為我們發現那枚指紋！」

大門被推開，冷風呼嘯著灌了進來，同時帶進來了兩個大笑中的男人。一位是提姆・傑生（Tim Jansen），高大魁梧的他與搭檔馬汀・理克斯（Martin Ricks）永遠形影不離。傑生是出了名的精明幹練，但在蘇林眼中，他只是一頭沙文豬。蘇林記得十分清楚，那年冬天的格鬥訓練中，這個人用鼠蹊部搓揉她，蘇林用肘尖狠狠撞上他的心窩，他才痛得放開她。傑生和他的搭檔，就是從利呂斯・貝克爾口中問出口供的探員，蘇林直覺他們兩人在重案組的地位是不可動搖的。

「你好啊，赫斯。回來休假嗎？」

傑生笑嘻嘻地和赫斯打招呼，但赫斯沒有回應。赫斯等著他們穿過中庭才繼續說話，蘇林很想告訴他，他沒必要如此防備別人。

「或許這點也沒那麼重要。畢竟，刀上殘留了克莉絲汀的血跡，就我個人來說，有沒有骨頭粉粒我無所謂，但妳需要去找妳的上司，討論未來的調查方向。」赫斯盯著蘇林的眼睛說。

蘇林不願坦承，她去醫院探訪馬格努斯回來後，也登錄資料庫調閱了克莉絲汀的案子，只為了確認她的確沒必要再為指紋的事費神；但現在她不安起來，因為事情可能沒那麼簡單。更何況，這又令她想起了她和赫斯前幾天去哈同家訪查時，那對父母傷痛的表情。

「你來告訴我這些，是因為你在海牙工作，就自以為是凶殺案的專家了？」

「不是，我告訴妳這些是因為——」

「那就別插手。我希望你別再打擾和踐踏那些哀痛的人，只因為別人做了該做的事，而你沒有。」

赫斯盯著她。蘇林從他的眼神裡看出他十分震驚。他一直順著自己的邏輯在查案，卻沒意識到自己在幫倒忙，什麼也改變不了。蘇林正打算朝大門走去，中庭對面有人在喊她。

「蘇林，鑑識人員在找妳！」

蘇林抬頭望著那位警官走下了樓梯，他手上拿著一支手機。

「跟他們說，我待會打回去。」

「是大事，勞拉．克約爾的手機剛收到一通簡訊。」

蘇林感受到身旁的赫斯警覺起來，也轉過去看著那位警官。蘇林接過手機。

電話那頭是一位數位鑑識人員，十分年輕，但蘇林想不起他的名字。他飛快地說明情況，語速快到甚至都有點咬字不清。

「是死者的手機，我們一向是鑑識完就會跟電信公司註銷電話號碼，但手續要跑個兩天，所以這支手機仍舊有效，仍然可以——」

「你直接告訴我簡訊的內容。」

蘇林盯著中庭周圍的圓柱，青銅色的落葉在風中翻飛，她察覺到赫斯盯著她的後頸。鑑識人員唸出了簡訊。一陣寒冷的氣流鑽過未闔閉的大門，蘇林聽到自己在詢問對方，是否能追蹤到發信人。

32

蘿莎．哈同才與支持黨的領導人格特．巴克（Gert Bukke）開會十五分鐘，就已意識到事情嚴重不對勁。

她剛復職的前幾天一直十分忙碌，與此同時，關於下一個財政年度的社會制度預算提案，在部門和巴克辦公室來來回回數次。她和沃戈日以繼夜，並同心協力地統籌出一個折衷辦法，能同時滿足支持黨和政府，而忙碌正好對蘿莎很有幫助。最近六天來，她不斷告訴自己忘掉那兩位探員所帶來的妄想，全心投入達成社會政策的協議，完成首相的心願。蘿莎十分看重首相對她的信心，她曾信誓旦旦地保證，她已準備好復職並重新擔起部長的責任。雖然這份保證並非全然屬實，卻能幫助蘿莎將注意力移回到工作中。一個星期下來，幸好一切都十分順利，正當她感覺事情往好的方向發展時，現在卻坐在禮拜堂隔壁的會議室中，嚴肅地審視著格特．巴克。巴克在沃戈說明提案的修改方案時，一直客套地點著頭，但蘿莎看得出來他並沒有專心聆聽，而是在方格筆記本上亂畫。他開口說話時，蘿莎吃了一驚。

「我了解你們的意思，但我必須先和我的團隊討論。」

「但你之前不是和他們討論過，而且好幾次了？」

「沒錯，我們現在必須再討論一次。這場會議就到此為止？」

「你的團隊不是對你唯命是從嗎，巴克？我要知道，我們到底有無機會達成共識，尤其是趕在——」

「蘿莎，我很清楚流程。我們必須再討論一次。」

蘿莎看著他起身，心裡十分明白巴克只是在拖延時間，卻不明白為何。他現在的民調支持度並不好看，若雙方能盡快達成協議，理論上，他的支持度應該能回到正軌上。

「巴克，若你有任何意見都可以提出來討論，但我們不願再接受任何手段的要脅。這份提案，我們已經協商了將近一個星期，我們願意讓步，但不會——」

「什麼壓力？」

「我是這麼看的，是首相在對我們施加壓力，但我不喜歡那樣，我會按照自己的步調來走。」

格特・巴克坐回椅子上，上半身傾前。

「蘿莎，我欣賞妳，對妳的失去和遺憾，我感同身受。但我坦白說，妳似乎是被硬拖回來救火，這行不通的。」

「我不明白你的意思。」

「妳不在的那年，政府經歷了一場又一場的風暴，現在正在調查民意支持度，於是首相情急拚命，打算盡快送出財務議案這塊大餅。他思前想後，決定將最受歡迎的部長，例如妳，硬拖進來扮演聖誕老公公的角色，好在連任前將選民拉攏回來。」

「巴克，我不是被硬拖回來，是我自己要求復職的。」

「隨便妳怎麼說。」

「既然你認為財務提案是塊大餅，那麼我們就來好好說說。我們的任期才過了一半，還有兩年的時間必須合作共事，所以我最在意的，是找出一個雙方都滿意的方案。但你似乎在拖延時間。」

「我並沒有在拖延時間。我只是說，我有我的顧忌，妳當然也有妳的考量，因此要達成協議當然有困難。」

巴克客氣地微微一笑，蘿莎繼續盯著他瞧。沃戈一直徒勞無功地想緩和氣氛，見狀只能再次嘗試。

「巴克，如果我們再削減——」

蘿莎霍然起身。

「不用，我們到此為止。就給巴克時間，讓他和團隊討論。」

她點了個頭以示道別，大步走出了房門，腓特烈．沃戈都還來不及反應。

克里斯蒂安堡宮殿的大廳擠滿了觀光客，導覽人員指著天花板上歷任國家元首的畫像，熱情地解說。早上她來上班時，就注意到停在外面的遊覽車，雖然她向來不喜歡成為焦點，但今天卻逕自從人群中穿過，繃著臉走上樓梯。沃戈追了上來。

「我只是想提醒一下，我們需要他們的支持。他們是國會的根基，妳不能那樣應對，就算他提起了妳的——」

「跟那件事無關。我們這一個星期的心血都白費了。他就是打算讓別人以為我不稱職，這樣協商一旦破裂，他就有藉口忽悠他的支持者，我們會被逼著針對預算法案舉行投票表決。」

在蘿莎看來，巴克打從心底就不想和政府合作。也許反對黨給出的方案更加優渥，而他接受了。若真如他所願，預算法案就必須投票表決，巴克所屬的中間政黨就有可能結成新的聯盟；回想他剛才說的話「妳當然也有妳的考量」，很可能是在暗示，他將盡全力阻礙蘿莎必須完成的職責。

與她並行的沃戈，盯著她看。

「妳認為他手上還有反對黨的提案？若真是那樣，妳剛才放下走人不就正中他的下懷，讓他明正言順考慮接受對方的提案？首相不會樂意見到這種結果。」

「怎麼說？」

蘿莎猛地驚覺自己犯了一個大錯。復職以來，她一直躲避媒體，要求團隊溫和但堅決地拒絕所有專訪的邀約，部分原因在於，她很清楚採訪者真正想探問的是什麼，另一部分是她想將時間和精力放在協商上，但前一個才是她躲避的主因。沃戈一直勸她不能將媒體拒之千里，但她聽不進去，然而現在，站在旁觀者的角度來看，她才意識到若是協商破裂，自己的低調將會被抹黑成軟弱，不堪擔負重任。

「……安排一些專訪，只要插得進去今天的行程中，我全都要。就把我們的社政提案公諸於世，越多人聽到越好，給巴克施加一點壓力。」

「贊成。但採訪的內容很難只鎖定在政治議題上。」

蘿莎還來不及回應，一個年輕女子重重撞上她的肩膀。她趕緊扶牆穩住自己，免得摔倒。

「喂，妳幹什麼！」沃戈拽住女子的手臂，氣憤地瞪著她。女子回頭瞥了一眼，但腳下一秒都沒耽擱，繼續往前走。她穿著連帽背心，兜帽罩住頭。蘿莎只來得及一瞥女子的黑色眼睛，女子就消失了，顯然隱入一組觀光客之中。

「真是白痴。妳還好吧？」

蘿莎點點頭，繼續往前走，沃戈拿出了手機。

「我現在就安排專訪。」

沃戈聯絡上第一位記者時，兩人已走到樓梯口。蘿莎回頭一望，只見人頭鑽動，再也不見那位女子的身影。她突然意識到那個女人有些眼熟，卻想不起來在哪裡，又是何時見過她。

「第一場專訪，十五分鐘後，可以嗎？」

沃戈的聲音將出神的她揪回到現實中，她回神專注在眼前的麻煩上，很快就將那位女子拋諸腦後。

33

秋風狂掃著賈爾馬士廣場（Jarmers Square）鷹架上翻飛的防水布，廣場這裡的交通被堵死了。白色警車閃著警示燈，高鳴著警笛，快速駛過石子路，經過那座中世紀遺跡，但仍舊被堵在一輛載滿濕葉的公務貨車後方。

「再具體一點。訊號呢！」

蘇林坐在方向盤後，不耐煩地等著數位鑑識人員以無線電回應她，同時試著超車。

「那支手機的訊號離開了塔均斯弗吉大街（Tagensvej）和湖區，往戛德斯大道（Gothersgade）前進，很可能是在行駛中的車輛上。」

「發信人的個人資料呢？」

「還沒收到。那通簡訊是手機發送出來的，SIM卡是未登記的預付卡，不過我們把簡訊發送過去了，妳自己看。」

蘇林猛按喇叭，踩下油門鑽進一個空子，赫斯在旁邊唸出手機螢幕上的簡訊內容。

「栗子人，進來了。栗子人，進來了。你今天有帶栗子來給我嗎？謝謝你，要不要留下……」

「這是改編了兒歌〈蘋果人，進來了〉。孩子會隨興把『蘋果人』換成『桃子人』、『栗子人』，隨便你想換成什麼。走啊，搞什麼！」

蘇林用手掌使勁拍著喇叭，超過了一輛休旅車。赫斯看著她。

「有誰知道我們在犯罪現場找到了栗子人？是不是報告或鑑識分析上有提到——」

「都沒有，尼藍德封鎖了消息，外界不會知道。」

蘇林清楚赫斯這麼問的原因。若是他們找到沾有克莉絲汀・哈同指紋的栗子人的消息，而且被洩露出去，任何有前科的瘋子都可能發送這封簡訊過來搗亂。但這封簡訊直接發送到勞拉・克約爾的手機，所以這個可能性不大。一想到這裡，她又對著無線電對講機大吼。

「現在呢？往哪裡走？」

「訊號朝基督九世大道（Christian IX's Gade）前進，似乎進入了建築物，越來越弱。」

紅燈亮起，但蘇林將車開上人行道，將油門一踩到底，飛馳過十字路口，殺氣騰騰地死盯著前方。

34

他們下車，跑下坡道，越過在柵欄後方排隊等著進入室內停車場的車輛。根據最後一次的更新，那支手機在斷訊前是朝這個方向而來。但停車場快滿了，又是星期一的中午，人們在車輛之間穿梭。一家家的人提著沉重的購物袋和準備過萬聖節的南瓜。音響原本播放著的音樂被一陣歡快的廣播打斷，廣播正宣布著百貨公司正在進行秋季跳樓大折扣。

蘇林朝對面盡頭處停車場管理員的小亭子直直走去。裡面一個年輕人側身而坐，正拿著文件夾放回櫃子上。

「警察，我需要知道——」

她看到管理員戴著耳機，只好大力敲著玻璃窗，等年輕人注意到她的存在，才亮出警徽。

「我要知道前五分鐘進來停車的車輛！」

「查不到。」

「不是有監視攝影機嗎！」

蘇林指著年輕人背後的小電視牆，年輕人這才反應過來，意識到事態的緊迫。

「倒帶，快！」

那支手機的訊號在進入這棟大樓後就消失了，但蘇林可以找出前五分鐘駛入的車輛，以及車牌號碼來縮小調查範圍。然而，管理員只是四處翻找著遙控器。

「我倒是記得有一輛賓士，一輛快遞貨車，和幾輛普通——」

「快，快，快！」

「蘇林，手機訊號朝購物步行街去了！」

蘇林回頭瞥了一眼赫斯，他拿著手機貼在耳邊，正在聆聽從追蹤器傳來的資訊。他彎彎繞繞地穿梭於車輛之間，朝出口疾走過去。蘇林回頭對小亭子內的管理員說話，他終於找到遙控器了。

「算了。我現在要看百貨公司內部的監視器，一樓的，鏡頭照著購物步行街出口的那架！」

管理員指著最上面三台螢幕，蘇林死盯著那些黑白畫面。百貨公司裡萬頭鑽動，人群多得像蟻丘裡的螞蟻，而且幾乎都長得一樣。但突然間，她瞥見一個形單隻影的人。那個人似乎目的地明確，穿行過商店，朝購物步行街的出口的方向走去。他一直背對著監視器的鏡頭。蘇林一看到那個深髮、穿著西裝的身影消失在一根柱子後面，立刻拔足狂奔。

35

埃里克．塞傑爾拉森（Erik Sejer-Lassen）距離前面那個女人僅有三步之遙，能聞得到女人的香水味。女人三十出頭，穿著黑裙和黑襪，他快受不了女人腳上Louboutin高跟鞋的叩叩聲，但仍然跟著她穿過女性內衣店面。女人穿著時尚，身材比例是他喜愛的豐胸細腰，他猜測女人是在鏡子、精油、熱石按摩之類的地方上班，工作只是用來打發時間，內心其實在等著有錢人將她娶回家，像家具擺設一樣供養著。他幻想著將女人推進門裡，拉起裙子，從後方插入她體內，抓住那一頭淺金色長髮往後扯，讓女人尖叫。他也可能先耍些套路搏取芳心，邀請她上高檔的餐廳、時髦的俱樂部，聽著女人格格嬌笑，看著女人感動萬分，女人的內褲因他刷下白金信用卡而濕了。但他決定不這麼做，這個女人不值得。他的手機響了起來，他伸手進側背包，倉促地查看來電顯示，一看，整個人都清醒過來。

「怎麼了？」

他的聲音冰冷，他知道他老婆聽得出來，但這是她活該應得的待遇。他停頓下來，尋找那個穿Louboutin高跟鞋的女人，但她已經淹沒在人群之中。

「抱歉，打擾到你了。」

「妳想要做什麼？我現在不能講電話，我跟妳說過了。」

「我只是想問問，可不可以帶女兒去我媽那裡過夜。」

他疑心大起。

「為什麼？」

他老婆沉默了一下。

「我好久沒去看我媽了，反正你不在家嘛。」

「妳想要我回家嗎，安妮？」

「我當然想啊。你說你今天要工作到很晚，所以——」

「所以什麼，安妮？」

「對不起……不然我們待在家裡好了……如果你不想我們……」

她語氣裡透著異樣，令他厭煩，他無法信任她。不應該這樣的，他真希望能重頭再來一次，扭轉這個結果。突然間，他聽到高跟鞋敲在大理石地板的聲音，轉身一看，看見剛才那個女人拿著一個時髦的小袋子，從一個化妝品專櫃走出來，昂首闊步地朝步行街出口旁的電梯走去。

「好，隨便妳，去吧。」

埃里克．塞傑爾拉森掛斷電話，在電梯門關上前，搶過去攔住電梯。

「可以和妳共乘一段嗎？」

女人獨自一人站在電梯裡，洋娃娃般的臉蛋吃了一驚，盯著他瞧。他感覺女人迅速打量了他的五官和黑髮，還有昂貴的西裝和鞋子，最後燦爛一笑。

「當然可以。」

埃里克走進電梯裡，回報一個微笑，按下按鍵，轉向女人。此時，一位男子面孔猙獰地一手擋住正在闔上的門，整個人撲了進來，他因此被撞上鏡面牆，鼻子貼在冰冷的玻璃上。女人嚇得尖叫一聲。埃里克感覺那個男人正緊貼著他的背，雙手飛快地搜他的身，他瞥見男人眼睛的顏色，暗暗一驚，心想這個人一定是個瘋子。

36

史汀弄明白了，他的客戶對草圖一點概念也沒有。這種情況已經發生很多次了，但此次特別令他不耐煩，因為這位客戶態度高傲自大，堅持自己的想法「原創性十足」、「不受框架限制」，且具有「突破性」。

他和合夥人比耶克在大型會議室裡，等待客戶結束瞪視又一份的設計圖稿，然後發表他的高論。史汀瞥了手錶一眼，這次的會議拖了好長。五分鐘前，他就應該坐在車裡朝學校出發。此次面對的是個二十三歲的科技富翁，衣著卻像個十五歲的青少年：連帽運動衣、破破的牛仔褲和白色球鞋，史汀直覺對方只能在他手指不斷在上滑動的全新iPhone自動校正功能協助下，拼出『功能主義建築』的這個單字。

「小伙子，這份圖稿上並沒有很多細節。」

「不對，你們上次說細節太多。」

史汀感應到比耶克的臉部肌肉彈跳了下，而比耶克隨即救火。

「我們可以添加上去，沒問題。」

「總之，只是需要再經歷一些『悸動』，還有『混亂』的感覺。」

史汀等的就是這一刻，隨即拉出一疊的舊圖稿。

「這些全是最近交給你的圖稿，全是辛辛苦苦一筆一筆畫出來的，而你說太多了？」

「對，但也許是太少了。」

史汀死盯著年輕人，年輕人對他咧嘴一笑。

「也許問題在於都太中規中矩了。你們拿來一張又一張的草圖——你當然懂你那所謂的『建築美學』，但這些草圖彼此間的差異都很小，它需要更多附加的物件。你懂我的意思嗎？」

「不，我沒聽懂。但也許我們可以沿著車道兩邊，放上紅色的塑膠動物娃娃，將大廳改成海盜船，這樣會好一些。」

比耶克爆出一聲大笑，太大聲了，想以此緩和氣氛，但那位年輕的小暴君依舊不懂。

「這主意也許不錯呢。再不然我請你們的競標對手來改好了，你們要想改，今晚就要交稿。」

幾分鐘後，史汀駕車往學校駛去，他打電話到他律師的辦公室，告知他仍然沒收到推定死亡證書的確認函。祕書聞言十分詫異，隨即道歉，史汀當下掛斷電話（也許他掛得有些太急促），不過他的目的達到了，祕書承諾盡快補寄。

他將車停在學校的外面，此時，他已經灌下三小瓶的酒，但這次他有記得嚼口香糖，並且把車窗搖下開了幾公里。然而古斯塔夫並沒在老地方的大樹下等他，他撥打了兒子的手機，卻猛然一驚，他的時間感有些混亂，他是早到還是晚到了？學校操場空盪盪的。史汀看著手錶。他最近幾乎都沒踏進過學校一步，也不記得上次踏進來是什麼時候的事了。似乎他和兒子都清楚，他最好留在學校外面等人。但現在等不到兒子，而半小時後，他還必須回到辦公室修改小暴君的草圖。他越來越坐不住，最後打開了車門。

37

古斯塔夫教室的門是開著的，但教室裡空無一人。史汀快步向前走，幸好大家都在上課，他能自在地探尋。他經過嘰嘰喳喳的幼稚園教室，目光故意避開裡面以秋枝和栗子做成的裝飾動物。前幾天，那兩位警察的登門拜訪，簡直是一場噩夢。指紋。等他完全反應過來警察的話時，內心一個感覺甦醒過來。希望不斷地膨脹，與困惑交纏在一起。之前他和蘿莎也有過這種複雜的情緒，卻被重重擊毀，但這次，它發生得太突如其來。夫妻倆事後討論過，決定不多做聯想，而且為了古斯塔夫，他們應該堅強起來迎向這些會令他們想起女兒的事物，無論它們是以何種形式出現。他們彼此承諾，無論發生何事都要一起向前看，雖然史汀感覺那些栗子動物的眼睛一直盯著他的背，盯著他繞過了轉角、朝師生休息室走去，但他下定決心拒絕受它們的影響。

史汀停了下來，愣了愣才意識過來，坐在休息室裡的是女兒的同學。他好久沒見他們了，但仍認得出來那些面孔。

他們平靜地圍坐在棕色地毯上的白桌邊做小組報告，一個孩子注意到他。很快地，騷動像漣漪般盪開，整個休息室的學生都轉頭望向了他。沒有人開口說話，他傻立在原地不知所措，然後才調頭朝原路走回去。

「嗨。」

史汀轉回來，看著獨自坐在最靠近他桌子邊的女孩，女孩的課本整齊地疊堆在她面前，史汀認出她是瑪蒂兒德。她長大了，五官更立體了，身穿黑色衣服，對他微微一笑。

「你在找古斯塔夫嗎？」

「對。」

他經常看到這個女孩，女孩經常到他家做客，跟她說話就像跟自己的女兒說話一樣，但那都是以前的事了，現在的他都不知道該說什麼。

「他和班上同學剛才經過這裡，但可能很快就會回來。」

「謝謝。妳知道他們去了哪裡嗎？」

「不知道。」

史汀看了看手錶，但他其實剛才已經看過了。

「好，我回車上等他。」

「你最近好嗎？」

史汀看著瑪蒂兒德，努力擠出一個微笑。這是個危險的問題，但他被問得太多次了，現在已經知道只要盡快將標準答案拿出來湊合著就行了。

「很好，有點忙，但還算不錯。妳呢？」

女孩點點頭，勉強笑了一下，但表情透著哀傷。

「抱歉，我最近都沒去你家看你們。」

「不用道歉，我們很好。」

「嗨，史汀，有什麼地方我幫得上忙嗎？」

史汀轉頭看到裘納斯．克拉（Jonas Kragh）老師，朝他們走來。這位老師四十多歲，穿著緊身黑T恤和牛仔褲，眼神和善但帶著警惕，史汀十分清楚他為何那樣。女兒的全班同學都受到了影響，事件發生後，校方一直在為同班同學做輔導，協助孩子度過恐慌。在克莉絲汀失蹤幾個月後，他們照例為她舉行了追悼會，而克拉老師是主張同學最好別去參加的教職員之一。他認為這麼做弊多於益，孩子的傷口才剛要癒合，再受到刺激會復發，當時他是如此清楚地向史汀表明他的立場。同時，學校董事會裁定由學生自行決定，結果，克莉絲汀的同學絕大多數都出席了。

「沒事，我要離開了。」

史汀走到車子旁邊時，學校鐘聲響起。他關上車門，集中注意力想在校門口的人流中認出古斯塔夫。他知道在車上等待是正確的，但瑪蒂兒德的身影令他想起了警察的登門拜訪，他提醒自己最近一次心理治療師的話：哀傷是因為愛無處安放，最好學著與它共處，並強迫自己往前走。

他聽到古斯塔夫坐進了身邊的副駕駛座，聽著他解釋那位丹麥老師帶著全班到圖書館，要他們借書利用空閒時間閱讀，所以遲到了一會兒。史汀想點頭表示理解，想啟動引擎將車駛離路邊，但他只是呆坐著。他知道自己必須回到校園中。鐘聲迴盪，他與那股衝動做抗爭。他知道若是順從那股衝動，他就會越線，但現在不做，他就永遠不會開口問瑪蒂兒德。這個問題很重要，可能是全世界最重要的。

「怎麼了？」

史汀打開了車門。

「我必須去做一件事。你待在車上。」

「你要去幹嘛？」

史汀關上車門，朝校門走去，落葉繞著他翻飛。

38

「該死，你們在幹嘛？我要求一個解釋。」埃里克．塞傑爾拉森大吼。

蘇林按下他三星Galaxy手機的簡訊圖示，瀏覽著簡訊內容，赫斯將他側背包裡的東西一一放到被擺成躺椅形狀的一張白色皮沙發上。

他們在男子頂樓的辦公室裡。百貨公司的音樂和人群在底下的樓層中熙攘往來，大樓最接近天空的這個樓層全部屬於埃里克．塞傑爾拉森的公司，被隔成一間間高雅的辦公室。日光西斜，在辦公室和大廳之間的玻璃隔板後方，職員們聚集起來擔憂地看著他們的ＣＥＯ，這位ＣＥＯ幾分鐘前才被人架出電梯，看那陣勢顯然是被押送回來的。

「你們沒有權力這樣對我。妳在我的手機上幹嘛？」

蘇林沒理會他，關掉手機，瞥了赫斯一眼，他又重新翻找側背包裡的物件一遍。

「沒有那通簡訊。」

「有可能被他刪掉了。他們說訊號仍然是從這裡發送出去的。」

赫斯從小背包裡拿出一個白色的7-11袋子，而埃里克．塞傑爾拉森朝蘇林跨出一步。

「我什麼也沒做。你們兩個都給我滾出去，不然告訴我——」

「你和勞拉．克約爾是什麼關係？」

「誰？」

「勞拉．克約爾，三十七歲，牙科護理師。你剛才發送了一通簡訊到她的手機裡。」

「我沒聽過這個名字！」

「你的另一支手機呢，你用它做了什麼事？」

「我只有一支手機！」

「包裹裡的是什麼？」

蘇林看著赫斯從袋子裡拿出一個A5大小、鼓鼓的白色信封，將信封拿到塞傑爾拉森的面前。

「不知道，我才剛取件！我一開完會就收到快遞的簡訊，通知我有包裹在7-11……喂！」

赫斯撕開鼓鼓的信封袋。

「你在幹嘛？……那是什麼啊?!」

赫斯猛地一拋，將信封袋扔在白色沙發上。信封裂口夠大，蘇林看見一個沾有深色污漬的透明塑膠袋，和一支閃著燈的諾基亞舊手機。那支手機被絕緣膠帶綁在一個古怪的灰色團塊上，蘇林認出是一隻手指，上面還戴有一枚戒指，這才反應過來那個團塊正是勞拉·克約爾消失的手。

埃里克·塞傑爾拉森瞪大眼睛盯著那隻手。

「搞什麼鬼，那是什麼？」

赫斯和蘇林交換一個眼神，赫斯朝那個包裹往前一步。

「你再仔細想想，勞拉·克約爾——」

「嘿，聽著，我什麼都不知道！」

「這包裹是誰寄給你的？」

「我才剛拿到！不知道——」

「你上個星期一晚上在哪裡？」

「星期一晚上?」

蘇林沒聽他們的對話,雙眼仔細地打量著男人的辦公室。她直覺他們的對話沒有意義。這場烏龍是刻意而為的,似乎有人已經正大笑著,看他們像瓶子裡的昆蟲四處亂竄。她專心尋找他們被引來這裡的原因,這地方感覺對又不太對。

某人故意發送一封簡訊,將他們騙來這裡。這個人要他們追蹤手機的訊號來到埃里克·塞傑爾拉森的辦公室,找到勞拉·克約爾的手。但為什麼?這絕對不是在協助警方查案,顯然也不是因為埃里克·塞傑爾拉森可以揭露案情。為什麼故意引他們到這裡?

蘇林的眼睛落在了辦公桌後面名牌櫃上的一個美麗相框,照片裡是埃里克·塞傑爾拉森和妻兒的全家福。她靈光一閃,似乎找到了原因,十分駭人的原因。

「你老婆呢?」

赫斯和埃里克·塞傑爾拉森被蘇林打斷,轉過來看著她。

「你老婆!她現在在哪裡?」

埃里克·塞傑爾拉森一頭霧水地搖搖頭,赫斯的目光轉移到櫃子上的全家福照。蘇林感覺到他也發現了。埃里克·塞傑爾拉森聳聳肩,笑了出來。

「我怎麼知道,在家吧。為什麼?」

39

那棟房子是卡拉姆堡區（Klampenborg）最大的幾棟之一，自從幾個月前，安妮．塞傑爾拉森（Anne Sejer-Lassen）和丈夫、兩個孩子搬過來，她就養成了在宏偉的電子鐵門外結束慢跑的習慣。她走過石子路來到前門，好緩和呼吸和脈搏。但今天例外。她鼓起勇氣打電話給埃里克後，就使勁跑回家，跑過石子路，經過被修剪得整整齊齊的灌木叢、大理石噴水池和荒原路華車。她不在意鐵門沒關，因為她待會就要開車最後一次從那裡出去。她已經打電話給互惠生保母，告知對方自己會親自去幼稚園和安親班接莉娜（Lina）和蘇菲雅（Sofia）。她踏上石階時，家犬一如往常地興奮地又蹦又叫，她心不在焉地拍拍牠，從石壺下取出鑰匙，開了門。

進到屋裡時，天色已經昏暗，她關掉保全系統，打開電燈，仍然有些氣喘吁吁。她踢掉運動鞋，往樓上目的地走去，狗兒跟在她後面。她清楚自己該帶哪些必需品，因為她在腦海裡排演很多次了。進到二樓的孩子房，她從衣廚拿出兩堆早已備好的衣物，再進到浴室，拿了孩子的牙刷和盥洗用具袋。手機響起，來電顯示是丈夫打來的，但她沒接起電話。若手腳快一點，她可以晚一點再回撥，就說在開車不方便講電話。她丈夫應該要到明天早上，發現他們不在她媽家時，才會意識到出了什麼事。

她加快手腳，到主臥室將女兒們的衣服塞進黑色旅行袋，那袋裡已裝滿她自己的衣服和三本甜菜根色的護照。她拉上拉鍊，衝下樓梯，來到客廳面對著森林的落地窗時，才想到忘了一樣東西。於是她把旅行袋扔在地上，手機放到袋子上，跑回二樓。女兒房間裡此時已經全部暗下來。她在床上的被褥下瘋狂尋找，眼睛．瞥，原來那兩隻不可或缺的小熊貓就在窗臺上。那麼快就找到目標讓她心情放鬆許多，於是接著趕緊下樓，一邊提醒自己現在可不能再忘東西了，錢包和車鑰匙一定要記得拿。那兩樣都放在廚房的中式原木大桌上。但等她走到客廳時，全身一僵。

剛才被她扔在地上的黑色旅行袋不見了，手機也消失無蹤。只剩下花園青白色的白熾燈光穿透露臺門流洩進來，照射在亮光漆木地板上，以及一個栗子娃娃。她慌了，那個栗子娃娃也許是女兒和互惠生保母一起做的，也許她把旅行袋放到別的地方了；但一眨眼間，她意識到事情不太對勁。

「哈囉……？埃里克，是你嗎？」

一片寂靜，沒人回應她。她看向家犬，狗兒開始對著她背後的黑暗咆哮。

40

克拉老師正在摘要網路發展的歷史，從提姆．伯納斯—李、比爾．蓋茲到史蒂夫．賈伯斯，但教室的門砰地被推開。坐在窗邊的瑪蒂兒德望向對面的門口，吃了一驚，來者居然是克莉絲汀的父親。他迷茫地為自己的失禮道歉，似乎才剛意識到他忘了敲門。

「我必須和瑪蒂兒德談談，就一下子。」

瑪蒂兒德沒等老師回應就站了起來。她感覺得到老師的不滿，她清楚原因。

她走到教室外面，並將門關上，史汀的表情告訴她有事情發生了。她記得很清楚，一年前，這位父親來到她家問她知不知道克莉絲汀在哪裡。她很想幫忙，但她的回答只讓同學的父親更加不安，但他仍然安撫自己，克莉絲汀可能和其他同學回家了。

瑪蒂兒德到現在都無法相信克莉絲汀不在了，有時候想起她，感覺就像做了個很長很長的夢，彷彿克莉絲汀只是搬走，以後還有機會重聚，一起談天說地、一起大笑。但每次她在學校遇到古斯塔夫，或者偶爾瞥見伯母伯父時，她就會清醒地意識到這不是一場夢。她跟他們很熟，喜歡去他們家玩，看到他們的哀傷實在心有不忍。若幫得上忙她一定全力以赴，但現在單獨和史汀伯父來到教室外，她居然有點害怕——伯父已經不是以前的那個伯父了。他一臉的痛苦迷茫和混亂，開口說話時有濃濃的酒精味，他率先道歉，然後說明來意，表示想知道去年秋天她和克莉絲汀一起做栗子人偶的經過。

「栗子人偶？」

瑪蒂兒德萬萬沒想到他居然會問這個，沒反應過來。

「你是要問我們如何做栗子人偶嗎？」

「不是。妳們在做栗子人偶時，真正完成人偶的是妳，還是她？」

瑪蒂兒德努力回想，史汀緊張地盯著她看。

「我必須知道這個答案。」

「應該是我們兩個一起完成的。」

「應該？」

「不，絕對是我們兩個一起做的。怎麼了？」

「所以她也做了栗子人偶？妳確定嗎？」

「確定，我們是一起做的。」

她看得出這不是伯父期待中的答案，莫名地感到內疚。

「我們都是去你家做栗子人偶，而且——」

「對，我知道。做完栗子人偶後呢？妳們怎麼處理？」

「做完後，就到路邊擺攤賣，還有蛋糕和——」

「賣給誰？」

「不一定，就是賣給想買的人。為什麼——」

「來買的人都是認識的人嗎？有沒有其他什麼人？」

「我不知道……」

「妳一定記得有沒有其他什麼人。」

「但我不認識那些人……」

「所以都是陌生人囉？不然，有沒有她認識的人之類的？」

「我不知道——」

「瑪蒂兒德，這個答案很可能是關鍵點。」

「伯父，究竟出了什麼事？」

克拉老師來到門口，但伯父只是瞥了他一眼。

「沒事，只要再幾分——」

「史汀，來，我們走。」

克拉老師強硬地站到史汀和瑪蒂兒德之間，試著帶史汀離開，但史汀動也不動。

「好，你有重要的事跟瑪蒂兒德說，現在就說。這段時間大家都不好過，尤其是你和你的家人，但對克莉絲汀的同班同學也一樣。」

「只是問幾個問題，一會兒就好了。」

「那我想知道是哪些問題，不然就請你離開。」

克拉老師態度堅持地盯著他，他彷彿全身洩了氣般，迷茫地看看瑪蒂兒德，又看看門內正盯著他們瞧的同學們。

「抱歉，我不是故意……」

史汀躊躇地轉身，瑪蒂兒德看他全身震了一下，原來古斯塔夫站在走廊的另一頭看著他。古斯塔夫一言不發地注視著他的父親，霍然轉身走開。史汀跟了上去，而就在他要繞過轉角時，瑪蒂兒德喊住了他。

「等等！」

史汀緩緩轉過來，瑪蒂兒德朝他走去。

「抱歉，我想不起來所有細節。」

「沒關係，我才要說對不起。」

「但我剛剛想起來，去年我們並沒有做栗子人偶。」

史汀本來盯著地板、垂聳著肩，似乎被一股隱形的重擔壓得喘不過氣來。但消化完瑪蒂兒德的話後，他抬眼回應女孩的目光。

41

蘿莎才剛完成今天第七場的媒體專訪，與恩格斯快步走下走廊，此時，手機響了起來。來電顯示是丈夫打來的，她穿上外套，但現在沒時間講話，幕僚長正等著和她討論最近一次部門報告的數據內容。

今天的幾場專訪進行得十分順利。她談起新提案的必要性，強調十分看好他們與支持黨的合作關係，目的就是想把巴克帶回正常軌道。但這就要容忍那些具侵犯性、消耗她體力的問題，例如「復職的感覺如何？」「事件對妳的人生產生了什麼影響？」「遭遇這麼可怕的事，妳是如何熬過來的？」奇怪的是，最後一個問題的發問者，一個年輕的記者，以為她之所以能安度喪女之痛，全是因為她回到了工作崗位上。

「快點！部長若想準時趕到，我們就必須一邊走一邊討論。」

劉站在電梯旁邊，伸手接下恩格斯遞過去的報告。恩格斯拍拍蘿莎的肩膀，祝她好運。

「沃戈呢？」蘿莎問。

「他說，他在DR大樓外等我們。」

他們答應了兩場電視新聞的現場專訪，第一通是DR電視台的，第二通是TV2；行程緊湊。兩人踏進大樓後面的電梯，避開交通擁擠的正門，好方便司機直接開車過來接人。劉按下一樓的按鍵。

「首相知道協商的經過了，沃戈說他們不希望妳和巴克鬧得不愉快。」

「我們不會跟巴克鬧得不愉快，但我們必須坐回駕駛座，拿回主導權。」

「我只是重複沃戈的話而已。妳在現場的應對很重要，報紙採訪是一回事——」

「我知道我在做什麼，劉。」

「我明白，但這是現場專訪，而且他們一定會問妳政治以外的事。沃戈交代我，要讓妳準備好面對他們對妳的復職的提問。換句話說，他們的提問會涉及一些私人問題，沃戈不能保證他們的探問會有多深入。」

「我會妥善應對的。箭已在弦上，現在沒道理怯場。車呢？」

蘿莎走出了電梯，經過後門的警衛，劉尾隨著她。她們站在大風狂掃的艾德米羅加德路（Admiral-gade）邊，卻不見公務車在老地方等待。劉十分詫異，但仍像往常一樣假裝萬事無虞。

「等一下，我去找找。他休息的時候都會停在路邊。」

劉走過圓石鋪路，一邊來回掃視，一邊從包包裡拿出手機。蘿莎的手機再次響起。她接起電話，並漫步跟上劉。秋風冷涼，她們穿越了博德哈斯加德路（Boldhusgade），從這裡能看見運河對岸的克里斯蒂安堡宮殿。

「嗨，老公。我現在沒時間和你聊，我正要去ＤＲ參加訪談，必須利用坐車的空檔做準備。」

手機訊號很差，她聽不清楚丈夫的聲音。她先生的聲音聽起來在發抖，而且心情混亂，一開始她只聽到「很重要」和「瑪蒂兒德」。她告訴丈夫她聽不清楚，但電話那頭仍著急地想告訴她某件事。她透過一座通往小院子的拱門，看到劉激動地和新司機講電話，新司機不知怎地，還沒將車開過來。

「史汀，我現在不方便講電話，我必須掛斷了。」

「聽著！」

訊息突然轉強了，史汀的聲音變得清晰明白。

「妳上次跟警察說，栗子人偶是她們自己做的。妳會不會記錯了？」

「史汀，我現在不能講電話。」

「我剛才和瑪蒂兒德談過了，她說她們去年沒做栗子人偶。她們去年做了動物、蜘蛛之類的，但沒有做栗子人，所以那枚指紋怎麼會在栗子人身上？妳明白我在說什麼嗎？」

蘿莎愣住了，但史汀的聲音又開始斷斷續續的。

「哈囉，史汀？」

她感覺肚子裡在打鼓，但訊號太差了，沒多久就嗶的一聲，電話斷了。她朝正瞪著院子裡的劉走去。只見司機拍了一下劉的手臂，下巴朝蘿莎的方向一揚。

「走吧，我們搭計程車去。」

「我必須打電話給史汀。為什麼不坐公務車？」

「車上說，走吧。」

「不，到底出了什麼事？」

「走吧，趕時間呢！」

但來不及了，蘿莎已經看到了那輛公務車。擋風玻璃裂掉，引擎蓋上有歪七扭八的大紅字，似乎是用鮮血寫出來的，等她看出字跡時，心裡一驚——「**凶手**」。

劉拉住她的手臂，將她拉走。

「我叫他去找警衛了。我們必須走了。」

42

天色漆黑，樹林陰森森地逼近過來，蘇林在赫斯的提示下猛地踩下剎車，差點錯過那條街。她將車開進卡拉姆堡豪宅的車道，因速度太快，導致車子在石子路上打滑。她直接開到屋子的正門前，赫斯沒等車子完全停下就開門跳車。幸好她通知的該區巡警已經抵達，巡警車就停在外面。她跑上石階，進入玄關，一位警員正從二樓下來。

「整棟房子都搜過，客廳那裡出事了。」

「蘇林！」

蘇林衝到客廳，率先就看到牆上的血跡和一隻癱倒在地上的狗。部分家具傾倒，一扇窗戶被打破，門框和地板上都有血跡，兩隻熊貓娃娃被扔在地上。一個黑色旅行袋被藏在一扇門板的後方，旅行袋旁躺著一支手機。

「調派警員和警犬進入森林搜找，立刻！」

赫斯一邊拉開露臺的門，一邊對那位警員下令，警員點點頭，慌張地找手機。一張翻過來的花園椅子抵住了門，赫斯一腳踹開門跑過草地，進入了森林。蘇林跟著他衝出去。

43

安妮．塞傑爾拉森在黑影幢幢中逃命，不斷有樹枝拍打上她的臉。她赤腳踩著松針，腳底被樹根劃傷，但她仍繼續奔跑，忍痛跑到雙腿已堆積過多乳酸，開始抽筋。這片樹林她很熟悉，她想找到一些細節幫助自己認路，但眼下四處漆黑一片，只剩下她自己的喘氣聲，以及暴露她行蹤的樹枝斷裂聲。

她在一棵大樹邊停下來，背靠著冷濕的樹幹，試著緩和呼吸，聆聽樹林裡的動靜。她的心臟跳動得就快爆了，她好想哭出來。距離她很遠的地方有個聲響，但她失去方向感，若是大叫，很可能被追殺她的人聽到。她已經跑了很久，現在想確認是否甩掉了追殺她的人。她現在迷路了，不過回頭一望沒有手電筒的光束，也沒有任何動靜，這表示她已成功逃離。

前方，在很遠的地方，突然出現一道光。光束緩緩移動，然後她聽到遠方傳來引擎聲，她當下知道自己在哪裡了。那道光束必定是車燈，它駛下始於圓環通往河流的馬路。她繃緊全身肌肉，鼓起勇氣開始往前跑。這裡距離馬路大約一百五十公尺，但她知道那道髮夾彎的精準位置，所以可以趕在那輛車之前衝到馬路上攔車。再跑五十公尺，她就要放聲呼救……剩下三十公尺了，即使車子在行進中，那位駕駛一定能聽到她的叫聲，而追殺她的人就會放棄。

一道重擊從正面揮過來，擊中她的臉頰。她當下才意識到那個人一定早就站在她的前方，等著她朝那道光束奔去。她仰倒在地，嘴裡有鐵腥味。她慌亂地爬起來，但臉龐再度遭到重擊，整個人被打趴下去，她嚇得哭出來。

「妳還好吧，安妮？」

那個聲音就在耳邊，但她還來不及回應，又一道重擊揮下。在一道道重擊之間，她聽到自己嗚咽地問「為什麼」。為什麼是她？她做錯了什麼？那個人終於回答了她，她聞言瞬間洩氣。一隻靴子重重地踩住她的手臂，她感覺一片銳利的刀鋒抵在自己手腕上。她哀求地討饒，求那個人放過她，因為她還有孩子。那個人似乎在考慮，一會兒後，安妮感覺有東西在撫摸她的臉頰。

44

蘇林拿著手電筒掃視著濕漉的樹林，光束越過樹椿投射到樹枝，她對著黑暗大喊女人的名字。蘇林聽到赫斯在她的左前方搜找，赫斯手電筒的光束持續地往前移動。他們已經跑了好幾公里，蘇林正要張口大叫時，腳下突然一陣劇痛。她被樹根卡住、摔倒在地。黑暗瞬間吞噬了她，她狂亂地想找回手電筒，手電筒的光熄滅了。她跪起身來，雙手探進周遭的濕松針下搜尋手電筒。突然間，她注意到那個人的存在，全身一凜。那個人動也不動地站在另一頭的空地上，觀察著她；距離她只有二十公尺，幾乎隱沒在黑暗中。

「赫斯！」

她的叫喊聲在樹林間迴盪開來，她慌張地拔槍，赫斯拿著手電筒朝她跑來。他氣喘吁吁地跑到拿槍、指著那人方向的蘇林身旁，同時用手電筒照著同個方向。

安妮．塞傑爾拉森被吊掛在雜樹林之間。兩根樹枝架在她的雙臂下方，架起她遍體鱗傷的軀體。她的光腳懸盪在空中，頭部塌垂在胸前，覆住臉龐的長髮在風中飄盪。蘇林往前靠過去，發現安妮．塞傑爾拉森的兩臂異常地短，內心震了一下。她的兩隻手都不見了。接著，蘇林看到了，那個栗子人偶被插在安妮．塞傑爾拉森左肩的肉體上。蘇林感覺人偶在對她嘻嘻笑著。

十月十三日　星期二

45

雨幕中，黑衣警察組成一排排的隊伍仔細搜索著樹林，他們的手電筒照著地面，一輛直升機來回在樹冠層上盤旋，探照燈強力掃過樹枝和樹葉。赫斯和同事們已經搜找將近七個小時，現在也已過了午夜。三位行動指揮主任訂定了搜找範圍，並劃分成五個工作區塊，每區由一個配有強力手電筒和警犬的小組負責。

在發現安妮·塞傑爾拉森的屍體後，附近的所有出入口都被封鎖，也在幾個路口設置了路障。行經的車輛被攔阻下來，過路人滿是疑問，但赫斯擔心這麼做已於事無補。他們抵達得太遲了，搜尋進度又太慢。他們進入樹林沒多久就開始下雨，就算凶手留下了腳印、胎痕之類的證據，也會被雨水沖刷乾淨，他們就像在搜捕一個有雨神庇佑的幽靈。他想著安妮·塞傑爾拉森的屍體，想著插入她肩頭的栗子人偶，感覺自己像是個熱愛戲劇的人，但眼前正在上演的劇碼太過荒誕，他承受不了，氣急敗壞地在黑暗中搜找出口。他全身濕透，從樹林北端艱辛地走回行動指揮主任所規劃的主路。一位年輕的警員離隊走到樹後撒尿，赫斯怒斥對方，他應該以搜找證據為第一要務。那位警員連忙歸隊，赫斯立刻後悔自己的過激反應。

他知道自己對搜山這種工作已經生疏，體能不夠強壯，腦袋也不夠靈光。他太久沒接觸這類案子了；事實上，他從未遇到過這類案子，他現在應該在海牙的小公寓裡，打開電視觀賞足球賽，再不然也應該在前往歐洲某處執行另一個新任務的路上。如今，他卻淪落到在哥本哈根北方某處的森林裡閒蕩，還要忍受大雨如鐵一般打在身上的疼痛，承受濕答答的沉重衣物。

赫斯回到了屍體被找到的地點，多盞強力聚光燈照著雜樹林，也將在樹林間打轉的鑑識人員影子拉得長長的。安妮·塞傑爾拉森的屍體幾個小時前就已被取下來、送去驗屍，但赫斯要找的是蘇林。他看到蘇林從西邊回來，一頭的濕髮十分凌亂，她掛斷手機後，抬手擦掉臉上的泥土。蘇林注意到赫斯，對他搖搖頭。西邊沒有任何發現。

「我才剛跟建茲通過電話。」蘇林說。

稍早建茲一抵達陳屍處時，赫斯就把他拉到一旁，要他把栗子人偶直接帶回實驗室鑑識。赫斯透過雨絲看著蘇林，不用蘇林說，他已經知道建茲的鑑識結果了。

46

上午時分，尼藍德透過警局三樓勤務指揮中心的窗戶，看著前庭裡拿著手機、相機和麥克風盤旋不去，口無遮攔又肆意妄語的禿鷹們。儘管行動指揮中心再三告誡組員嚴守口風，但尼藍德很清楚想像總是過於美好，現實是整個警局根本像一個篩網，今天也不例外。屍體在樹林中被發現才過了十二個小時，媒體就已將這樁凶殺案與勞拉．克約爾案聯想在一起，這個結果當然與「警方知悉案情人士所稱」有關。再者，彷彿嫌媒體的騷擾還不夠，副局長也打電話來關切，不過他直接告訴副局長會晚點回電給他。現在最重要的是查案，他煩躁地轉向正對偵查小組做報告的蘇林。

大部分的組員都只睡了幾個小時，但情勢緊迫，大家都專注地聆聽蘇林的簡報。

尼藍德也沒怎麼闔眼。警局打電話來通報安妮．塞傑爾拉森的凶殺案時，他正在一家餐廳裡和管理公會的人共進晚餐。管理公會裡全是權貴人士，是他拓展人脈的好機會，但接到電話後，他只能放棄吃到一半的提拉米蘇。他其實不需要親自跑去犯罪現場，但他視此為工作原則，還是去了。如此，方能以身作則，並樹立管理嚴謹的形象。一旦有所鬆懈，便容易留下把柄任人攻擊，這點尼藍德十分清楚。他看過太多上司首領和公務員，因為權力而自大，最後搬磚塊砸了自己的腳，毀掉自己的事業。

不過，勞拉．克約爾案發生時，他因為開預算會議，縱容自己偷懶一次，沒去到犯罪現場，所以蘇林打電話通知他那枚指紋時，他覺得那彷彿在懲罰他的疏懶。昨晚，尼藍德二話不說離開了餐廳。一般情況下，餐後甜點都是聚餐的高潮，那時人最放鬆，會開始沉浸在個人的成就中，最容易交朋友。尼藍德知道他未來的成就很可能會超越他們許多人，為了這個目標，他需要保持頭腦清晰，審時度勢和取捨得當，就像昨晚一樣。

在前往犯罪現場的路上，他在腦海裡跑了許多方案，依舊一籌莫展，因為這一連串的凶殺案超出常理、太過匪夷所思。他早上才順道去了趟鑑識部找建茲，希望聽到指紋的事只是個偶然，但他失望了。建茲說明兩起案件發現的指紋都有足夠的比對點，都證明是克莉絲汀．哈同的指紋。現在尼藍德十分清楚，若是他想安全地從礁石群中穿過，就必須步步謹慎、小心指揮。

「——兩名受害者都是三十幾歲將近四十，並且都是在家中遇害。法官的初步報告顯示，這兩個女人的致命一擊，都是凶器穿透眼眶直插大腦所致。第一位受害者的右手被鋸掉，第二位則是雙手，兩個人都是活著時遭截肢。」

探員們打量著蘇林傳閱下去的屍首的照片，幾位資淺的探員不是皺眉，就是轉頭不忍卒睹。尼藍德也看過那幾張照片，但不為所動。初入警界時，他也曾為自己的無動於衷感到困窘，不過現在他認為這是自己的優勢。

「作案凶器查得如何了？」他煩躁地打斷蘇林。

「還沒有結論，應該是帶有鐵球和小刺之類的棍棒。不是鎚矛，但原理雷同。至於截肢凶器，我們正在找一種裝有鑽石刀刃或類似的電鋸。初步的驗屍報告顯示，兩位死者的截肢凶器是相同——」

「那發送到勞拉．克約爾手機的那通簡訊呢？是誰發送的？」

「簡訊是從一台舊型諾基亞手機發送出來，使用的是未登記的預付卡，這類預付卡到處都買得到。這台諾基亞手機被綁在勞拉．克約爾的右手上，查不出任何線索。手機裡只有那通簡訊，沒有其他紀錄，而它的序號被電焊棒融掉，這是建茲告訴我們的。」

「那送包裹的快遞公司呢？你們不是透過手機訊號追蹤到他們，他們應該有寄件人的資料。」

「快遞公司的確有資料，但寄件人是勞拉．克約爾。」

「什麼？」

「他們的客服部在昨天午餐時間接到一通電話，請他們到胡蘇姆塞德文格特七號的門階上收件，寄件人是勞拉．克約爾。而那正是勞拉．克約爾的住址。快遞人員在下午一點多抵達，包裹已被放在門階上，同時附上了快遞費。快遞人員接著開車到那家百貨公司，將包裹送達一樓的7-11，塞傑爾拉森的公司都是透過那家7-11收寄包裹的。快遞人員就只知道這些，而包裹上的指紋只有他、7-11職員和塞傑爾拉森的。」

「那打電話給客服部的人呢？」

「客服部的人甚至想不起打電話的是男人或女人。」

「那塞德文格特七號那邊呢？那個人過去放包裹時，一定有人看見。」

蘇林搖搖頭。「我們首先懷疑是勞拉．克約爾的男朋友漢斯．亨力克．豪格，但豪格有不在場證明。法官指出安妮．塞傑爾拉森的死亡時間大約是傍晚六點，而豪格的律師說，那個時候她和豪格正在她辦公室外面的停車場，討論是否申訴我們不讓豪格進那棟房子的事。」

「所以我們什麼也沒查到？沒有目擊證人，沒有電話號碼，什麼都沒有？」

「目前是。而這兩個受害者之間，沒有任何關聯。她們住在不同的區域，有完全不同的社交圈，顯然沒有任何共同點，除了那兩個栗子人和上面的指紋。所以我們打算——」

「什麼指紋？」

尼藍德望向發問的提姆．傑生。傑生和往常一樣，坐在他忠誠的搭檔馬汀．理克斯旁邊。尼藍德察覺到蘇林注視著他，因為他事先告訴蘇林，他要親自公布這條線索。

「有人在兩位死者陳屍處附近都放了栗子人。兩起案件的栗子人上都找到一枚指紋，經過指紋比對，判定八成是克莉絲汀・哈同的指紋。」

尼藍德的語調平淡，沒有任何情緒，大家聞言沉默下來。提姆・傑生和另外兩位探員熱烈地討論起來。很快的，他們的詫異升級，質疑聲四起，尼藍德發威打斷了他們。

「各位，鑑識人員尚在進行多方比對，在得到進一步確認前，我不希望有人現在就下斷言。目前，我們什麼都不知道。也許指紋與案情完全不相關，所以我們只在這個房間裡討論，如果有人到這四面牆之外嚼舌根，我一定親手讓這個人再也不能工作。明白嗎？」

尼藍德一直在思考如何應對眼前的局面。單單這兩起沒有頭緒的凶殺案，就已經令人頭大。凶手很可能是同一個人，不過尼藍德自己也不太能接受這個推測。再加上那枚撲朔迷離的指紋，更是讓整件事雪上加霜。哈同案的破案是尼藍德職業生涯的一大成就之一。當時他原本以為哈同案會拖垮他的前程，沒想到曙光乍現，他們成功逮捕了利呂斯・貝克爾。

「你需要重啟哈同案的調查。」

尼藍德和探員們望向聲音來源，目光落在了從歐洲刑警組織來的男子臉上。那個人一直像個隱形人，沉默無聲，專注地打量著傳閱的照片。他仍然穿著在樹林搜索時的舊衣，頭髮打結髒亂，儘管像在森林裡住了一個星期的野人，但渾身散發一股犀利且沉著的氣息。

「一枚指紋，有可能是巧合，但兩枚，就說不過去了。如果它們真是克莉絲汀・哈同的指紋，之前關於她失蹤的調查結果，就可能出了錯。」

「你說什麼鬼話？」

提姆・傑生轉過去警惕地看著赫斯，一副有人威脅他交出一個月薪水的模樣。

「傑生，我來處理。」

尼藍德很清楚傑生為何如此激動，而這也是他一直想避免的，但赫斯沒等他開口，繼續發表意見。

「我知道的不比你們多。但克莉絲汀．哈同的屍體一直沒找到，而且那時的鑑識報告根本不足以百分之百證實她已死亡，現在又出現了她的指紋。我想說的是，這引發了幾個疑點。」

「不，這不是你想說的，赫斯。你想說的是，我們沒把工作做好。」傑生說。

「我並沒有針對個人。只是現在有兩個女人遇害，如果我們不想再看到第三個受害者，就需要——」

「我並沒有以為你在針對個人，其他協助破案的三百位警員也沒有。只是我覺得很可笑，一個被海牙踢出來、流落至此的人，居然在對我們指手劃腳。」

傑生說完後，幾位同事低聲竊笑。但尼藍德面無表情地盯著赫斯，他在思考赫斯的話，沒理會其他人的譏笑。

「你說『如果我們不想再看到第三個受害者』，是什麼意思？」

47

警局的女公關顧問熱心地想協助他制定應變方針，但尼藍德打斷她，並表明自己可以應付。若是在平常時候，他會趁機搭訕，畢竟這個女人一進到他的部門工作，他就看上了她。但現在他想利用走下樓梯、前往中庭的這段路程中，整理思緒並準備好應付媒體，至於她的傳媒研究學位，很可能是三年的拿鐵和偶爾的性交換來的，幫不上他的忙。特別是在他與赫斯、蘇林在他的辦公室開完會，自己心煩意亂的時候。

就在他踏入中庭時，祕書通知他，蘿莎・哈同部長已抽出空檔前來，正在過來警局的路上。尼藍德千叮嚀萬交代，哈同夫婦必須從後門進入，而且只能由他本人親自會晤。

簡報會議結束後，赫斯提議尼藍德和他、蘇林到尼藍德的辦公室私下談談。赫斯將勞拉・克約爾和安妮・塞傑爾拉森的犯罪現場照片放在尼藍德的辦公桌上。

「第一位受害者少了一隻手，第二位少了兩隻。凶手很可能是被我們打斷，只肢解了安妮・塞傑爾拉森的雙手，但如果這是他刻意如此安排的呢？」

「我沒聽明白，你就直說了吧，我時間不多，」尼藍德說。

蘇林顯然在這私下會議前就被赫斯的自信說服了，她遞給尼藍德兩張栗子人偶的近照，這些照片他早就看膩了。

「其中一個人偶有頭和身體。頭部有眼睛，是用鑽子之類的利器挖出來的，身體插了四根火柴棒，代表手和腿。但另一個就沒有手了，也沒有腳。」

尼藍德無語，盯著栗子人偶的短手臂，感覺自己像是幼稚園的小朋友，不識字要人唸書給他聽。他不禁感到哭笑不得。

「你們指的，該不是我以為的意思吧。」

這個想法令人髮指，但身為警察，總會面臨這類匪夷所思的變態。尼藍德隨即恍然大悟，明白了赫斯在簡報會議上所說的，必須阻止兇手再次犯案。蘇林和赫斯都沒有回應，但兇手很可能在製作血肉之身的栗子人偶的推測，在三人之間徘徊不去。

赫斯再次堅持重啟哈同案的調查。提起哈同案的調查時，赫斯不斷用「你」——「你需要」、「你必須考慮這個可能性」——尼藍德最後表態，要赫斯記住兩件事：第一，海牙那邊沒人希望將赫斯調回去（事實上，他們反而在想辦法把赫斯踢出去），所以目前赫斯是他的組員，地位和其他探員相同；第二，重啟哈同案，想都不要想。

無論指紋有多重要，哈同案已經破案。有兇手的口供，兇手也已認罪，在這世上無人有權重啟此案。也因此，尼藍德要親自與哈同夫婦會談，親口告知他們新指紋的發現。這個新發現只是一條線索，無須過度渲染，更何況情報單位告訴他，部長這個星期很不平靜。有人一直在騷擾她，最近甚至打破了她公務車的車窗，引擎蓋上也被塗上動物血。尼藍德覺得沒必要讓赫斯和蘇林牽扯進這件事，甚至請赫斯離開，好單獨和蘇林私下交談。他單刀直入地問蘇林，赫斯的能力是否足以勝任當前的案子。他翻閱過赫斯以前的個人檔案，知道赫斯當年離開此部門的悲劇性原因。儘管那人在歐洲刑警組織的辦案經驗豐富，但他與上司之間的關係嚴重不和，單就這兩點來看，赫斯的黃金時期已是過去式了。

蘇林是不喜歡赫斯，但對赫斯的能力是肯定的，於是尼藍德決定這樁案子仍由她和赫斯負責，但若是赫斯有任何狀況，蘇林必須第一時間告知他。當然，尼藍德也提到了蘇林的ＮＣ３推薦函一事必須要等到案子結束，他知道蘇林必能聽出自己的弦外之音：忠誠，是她拿到推薦函的必要條件。

尼藍德走出警局，朝那些盤旋著等待聳動新聞的禿鷹走去。這是尼藍德自己的主意，不召開記者會，而是在中庭與他們正面交鋒，因為在警局外比較容易含糊其詞，可以敷衍應付後退回他的蔽護處。但當閃光燈漸漸平息下來，他發現自己搬出了熟悉的表情，這才意識到自己實在想念鎂光燈。這是他最擅長的。沒錯，這麼做會讓他暴露在眾人前，接受他人的指指點點，但好處也很多。接下來的幾天，他會是大家爭相交談的對象，再加上案子的聳動性十足，這很可能是他夢寐以求的機會。若是案子破不了，也能拿來解決馬克．赫斯這個討厭鬼。

48

樓上兩個女孩的哭聲滲進豪宅每一處角落，包括廚房。埃里克・塞傑爾拉森坐在廚房的豪華中式大原木桌邊，身上的西裝仍是前一天在辦公室收到勞拉・克約爾的手時那一套。赫斯坐在他身旁，一看就知道這個人根本沒上床躺過。他的雙眼紅腫、滿布血絲，襯衫皺巴巴的。屋內玩具被丟得滿地都是，爐子上堆滿髒鍋子。赫斯看著坐在對面的蘇林企圖吸引男人的注意力，但徒勞無功。

「請你再看看這張照片，你確定你太太不認識這個女人？」

塞傑爾拉森看著勞拉・克約爾的照片，但兩眼無神。

「那她呢？社會事務部部長，蘿莎・哈同。你太太認識她嗎？提到過她嗎？或者你們兩個都認識，又或者——」

但塞傑爾拉森對著蘿莎・哈同的照片，無神地搖搖頭。赫斯見蘇林一臉煩躁，但她壓抑下來，而赫斯十分感同身受。這是一個星期來，蘇林第二次面對一問三不知的鰥夫。

「塞傑爾拉森先生，我們需要你的協助，你一定能想起什麼。你太太有跟什麼人交惡嗎？她有害怕什麼人嗎？或者有沒有——」

「我真的什麼都不知道。她沒有跟人交惡，她生活的重心全在家務和孩子……」

蘇林做了一個深呼吸，繼續發問，赫斯感覺得到塞傑爾拉森說的是實話。赫斯努力忽略孩子的哭聲，稍早在警局有機會向尼藍德推掉這樁案子時，他很後悔沒開口。但現在沒有退路了。

在三個小時睡眠後，早上他驚醒過來，一睜眼，眼前全是栗子人和被截肢的肢體。一會兒後，公寓管理人過來嘮叨，因為他把油漆工具和地板拋光機放在走道中央，但他實在沒時間與管理人周旋。

在前往警局的路上，他打電話回海牙，為他錯過了與弗雷曼的電話會談致歉，他昨天下午完全把這件事忘了。電話那頭的祕書從頭到尾冷冰冰的。赫斯不再多做解釋，快步穿梭在人潮洶湧的火車站中，想趕去警局再仔細審查安妮．塞傑爾拉森屍體的照片。他要確定是否能在手腕以外的地方，找到其他切割傷口。若是那具割斷雙手的凶器也在別的地方留下傷口，就沒必要再去追查那個驚醒他的變態想法。但他在照片上找不到凶手想截肢其他部位的跡象。他甚至打電話到法官辦公室，確認了第一和第二樁凶殺案的截肢凶器都只用來割斷手，這點證實了他的擔憂，令他十分不安。他推測凶手還會犯案，但無法肯定，而內心的擔憂正不斷增長。理想狀態下，他會先徹底研究克莉絲汀．哈同案，找到方向後再繼續此案的調查。但尼藍德的立場堅定，不容他人侵犯，所以他只好先和蘇林來找塞傑爾拉森，但仍舊沒有任何進展。

他們花了兩個小時搜查這棟豪宅和其院落。首先，他們發現朝向屋子北面樹林的監視攝影機電線被剪斷了，因此安妮．塞傑爾拉森慢跑回來、關掉保安系統後，不管是誰翻過圍籬、破門而入，都不會被監視器拍到。鄰居也沒注意到任何異樣，這點很正常，因為這棟豪宅佔地廣闊，房屋仲介毫不誇張地形容它是「與世隔絕」。

建茲和鑑識人員負責搜查花園、客廳和門廳，蘇林和赫斯則上樓翻找臥房、抽屜和衣櫥，以了解安妮．塞傑爾拉森這個人。二樓有九個房間，包含了ＳＰＡ室和大型衣帽間。赫斯對精緻奢華的物質享受並不在行，但他知道臥房裡單單是那台鉑傲（Bang & Olufsen）液晶電視，就相當於奧汀區一些公寓的押金。高大宏偉的窗戶沒有裝窗簾或百葉窗，簡潔高雅，但站在臥房裡，他不禁納悶凶手是否就是躲在幽暗的花園，透過這幾扇窗戶窺探安妮．塞傑爾拉森和她每晚的例行跑步。現在花園裡又再度下著傾盆大雨。

二樓的其他房間也是整齊清爽，例如安妮．塞傑爾拉森的大型衣帽間，成排的高跟鞋井井有條，同款的木衣架上吊掛著套裝和熨燙過的褲子，襪子和內衣褲同樣有條理地安放在抽屜裡。主臥房裡的浴室相當於五星級飯店等級，有兩個洗手糟，一座貼著義大利瓷磚的下沉式浴缸，和一個獨立的ＳＰＡ蒸氣間。至於兒童房，大大的牆面上畫著丹麥藝術家漢斯．薛爾菲格（Hans Scherfig）的叢林野生動物圖，將兩張小床包圍在中央，小床仰望著繁星滿空的天花板，以及在星球間漫遊的太空船。

但整棟房子都找不出任何理由，可以解釋為何有人會闖入安妮．塞傑爾拉森的家，嚇得她奪門而出，在森林裡奔逃，最後落得雙手被砍掉的下場。

於是他們將注意力轉移到埃里克．塞傑爾拉森。他告訴他們，他和安妮是在高中認識的，兩人一完成哥本哈根商學院的學業，就以結婚來慶祝畢業，隨即做了一趟世界旅行，先後在紐西蘭、新加坡定居下來。埃里克投資了幾家生物工程公司，獲利可觀；至於安妮，她最大的心願就是生兒育女，建立一個家。他們生了兩個女兒，等到大女兒到了上學的年紀，才搬回丹麥，先是租屋住在布里格島（Islands Brygge）的一棟新房子裡，後來才在卡拉姆堡，也就是埃里克成長的社區附近買下現在的豪宅。

赫斯從埃里克的描述得知，這個家庭主要依靠埃里克的收入，儘管安妮受過多年室內設計的訓練，但她以相夫教子為傲，生活重心圍繞著打理家務和呼朋喚友舉辦聚餐，他們的朋友圈其實大多是埃里克的朋友。警局派遣一位探員造訪了赫爾辛格（Helsingør），安妮母親的家所在處。從探員的報告來看，安妮的家境並不富裕，父親早逝，她從孩提時期就渴望建立一個完整的家。她母親哽咽地告訴探員，女兒一家搬回丹麥後，她少有機會見到女兒和孫女，她認為這是因為埃里克並不喜歡她。雖然埃里克和安妮沒有明說，但女兒帶孫女回來探望她時，埃里克都在工作，再不然就是女兒帶孫女開車經過，順道過來打個招呼，不過，光是這樣的機會也十分稀少。這位母親覺得，安妮和埃里克之間強弱失衡得十分嚴重，但安妮總是捍衛自己的丈夫，拒絕離開他。為了能見到女兒，她後來就閉口不再干涉他們夫妻間的事；現在，就算她想干涉也沒機會了。

廚房的兩個高檔爐子上的數字鐘又往前走了一分鐘，赫斯強迫自己忽略孩子的哭聲，專心聆聽蘇林的發問。

「但你太太打包了一個旅行袋的行李，正準備出門，她還告訴互惠生保母，她要親自接孩子放學，所以她打算去哪裡？」

「我說了，她要去她媽媽家過夜。」

「不像吧，旅行袋裡還裝著護照，以及一個星期以上的衣物用品，她想幹嘛？她為什麼想離家出走？」

「她沒有想離家出走。」

「我認為她想，而且一般人這麼做都是有理由的。你要嘛坦白告訴我們原因，不然我就申請搜索票，調閱你的通聯紀錄，看看能不能找到原因。」

埃里克．塞傑爾拉森的忍耐似乎到了極限。

「我和我太太的感情很好。但我們──我──有自己的問題。」

「什麼樣的問題？」

「我有外遇，但都只是玩玩而已。但是……也許她發現了。」

「外遇？和誰？」

「不同的人。」

「誰？怎麼發生的？女人？男人？」

「女人。隨便玩玩而已，就是一些豔遇或網戀，都是玩票性質。」

「既然如此，你為什麼還要外遇呢？」

塞傑爾拉森猶豫了一下。

「我不知道。有時候，人生的走向和你希望的差很多。」

「什麼意思？」

塞傑爾拉森兩眼無神地盯著前方。赫斯十分認同他的話，但仍然納悶這個人擁有一個賢慧的妻子、一個家，以及一棟價值超過三千五百萬克朗（注）的豪宅，他還會想要什麼。

「你太太何時、又是如何發現的？」蘇林煩躁地問。

「我不知道，妳剛才才問我——」

「塞傑爾拉森先生，我們調閱過你太太的通聯紀錄，查過她的手機、電子郵件和社交媒體帳號。如果她真的發現你出軌，按理應該會找人傾訴，但她沒有，不論是跟你、或她母親還是朋友，都沒有提到這件事。」

「這……」

「因此，這應該不是她離家出走的原因。所以，我現在再問你一次：為什麼你太太想要離開你？她為什麼打包了一個旅行袋的行李，以及——」

「我不知道！妳問我原因，我就把我想得到的唯一原因告訴妳，天啊！」

赫斯感覺埃里克．塞傑爾拉森的暴怒有些反應過度。但後來想想，這可能是一種自我保護機制，防止自己崩潰。今天大家都不好過，又看不到繼續問訊下去的必要性，於是他索性喊停。「謝謝，今天就到此為止。如果你想起了什麼，請立刻通知我們，好嗎？」

塞傑爾拉森感激地點點頭。赫斯轉身去拿外套，仍能感覺到蘇林對他的介入十分不悅。

「我能帶小朋友們出去吃冰淇淋嗎？」

互惠生保母帶著兩個女孩下樓來，女孩們都穿著外出服裝。赫斯和蘇林已經找那個保母問過話了。她最後一次和安妮．塞傑爾拉森見面是在昨天早上，她後來在菲律賓自由教會吃午餐，下午接到安妮的來電，說她要親自去接女孩放學。這位保母對塞傑爾拉森家和警察的態度恭敬，尤其是警察，赫斯推測她的居留證應該有些問題。她抱著老二，牽著老大，兩個女孩眼睛紅腫、淚痕斑斑，埃里克．塞傑爾拉森朝她們走去。

「可以，很好，茱蒂絲（Judith）。謝謝妳。」

塞傑爾拉森憐愛地輕撫著一個女兒的頭髮，對另一個勉強一笑，四人一起朝廚房的過道走去。

「我問話，知道什麼時候要喊停。」

蘇林走到赫斯面前，令他無法躲避那雙棕眸的逼視。

「聽著，安妮．塞傑爾拉森遇害時，這個男人就跟我們在一起，所以凶手不可能是他。」

「我們現在要找的，是這兩起凶殺案的共通點。一個女人剛換了門鎖，另一個打算離家出走——」

「我要找的不是共通點，我要找的是凶手。」

赫斯想繞過她，去客廳打聽鑑識報告，但蘇林攔住他。

「我們現在就把話說清楚。你對我們兩個的搭檔合作有意見嗎？」

注

1 丹麥克朗（DKK）等同於約4.5元新台幣，克朗目前為捷克、丹麥、冰島、挪威和瑞典的主要貨幣。

「沒有，但我們為什麼不各幹各的，免得像兩個傻子一樣互扯後腿。」

「我是不是打擾你們了？」

玄關的乳黃色滑門滑開，穿著白色鑑識衣的建茲冒了出來，手裡拿著一個工具箱。

「我們在收拾了。雖然不太想現在就潑冷水，但初步的搜查結果和勞拉．克約爾的差不多。最有意思的是，我們在玄關地板縫隙發現了血跡。不過那血跡有段時間了，而且血型和安妮．塞傑爾拉森的不同，所以我認為這些血跡與此案無關。」

建茲背後的玄關地板，在磷光燈的照射下出現綠色螢光條紋，一位鑑識人員正拿著相機拍下照片做紀錄。

「為什麼玄關地板上有以前留下的血跡？」

蘇林問塞傑爾拉森，他剛從廚房過道走過來，一邊淡漠地踢開擋道的玩具。

「如果妳指的是樓梯旁邊的血跡，那是蘇菲雅的，我們的大女兒。她在兩個月前摔斷了鼻子和鎖骨，在醫院住了一段時間。」

「嗯，那很可能就是她的。還有，赫斯，我們辦公室聯誼委員會要我謝謝你，提供那隻豬。」

建茲說完，就朝另一個白衣鑑識人員走回去，並關上了門。赫斯靈光一閃，對埃里克．塞傑爾拉森的興趣又回來了，但蘇林搶了頭香。

「蘇菲雅住的是哪家醫院？」

「里格斯醫院。只住了幾天。」

「里格斯醫院的哪一科？」

這個問題是赫斯問的。兩個探員同時對這個話題產生興趣，顯然把塞傑爾拉森弄糊塗了，他拿著三輪車愣在原地不動。

「應該是兒科吧，但都是安妮過去照顧的，怎麼了？」

他們都沒理會他，蘇林大步朝正門走去，赫斯心裡有底，蘇林這次也不會讓他負責開車。

49

凡是前來造訪位於漂布塘路（Blegdamsvej）的里格斯醫院兒科的人，都會對著走廊上大大小小、色彩繽紛的童真繪畫讚嘆不已，赫斯也不例外。大量的人生酸甜苦辣全都匯聚在這裡，赫斯根本挪不開目光，同時，蘇林走到櫃檯去打招呼。

塞傑爾拉森一提到他女兒曾在里格斯醫院住院，他們兩人同時聯想到勞拉·克約爾廚房記事欄上的那張紙條。在回城的路上，赫斯打電話到兒科，確認了勞拉·克約爾的兒子和安妮·塞傑爾拉森的大女兒都是他們的小病人，但那位護理師無法提供更多有用的細節，更別提確認兩個孩子的住院期間是否重疊。現在他們就在醫院裡，最主要是因為這是他們找到的唯一共同點，也因為這家醫院就在回警局的路上。今天一整天的奔波，到目前為止沒有任何收穫，尼藍德也通知他們，蘿莎·哈同和她丈夫並不認識安妮·塞傑爾拉森，案情沒有進展，根本是全然地烏雲罩頂。

赫斯看著蘇林離開櫃檯走回來，但她迴避自己的目光，拿起招待客人的咖啡壺倒了杯咖啡。「他們去聯絡一位資深心理醫師。從病歷看來，兩個孩子都是由這個人負責的。」

「所以，我們現在要跟他談？」

「我不知道。如果你有事要忙，就去忙，沒關係。」

赫斯沒有回應，不耐煩地四處張望。這裡到處都是受病痛折磨的孩子。這裡的孩子，有的滿臉擦傷，有的手臂掛在吊帶裡，腿上打著石膏。在稍遠處的孩子，有的頭髮掉光，有的坐在輪椅上，有的則推著點滴架四處走動。中央是玻璃隔板分隔出來的活動房，一扇藍門被氣球和枯枝裝飾覆滿。孩子的歌聲哄誘著赫斯朝那扇開著的藍門走去。活動房內，幾個年紀較大的孩子在一端畫畫；空間的另一端，年紀較小的孩子坐在顏色鮮豔的塑膠椅上，圍成一個半圓。他們正在唱歌，全都面向一個女人，女人手上拿著一張很可愛的紅蘋果圖畫。

「蘋果人，進來了。蘋果人，進來了。你今天有帶蘋果來給我嗎？謝謝你，要不要留下……」

女人點頭鼓勵孩子，孩子大聲地將最後一個音拉得長長的，然後她放下蘋果圖畫，拿起栗子圖畫。

「我們從頭開始！」

「栗子人，進來了。栗子人，進來了。你今天有帶栗子來給我嗎……」

歌詞就像一隻冰冷的手指劃下赫斯的脊柱。他往後跳開一步，這才意識到蘇林正看著他。

「你們是奧斯卡的父母嗎？來照X光的？」

一位護理師走過來，蘇林剛剛正啜了一口咖啡，被這麼一問，不禁嗆到咳嗽。

「不是，」赫斯回答。「我們是警察，在等那位資深心理醫師。」

「他應該還在巡視。」

護理師很漂亮，水靈靈的黑眼睛，長長的棕髮束成一支馬尾，大約三十出頭，但給人一種專業老成的穩重感。

「那他必須縮短這次的巡視。請告訴他，我們有很要緊的事找他。」

50

資深心理輔導醫師胡賽因·馬吉德（Hussein Majid）帶他們來到教研室，請兩人找地方坐下。這個房裡的桌子上有白色咖啡杯、幾台螢幕沾滿指紋的iPad、糖精和髒掉的早報，椅背掛著外套。他的身高與赫斯同高，四十出頭，整個人乾淨清爽，穿著沒有扣上釦子的白色醫師外套，脖子上掛著聽診器，戴著黑方框眼鏡。手指上的金戒表明他已婚，但蘇林和他握手時，卻感覺事情並非她所想的那樣。心理醫師只敷衍地與赫斯握了下手，隨即面帶微笑地轉向蘇林，目不轉睛地盯著她看。赫斯看見醫師猛對蘇林獻殷勤，不禁愣住，因為他似乎從沒覺得蘇林迷人。截至目前為止，他只覺得蘇林難搞，但看到醫師的目光趁著蘇林找椅子坐時掃過她的細腰美臀，赫斯也不得不承認，蘇林的確有魅力。但赫斯也納悶，這位醫師是否也以同樣的目光看待勞拉·克約爾和安妮·塞傑爾拉森這兩位媽媽。

「我正在查房，如果能盡快結束，我十分樂意幫忙。」

「你真好，謝謝。」蘇林回應。

醫師一邊將兩份病歷和手機放到桌上，一邊詢問蘇林要不要喝咖啡，蘇林有意賣弄風情般地接受了。赫斯看著他們一來一往，一陣厭煩，想著蘇林是不是花痴過頭，都忘了他們的目的。

「我們有一些關於馬格努斯·克約爾和蘇菲雅·塞傑爾拉森的問題，想向你請教，希望你能把知道的事情都告訴我們。」

胡賽因·馬吉德瞥了赫斯一眼，語氣專業且友善地回應。他主要是想討好蘇林吧。

「沒問題。你們說得沒錯，兩個孩子都是在這裡接受治療的，不過他們的病症不同。我可以知道你們問這些問題的理由嗎？」

「不能。」赫斯簡短地回答。

「好，沒關係。」

醫師意味深長地瞥了蘇林一眼，蘇林聳聳肩，算是向他解釋赫斯本來就是粗魯無禮的人，他無須介意。赫斯立刻追問下去。

「說說他們的治療經過。」

馬吉德醫師抬手放在孩子的病歷上，卻沒打算翻閱和參考。

「馬格努斯・克約爾是來這裡接受長期治療的，療程大約於一年前開始。兒科和相關團隊像是一道水匣，將病患引導至相關科院，於是這孩子接受了觀察，並被神經學科的專家診斷為自閉症。至於蘇菲雅・塞傑爾拉森，是幾個月前在家裡摔傷了骨頭，住到醫院裡來。她很快就出院了。相對來說，她的病情簡單許多，不過她事後的確過來兒科做了一段時間的物理復健療程。」

「所以兩個孩子都住在兒科病房裡，」赫斯追問下去。「你知道他們有碰面過嗎？或者他們的父母有彼此見過？」

「這我就不清楚了，但可能性很低，兩個孩子的病因和病症完全不同，不太可能有交流。」

「兩個孩子是誰帶來就診的？」

「就我看到的，兩個孩子主要都是母親帶來看診，不過如果你們想要更確切的答案，最好直接問當事人。」

「但我現在在問你。」

「沒錯，而我剛才回答了。」

馬吉德和藹可親地對赫斯微微一笑。赫斯判斷這個男人的智商在一般水準之上，並且納悶，他是否早就知道赫斯不可能去找那兩位母親確認。

「但那兩位母親帶孩子過來就診時，是你與她們接洽的，對吧？」

這個不具侵略性的問題是蘇林開口問的，而醫師似乎很開心能和她對話。

「我接洽過很多父母，對，這其中包括她們。讓母親或父親放心把孩子交給我，是我工作很重要的環節之一。在療程中，建立醫患之間的信任和對彼此的信心，是絕對必要的，這對所有參與療程的人都好，尤其是病人。」

醫師對蘇林微微一笑，瀟灑地眨眨眼，似乎在眉目邀請蘇林共度一段馬爾地夫的浪漫假期。蘇林也報以一笑。

「所以說，你跟那兩位母親很熟囉？」

「很熟？」馬吉德似乎有些困惑，卻仍然面帶微笑。赫斯其實也被蘇林嚇到了，但蘇林一副沒事的樣子，繼續問下去。

「對。你和她們私下見面嗎？和她們談情說愛嗎？或者直接上床？」

馬吉德依舊笑笑的，但有些遲疑地說：「抱歉，請再說一次。」

「你聽到我說什麼了，回答我的問題。」

「妳為什麼問這些？究竟發生什麼事？」

「只是問問而已，不過你必須老實回答，這很重要。」

「答案很簡單，我們在兒科病房的負荷，已超出每個人所能承擔的一成。這表示每個孩子，我只有幾分鐘的時間交談和關心。時間寶貴，所以我只把時間和心力花在孩子身上，而不是他們的母親，也不是父親，更不是警察。」

「但你剛才說，和孩子的母親建立親密的關係很重要。」

「不對，我沒有那麼說。我不能接受妳問題所指的曖昧暗示。」

「我並沒有暗示什麼。在曖昧暗示的是你，你剛才對我眨眨眼，還談到信心；而我的問題直截了當——你有沒有和她們上床？」

馬吉德不可置信地笑著搖搖頭。

「那你說說，對這兩位母親的印象。」

「她們跟一般到醫院來的父母相同，十分擔心自己的孩子。如果你們打算繼續拿這類問題佔用我的時間，我還有別的事要忙。」

胡賽因．馬吉德作勢起身，一直在旁看好戲的赫斯，當下將一份濺到咖啡的報紙滑到他面前。

「你走不了的。我們來這裡問話的原因，也許你早已知道了。到目前為止的調查結果，你是兩起案件的唯一共同點。」

醫師看著報紙上那張在森林中拍攝的照片，以及提及兩起凶殺案的頭條標題時，似乎在微微顫抖。

「但我知道的就這些，真的沒有其他的了。我對馬格努斯．克約爾的母親印象比較深，因為他的療程很長。神經醫學的專家嘗試了各式各樣的分析和診斷，但對孩子的病情都沒有幫助。那位母親越來越沮喪，到最後突然就停止不來了。我知道的就這麼多。」

「她不再過來，是因為你挑逗她，或者——」

「我沒有挑逗她！她打電話來說，地方議會為了她兒子的事一直與她聯繫，她想要專注在和他們的合作療程上。我以為她會回來，但沒有。」

「但是勞拉．克約爾如此看重兒子的治療，把全部心力和時間都花在這上面，所以她一定是不想再見到你，這裡面絕對有充足的理由？」

「她不想見的不是我！跟我無關！我說過了，是因為地方議會的通知書。」

「什麼樣的通知書？」赫斯迫切地問，但此時，剛才那位年輕的護理師探進頭來，看著醫師。

「抱歉，打擾一下，但九號病房想知道答案，他們在等手術室裡的患者出來。」

「我現在就過去，這裡結束了。」

「我在問你，是什麼樣的通知書？」

胡賽因．馬吉德已經站起身，匆匆收拾桌上的物品。「我不知道。我聽那位母親提起過，好像是有人向地方議會舉報，指控她沒有善盡母職，沒把兒子照顧好。」

「什麼意思？指控她什麼？」

「不知道。她也吃了一驚，沒多久後，一位社工就打電話來跟我們要男孩的病歷，我們給了，就是提供我們的治療方案和進程而已。再見，謝謝你們前來。」

「你確定你沒去她家探訪，安慰安慰她？」蘇林站起來擋住他的去路，再次想套他的話。

「是的，我確定！拜託，我必須走了。」

赫斯也站起來。「勞拉．克約爾有說是誰報案的嗎？」

「沒，我記得是匿名舉報的。」

胡賽因．馬吉德拿著檔案夾側身從蘇林旁邊擠過去，赫斯看著他繞過轉角，孩子的歌聲再次傳了過來。

51

社工亨寧．勞卜（Henning Loeb）接到電話時，正在幾乎沒人的市政府地下室自助餐廳享用完遲來的午餐。一整個上午，他過得像在打仗一樣，先是騎自行車來上班時遇到大雨，等抵達市政府後面的自行車棚時，衣服和鞋子都已濕得在滴水。隨即，他又被兒童少年服務部的上司叫去與一個阿富汗家庭及他們的律師開會，他們想反轉當地政府接管孩子照養權的決定。

亨寧．勞卜對這個案子再熟悉不過了，也是他向部門建議將孩子帶走，但現在他又必須浪費一個半小時坐在會議室裡，聆聽他們的胡說八道和爭論。最近收到管養令的，大部分都是外來移民家庭，這次的會議也同樣需要請口譯員參與，因此會議時間會拖得很長。整體來說，這個會議真是在浪費時間。此案早已結案，這位移民父親因為十三歲女兒交了一個丹麥男友，重複對女兒施暴。在一個民主社會中，即使是這類流氓也享有人權，有權說出自己的心聲並被聆聽。就在來來回回的爭論中，亨寧仍然穿著濕衣鞋，冷得發抖，並無奈看著市政府窗外的人來人往。

會議結束後，儘管他仍又濕又冷，還是必須打起精神認真工作，專注處理手上的案子，時間滴答滴答滑過，分秒必爭。他只差一步了，只差下午的那場會談，就能晉升到三樓較為整齊、氣味較清新的科技環境行政部門工作。如果他能及時完成積壓下來的工作，就有時間做準備；若是會談進行得順利，他很快就能跳船，趕在被暴力、亂倫和精神病的壓力壓得沉沒前喘口氣，從社會邊緣人群中跳上岸求生。能夠得到下午的會談機會，並提出自己對市區公園的改造建議，看來老天爺還是公平的。更何況，他還能看到那個紅髮的實習生，她是建築系的學生，愛穿迷你裙，無論晴天或雨天，臉上總是掛著燦爛的笑容，在有她的辦公室裡會談，實在心曠神怡。她值得被一個真正的男人珍愛。當然這個盡地主之誼的男人不一定要是亨寧，但沒人能阻止他一看到她，就神魂顛倒的權利。

想到這裡，亨寧就後悔接了剛才那通電話，因為他想忘都忘不掉剛剛那個條子了。那傢伙說話的語氣是亨寧最討厭的，跋扈專橫，開門見山就表明他現在就要那份資料，一刻也不能耽誤，所以他不能等到下午的會談結束。亨寧自然得放下手邊工作，趕回辦公室上網傳資料。

「我需要你那邊關於一個叫馬格努斯．克約爾的男孩所有資料。」

那個條子有男孩的身分證號，亨寧一邊開機，一邊解釋他負責了數百個案子，所以無法當下找出所有相關資料，希望探員別介意。

「就你手邊有的資料，告訴我就可以了。」

亨寧瀏覽著螢幕上的紀錄，電話裡安靜了一會兒。原來此案是他自己的案子之一，幸好不算複雜，很容易總結概括。

「沒錯，是我們的案子。我們收到一封匿名的舉報電子信件，是針對男孩的母親，勞拉．克約爾，說她並不勝任照顧親生兒子的工作。我們深入調查，發現這封舉報是無中生有，所以我沒什麼可以告訴——」

「我想聽聽關於這個案子的一切，現在就要。」

亨寧慫回了一聲嘆息。這需要花點時間，他必須加快步調，於是一邊瀏覽，一邊盡可能地精簡匯報的內容。

「這封舉報信是大約在三個月前收到，以電子信件的方式寄到本部門的告密系統。這個系統是社會事務部部長下令安置在全國的地方政府機構，方便人民透過電話或電子信件，匿名舉報孩童受虐的線索，也因此我們不知道舉報者的姓名。舉報的內容基本上是告知我們，應該盡快介入並帶走那個男孩，因為男孩的母親是個——我直接引用信件裡的用語——『自私的婊子』。信裡還提到那位母親只想找男人上床，對孩子的問題視而不見，即使她——我還是引用信裡的字眼——『應該了解得更多』。接到舉報後，我們前往他們家找證據以核實內容。」

「你們找到了什麼？」

「什麼也沒有。根據工作守則，我們調查信裡所謂的怠忽職守，最後跟那個內向的男孩談話，也跟那對顯然很吃驚的父母談過，就是男孩的母親和繼父，我猜。但沒發現任何異常，無奈的是，這一類惡意的鬧作劇很常見。」

「我想看看那封電子信件，能寄一份複本給我嗎？」

這正是亨寧在等待的請求。

「可以，只要你能拿出法院命令的傳票。現在，如果沒有別的——」

「沒有任何寄件人的資料？」

「沒有，這就是『匿名』的意思。」

「你剛才為什麼說那封舉報信含有惡意？」

「因為我們什麼也沒發現，也因為使用告密系統的人，主要的目的就是惡作劇，去問問海關稅務機構就知道了。這都是官員們自己的傑作，任何人都可以無緣無故找他人麻煩，不須負任何責任。這些人也不想想，真的有人會坐下來花時間調動資源，調查他們寄送出來的信件嗎？就這樣了，如果你沒別的——」

「我有。既然逮住了你，就請再幫我看看，你們是否還接到關於另外兩個孩子的舉報。」

條子又給了亨寧兩個身分證證號，這次是兩個女孩，莉娜和蘇菲雅・塞傑爾拉森。這個家庭的居住地是登記在卡拉姆堡，但條子知道他們之前住在布里格島，就在哥本哈根議會的轄區中。他想知道這段期間的資訊。亨寧不耐地輸入身分證證號做搜索，並著急地瞥了手錶一眼。如果能盡快結束這通電話，他仍然有時間做準備。搜索結果跑了出來，亨寧瀏覽著文件紀錄，聽到探員重複身分證證號。原來這也是他的案子，他正要回答自己記得這個案子時，卻瞥到之前沒注意到的細節。他很快地瀏覽完畢，再叫回馬格努斯・克約爾的頁面，以驗證自己的直覺和寄件者的措辭用語。亨寧・勞卜迷惑了，整個人警覺起來。

「沒有，抱歉，沒有她們的紀錄。至少我沒看到就是了。」

「你確定？」

「電腦沒搜尋到你給的身分證證號。還有別的事嗎？我很忙的。」

亨寧・勞卜心有餘悸，為了自保，他寄了一封電子信件給電子資訊部，說明他的電腦當機，所以沒辦法協助警察查閱要的資料。這麼做或許沒有意義，但以防萬一。亨寧只需要再一場會談就能更上一層樓，遠遠地逃離眼前的一切破事，爬上三樓的科技環境行政部門。若是他能將手中的牌玩好，甚至能爬進紅髮女孩的心裡。

52

黑幕降臨在胡蘇姆的住宅區上。路燈亮起，小路上有限速和打瞌睡的警察，是兒童友善的馬路之一，花園裡的小徑在忙碌的廚房流洩出來的暖光下發亮。廚房裡，人們烹煮著晚餐，聊著繁忙又乏味的一天。蘇林踏出停在塞德文格特路上的警車，嗅聞著從克約爾鄰居家抽油煙機排放出來的煎肉丸香氣。唯有那棟白色的現代式房屋和其鐵皮車庫，以及郵筒上的七號數字沉浸在闃黑之中，呈現一片荒廢淒涼的氣氛。

蘇林聆聽著手機裡尼藍德不悅的叮囑，然後快跑穿越雨絲追上赫斯，來到大門前。

「妳有鑰匙嗎？」

赫斯伸出手來拿鑰匙。他們走到圍繞著鮮明的黃黑封鎖條前，它們封鎖住大門，並標示出犯罪的現場。蘇林從外套口袋裡翻找出鑰匙。

「你說議會在收到告發勞拉．克約爾的匿名信後，進行了調查，卻發現指控是無中生有？」

「沒錯。往旁邊站一點，妳擋住光線了。」

赫斯接過鑰匙，就著昏黃的路燈燈光，將鑰匙插進鎖孔裡。

「那我們來這裡做什麼？」

「我說過了，我只是想進去看看。」

「我進去看過了，好多次。」

蘇林剛才和尼藍德通電話時，尼藍德十分不滿他們今天的毫無進展，也不明白他們為何重返塞德文格特路。其實，蘇林自己也是丈二金剛摸不著頭緒。漢斯．亨力克．豪格在勞拉．克約爾遇害時的不在場證明調查皆是徒勞無功，蘇林也接受了這個結果。然而現在，她又一次地盯著這間發生凶案的陰沉房子。

赫斯是在與心理輔導醫師談話完、走去停車場的路上時，打電話給市政府的那位社工，他也將交談內容告知給蘇林。蘇林當時坐在里格斯醫院外的警車裡，大雨敲打著擋風玻璃，她聽到那封匿名信指控勞拉．克約爾的失職，並建議社工接管男孩的管養責任。議會進行了調查，證明指控無憑無據，最後被視為惡作劇而不予理會，所以蘇林也不再關心。只是沒想到這份舉報，勞拉．克約爾只告訴了里格斯醫院的那位醫師，不過話說回來，她會這麼做也合情理：她的兒子被醫師診斷為自閉症，而男孩的行為，就如校方所描述的，也容易被誤解為是母親失職所致，所以才有人向議會告發。再加上勞拉．克約爾並不知道告密者是誰，她的朋友、同學或同事都有可能，她只好保持沉默了。

從各方面來看，勞拉．克約爾已盡了全力協助兒子接受治療，儘管蘇林不喜歡漢斯．亨力克．豪格，但她不得不承認，那個男人一直扮演母子兩人最穩當的靠山。所以，針對告密信裡所提供的訊息，他們還能做什麼？至於議會是否收到告發安妮．塞傑爾拉森的電子信件，社工也否認了，因此這個共同點並不成立，也就不需要深入調查。

但赫斯依舊想造訪勞拉．克約爾的房子。在開車過來的路途上，蘇林一直後悔之前有機會時沒有勸退赫斯，讓他退出這個案子。赫斯推測凶手才剛剛開始他的殺戮，蘇林也深有同感，尤其她在樹林中站在安妮．塞傑爾拉森屍體旁邊時，那股脅迫感更是強烈。但她和赫斯之間的工作步調差距太大，再加上她實在不想當尼藍德的線人，協助他監視赫斯是否偷偷調查哈同案，就算尼藍德暗示這是她拿到NC3推薦信的條件之一。

「我們要找的，是犯下這兩起殺人案的凶手，你自己也說凶手還會再犯案，那我們為什麼還要浪費時間，搜索一棟已被專業人員徹底調查過的房子？」

「妳不用進屋。其實，如果妳能去附近鄰居打聽是否有人知道那封告密信的事，或者信是誰寄的，這樣會節省很多時間，妳覺得呢？」

「那為什麼不現在就一起去打聽？」

赫斯逕自打開大門，封鎖條啪地被扯開，他輕手輕腳地溜進了沒有生氣的房子裡。赫斯關上門，至於蘇林，則被滂沱大雨逼得朝第一家鄰居衝去。

53

在赫斯關上門的一剎那，一片寂靜迎面撲來。等眼睛適應了黑暗後，他打開三個不同的電燈開關，但燈都沒亮，這才意識到電力公司已切斷這家的供電。房子是登記在勞拉・克約爾名下，她既然已做了死亡登記，戶口便會被註銷，所有的權利自然隨之消失。

赫斯拿出手電筒、走進通道，深入房子中。之前和社工的電話交談，不知怎地，依舊盤繞他的心中，揮之不去。他有個強烈的感覺，必須再回來看看這棟房子。不管如何，與里格斯醫院的心理醫師的談話收穫不錯。他原本還以為他們找對地方、找對人了，兩位受害者都與同一個醫師有互動，也證實了他推測孩子是兩起兇殺案的共同點是對的。但後來，醫師提到了那封舉報信。

在夜色中，又一次前來搜索這棟房子，其實沒有特定的原因和目標，他只是想再試試看。整棟房子已被不同的探員和鑑識小組搜索過數次，而那封舉報信又是三個月前的事，所以即便有線索，也早已消失了。但既然有人如此關心這個家庭，關心到費神寫下一封充滿恨意、建議將小孩帶走的告密信，那這棟房子裡應該能透露些什麼。

他注意到房子裡仍然可以看到鑑識小組留下的痕跡，門把和門框上有採取指紋的粉末，物件擺設上有數字記號。那些物件擺設在未來進入起訴程序時也許有用，也許沒有用。赫斯一間間地巡視，來到了一個被當做辦公室的小客房。房間裡如今一片荒涼，書桌上的電腦已被警方取走。他拉開櫃子和抽屜，翻閱隨機寫下的筆記和紙張，然後走到浴室和廚房。仍然沒有什麼發現。

大雨敲打著屋頂，他回到黑暗的通道，進入主臥房。主臥的床鋪依舊保持之前沒整理的狀態，那盞檯燈依舊倒在地毯上。他拉開勞拉．克約爾放置內衣內褲的抽屜時，大門傳來一個聲響，不久蘇林就出現在房門口。

「鄰居什麼都不知道，也沒聽說過那封告密信的事，只是重複說著這家的母親和繼父對男孩很好。」

赫斯沒有回應，又打開了另一個櫃子，繼續翻找。

「我要走了。我們必須再找那位醫師談一談，也要深入了解埃里克．塞傑爾拉森所說的外遇。等你搜完了，記得把鑰匙送回警局。」

「好，再見。」

54

蘇林故意用力甩上塞德文格特七號的大門，小跑步穿過雨絲，慌亂地躲開一位穿著黑衣的自行車騎士，回到車上。她的衣服在去附近鄰居家中打聽時已被淋濕。赫斯必須走路到車站搭車，才能回到市中心，但那是他的問題了。今天又是白忙一場，仍舊沒有任何頭緒，彷彿大雨沖刷了一切；即便他們再怎麼轉來轉去、忙得不可開交，仍然一無所獲。

她轉動鑰匙發動引擎，俐落地將車駛下馬路。她必須瀏覽和整理調查小組今日搜集回來的報告，不過她最想做的，是回到警局，重頭再一次徹底翻閱案件檔案，尋找兩起凶殺案間的關聯。之後，也許聯絡漢斯．亨力克．豪格和埃里克．塞傑爾拉森，詢問他們對同時認識兩位受害人的胡賽因．馬吉德醫師的了解。蘇林正要轉彎駛入大馬路時，從後視鏡注意到一個東西，緊急踩下煞車。

大雨中視線不良，她只能隱約看到一輛車停在她後方五十公尺處。那輛車停在高大的雪杉下，就在與塞德文格特路交接的小路路口，幾乎隱形於大樹和籬笆的黑影下，而籬笆後面就是兒童遊樂區。蘇林倒車回那輛車的旁邊，是一輛黑色的休旅車，裡外都很普通，沒有突出的特徵。然而引擎蓋上冒著淡淡的白煙，顯示車的引擎是溫熱的，顯然才剛停下不久。蘇林環視一圈。來住宅區辦事的人，通常會將車停在房子外的路邊，但這輛車卻塞在那條死巷子的路口。她原本想查一查車牌號碼，但手機響起，來電顯示是樂打來的，這才想起她完全忘了去女兒外公那裡接她回家的事。蘇林接起電話，並將車開走。

55

馬格努斯・克約爾的臥房相較於埃里克・塞傑爾拉森女兒的，顯得單調平常，不過即使在手電筒微弱的光線下，仍然看得出這個房間十分溫馨。房間裡有厚厚的地毯、綠色窗簾，天花板吊掛著一盞紙燈籠。牆上貼著唐老鴨和米老鼠的海報，白色櫃子上放著一大堆塑膠公仔，全是童話裡的角色，在那個世界裡永遠是邪不勝正。書桌上的杯子筆筒裡放著鉛筆和彩色筆，而從旁邊的小書架來看，馬格努斯・克約爾對西洋棋很有興趣。赫斯下意識地拿了幾本書翻閱。這個房間給人的感覺安全舒適，或許是整棟房子裡最好的一間。

他的目光落在床鋪上，習慣性地跪下來拿手電筒掃射床下，但他很清楚他的同事早已檢查過床下了。床柱和牆壁之間夾了一個東西，他鑽進去扯了出來，原來只是一本《英雄聯盟》的遊戲指南。赫斯這才想起來，他還沒有遵守承諾回去探望那個男孩。

赫斯放下遊戲指南，有點後悔剛才沒搭蘇林的便車回市中心。原本以為那封告密信帶來了一絲曙光，但現在他感覺自己就像個白痴，必須冒雨走回市中心，至少也要走到最近的車站，或招到一輛計程車。他突然感到十分疲憊，很想在男孩舒適溫暖的床上小睡一會兒，但又不知道是否合法。或者他應該直接回到警局，隨便編個理由向尼藍德辭行，說他今晚必須回到海牙。又或者，索性實話實說，承認自己並不適任這個案子；克莉絲汀・哈同、指紋和這一切的破事都與他無關，他之前根據被截肢的手和栗子人所推斷出凶手會再犯案的預言，全是因為睡眠不足、腦子混沌下的胡言亂語。若是幸運，他也許能趕上晚上八點四十五分最後一班飛往海牙的班機，翌晨就能跪在弗雷曼面前認錯——對現在的他來說，這主意十分誘人。

他最後又瞥了一眼窗戶，望向勞拉．克約爾被發現的花園和遊樂區，這才注意到那些圖畫。圖畫半隱藏於綠色窗簾後面，在一本懸掛在牆上的A4大小童畫裡。仔細一看，它們是被釘在牆上的。第一張畫的是一棟房子，應該是馬格努斯．克約爾幾年前所繪。赫斯走過去，拿手電筒照著圖畫紙。筆觸樸拙，九、十筆就描繪出一棟有大門的房子，還有一個太陽高掛在空中。赫斯衝動地翻到下一張，但第二張畫的也只是一棟房子，不過這次塗上了白色顏料，比較端正，也多了一些細節。赫斯意識到這張畫的正是塞德文格特這棟房子。第三張畫的也是白房、太陽，外加一棟車庫。第四、五張也是，可以看出隨著馬格努斯的年齡增長，每張圖也畫得越來越好。赫斯不知不覺被純真的童畫打動，嘴角勾了起來。他翻到了最後一張，主題仍然一樣：房子、太陽、車庫，但構圖不太對勁。車庫大得不合比例，比房子大出許多，聳立在房子屋頂上的牆壁又厚又黑，龐大而笨重。

56

赫斯關上露臺的門。室外的空氣冰冷，他在雨中呼出白霧，拿著手電筒照著房子後花園的鋪石小路。一繞過轉角，就來到了車庫的門口。肉丸的香氣飄盪在空氣中，在他打開大門後才消失無蹤。他正要抬腳踏進去時，警覺到車庫的門雖然被封住，但剛才開門時並沒聽到封條啪啦的扯裂聲。他沒多想便踏了進去，關上了門。

車庫內部寬闊，高高的天花板約六公尺長、四公尺寬，鋼柱外加鐵皮牆。赫斯想起在DIY店家的促銷目錄中，看過這種車庫型式；空間足以裝下一輛以上的車子。數十個透明塑膠整理箱幾乎佔滿了水泥地板。有些整理箱有輪子，另外一些則堆疊得高高的。赫斯想起了他在阿邁厄島（Amager）上的儲藏室，裡面還亂七八糟塞滿了裝有個人物品的厚紙箱及塑膠袋，至今已第五個年頭了。大雨敲打著屋頂，赫斯從高高的塑膠箱之中擠過去，在手電筒的光束下一一檢視塑膠箱，但沒發現任何異樣，就只是一些衣服、毛毯、舊玩具、廚具、碗盤，全都整理得有條不紊。一面牆上大大的鋁勾整齊吊掛著一系列的園藝工具，牆的中央放著一個高高的不鏽鋼架子，架上放著成列的油漆桶、工具和園藝用品。除此之外，這裡就只是一間車庫。馬格努斯圖畫中的車庫巨大得引人注目，但赫斯現在身臨其境，覺得這只是更加證明了馬格努斯．克約爾這個孩子的病情嚴重。

赫斯煩躁地轉身，正打算循原路擠回去大門時，突然注意到腳底下正踩著一個柔軟、會陷下去，稍稍高於水泥地板的東西，應該只高出地板幾公釐。他拿著手電筒一照，原來是塊長方形的黑色橡膠墊，大約一公尺長，半公尺寬。它就放置在不鏽鋼架的前方，似乎是為了讓工作更舒適而安放的。一般人即便發現了也不會多想，除非像是赫斯這種正在海底撈針的人。他退開一步，本能地彎下腰挪開墊子。但挪不動。赫斯的手指探進墊子底下兩、三公分，沿著墊子邊緣摸索，卻摸到水泥地上有條平行於墊子的細縫。他從不鏽鋼架上抓來一根螺絲起子，用牙齒咬著手電筒，將螺絲起子插進細縫中，在起子把手上用力一壓。水泥地板和黏住的墊子微微抬高，赫斯伸進手指，用力往上一抬。是一扇能上下開闔的暗門。

他懷疑地盯著暗門和那塊長方形的黑墊子。暗門的反面有個把手，讓人可以從下闔上門。赫斯拿下手電筒，照著下方的黑暗空間。光束投射了幾公尺遠，觸目所及只能看到靠著牆邊梯子的底端地板。赫斯在水泥地板上坐下，手電筒往嘴裡一放一咬，伸腳踏上了梯子的第一道橫擋，開始往下爬。他毫無頭緒，但每往下跨一步，不安感就愈發強烈。車庫內的氣味特殊，融合了建材和某種香水味。他的一隻腳踩到了堅實的地面，手放開梯子，拿手電筒四下掃射。

這個地下密室不大，卻也超出赫斯的預期，大約四公尺長、三公尺寬，高度也足夠他仰首站直。四周的壁腳板上都有插座，水泥牆裸露，地板鋪有方格薄片，被打理得一塵不染。乍看看不出任何異樣，卻又透著濃濃的詭異。這是經過仔細丈量後挖出來的空間。內部陳設皆是外購而來，而且被精心擺放，最後是那扇沉重的隔音暗門。赫斯並沒關上暗門，但大雨和現實世界的聲響全都被隔絕於外。他其實有些擔心會在這裡發現克莉絲汀．哈同的殘肢，但是沒有，這個地下密室基本上空無一物。

地板中央放著一張精緻的白色茶几，几上有一盞形狀奇怪的三腳黑色檯燈。牆邊立著一個高高的白色衣櫃，手把上掛著毛巾。另一端的紅色壁掛下有一張床，還有乾淨整齊的白色亞麻寢具。手電筒的光源開始閃爍，赫斯甩了甩，光束又恢復正常。他朝床走過去，注意到檯燈的照射角度是朝向它，但吸引他注意的，是那個厚紙箱。他單膝跪下，用手電筒往箱裡照去。箱裡的東西亂七八糟的，好似匆忙間往裡面硬塞，有潤膚膏、香氛蠟燭、一個熱水瓶、一個髒杯子和掛鎖。再往下還有纜線和 WiFi 裝備，許多的 WiFi 裝備，以及仍然插著纜線的 MacBook Air 筆電，纜線沿著方格地板連接上茶几的檯燈。赫斯目光盯著檯燈，這才發現它不是檯燈，而是攝影機。一台架在三腳架上的攝影機，鏡頭對著床鋪。

赫斯感到一陣反胃，撐著自己站了起來。他想逃，想逃出這個地洞，衝進大雨中。但有個陰影吸引了他的視線，是茶几另一端地板上的一個淺淡濕腳印。那有可能是他自己的，但接下來發生的事證明並非如此。後面的衣櫃裡，有東西疾速猛力地朝他揮來。他的後腦杓被重物擊中，一下又一下。手電筒掉落，他仰望著天花板，視線碎成萬花筒似的光影，重物不斷擊打著他的腦袋，他嘴裡充滿了鮮血的味道。

57

赫斯趴倒在茶几上，昏沉沉地半轉身朝後方的黑暗用力一踹，偷襲者正中攻擊，赫斯則趁機跌跌撞撞地爬到床上，昏亂中，下巴還撞上了床架。劇痛貫穿了他的整個腦袋，一邊的耳朵轟鳴，他搖搖晃晃地想找回平衡感。那個人在厚紙箱中翻動，隨後的腳步聲向梯子跑去，赫斯知道他必須趕緊下床追上去。他站起來，但伸手不見五指，他雙手平伸出去在黑暗中探索，腦中回憶著梯子的方位。他感覺指關節擦到了粗糙的水泥牆，同時左手也摸到梯子的橫擋。他感覺到偷襲者在梯子上方匆忙地移動，他在混沌中漸漸反應過來，手腳並用地爬上了梯子。快到梯頂時，他一隻手用力一探，抓住了那個人的腳踝，那個人腳下一絆，整個人往前撲向一疊整理箱。那個人雙腳用力踹著他的手，但赫斯緊抓不放。赫斯往上一蹬，上半身探出了暗洞，並同時發現躺在水泥地上的筆電。接著，他的臉被用力踹了兩下，那個人以驚人的速度爬起來，用膝蓋壓住赫斯的脖子，將他壓得臉緊貼在地。赫斯雙手揮擊，下半身仍然在洞裡，他張口喘氣。他的兩腳開始抽動，就像被吊在絞刑臺上，並感覺到偷襲者伸手去抓他剛才粗心遺留在地上的螺絲起子。

他的視線模糊，知道自己就快失去知覺了，但此時，他聽到了一個叫聲。是蘇林在喊他，不知是在路邊或在主屋裡喊的，但他無論多麼使勁，就是發不出聲音回應。他被壓制在胡蘇姆某個車庫的冰冷地板上，壓在氣管上的一百公斤重力使他動彈不得。他雙手亂揮，右手碰到了一個物件，一個冰冷的不鏽鋼物體。他扯不動那東西，索性用盡全力將自己往它拉去。那個不鏽鋼物件鬆脫了，接著是轟隆隆的碰撞聲——架上的油漆桶傾倒下來，他耳裡充滿了響亮的乒乓聲響。

58

蘇林站在露臺的門口，目光穿過雨絲，凝視著黑暗寧靜的花園。她已經裡裡外外呼喊赫斯好幾次了，但都沒有回應，她覺得自己像個傻子。她其實並不是為了赫斯才調頭回來，而是意識到那輛黑色休旅車的車主可能是誰，不過現在發現赫斯離開時居然忘了鎖上大門，她有些生氣。

然而當她正要關上門時，就聽到車庫猛然傳來一聲巨響。她往前邁出一步，又一次呼喊赫斯。她以為是赫斯隨興巡視到那裡，卻看到一個黑影從車庫後門衝出來，朝後花園而去，消失在雨中。她大步追上去，兩步即進入了花園，一邊拔出了手槍。黑影疾速鑽進花園底端的樹林、進入遊樂區，蘇林盡全力奔跑，但等她衝進遊樂區時，黑影已然消失無蹤。她全身濕透，喘著氣舉槍四下搜尋，一輛貨運火車駛近，她轉身望向鐵軌的方向，剛好看到那個黑影跳下鐵軌邊的路堤，沿著鐵軌急奔。蘇林追了上去，貨運火車從後面逼近。

火車的鳴笛尖銳響起，全速飛馳而過，巨大的衝力將她甩到草叢中。黑影回頭瞥了一眼，就在火車要撞上時，那人霍然轉向朝左邊衝去，穿越了鐵軌。蘇林立即調頭跑往火車尾，想要穿越鐵軌追下去。但火車車廂一個個滑過，似乎沒有盡頭，最後她只好停下腳步。她透過車廂的間隙瞥到漢斯・亨力克・豪格慌張地回望著她，然後消失在樹林中。

59

閃著藍光的警車堵死了死巷兩端，幾個最先嗅到消息的記者已擠滿了現場。還有記者帶著攝影師和採訪車，想來個現場直播，儘管站在封鎖線外的他們根本探聽不到任何消息。附近居民也過來圍觀，這是一個星期來，他們第二次震驚地盯著七號住家。蘇林猜想這個住宅區過去大概只有像街頭派對和垃圾分類時，才會像現在這樣熱鬧，平常應該是很寧靜的。看來，需要很多年後才能讓居民忘記這星期發生的大事。

蘇林站在主屋外的馬路上打電話給樂，並向她道晚安，樂正中下懷開心地同意繼續在外公家過夜。蘇林一邊聆聽樂吱吱喳喳地聊著一個新發行的應用程式，以及與拉馬占玩的遊戲，一邊回想今晚發生的事。她當時已經開到回城的外環公路上，突然靈光一閃，頓然警覺到那輛黑車可能就是漢斯・亨力克・豪格的馬自達車，於是連忙調頭回來，但還是讓豪格逃走了。等她回到車庫時，發現赫斯人趴在地板上。他滿臉瘀青，全身仍然在發抖，不過當下立即著手處理豪格打算取走的筆電。蘇林打電話叫來鑑識人員，並通知尼藍德申請逮捕漢斯・亨力克・豪格的授權令。截至目前為止，搜捕無果。

現在，大批的白衣鑑識人員在車庫裡外忙碌著。他們帶來了發電機，安裝上刺眼的照明燈。車道上架起了一座白色帳篷，大部分的塑膠整理箱都被搬出車庫，好方便調查人員進入那座地底碉堡。蘇林結束了和女兒的通話，走進車庫，剛好遇到建茲拿著相機從暗門冒出來。他看起來很疲憊，拉下口罩，向她解說情況。

「從建材來看，地下密室的建造和車庫是同步進行的。挖洞的工程並不大，豪格很可能在打造地基時租了一輛鏟土機，用鏟土機順道挖的。這樣最多兩天就能挖掘完畢，也不容易被發現。那個地下密室自然是隔音的，尤其暗門關上的時候，我猜這就是豪格想要的。」

蘇林靜靜地聆聽，建茲他們在密室還發現了一些馬格努斯．克約爾的玩具，還有相機、汽水瓶、香氛蠟燭和其他相關的設備器材。密室連接著主屋的供電系統，並設有WiFi。目前找到的指紋只有馬格努斯．克約爾和豪格的。蘇林覺得不可思議。關於這類密室囚禁亂倫和戀童癖案件，她以前只讀過或在報紙上看過奧地利的約瑟夫．弗里茨勒（Josef Fritzl），以及比利時的馬可．杜特斯（Marc Dutroux）之類的神經病，一直覺得這類案件太不真實。

「為什麼要安裝WiFi？」

「現在還不知道。看來豪格是過來打算處理掉一些物品和設備，不過我們還不清楚是哪些。我們在厚紙箱裡找到一本寫了幾組密碼的筆記本，他似乎使用了某種來源不明的點對點系統，也許是為了串流使用。」

「串流什麼？」

「赫斯和資訊科技人員正在想辦法將那台Mac開機，但密碼十分複雜，可能得帶回去破解。」

蘇林從建茲那裡拿了一雙拋棄式手套，繞過他打算朝密室走去，但建茲抬手按在她肩膀上。

「讓數位鑑識人員去破解吧，他們會盡快打電話告知妳電腦裡的內容。」

蘇林凝視著建茲的黑眸，心裡清楚建茲是好意，不希望她直面那些血淋淋的真相，但蘇林依舊邁步朝著地下洞窟而去。

60

蘇林放開了梯子的橫擋，兩腳踏在鋪著薄板的地上，轉身面對這個地下密室，密室兩端現在各有一盞強光檯燈照著。兩位數位鑑識人員和赫斯圍繞著茶几低聲討論，茶几上放著筆電和WiFi裝備。

「你們有嘗試用還原模式來重啟嗎？」蘇林問。

赫斯霍然轉身。他的一隻眼睛腫了，指關節包著紗布，後腦上有一團血淋淋的廚房紙巾，正用一隻手按著。

「試過了，但他們說豪格使用FileVault文件自動加密程式，所以在這裡打不開。」

「走開，我來。」

「他們說，最好回——」

「弄不好的話，很可能會刪除程式裡的某些細節。」

赫斯凝視著她然後退開，並點頭示意數位鑑識人員也照做。蘇林熟悉所有的操作系統，所以只花了兩分鐘用戴著乳膠手套的手指敲打鍵盤，重設豪格的資料庫存取碼，接著就登錄成功了。桌面背景是迪士尼卡通人物的合輯，有高飛狗、唐老鴨、米老鼠。桌面左邊有十二、三個資料夾，全都以月份命名。

「看看最近的月份。」

蘇林雙擊了「九月」最近的資料夾。新頁面跳出，有五個圖示，圖示上都有播放標誌。蘇林隨意選了一個圖示點選，然後觀看跳出來的影片。才看一會兒，她就後悔了。她應該聽從建茲的建議，現在胃一陣翻攪，她好想吐。

61

車上的新聞廣播只是不斷地重複他們的推論，並宣告警方正全面通緝漢斯·亨力克·豪格。隨後而來的流行歌曲居然在歌頌肛交，蘇林伸手關掉廣播。她沒心情交談，所以赫斯專心地講電話，剛好順了她的意。

離開胡蘇姆之後，他們去了一趟馬格努斯·克約爾住的格洛斯特魯普醫院。在員工辦公室裡，他們向一位女醫師說明情況，蘇林暗暗承認自己的確受到極大衝擊，並且十分擔心那個男孩。她告訴女醫師，無論如何絕不能讓豪格接近馬格努斯。這個可能性很小，因為豪格已被通緝，不太可能現身。幸好女醫師告訴他們，男孩的病情如今穩定，不過蘇林和赫斯在離開時，依舊順道去到男孩的病房外探視。他們透過門上的長方形窗，看著在床上沉睡中的男孩。

男孩經歷了近十五個月的反覆施虐，在這段期間，每個醫師都將他的封閉歸因於自閉症。就蘇林目前掌握的資料顯示，這個男孩的社交能力，在生父過世前與其他同齡孩子一樣正常，直到他母親與豪格開始交往。豪格在約會網站中之所以挑中勞拉·克約爾，全是因為她的個人資料上寫明了，她有一個小兒子。這個致命的優點，讓她成為了某些男人眼中的獵物，也是豪格鎖定的對象。蘇林早就調查過豪格的約會歷史，得知他主要都和有孩子的女人聯繫，但那時蘇林並未多想，以為豪格只是想找同年齡層的女人作為伴侶。

從豪格 Mac 筆電裡的剪輯影片來看，就是他將男孩逼到現在這種自閉狀態中。在地下密室的床墊上，在超現實的紅色掛布前，豪格曾以權威的姿態提醒馬格努斯，他希望看見母親快樂而非悲傷，不再像父親過世時那樣悲傷，對不對？之後，豪格當然會以自然輕快的語調再補上一句、告訴馬格努斯，身為兒子的他，不希望看到他傷害他母親，對不對？

馬格努斯並未抗拒隨之而來的強姦，而蘇林也差點看不下去。但悲劇還是發生了，而從豪格所使用的12P匿名通訊網來看，蘇林知道影片有在網路上被分享或串流過。當然，事前的對話會被剪掉，出現豪格臉部的片段也同樣被刪除。而且不只一次，遠遠不只一次。

勞拉．克約爾應該一直被蒙在鼓裡，但那封告密信必定觸動了警笛大響。她否認了不稱職的指控，但內心必定忐忑不安。或許就是這時，她起了疑心，因為時間對得上。她越來越不想離家出門，除非男孩就在她身邊或在上學。或許她也開始害怕豪格，甚至趁豪格出差時，連門鎖都換了。但不幸的是，這些改變並沒有扭轉最後的悲劇發生。

「謝謝，再見。」赫斯掛斷電話。「聯絡不上那位社工，市政府裡的職員也都幫不上忙，要等到明天上午了。」

「你認為凶手應該是那個匿名告密人？」

「有可能，值得深入追蹤。」

「為什麼不可能是豪格殺了她們？」蘇林已經知道答案，卻忍不住要問，赫斯耐心地回答。

「現在有確切的證據，指向兩起凶殺案的凶手是同一人。豪格或許有殺害勞拉．克約爾的動機，但他為什麼要殺害安妮．塞傑爾拉森？更何況，他還有不在場證明。地下室的筆電內容也顯示豪格有戀童癖。他從性侵孩童得到快感，而非暴力傷人、截肢或殺害女人。」

蘇林沒有回應。現在的她對豪格充滿憤恨，只想把所有的時間和精力用來揪出那個變態。

「妳沒事吧？」

她知道赫斯在打量她，但她不想再談論豪格，不想談論筆電裡的影片。

「應該是我問你。」

赫斯困惑地盯著她，蘇林仍然看著前方馬路，但手指了指赫斯仍在滴血的耳朵。赫斯拿了一團廚房紙巾擦拭耳朵，蘇林則將車轉入通往她住處的馬路。她突然有個想法。

「但告密者是如何知道馬格努斯遭到性虐待？這件事沒有第三人知道啊。」

「不知道。」

「就算告密者知道，也或許他知道那位母親並未發現——但為什麼殺她，而不是豪格？」

「不知道。既然妳都想到這個問題了，那我們就來推測一下。答案或許是因為，在告密者眼中，身為母親的她早應該發現真相。或許是因為，她得知有人告密後，卻沒做出反應，至少她的反應不夠快。」

「好多的『或許』。」

「喔，是啊，尤其是社工否認也收到舉報安妮．塞傑爾拉森的告密信。所有的推測都只是推測，什麼都沒準頭，太完美了。」

赫斯一邊說反話，一邊看了一眼來電顯示，然後拒接。蘇林將車停好，關上引擎。

「從另一方面來看，安妮．塞傑爾拉森正準備拿著行李，帶著女兒離家出走。現在我們知道了馬格努斯．克約爾的遭遇，也許該來查一查安妮大女兒的意外，是單純意外呢，或者另有隱情。」

赫斯看著她，她看得出赫斯明白自己的意思。赫斯沒有回應，但蘇林感覺她的話在赫斯腦海裡轉了一圈，轉出了一個新的調查方向。

「妳剛才不是說『好多的或許』？」

「或許吧。」

車庫事件後，『笑』這件事會令人感到內疚，但蘇林還是忍不住笑了。開開玩笑，拉開了她和震驚真相的距離，同時一個感覺冒了出來，她覺得他們很可能抓到頭緒了。有人敲了車窗幾下，蘇林望了過去，這才發現薩巴斯坦就站在車門邊，臉上掛著大大的笑容。他穿著西裝，披著軍用雨衣，一隻手拿著以玻璃紙包住、束著彩帶的鮮花，另一手拿著一瓶紅酒。

62

蘇林打開客廳桌上的筆電，瀏覽其他探員搜集來關於埃里克・塞傑爾拉森的資料。薩巴斯坦已經離開了，這是她希望的，但這段「偶遇」應該可以結束得更平和。

「這就是妳不回電的結果，害我跑來突襲檢查。」他們來到了公寓前，薩巴斯坦調侃她。蘇林打開電燈，被眼前的雜亂震撼到了。那天在樹林裡搜尋安妮・塞傑爾拉森的濕衣服仍然被遺忘在角落裡，餐桌上的碗裡是早上沒吃完、乾掉的優格。

「你怎麼知道我會這個時間回到家？」

「其實只是過來看看，沒想到這麼幸運。」

她仍然想不通，她怎麼沒注意到薩巴斯坦的鐵灰色賓士就停在大門外的停車車列中，直到薩巴斯坦敲了車窗。她和赫斯都下了車，他們商量好讓赫斯開車回家。赫斯繞到駕駛座時，和薩巴斯坦點頭打招呼，而薩巴斯坦的招呼比較熱情，赫斯的就拘謹許多。蘇林朝大門走去，心裡有些惱怒，她不喜歡赫斯知道薩巴斯坦的存在，更不願讓赫斯有機會窺見她的私生活。或者，惹惱她的其實是薩巴斯坦？她感覺好像突然撞見來自另一星球的外星人，但這就是她喜歡他的原因啊。

「我真的需要專心工作。」

「那個就是妳的新搭檔，被趕出歐洲刑警組織的那位？」

「你怎麼知道他是歐洲刑警組織過來的？」

「喔，我今天和一個檢調行政部門的傢伙吃午餐。他提到有個人在海牙搞砸了，被踢回到這裡的重案組。妳又跟我提起有同事剛被調派過來，什麼事也不幹，我一聯想就猜到啦。案子調查得如何了？」

上個星期薩巴斯坦打電話給她時，她在通話中是有這麼提到過赫斯，但她早就後悔了。接下這個案子後，她和薩巴斯坦一直沒有時間見面，她還解釋是因為這個新搭檔幫不上忙，她比以前更忙了。現在看來，她對赫斯的評價太過武斷。

「我看到晚間新聞，第一犯罪現場出事了，所以他才繃著臉，像被撞車了一樣？」

薩巴斯坦來到她身後，蘇林立即往旁邊閃開。

「你該走了，我有好多資料要看。」

薩巴斯坦想擁她入懷，但被蘇林斷然拒絕。他又試了一次，喃喃地說著他想她、想要她，並且提醒她女兒不在家，他們可以四處為床，例如在餐桌上。

「為什麼不要，是因為樂嗎？她還好嗎？」

但蘇林沒心情談論樂，只是再次要求他離開。

「所以我們之間都由妳說了算？妳決定時間和地點，我只能被動遵從？」

「我們之間一直都是這樣，如果你接受不了，我們可以現在就散伙。」

「因為妳又找到另一個更有趣的人？」

「不是。但如果我真的找到了，我會讓你知道。謝謝你的花。」

薩巴斯坦大笑出來，但要請他出門實在困難，他應該從沒經歷過這種待遇，帶著花和酒現身居然還被下逐客令。也可能他只是覺得她這麼趕人根本莫名其妙，於是她暗自承諾明天一定要打電話給他。

蘇林在筆電前啃蘋果，啃到一半時手機響起。是赫斯打來的。他們在車上討論後，一致認同需要深查一下埃里克．塞傑爾拉森女兒的意外事件，所以他打電話來一點也不奇怪。奇怪的是，赫斯竟然委婉地詢問是否打擾了她。

「沒有。有事嗎？」

「妳說得沒錯。我剛才打電話去里格斯醫院的急診室問了，除了大女兒因鼻子出血和鎖骨斷裂住院，在他們住在布里格島和卡拉姆堡的期間，兩個女兒都曾因家中意外而到院求診。但傷勢和性侵無關，很可能是家暴，與馬格努斯·克約爾不一樣的虐待。」

「這類意外有多少次？」

「他們還沒整理出來。太多次了。」

蘇林聽著他的報告。赫斯摘要完病歷後，蘇林再次感到想嘔吐的不快感，就跟在地下密室時一樣地震撼。她失神聽著赫斯的建議，他們明天先跑一趟根措夫特（Gentofte）的地方議會。

「埃里克·塞傑爾拉森在卡拉姆堡的房子，屬於根措夫特議會的轄區，如果他們的收件匣裡也有告發安妮·塞傑爾拉森的匿名信，那就證明我們找對了方向。」

他掛斷電話前的最後一句話，令蘇林吃了一驚。「對了，不知道我有沒有跟妳說過謝謝，謝謝妳又調頭回來。」蘇林聽到自己說：「沒事，再見。」然後就掛斷電話了。

結束通話後，她一直無法恢復平靜，於是決定起來動一動，去冰箱拿了一瓶紅牛提神飲料，同時也能防止自己打瞌睡。就在她起身時，目光掃過窗戶。

她住在五樓，以前的視野遼闊，能穿過屋頂和高塔遙望那座湖。但上個月，對面開始興建大樓，鷹架遮擋住了大部分的景觀。一遇到今晚這種狂風呼嘯的天氣，對面的防水布就會啪啪翻飛，鷹架嘎吱嘎吱地響，金屬接縫歪唧歪唧的，一副快散架的樣子。但引起蘇林注意的，是那個人影。那是人影嗎？正對著她公寓的是一條過道，那裡的防水布後方，好像有一道剪影，而且似乎正回視著她。

突然間，一個回憶湧來，她想起上次送女兒上學時，那個在對面馬路、越過車陣觀察她的人。她全身進入戒備狀態，直覺告訴她，這兩次都是同一人。狂風又吹得防水布劇烈翻飛，那個人影消失了。等防水布終於平靜下來，人影已經不見。蘇林立刻抬手關燈，闔上筆電。她就這麼站在黑暗的客廳裡，死盯著鷹架，並提醒自己要呼吸。

十月十六日　星期五

63

清晨時分，但埃里克．塞傑爾拉森不知道是幾點幾分。他那四萬五千歐元的泰格豪雅名錶，從昨晚深夜起就被鎖在警局三樓的一個盒子裡，同時還有他的腰帶和鞋帶。埃里克現在坐在一間地下囚房中，那扇沉重的鐵門打開了，一位警員通知他，他將再次接受問訊。他站起來走過地下室，爬上旋轉樓梯，朝日光和文明世界走去，並準備發洩怒氣。

警察昨夜無預警地上門抓人。當時，他正在床邊和兩個哭泣的孩子說話，互惠生保母呼喊他去到前門，兩位警察就在門口等著帶他回警局問話。他表明不能丟下孩子出門，但警察沒給他機會拒絕，他們帶來了他的岳母幫忙照顧孩子，令他措手不及。自從安妮死後，埃里克一直沒跟她說過話。他知道岳母會提及一些關於孫女照養的問題，並主動提出幫忙，這是埃里克現在最不想聽到的。但現在她就站在警察後方的石階上，一副同謀人的模樣驚懼地看著他，彷彿他才是殺害她女兒的凶手。埃里克被帶上警車後，他岳母跨過門檻進入他的房子，兩個女兒衝過去抱住她的腿。

到了警局，沒人向他說明緣由就直接問訊，問題全是關於女兒頻繁意外受傷的事。他不明究理，不清楚警察的這些提問意義何在，於是大吼大叫說要見長官，要他們立刻送他回家。最後，他被拘留了，警方聲稱他「握有安妮．塞傑爾拉森遇害的相關線索」，必須像其他罪犯一樣被關押在地下囚室中。

埃里克．塞傑爾拉森第一次打老婆，是在他們的新婚之夜，安格勒吉泰樂酒店（D'Angleterre）的新房裡。兩人才進入套房，他就抓著新娘雙臂，一邊扯著她穿過房間，一邊搖晃她，咬牙切齒地壓低聲音噴出他的憎恨。婚禮豪華奢侈，男方家承擔了所有的開銷支出，這包含聘請世界知名的主廚、十二道精緻菜肴、哈夫瑞爾姆城堡區（Havreholm Castle）的房間，以及所有禮服飾品，因為女方家窮得像教堂裡的老鼠。但安妮是如何回報的？她居然和他寄宿學校的室友，親密地聊得忘我。她當眾羞辱了埃里克，他壓抑的怒氣翻騰，直到他們離開婚禮場地、開車前往安格勒吉泰樂酒店的途中，直到兩人獨處時。安妮哭著辯解自己只是盡女主人之誼招待那位室友，但埃里克暴怒地撕碎她的禮服，暴打安妮，強姦安妮。隔天，埃里克向安妮道歉，不斷聲明他很愛很愛她。在早餐餐桌上，賓客只以為安妮紅腫的臉頰是洞房夜太過激情造成的。這也許就是埃里克憎恨安妮的開始，因為安妮默默忍受，也因為安妮在長年累月的家暴下，依然崇拜愛慕他。

他們在新加坡旅居的歲月，是兩人最幸福美滿的時光。埃里克吉星高照，明智地投資了幾家生化工程企業，很快的，他和安妮就被英美移居的闊老接納，進入頂層社交圈。這段期間，他只是偶爾失控，通常是因為安妮沒達到他所設定的「忠誠」標準，例如她必須一五一十地報告自己的行蹤。安妮的聽話，得到的回報是馬爾地夫的假期和尼泊爾健行的旅程。然而，隨著兩個孩子出生，他們的人生也跟著天翻地覆。生養孩子是安妮最大的心願，一開始埃里克是抗拒的，但漸漸地，他看到繁衍後代這個使命的神聖。繁衍，這個議題他在各個生化公司的經營會議上經常提到，也是一而再再而三聽到的。令他沮喪的是，檢查的結果顯示他的精子質量太低，於是依照安妮的建議，夫妻倆求助於不孕門診；不過安妮剛開始提出時，被他揮了幾個巴掌。大女兒在醫院出生的九個月後，他對新生兒的到來不再感到喜悅，但他以為這只是暫時的，但並非如此。二女兒的降臨也沒為他帶來快樂，絕對沒有。莉娜是難產，醫師必須臨時剖腹為她接生，母體受損嚴重再也無法生育，埃里克渴求一子的願望成了笑話，同時陪葬的，還有他們的性生活。

在新加坡剩餘的日子裡，埃里克以數不清的外遇來排解自己，而他的商業嗅覺依舊敏銳，但因為安妮希望孩子在丹麥接受教育，所以全家離開亞洲，搬回到布里格島，並在一年後，買下卡拉姆堡的房子並遷居。哥本哈根溫和的社交圈拘謹封閉，與新加坡自由開放的國際氛圍天壤之別，夫妻倆自然必須經過一番激烈的調整和適應。更讓他失望的是，他發現兩個女兒簡直就是安妮的翻版，而且是粗俗低劣的版本，她們承襲了母親的優柔寡斷、多愁善感。更糟的是，她們跟他娶的那個女人一樣，沒有骨氣。

某晚的睡覺時間，兩個女兒為了一些小事大吵大鬧，而安妮和互惠生保母又不在家，哄小孩的重責大任全落在他的肩上。到最後，他各搧了女兒一巴掌，立刻止住了她們的哭鬧。幾個星期後，某天在吃飯時，大女兒的飯菜一直掉到盤子外，儘管好幾次要求她注意，並示範了該怎麼做，但最後他仍一巴掌揮過去，將女兒打得從椅子中飛出去。後來女兒被送到急診室，醫師確診後，為她治療腦震盪。埃里克明白地警告保母茱蒂絲，要她嚴守口風，不然就送她上第一班飛機滾回她鄉村的老家。回娘家的安妮趕回來時，埃里克驚詫地發現，原來胡編亂造女兒不小心摔倒，就能輕易將事情掩蓋過去，而女兒儘管智力有限，卻已經懂事，知道不能向母親告狀。

這類的意外事件在布里格島發生許多次，太多次了，但都被他糊弄過去。安妮偶爾會以懷疑的眼神看著他，但從未開口詢問，至少在地方議會的社工突然上門探訪前是如此，當時，他們已準備搬家了。議會收到匿名信告發他的女兒遭到家暴虐待，起初，埃里克還能捺著性子應付社工的不斷騷擾。後來，在埃里克的律師協助下，他打發走了社工，並斬釘截鐵地要求社工別再上門，埃里克也暗自發誓，未來要更加自制，直到他發現告密者是誰。

社工上門探訪後，安妮第一次公然質問他，女兒的多次意外是否是他造成的。埃里克當然堅決否認，不過在他們搬到卡拉姆堡後，玄關樓梯那一幕令安妮不再相信他了。安妮哭著責怪自己並要求離婚，埃里克對此自然早有準備。若是安妮提出離婚要求，埃里克就派出自己的律師團，讓安妮從此再也見不到她的孩子。很久以前，安妮就簽署過一份婚後協議書，保證埃里克擁有他所掙來的一切，所以若是安妮不滿意卡拉姆堡金絲籠般的生活，那她只能回到娘家，躺在沙發上依靠政府救濟金過活。

家庭氛圍從此再也沒和緩過來，但他以為安妮已經放棄了，直到警察找上門，告訴他安妮並不打算回娘家，而是帶著護照逃出國。安妮居然打算離開他，丟下他一個人廢物般地生活？但奇蹟發生了，她被人殺害。這太奇妙了，埃里克認為這是老天爺在伸張正義。孩子現在完全屬於他，親子間的關係也可能就此轉好。以後，他再也不需要顧慮他人的看法了。

埃里克．塞傑爾拉森自信滿滿地走進重案組的審訊室裡，眼前的兩位探員是之前見過的；男的兩邊瞳孔顏色不同，以及那個眼睛大又圓的小女人。若是在別的地方相遇，他願意載那女的一段路，而且保證令她永難忘懷。兩位探員一身邋遢、疲憊不堪，尤其是那個男的，臉部又青又黃，似乎剛被人暴打一頓。埃里克當下知道他有能力駕馭這兩個人，之後他就能大搖大擺地走出去。他們絕對討不到便宜。

「埃里克．塞傑爾拉森，我們又找你家的互惠生保母談話了，這次，她一五一十地告訴我們你打女兒的細節，她至少親眼目睹了四次。」

「我不知道妳在說什麼。如果茱蒂絲真的告訴你們我打女兒，那就是她在說謊。」

埃里克以為他們會來回交鋒、爭辯一番，但那兩個白痴完全沒把他的話當一回事。

「我們知道她說的是實話，尤其是打電話聯絡你在新加坡的兩位菲律賓互惠生保母後。她們三個各自描述的，都是同樣的情況。檢察官決定就你在丹麥這段時間於七家醫院的就診報告，起訴你家暴親生女兒。」

男探員片刻不停地說著，埃里克感覺到那女人小鹿般的眼睛冰冷地瞪視自己。

「眼下呢，我們申請並握有你的四十八小時拘留權。你有權利請律師陪同，若負擔不起律師費，法院將指派一位律師給你。直到庭審結束前，你的兩個孩子將由社會福利局及她們的外婆負責照顧，孩子的外婆已被指定為監護人。若你被定罪入獄服刑，法院將裁定是否讓你保有父母權利，以及是否可以在被監督之下探訪你的孩子。」

所有聲音消失了，埃里克．塞傑爾拉森失神地盯著前方的虛空。然後，他低頭看著桌子上鋪開的醫師手寫病歷、照片和X光片，突然意識到大事不妙。遠方傳來鹿眼女人的聲音，她說茱蒂絲還提到，就在埃里克一家要搬離布里格島前，有社工上門探訪，因為他們收到一封匿名告發信。這才是他們當下問訊他的理由，之後，他的案子將會轉給其他探員。

「你知道寄信人是誰嗎？」

「或者，有哪些人可能會寄那封告發信？」

臉上又青又腫的探員強調這答案十分重要，但埃里克．塞傑爾拉森早已說不出話來，只是呆望著那些照片。一會兒後，他被帶出審訊室，就在囚房的門闔上的一剎那，他崩潰了，生平第一次思念他的兩個女兒。

64

赫斯覺得自己的腦袋快爆掉，很後悔沒留在市政府外吹冷風。與漢斯・亨力克・豪格打鬥後的一個星期裡，僵麻的腦袋逐漸被持續的頭痛取代。屋漏偏逢連夜雨，豪格仍然在逃，早上他必須坐在審訊室裡問訊埃里克・塞傑爾拉森，隨即又趕來市政府與社工亨寧・勞卜，以及他的上司談話，這些行程更加重了他頭疼的程度。現在，他們坐在兒童少年服務部一間過度暖和的辦公室裡，裡面拘謹生硬的氣氛和紅木鑲板的陳設，實在算不上是兒童友善。

社工忙著為自己辯護，大概主要是為了維護他的部門主管，而那位主管緊張得坐立不安。

「我說了，系統當掉，所以我幫不上你的忙。」

「星期二時，你在電話裡不是這樣跟我說的。你告訴我沒有關於安妮・塞傑爾拉森孩子的告密信，但事實上有。」

「就像我剛剛說的，因為系統當掉，我根本無法幫你查閱。」

「不對，你不是那樣說的。我給你女孩的身分證號碼，你說——」

「好吧，我並不是很清楚記得當時說了什——」

「你為什麼不直接告訴我實情？」

「這個嘛，我並沒打算隱瞞……」

亨寧・勞卜侷促不安，不斷斜睨著他的上司。赫斯實在很氣自己沒遵從內心的聲音，在幾天前就過來找這個社工問話。

在發現地下密室後，因為找不到和安妮．塞傑爾拉森案的關聯性，他們原本已經剔除針對勞拉．克約爾的告密信調查。這位社工告知赫斯，當這一家人住在布里格島時，市政府並未收到針對安妮．塞傑爾拉森的告密信，於是赫斯和蘇林轉而諮詢卡拉姆堡所屬的根措夫特議會。根措夫特議會告知他們，並未有針對安妮．塞傑爾拉森的告密信。因此這兩件凶殺案可能與兒童受虐有關的推論，就被草草丟到了腦後，而塞傑爾拉森家族的親朋好友全都認為兩個女孩的受傷只是意外。然而那位互惠生保母的供詞疑點很多，所以昨天下午，赫斯和蘇林向她承諾，必定會保護她躲開埃里克．塞傑爾拉森的報復，保母這才崩潰，哭著將一切都吐露出來。保母也提到，在他們還住在布里格島時，哥本哈根議會的社工有前來探訪，因為他們收到匿名告密信，告發安妮．塞傑爾拉森並未盡到母職，保護兩個女兒。赫斯當時聞言暗罵自己，居然粗心到浪費了寶貴的時間。

赫斯在星期二與這位社工通話時，對他的印象並不好，現在也沒改善。赫斯是單獨一人進行問話，蘇林和數位鑑識人員已著手搜查該部門的電腦，尋找告密人的數位證據。社工將所有責任都推卸到「技術失誤」，但赫斯在閱畢兩封告密信後，卻產生了另一個推論，可以解釋勞卜在電話中的閃爍其辭。

市政府收到安妮．塞傑爾拉森的告密信，大約是在勞拉．克約爾案發的兩星期後，就在他們一家人準備搬到卡拉姆堡前。這封告密信出乎尋常地冗長，將近有一張A4那麼長，但重點只是要求政府帶走安妮的兩個女兒，因為孩子長期遭到暴力虐待。不過信件拖得很長，幾乎沒有逗點，彷彿想到什麼就寫什麼，與勞拉．克約爾的告密信內容截然不同，後者的語調冷靜且就事論事。信中，安妮．塞傑爾拉森被描述成一位只關心自己多於女兒的無腦貴婦。她眼裡只有錢和奢侈品，若換作他人，就會從各個醫院調來驗傷報告，並知道孩子需要被保護。兩封信的字體和格式邊界範圍也完全不同，但若仔細比對，就會發現兩封信的寄件人，都用了「自私的婊子」和「表面工夫到位」等措辭，安妮的這封裡更是多次出現。這顯示，寄件人只有一個，而且是同一人，以上的差異很可能是故意製造的假象。赫斯推測亨寧·勞卜應該也看出來了，並且感到不安，所以才說謊自保。

勞卜搬出工作法來捍衛自己，聲稱他都是按照工作手冊處理案子，調查後，孩子的雙親也都否認了虐童的指控。他一遍又一遍地重複此論述，似乎在他眼裡，所有被指控的父母都會乖乖坦承錯誤。

「但警方的調查結果與你所說的完全相反。通常我會立刻召開內部複審，徹頭徹尾地審查到底是哪裡出錯。」部門主管插話進來。

社工沉默下來，而他的上司則不斷保證會反省。赫斯此時感覺頭皮又再次抽痛，這才意識到自己應該趁星期二晚上去急診部調查時，順道做個檢查。但他沒有，而是直接回到奧汀的公寓，面對那一團亂的油漆工具。他當時躺在床上，不斷回想那個捧著鮮花和一瓶紅酒，等著蘇林的男人。一見到那人他自己也吃了一驚，更不知怎地反應如此大，但話說回來，有人等著蘇林下班是很正常的事。那是別人的事，與他無關。他就這麼想著想著，睡著了。

翌晨醒來，他頭痛欲裂，手機又剛好響起。是弗朗索瓦打來的，他不明白赫斯為何沒在失約於弗雷曼的電話約談後做補救，難道是不想回工作崗位了？他問赫斯究竟在想什麼，赫斯只是回答稍後再回電，就掛斷電話了。34C那個好管閒事的巴基斯坦人似乎聽到他起床的聲響，已來到他的門口，一邊瞥著屋內的一片混亂，一邊告知仲介前天有來找他，但撲了個空。

「走道上那些油漆桶和地板光潔劑，你打算什麼時候清理？你要考慮到其他住戶的感受。」

赫斯承諾會清理，但食言了，他和蘇林為了塞傑爾拉森家的案外案，忙得天翻地覆。

「關於這個告密者，你能提供什麼線索嗎？你聲稱有上門探訪，結果有什麼發現嗎？」赫斯又嘗試了一次。

「我們的確有去調查，並沒有什麼聲稱之說。但就像我之前說的——」

「停，那個男孩在地下密室被性侵，兩個女孩也多次被打得全身是傷，整件事都已經演變至此，你總該有個說法來解釋為什麼沒發現。我現在只想弄清楚，你是否知道告密信是誰寄來的。」

「我什麼都不知道，還有我不喜歡你的語氣。我說了——」

「好，休息一下。」

尼藍德到了，就站在辦公室門口，點頭示意赫斯出去談話。赫斯也很高興有機會離開這個悶熱的房間到樓梯井喘口氣。在來來往往的職員們投來的好奇目光下，他與尼藍德兩人開始交談。

「你的工作不是來考察議會職員們的工作績效。」

「那我就收手。」

「蘇林在哪裡？」

「在隔壁。她和數位鑑識人員在追蹤兩封告密信的寄件人。」

「所以這個寄件人就是我們要找的凶手？」

這位上司也會用「我們」，弗雷曼也是，這讓赫斯有點厭煩，不禁納悶兩位主管是否都上了同一門管理課。

「是的。我們什麼時候可以約談蘿莎．哈同？」

「為什麼要約談她？」

「嗯，關於——」

「我已經約談過部長了，她不認得勞拉．克約爾，也不認識安妮．塞傑爾拉森。」

「但從此刻讓我們站在這裡的原因來看，我們必須再約談她一次。兩位受害者都遭匿名舉報，要求政府接管她們的孩子。這很可能不是凶手真正的目的。也許，凶手只是想證明匿名舉報系統無用。但無論如何，只有白痴才看不出這些舉動是在針對蘿莎．哈同。畢竟她是社會事務部部長，而且再多想一想就會發現，兩起凶殺案差不多是在她回到部長職位後的這幾天發生。」

「赫斯，你的工作表現不錯，但我通常不會接受一個名聲不好的人建議。而且，你似乎暗指我是個白痴。」

「你顯然誤解了我的意思。再加上犯罪現場的兩個栗子人，上頭都發現蘿莎．哈同女兒的指紋——」

「現在聽好，你的海牙上司請我評估你的專業勝任度，而我也十分樂意協助你返回原職，但這表示你必須搞清楚什麼是重要的，並且專注在那上面。再次約談蘿莎．哈同並不重要，所以別再打擾她了。我們達成協議了嗎？」

尼藍德突然提到他在海牙的上司，赫斯吃了一驚沒反應過來，不知該說什麼。這時，蘇林抱著桌上型電腦從辦公室走出來，尼藍德瞥她了一眼。

「如何？」

「兩封信都是從烏克蘭的同一台伺服器寄出，但伺服器操作人員並不清楚當地政府的相關權限規定。我們可能要等上幾個星期才能拿到ＩＰ位址，但到那時就已經太遲了。」

「如果我找司法部部長聯絡看看他在烏克蘭的同行，這樣有沒有幫助？」

「可能幫助不大。就算他們想幫忙，但還是必須等，而我們現在最缺的，就是時間。」

「這不用妳來告訴我。第一和第二起凶殺案只隔了七天，如果凶手真像你們說的那樣變態，我們當然不能乾坐著無所作為。」

「也不完全沒有辦法。兩封匿名信都是經由告密系統傳入議會信箱，第一封是三個月前收到，兩個星期後收到第二封。假設兩封都來自凶手，又假設凶手會再犯案——」

「——那麼凶手已經寄出匿名信，指控下一位受害人。」

「完全正確。只是有個問題，單單是兒童少年服務部，平均每個星期都會收到五封匿名告密信，一年將近有二百六十封。並非所有告密信都會要求政府接管孩子的管養權，而且告密信都沒有經過分類整理，所以要過濾的信件不知有多少。」

尼藍德點點頭。

「我跟兒少服務部的主管談談，他們應該很願意抓住這戴罪立功的機會。你們要他們怎麼協助？」

「赫斯？」

赫斯的腦袋抽痛著，再加上剛才聽到弗雷曼和尼藍德的結盟，簡直就是雪上加霜。他掙扎著釐清思緒，思考答案。

「鎖定過去六個月內，舉報疏忽母職、孩子遭受虐待的匿名信。尤其是舉報二十到五十歲的母親，並要求帶走孩子的；已上門探訪、並被判定不需要政府介入的案子。」

兒少部的主管已經站在門口望著他們，正等待著三人小組討論後的結果。尼藍德趁機提出要求。

「但那些案子都存檔在不同的議會，需要花些時間調閱。」那個主管回應。

尼藍德看著赫斯，赫斯則邁步朝那個悶熱的辦公室走回去。

「那你最好動員整個部門的人員。這些資料沒整理出來，我們什麼也做不了，所以現在就動手吧。」

65

結果發現，向哥本哈根議會舉報母子、母女關係的告密信，竟是十分熱絡。因此，當職員拿著符合要求的紅色檔案夾過來，並在桌上越疊越高時，赫斯盯著那些數量，不禁擔心他們的方向是否正確。但與尼藍德討論過後，除了另闢蹊徑，他們已無計可施。蘇林偏愛在那個寬大的辦公室用宏碁筆電瀏覽，赫斯則留在會議室翻閱紙本檔案，其中有些才剛從影印機出爐，摸著還帶著溫度。

他的做法很簡單，翻開檔案夾，挑選匿名的信件瀏覽。不相關的，放左手邊；符合條件的、需要仔細研讀的，放右手邊。

但實際執行起來，如此粗糙的分類根本比想像中來得複雜。所有的告密信件都散發著一股針對母親的憤恨，與勞拉·克約爾與安妮·塞傑爾拉森的一模一樣。信件的筆調狂怒，有些一看儼然就是前夫、姑嫂或祖母寫的，明列了該位母親的各項不足。但赫斯又不敢斷言它們與案子無關，只能眼看著右手邊的檔案越疊越高。單單是閱讀信件就令人咋舌，內容大多見證了將孩子捲入的家庭內戰，又因赫斯的要求，所以他手中的案件都是已被議會撤銷的，因此那些孩子很可能仍處在大人的戰爭中。家家有本難唸的經，難為了兒少部必須善盡職責調查每一封信件。儘管亨寧·勞卜難逃罪責，不過赫斯現在很能體會他得過且過的消極態度。這些人寄出告密信的動機，大多與孩子的福祉無關。

赫斯才瀏覽了四十多份過去六個月匿名檢舉的信件，就已厭煩到咬牙切齒。這花費的時間比他想像得多，將近兩個小時，他必須不斷翻回到原版信件做比較。更糟的是，這些信件很有可能大多出自凶手之手，並且沒有一封使用到「自私的婊子」和「表面工夫到位」的措詞。

一名職員過來告知，符合赫斯要求的案子都已送過來，於是他重頭瀏覽那一疊。瀏覽完畢時，市政府裝飾著國旗的窗戶外，夜色已然降臨。現在才剛過四點半，H.C. 安德森大道（H.C. Andersen Boulevard）的路燈已亮起，蒂沃利遊樂公園細瘦的樹木上閃亮著色彩繽紛的燈泡。赫斯勉為其難地挑出了七份檔案，心裡又十分不確定他們要找的就在其中。這七個案子的舉報人，都要求政府帶走該位母親的一個或數個孩子。信件長度和筆調出入很大，有些短，有些則很長。其中一份，赫斯反覆思索，認為舉報人必定是家庭成員之一，另一份則似乎出自老師之手，因為它提到了學校社團會議的內容。

剩下的五份，就令他一頭霧水了。但他仍然去除了兩份，一份的遣詞用句十分老派，似乎出自祖輩之手，另一份則是滿篇錯字。現在剩下三份了。第一份，指控一位甘比亞母親將孩子當做童工奴役；第二份，一位殘疾母親被指控注射毒品，因而疏忽了孩子的照養；再來，就是一位失業母親，被指控與親生孩子亂倫。

這三份的指控都令人髮指，赫斯頓時反應過來，如果其中一份真是凶手所寄出，有了勞拉．克約爾和安妮．塞傑爾拉森的前車之鑑，那麼信裡的指控就會是真的。

「你的進展如何？」蘇林手夾著宏碁筆電走進來。

「進展不大。」

「我找出有三份的可能性較大：甘比亞母親、殘疾母親和失業的那位。」

「嗯，也許吧。」他一點都不詫異蘇林挑出的案子與他一模一樣。其實他有想過，若是沒有他，蘇林也應該有能力獨自破案。

「我們應該再仔細斟酌這三個案子。」

蘇林一臉的不耐煩，赫斯則是頭痛得要命。他總覺得這整個篩選的過程沒抓住重點，卻又說不出是哪出問題。外面已經天黑了，他知道若想完成今天的進度，必須盡快做出決議。

「凶手必定已想到，我們遲早會發現兩個受害人都遭到舉報，對不對？」赫斯問。

「對。這可能是他的其中一個目標，故意引導我們去發現。但他無法預測我們會多快發現。」

「所以凶手也知道，我們遲早會調閱勞拉・克約爾和安妮・塞傑爾拉森的告密信，對不對？」

「我們又不是在玩問答遊戲。如果沒有進展，那就再去拜訪受害人的街坊鄰里。」

赫斯沒理會她，自顧自地順著思路說下去。「如果妳是凶手，親手寫了前兩封告密信，妳知道警方會發現這點，並為自己的聰明洋洋得意，那麼，妳會如何寫第三封？」

赫斯看著蘇林，知道她聽懂了，她的目光從他臉上移到夾在臂下的筆電。

「這第三封的可讀性不會太高。如果換個策略，回頭考慮被我們拋棄的思路，那麼就有兩封特別突出：一封是那個錯字百出的，另一封是措辭用語老派的。」

「哪一封顯得更笨拙？」赫斯問。

蘇林瀏覽著螢幕，赫斯則翻找出那兩份檔案，並且打開。這次重新閱讀錯字滿篇的那封，赫斯的直覺敏銳激動起來。這也許只是他的想像。蘇林將筆電螢幕轉向赫斯，赫斯看了，點點頭。蘇林和他挑中的是同一封，也就是舉報潔西・魁恩（Jessie Kvium）的告密信。潔西・魁恩，二十五歲，居住在城市規劃住宅區。

66

潔西．魁恩帶著六歲女兒往外走，就在要繞過轉角時，被那位眼神和善的年輕巴基斯坦老師叫住。

「潔西，能和妳談一下嗎？」

她正打算回絕，推託說自己和奧莉維雅（Olivia）要趕去練舞，但她看出老師的堅定。她這次躲不掉了。她一直都在躲這位老師，這個人總能令她良心不安、自我譴責，不過現在她打算使用自身魅力脫身。她嬌羞地眨眨眼，用剛美甲過的長長手指撥開臉龐邊的髮絲，好讓老師看清楚她今日美麗的妝容。她才剛在美髮院待了兩個小時出來，是阿邁厄大道（Amager Boulevard）上一家巴基斯坦人開的，這家收費便宜，而且若是願意等，還會幫客人化妝和美甲，她今天就等了。緊包著她臀部的是在市中心H＆M新買的黃裙，只花了她七十九克朗，因為它是換季大拍賣的夏日商品，也因為她說服了櫃姊裙子的縫線就快脫線，不過這個缺點並不影響她買這件裙子的目的。

然而她的微笑和上下飛彈的長睫毛，在老師眼裡全打了水漂。她以為又要被嘮叨，她不應該趕在課後輔導班五點下課時才來接孩子，於是正準備反駁納稅人有權利決定何時來接孩子放學。但今天，阿里（Ali），他應該叫阿里吧，提出的問題是：奧莉維雅沒有雨衣和雨靴。

「她現在穿的這雙很好，但奧莉維雅說鞋子一濕，兩腳就會發冷，看來並不適合秋天。」

老師慎重地看著奧莉維雅破了好幾個洞的運動鞋，潔西好想尖叫，叫他閉嘴。現在要她去哪裡弄五百克朗買新鞋子，就算有，她寧願拿這筆錢給女兒換學校，讓女兒遠離這種一個班級半數同學的母語是阿拉伯語的學校，開家長會時，甚至需要找三個不同語言的口譯員來協助交流。她是沒有參加過家長會，但聽說是如此。

但附近還有其他老師徘徊，於是潔西選擇了計畫B。

「噢，我們有雨衣和雨靴，只是忘在度假小屋那裡了，下次過去會記得拿回來。」

這當然是她胡謅的，從頭到尾都是。她們沒有雨衣和雨靴，更沒有度假小屋，但之前在家裡著裝出門前灌下的半瓶白酒，一如往常地協助她流利地睜眼說瞎話。

「噢，那就好。那奧莉維雅在家裡的狀況如何？」

潔西說明一切正常，卻感覺經過的老師都在看她。阿里壓低音量表示他有點擔心，因為奧莉維雅與同學的關係並沒有太大的改善。他憂心女孩太過內向，認為最好盡快再安排一次家庭訪談。潔西猶豫了，老師像是邀請他們去主題公園免費一遊般友善，令她十分不安。

她坐進了小小的 Toyota Aygo，女兒在後座換舞衣，她則就著敞開的車窗抽菸。她告訴奧莉維雅老師說得對，她會盡快買雨具給她。

「但妳也要打起精神多跟同學玩啊，好嗎？」

「我腳痛。」

「等妳的身體暖和了，腳就不痛了。都是這樣的，寶貝。」

舞蹈教室在阿邁厄購物中心的頂樓，母女倆在課程開始的前兩分鐘趕到。她們從地下停車場跑上樓梯衝進教室，而其他小公主都已經穿著昂貴時髦的舞衣，在光亮的木地板上就定位。奧莉維雅的淺紫色舞衣是在超市買的，而且是去年的款式，儘管肩膀有點緊，但還算過得去。潔西扯下女兒的外套，推她走上木地板，舞蹈老師微笑地迎接她。學生的媽媽都沿著一面牆坐著，一排勢利的賤人聊著養生、去西班牙小島避秋，以及孩子在學校的表現。她客套地和她們打招呼，心裡卻詛咒她們下地獄。

女孩開始跳舞了，潔西則煩躁地四下張望，調整並撫平裙子，但他一直沒出現。潔西就冒著暴露的危險站在那些女人旁邊，心情失望無比。她一直很肯定他會來，但他沒有，潔西不再那麼確定他們之間的關係是否如她所想的那樣。她其實和那些女人待在一起很不舒服，但儘管她想保持沉默，卻仍緊張地主動攀談起來。

「哇，那些小公主今天好可愛啊，真不敢相信她們只上了一年的課而已！」

每說一個字，她就感覺自己被她們憐憫的目光吞噬得更深。接著，大門終於被他推開，他走進了教室。同時，還有他的女兒，女孩快步走過去加入課程中。他看著潔西和其他媽媽，友善地頷首打招呼，微微一笑，潔西的心跳加速。他的一舉一動都自信滿滿，若無其事地晃著潔西現在已很熟悉的奧迪車鑰匙。他和其他媽媽寒暄幾句，逗得她們大笑，潔西這才意識到他看也不看她一眼。即使潔西就站在他身邊，搖尾乞憐，他仍然忽視她，激得潔西脫口而出：噢，她突然想起有事需要跟他談一下，是關於學校「教室文化」的大事（教室文化，是她剛才聽到一個媽媽說的）。她轉頭往後瞟了一眼，心裡洋洋得意，他向來拒絕不了她找他討論事情的邀請，只見他向其他女人告退，跟著她走開。

她走下樓梯，推開沉重的門走進教室下方的走廊。她聽著他跟上來的腳步聲，並停下來等待，但一看到他的表情，她就知道他很生氣。

「妳搞什麼？我說了，我們之間已經結束，妳聽不懂嗎？放過我吧，老天！」

她抓住他，抓住他的褲頭，拉下拉鍊，伸手找到她的目標物。男人想揮開她的手，但她緊抓不放，並將它掏出來放進嘴裡，男人的抗拒變成了呻吟。就在男人快達到高潮時，她轉身半趴在帶輪的垃圾箱上，慌亂地想拉高裙子，但男人的手更快，用力一扯，啪地撕開了那件新買的黃色裙子。她感覺他進入體內，臀部往後一退，令他退無可退，幾秒鐘後，他就達到了，全身一僵後氣喘吁吁。她轉身親吻男人冷漠的雙唇，握住他滑濕的硬物，但男人像是觸電了般退開，並摑了她一巴掌。

潔西震驚地說不出話來，側臉火辣辣地痛，看著他拉上拉鍊。

「這是最後一次了。我對妳沒有感覺，一點也沒有，而且我絕對不會離開我的家人。聽懂了嗎？」

潔西聽著他走開的腳步聲，然後那扇沉重的大門砰地關上。被拋下的她孤零零的，臉頰滾燙，雙腿之間仍能感受到他的存在，現在卻令她羞愧無比。她看到牆上的一塊鐵片反映出她扭曲的倒影。她整理好衣服，但裙子被撕裂了，而且裂痕從前面看來十分明顯，於是只好扣好外套的鈕釦來遮掩。在上方教室轉來的隱隱歡快的音樂聲中，她擦掉眼淚重新振作，打算從原路返回，但樓梯間的門被鎖住了。她用力拉扯著沉重的門，無效，接著她只好呼救，但回應的只是那隱隱傳來的音樂聲。

她決定換條路試試，走下掛著一條條熱水管的陌生長走廊。沒走多遠就出現叉路，她挑了一條走，卻是死巷子。她試著拉開盡頭的那扇門，也是鎖上的。她原路退回，沿著熱水管調頭回去，但還走不到二十公尺，就聽到身後有聲響。

「哈囉？有人嗎？」

她原本以為是男人回頭來找她道歉，但回應的一片寂靜讓她聯想到其他事。她開始慌張地往前走，很快地，她跑了起來，一條走廊接著一條；潔西感覺好像聽到後面有腳步聲跟著她。這次，她不再出聲詢問，只是每經過一扇門就試著拉扯，最後終於拉開了一扇門衝了進去，並爬上樓梯。她覺得她聽到了下面那扇門再次被拉開。等看到下一扇樓梯間的門時，她立刻拉開門衝進購物中心，並用力關上門，門砰地狠狠撞在門框上。

潔西．魁恩在一個個推著購物車逛街的家庭中穿梭，在秋季促銷的廣播聲裡往頂樓衝上去。她繞過轉角，來到舞蹈教室的大門前，看見一個女人和一位臉部瘀青的高個子男人正在向一位媽媽問話，那個媽媽一看到她，就抬手朝她的方向指來。

67

「是她嗎？不會吧？」

「我們還不清楚。她的確感覺有人跟蹤她，在購物中心時。問題是她不太配合調查，再不然就是她真的什麼都不知道。」

回答尼藍德的是蘇林，赫斯則專心透過單向鏡注視著審訊室。鏡子的一面有塗層，所以他可以看見潔西·魁恩，但潔西·魁恩看不見他。赫斯無法證實，但直覺告訴他，這個女人沒把凶手感興趣的祕密說出來。這表示她與前兩位受害人，有著天壤之別的差異。在赫斯眼裡，勞拉·克約爾與安妮·塞傑爾拉森比較中規中矩、注重形象，然而潔西·魁恩似乎偏野性，比較好鬥。換句話說，這正是她被凶手盯上的主要原因。在一群女人中，潔西·魁恩很亮眼，對男人有致命的吸引力。這個年輕女子正對著在門邊站崗的可憐警員發動激烈的攻勢，又吵又鬧地想說服警員放她走，赫斯慶幸牆上喇叭的音量已被調到最小。外面已經天黑了，赫斯思考著也該讓尼藍德安靜安靜了。

「如果她幫不上忙，也許就表示你們找錯了人？」

「也許她只是慌了，這表示我們需要更多的時間。」

「更多的時間？」

尼藍德斟酌著蘇林的話，赫斯憑藉著與警長交手的豐富經驗，知道接下來會發生什麼事。

◆

蘇林和赫斯當時從市政府直奔城市規劃住宅區，並按下潔西·魁恩家的門鈴。沒人前來應門，那位女子也沒接電話。檔案裡提到這家人沒有親戚，只有社工一星期上門探訪一次，與母女倆直接交談。社工在電話裡提到，他們同意她的女兒每星期五下午五點十五，到阿邁厄購物中心的頂樓上舞蹈課。

蘇林他們一找到潔西．魁恩，就看出事情不太對勁。這位年輕女子說，她下樓將停車場代幣放進車裡時，感覺有人跟蹤她。他們立刻檢查了樓梯、走道和地下室，但沒發現任何異樣。走廊上沒有安裝監視攝影機，而且因恰逢週末逛街潮，停車場進進出出的車輛很多。

潔西．魁恩在警察局接受問訊時，狀態是越來越激動狂暴。她身上散發著酒氣，被要求脫掉外套後，他們注意到她的裙子被撕成了兩半。女子只說是被車門夾到扯壞的，隨即要求警察解釋為何將她帶到警察局。他們做了解釋，但潔西顯然一問三不知。除了感覺有人跟蹤她，就只有兩個月前，有人匿名向議會舉報她毆打奧莉維雅和疏忽母職。

「一定是學校那些愛管閒事的人。那些人他媽的蠻橫，老是緊張兮兮，害怕又髒又臭又老的老公看上別的女人，但她們自己連國字都不會寫。」

「潔西，我們不認為匿名信是由學生的母親寄出。除了她們，妳覺得會是誰做的？」

但潔西聽不進去，堅持是學生的母親之一。她也稱心如意了，因為議會最終採信了她的說法，雖然那段時間「他媽的煩，老是被社工監視」。

「潔西，為了妳自己，妳必須告訴我們實話，這相當重要。我們沒打算起訴妳，但如果那封告密信裡指控的是事實，就表示寫信的人打算傷害妳。」

「你們見鬼的以為自己是誰啊？」

潔西．魁恩失控了。沒人有資格指控她是個壞媽媽。她獨力撫養女兒，而女兒的父親一毛沒出，過去數年總以販毒坐牢為由，逃避身為父親的責任。

「如果你們有任何疑問，可以去問奧莉維雅啊！」

赫斯和蘇林並不打算那麼做。那個六歲小女孩仍然穿著舞衣，在一位女警的陪同下坐在餐廳喝汽水、吃餅乾和看卡通，等著母親做完車子送檢的程序。女孩的衣服破舊，身板有點瘦削，雖然外表凌亂，但完全看不出來遭到虐待的痕跡。從她的成長環境來看，她的安靜十分正常，如果拿「媽媽對妳好不好」這種侵犯性問題來問她，似乎有些恃強欺弱。

他們聽著潔西．魁恩在審訊室裡飆粗話要求離開，但她的聲音被尼藍德掩蓋過去。

「我們沒有更多時間了。是你們自己說這個方向是對的，所以你們最好善用這個機會，再不然換個方向。」

「還有一個方向也許會更快，如果你允許我們約談我們認為必要的人。」赫斯說。

「你不會又是指蘿莎．哈同吧？」

「我只是說，我們不被允許找她問話。」

「你要我說多少次？」

「不知道。我早就不數了，但數了也沒用。」

「聽著，我們還有另一個方案。」

赫斯和尼藍德停止爭吵，目光移到蘇林臉上。

「如果我們都同意潔西．魁恩是凶手下一個預謀的受害人，那麼理論上應該放她回到日常生活中，我們只需要監視保護她，等著凶手現身。」

尼藍德瞪著她，搖搖頭。

「想都別想。已經有兩個受害人了，我絕不會把潔西‧魁恩放回到街上，而我們只是坐等一個變態現身。」

「我說的不是潔西‧魁恩，而是我自己。」

赫斯詫異地瞪著蘇林。蘇林大約一百六十五公分高，嬌小得彷彿一陣風就能把她颳走，但只要看著她的眼睛，就算力氣再大的男人也會開始自我懷疑。

「我跟潔西‧魁恩的身高、髮色一樣，就連骨架也差不多。若是能找到一個娃娃來充當她女兒，我覺得我們可以騙得過凶手。」

尼藍德興致勃勃地注視著蘇林。

「妳認為我們應該什麼時候開始行動？」

「盡快，別讓凶手開始懷疑她去了哪裡。若她真的是目標，那麼凶手絕對已經掌握她的作息時間。赫斯，你覺得呢？」

蘇林提議的解決方案簡單俐落。赫斯一向喜歡簡單俐落，但這次除外，有太多的未知無法掌控。凶手一直佔有優勢，領先一步，現在他們居然妄想一招撂倒他、搶得先機，可能嗎？

「我們回去再審訊潔西‧魁恩一次，也許——」

門被打開，提姆‧傑生闖了進來，引來了尼藍德的怒視。

「現在不行，傑生！」

「這件事不能等，不然你自己去看新聞。」

「怎麼了？」

傑生的目光落在赫斯臉上。

「有人口風不緊，洩露了克莉絲汀．哈同指紋的事。現在所有新聞頻道全在報導這件事，甚至開始質疑哈同案並未完全了結。」

68

偉斯特伯（Vesterbro）一間公寓裡，平底鍋在小瓦斯爐上嗞嗞作響，抽油煙機轟轟聲大作，門鈴聲也加入戰局，逼得蘇林調高了電視新聞的音量。

「去幫外公開門！」

「妳可以自己去開門啊。」

「幫我一下，我忙著煮飯。」

樂不情願地拿著形影不離的iPad，朝玄關走去。母女倆才剛吵了一架，但蘇林現在沒精力和女兒坐下來好好談談。

媒體的確截獲了警方在勞拉．克約爾與安妮．塞傑爾拉森的案發現場，發現了兩個栗子人，以及上面的克莉絲汀．哈同指紋的消息。蘇林迅速瀏覽了網路新聞，得知傍晚最先報導這條獨家新聞的是兩家主要的小報，對手報社立刻追擊，迅速刊登，因此很難分辨這些媒體的消息來源是否相同，或者只是後來的人重寫了別人的報導。聳動的標題如下：**震驚——克莉絲汀．哈同還活著嗎？**這個標題像森林大火般蔓延到所有媒體，全都引用了那兩家小報的消息，並重複同樣的內容。「警方匿名人士」指出兩起謀殺案與克莉絲汀．哈同案很可能有關，在兩個栗子人身上發現的兩枚離奇指紋，不禁令人質疑女孩的死亡定案。這條濃縮版的報導，已完全抓住了事實的本質，儘管尼藍德和警界高層出面否認，也於事無補。

如此的轉折太過聳動，成了各家新聞的頭條，令蘇林再次經歷第一次聽到指紋的發現時，那內心的震撼。各種推測和說法滿天飛，甚至有份網路報紙直接用「栗子人」來稱呼凶手；顯然一次的新聞雪崩攻擊才剛剛開始而已。蘇林十分理解尼藍德為何拋下他們，立即召開危機處理會議，全力應付媒體。

與此同時，她則全力準備當晚城市規劃住宅區的行動。這個伏擊凶手的計畫已得到尼藍德的許可，儘管赫斯並不同意。潔西．魁恩被告知，她和女兒因為太過沮喪，不適合回到公寓獨處而被留下，潔西當然激烈抗議，但沒人理會她。警方提供了牙刷等必需品，母女倆必須有心理準備，她們將在政府於渥爾比區（Valby）為低收入戶提供的小屋裡，在嚴密的照管下度過數晚。潔西．魁恩和女兒因夏天在那裡待過一個星期，所以早已十分熟悉那個小屋區。

而潔西的態度也有了轉變，比較願意回答警方的問話，但隨著警方的問題越來越細節，並且再三確定之下，她才意識到事態的嚴重性。蘇林為了更全方面地了解潔西，所以親自和赫斯審訊潔西，如此，她才會更加有把握自己開著潔西的車抵達城市規劃住宅區時，該如何表演才不會露出破綻。

蘇林原本打算審訊完畢，就立刻出發前往城市規劃住宅區，但潔西的作息時間並非如此。每個星期五晚上，潔西在女兒結束舞蹈課後必須趕往戒酒中心。這是議會規定她參加的匿名聚會，地點在克里斯蒂安港區，時間是晚上七點到九點，若是潔西不服從，就拿不到福利金裡的家庭補助津貼。通常，她女兒會在走廊的椅子上打瞌睡，等到潔西聚會結束，再抱她上車。但審訊完畢已經七點多了，於是行動小組決定讓蘇林從這位單親媽媽離開戒酒聚會的當下，就開始扮演潔西．魁恩。

霹靂小組利用空檔研究建築平面圖，以及該住宅區的出入路線，蘇林則去拉馬占家接樂回家，然後一邊煮義大利麵，一邊等樂的外公前來接手。樂聽到消息後十分沮喪，這表示蘇林晚上沒有時間協助她《英雄聯盟》的升級行動，這個遊戲是她小小心靈所在乎的一切。蘇林只能再次道歉，坦承自己的確花太多時間在外面了。

「來，開飯囉！妳外公如果還沒吃，就一起吃吧。」

她女兒從玄關走來，表情有些得意洋洋。

「不是外公，是妳的一個同事，他臉上有瘀青，兩隻眼睛的顏色不一樣。他說他很願意幫我升級。」

69

蘇林原本打算不吃晚餐以節省時間，但赫斯出現在玄關燈光下，改變了所有計畫。

「我拿到城市規劃住宅區和那棟公寓的平面圖，所以提早過來，讓妳在出發前有時間熟悉該地區。」

「但你要先幫我升級，」樂趕在蘇林說話前，尖聲喊著。「你叫什麼名字？」

「馬克。但我說了，我現在沒時間幫妳，以後一定會。」

「樂，妳快去吃飯。」蘇林趕緊接話。

「馬克可以跟我們一起吃飯。來吧，馬克，你可以一邊教我，一邊吃飯。媽的男朋友不可以和我們一起吃飯，但你不是媽的男朋友，所以你可以。」

樂一說完就朝廚房跑去，消失無蹤。現在反駁女兒的邀請已經太遲，蘇林只好往旁邊一讓，比手勢請赫斯進屋。

赫斯走到樂的旁邊坐下，樂將 iPad 換成了筆電，蘇林則去拿了三個盤子。樂身上自帶的高雅大方公主氣質，率先吸引了她的客人的注意力。一開始她可能是為了故意氣蘇林，所以對赫斯特別殷勤，但隨著赫斯對《英雄聯盟》的解說，以及他對這套電玩的知識，博大到令小女孩不由生起了崇拜之心，樂全心接受了他所提出的上升六級建議。

「你知道蘇帕克嗎？他是世界級有名！」

「蘇帕克？」赫斯問。

很快的，那個韓國青少年的海報和塑膠公仔就出現在餐桌上。三個人動叉子開吃，餐桌上的交談內容轉移到其他線上遊戲上，蘇林都不知道自己的女兒居然聽過那些線上遊戲，但赫斯只會玩《英雄聯盟》，從未試玩過其他的。這下可好了，她女兒像是有了個徒弟。樂劈里啪啦地擴充赫斯的線上遊戲知識，而等這個話題結束，她跑去拿來了關著鸚鵡的籠子，赫斯很快就成為鸚鵡的玩伴，樂也多了一個名字可以添加在家庭樹上。

「拉馬占的家庭樹上有十五個名字，但我只有三個，如果加上鸚鵡和倉鼠就有五個。媽不讓我加她的男朋友們，所以我才只有五個，不然我會有很多很多。」

蘇林立刻插話進來，提醒樂去打線上遊戲通關升級，而赫斯給了樂一些建議，樂終於在沙發上安靜下來展開戰鬥。

「聰明的女孩。」

蘇林匆匆地頷首道謝，暗自戒備起來，準備應付隨之而來關於女孩父親、家庭情況的打聽，這些全是她不想碰觸的話題。但赫斯只是轉身，從掛在椅背上的外套裡拿出一疊文件，攤在餐桌上。

「我們趁著空檔，快速走一遍流程。」

赫斯細心周全，蘇林認真聆聽，目光順著他的手指劃過平面圖、樓梯和公寓大樓的外部布局。

「霹靂小組已包圍住公寓大樓，但為了不嚇退凶手，所以有保持一定距離。」

他還提到了娃娃，這個娃娃會被裹在羽絨被裡，這樣蘇林就可以假裝抱著睡著的女兒進入大樓。她擔心監視小組的存在會讓凶手起疑心，但赫斯堅持這個環節絕對不能撤掉。

「我們不能冒險。如果潔西・魁恩真是凶手的下一個目標，那就表示那人十分熟悉這個住宅區的環境，我們必須在場才能及時阻止行凶。若遇到危險，妳要立刻發出求救信號。妳現在隨時可以喊停抽身，我們可以換別人來冒充。」

「我為什麼要喊停？」

「因為這個任務不是絕對沒危險。」

蘇林望進對方的藍綠異色眸，她是不太了解赫斯，但她感覺這個男人似乎在擔心她。

「沒事，我應付得來，沒問題的。」

「她就是妳要找的人嗎？」

樂在他們沒注意的情況下走進了廚房，想要喝水。她看著餐桌上蘇林靠在牆邊的 iPad，螢幕裡正在播放另一則新聞。這則新聞也是關於克莉絲汀．哈同，主播正在報導該案的來龍去脈。

「這不是妳該看的，孩童不宜。」

蘇林趕緊起身，關掉螢幕。她稍早前向樂解釋自己待會還要出去工作，樂開始耍賴，堅持要知道原因，而蘇林告訴她是要找人。蘇林沒明說其實是凶手，所以樂以為是克莉絲汀．哈同。

「她怎麼了？」

「樂，妳快回去玩線上遊戲。」

「那個女孩死了嗎？」

樂問得直率，就像在問「博恩霍爾姆島（Bornholm Island）上還有恐龍嗎」那樣地天真無邪。蘇林不希望樂那麼早接觸複雜的人事，心裡暗暗發誓以後只要有樂在，她一定要記得關掉新聞播報。

「我不知道，樂。我的意思是……」

蘇林不知該如何向孩子說明，無論說什麼，都有可能驚嚇到她的女兒。

「沒人知道，也許她只是迷路了。我們有時候會迷路，然後要努力找路回家。如果她迷路了，我們就要找到她。」

赫斯幫她回答了。這個回答很好，小女兒的眼睛都亮了。

「我沒有迷路過。你的小孩有迷路過嗎？」

「我沒有小孩。」

「為什麼沒有？」

蘇林見赫斯對著女兒微微一笑，但這次他沒有再回答。接著門鈴響了，等待結束。

70

城市規劃住宅區是阿邁厄西部的一系列國宅，距離位於市中心的市政府只有三公里遠。此區於一九六〇年代政府為解決大規模的缺屋潮而建，但後來出了問題，在二〇〇〇年的前幾年，該區一路跌進了政府的貧民窟名單中。議會一直沒解決問題，就跟奧汀公園一樣，丹麥白人警察的出現會引來大量注意，儘管他們都是便衣裝扮。因此，被指派在最顯眼崗位上的警員，在外表上都是有色人種，包括了赫斯此刻所在街區左側的警員。那些警員在街區黑暗停車場的車子裡待命。

一樓那棟空屋裡爐子上的時鐘，顯示已快半夜一點了。那間空屋正在出售中，所以警方決定以它作為指揮中心。屋裡電燈是關著的，從小廚房的窗戶往外望，赫斯可以清楚地觀察黑漆漆的住宅區，以及葉子幾乎落光的樹木、兒童遊樂區和長椅，再到潔西．魁恩家所在街區中，那些亮著燈的樓梯口和電梯。儘管埋伏小組的各個定點都經過精心策劃和安排，赫斯仍舊擔心。總共有四個出入口通往潔西．魁恩家所在的街區，東南西北各一，全都在他和所有包圍公寓大樓的警員視線範圍中，因此能全盤掌握進出的人。在屋頂上各就各位的狙擊手全是箇中好手，能在二百公尺遠的距離射中一枚硬幣；兩分鐘路程外的公車裡，霹靂小組正等待著無線電指令出擊。但赫斯仍然感到不足。

蘇林開車順利抵達了。赫斯在那輛小 Toyota Aygo 一轉進路口就認出它來，小車一路開進了停車場，停在事先計畫好的車位上，原本停在這位子上的便衣警車才剛駛走。

蘇林戴著潔西．魁恩的帽子，穿著她的衣服和外套，只是換了另一件類似的黃裙，若從遠處看，幾乎看不出任何破綻。蘇林從後座抱出那個用羽絨被包著的娃娃，整個人和娃娃吃力地靠在車門上，然後鎖車，再模仿潔西．魁恩假裝有些厭煩地抱著女兒朝入口走去。赫斯看著她消失在感應燈亮起的樓梯口。出乎意料的是，電梯久久才下到一樓，但蘇林索性爬樓梯上四樓，只是故意假裝自己越來越抱不動手中的娃娃，越爬越吃力。

有其他住戶下樓與她錯身而過，但他們顯然都沒有特別注意蘇林。她消失在屋內，赫斯屏息等待著那層有著小陽台的公寓燈亮起。

現在已過去三個小時了，一切照常，風平浪靜。稍早前，公寓大樓有很多人進進出出，有的是剛下班晚歸，有的則在枯葉翻飛中思索人生大事，還有一小群人聚集到右邊街區地下室的一個社區活動中心。印度西塔琴的樂聲在社區裡縈繞了好幾個小時之久，最後聚會結束，隨著越來越多的屋內燈熄滅，夜也越來越深。

潔西．魁恩家的燈依然亮著，但赫斯知道它很快就會熄滅：潔西．魁恩通常都是這個時候上床睡覺，至少她極少數待在家裡的星期五夜晚是如此。

「這裡是11－7。我不是有跟你說過那個《修女冤靈》的遊戲，還有《歐洲刑警組織的七個小警察》，完畢。」

「沒有啊，那你現在說，11－7。我們聽著。」

提姆．傑生透過無線電對講機在和同事哈啦，並藉機暗諷赫斯一下。赫斯從廚房窗戶看不到他，但知道他坐在西邊出入口附近的一輛車內，與一位少數族裔的年輕警員一起。儘管警察不能用無線電對講機開玩笑，但他沒把法規放在眼裡。在赫斯去找蘇林之前，傑生在警局的行動會議中就表示反對此次任務，因為赫斯無法百分之百確定潔西．魁恩就是凶手的目標。傑生表現得很明顯，他懷疑就是赫斯向媒體洩的密，而警局針對洩密這類事情必定會記過處分。過去幾天，只要赫斯進警局，就會感覺到傑生的眼睛死盯著他的後腦杓，而在媒體曝光那兩枚指紋後，好幾個同事也向他投來懷疑的目光。這實在是荒唐，媒體報導凶殺案時經常極盡聳動、偏離事實，因此赫斯早就習慣與記者保持距離。事實上，這次的洩密也令他很煩惱——如果警局真有人洩密的話。凶手當然知道指紋的事。赫斯突然意識到，凶手會十分樂意看到警局變成公眾笑柄。赫斯提醒自己，警方仍然有必要去調查報社的消息來源，並趕在傑生轟出另一則玩笑前，煩躁地伸手去拿對講機制止。

「11－7，行動中不應該佔用無線對講機。」

「不然你想怎樣，7－3？打電話去報社打小報告？」

對講機裡傳來零零落落的笑聲，此時霹靂小組組長介入，命令所有人安靜。赫斯從窗戶望出去，潔西・魁恩屋內的燈已經熄滅了。

71

蘇林避開那幾扇大窗戶，但時不時地在屋內走來走去，好讓凶手知道她——潔西．魁恩——在家。當然前提是，凶手正在屋外監視。

這齣戲在停車場時就已開始。道具娃娃很合格，它的黑色假髮幾乎都被羽絨被遮掩住。雖然電梯給他們來了段小插曲，但蘇林判斷潔西．魁恩是個沒耐心的人，一定會捨棄等待改爬樓梯。上樓時，有對年輕男女與她擦肩而過，但他們沒多看她一眼。最後她終於來到公寓前，拿出潔西的鑰匙開門進屋，隨即上了鎖。

蘇林雖沒來過，但對它的平面格局已瞭若指掌，當下抱著娃娃直接走到臥室，放到床上。臥室裡有她和女兒的床，窗戶沒有窗簾，可以望到另一棟水泥大樓。她知道赫斯在那棟一樓的某扇黑暗窗戶後面，但不確定誰待命在上層樓房。她開始幫娃娃脫掉衣服，為它蓋上被子，就像在家裡送樂上床睡覺那樣。她突然有些角色錯亂，現在的她不是送自己的女兒上床睡覺，應該是以警察的身分向娃娃道晚安，她必須立刻釐清思緒。接著她走到客廳，按著潔西的日常習慣打開平板電視，坐進扶手椅裡，背對著窗戶掃視屋內。

當天最後離開這間公寓的，是潔西．魁恩本人，而她顯然沒費神打掃。屋內亂七八糟的，數十支空酒瓶、盛放著乾硬掉食物的盤子、披薩盒和髒碗盤。但玩具不多。雖然她無法確定潔西．魁恩是否疏忽了對女兒的照顧，但這樣的環境的確不適合孩子成長。這令蘇林想起了自己的童年，往事不堪回首，於是她趕緊將注意力轉移到電視螢幕上。

克莉絲汀・哈同的新聞仍備受關注，但報導反反覆覆都圍繞著案子未破的主題打轉。新聞指出蘿莎・哈同拒絕發表評論，蘇林很同情這位部長和她的家人再一次被推到風口浪尖上。

「請鎖定本台，史汀・哈同，也就是克莉絲汀・哈同的父親，即將出席我們的晚間新聞。」

史汀・哈同在晚間新聞上露面，在冗長的專訪中，他清楚表示相信女兒仍然活著。他懇求知情人士向警察通報線索，也乞求「帶走克莉絲汀的人」將女兒完整無缺地歸還給他。

「我們很想念她……她還是個孩子，需要她的爸媽。」

蘇林理解他的做法，但不確定這對調查有多少幫助。司法部部長和尼藍德也接受了訪問，並迎難而上，利用機會澄清一切針對警方辦案能力的質疑。尤其是尼藍德，他一臉的慍怒，但又似乎津津樂道，蘇林不禁懷疑他其實很享受成為鎂光燈的焦點。蘇林後來收到建茲傳來的簡訊，詢問究竟怎麼回事，為什麼記者開始聯繫上他。蘇林回覆建茲，要他絕對不能發表任何言論。建茲開玩笑如果蘇林答應隔天和他一起晨跑十五公里，他就保證閉口不言，但蘇林沒有回應這條簡訊。

媒體的哄鬧在午夜告一段落，之後就是一連串無聊的電視劇重播。在她從克里斯蒂安港開車過來的路上，原本的樂觀和緊張逐漸變成了自我懷疑。潔西・魁恩真是凶手的下一個目標嗎？凶手真的會再犯案嗎？她聽到提姆・傑生在對講機裡開玩笑，這才意識到事態的嚴重性。那個人當然是個白痴，但若是他們搞錯了，那麼她和赫斯將會被隔離在這樁案子的調查外。蘇林瞥了一眼手機上的時間，然後起身按照約定關掉電燈。她還沒來得及坐回去，赫斯就打電話過來了。

「沒事吧？」

「沒事。」

蘇林感覺他懸著的心似乎放鬆下來。他們聊了一下，儘管赫斯沒說什麼，但蘇林察覺到他已進入高度戒備狀態，比她還警戒。

「你不要在意傑生的玩笑話。」她突然冒出這一句。

「謝謝，我沒理他。」

「我一進入警局，就看到他因為哈同案而得意洋洋。所以你——現在還加上媒體——質疑該案的調查結果，等同是你拿短管獵槍射了他一槍。」

「我怎麼感覺妳才是那個真正想拿槍射他的人。」

蘇林聞言輕聲一笑。她正要開口回應時，赫斯的語氣變了。

「有動靜，換上對講機。」

「怎麼了？」

「快換，現在。」

電話斷線了。

蘇林放下手機，突然感受到濃濃的孤單。

72

赫斯站在窗邊，全身神經繃緊。他知道外面的人看不到他，但仍然動也不敢動。大約一百公尺外，潔西·魁恩住家街區的盡頭出入口旁，他看到一對年輕男女推著嬰兒車，用鑰匙打開地下室自行車停放室的門走了進去。那扇液壓門緩緩闔上，赫斯注意到毗鄰的大樓陰影中，有東西在動。他以為是樹枝被風吹動，但那東西又移動了，一道人影趁著門尚未完全闔上之際，小跑步衝了進去。赫斯拿起對講機。

「我們的客人應該到了。東門，完畢。」

「我們看到了，完畢。」

赫斯雖然沒進去過，但很清楚從那裡可以通往何處。從那扇門可以下到地下室的自行車停放室，那裡能通往樓梯和電梯，然後去到上面的樓層。

他離開一樓的公寓，走進樓梯口並闔上門。他沒朝通往大樓外面的出口走去，而是朝地下室前進。他沒開燈，但手上拿著手電筒。來到地下室，他憑著過往的辦案經驗朝一個方向前進。他手裡握住手電筒，衝下走廊，從地底衝到室外，然後進入潔西·魁恩所在的大樓。這段路程大約五十公尺，等他來到大樓沉重的大門前，對講機通報那對推著嬰兒車的男女進入了電梯。

「那個人一定是爬樓梯，但樓梯間的電燈沒亮，我們無法確認。完畢。」

「我們從地下室往上搜查，現在開始。」赫斯回覆。

「但我們根本不知道——」

「現在開始行動。結束通話。」

赫斯關掉對講機電源。事情不太對勁。那個人一定是步行越過陰暗的草地來的，這點被他們遺漏了。赫斯突然想到，凶手也很可能是壓低身子從屋頂那邊潛進來，或者利用下水道孔出入，就是排除了從大廳進出這個選項。他拔開手槍的保險，等那扇沉重的大門在身後闔上時，他已經爬到了第一層的樓梯平台。

73

蘇林望著窗外，距離客人抵達的通知已過了八、九分鐘。前庭一點動靜也沒有，她突然意識到整棟大樓好安靜。音樂聲停止了，只有風的呼嘯聲。之前討論行動細節時，她並不排斥一個人待在公寓裡，但現在她覺得自己做了一個愚蠢的決定。她從來都不擅長等待，而且這間公寓沒有後門，若是真的出事，她根本無路可逃。所以當聽到大門傳來一聲敲門聲時，她整個人鬆了一口氣，一定是赫斯或某個警察前來支援她。不過她仍然謹慎地從門上的窺伺孔確認來者身分，但門外的走廊一片漆黑，而且沒人，只看到門對面，以及牆壁凹處裡的消防箱。她懷疑自己聽錯了，但仔細一想，剛才的確有人敲門。她拔掉手槍的保險，做好心理準備，滑開門栓並轉動門把，開門走到走廊上，舉槍就位。

幾個電燈開關上的小指示燈隱隱發亮，但蘇林並未開燈，她感覺黑暗像是一種保護。寬敞的油氈地板走廊上，所有大門似乎是都關上的，她的眼睛適應了黑暗後，能一路看到左邊盡頭的牆壁。她往右看向通往樓梯和電梯的走廊，但一樣空蕩蕩的，一個人影也沒有。

屋內傳來對講機的劈啪聲，有人著急地喊著她的名字，她開始退回門內。就在她轉身背對走廊時，有人從消防箱旁邊撲了出來。那個人一直蜷縮在消防箱邊，等的就是這個時機，蘇林被他的重力加速度撞進門內，倒在地上。冰冷的雙手掐住她的喉嚨，她聽到那個人在耳邊低語。

「賤人，把照片給我，不然我殺了妳。」

那個人還來不及多說一個字，蘇林就用手肘俐落地兩下就撞斷了他的鼻子。男子昏沉沉地坐在黑暗中，還搞不清楚狀況，在第三次被蘇林肘擊後倒在地上。

74

赫斯衝到潔西．魁恩的公寓時，大門是敞開著的，他帶著兩位警察直接衝了進去，只聽見那個男人痛得大叫。赫斯打開電燈。屋內髒亂得不得了，地板上除了髒衣服和一堆的披薩盒，一個鼻子流著血的男人，正雙手被扭在背後趴在那裡，蘇林則坐在他身上，一手抓著男人的兩隻手腕，並抵在他的肩胛骨之間，另一手則正飛快地搜身。

「妳幹嘛？去你媽的，放我走！」

蘇林搜身完畢，兩位警察將男子拉扯起來，男子的雙手仍然被強扣在背後，因此更是痛得尖叫出聲。男子大約四十來歲，身材健壯，業務員形象，頭髮全部往後梳，戴著婚戒。他外套下只穿著T恤和運動褲，一副剛起床的模樣。他的鼻子歪腫，加上剛才在地上的一番打鬥，如今滿臉都是鮮血。

「尼可拉吉．默勒（Nikolaj Møller）。南哥本哈根，曼突亞維吉（Mantuavej）76號。」

蘇林大聲唸出男子健保卡上的個人資料，皮夾是在他衣服暗袋裡找到的，裡面還放有信用卡和全家福照片，同時翻出來的還有手機和一支奧迪車鑰匙。

「搞什麼？我什麼都沒做！」

「你來這裡幹嘛？我問你，你在這裡幹嘛？」

蘇林逼近男子，用力抬起他沾滿血跡的臉，讓他直視她的眼睛。男子仍舊驚魂未定，顯然還弄不清楚眼前這個陌生女子，為何穿著打扮得像潔西．魁恩。

「我來找潔西。她傳簡訊給我，要我過來！」

「騙人。你到底來這裡做什麼？啊？」

「媽的，我什麼都沒做！是她找我上床的！」

「讓我看看簡訊，現在！」

赫斯接過蘇林手中的手機，遞給男子。警察放開了他，男子用沾著血跡的手指，抽著鼻涕，輸入密碼解鎖。

「拜託，快點！」赫斯煩躁地說。他直覺這就是令他心神不寧的原因，但尚且不知道為什麼。

「快，簡訊！」

赫斯沒等男子將手機遞出，直接搶了過來，盯著螢幕。

沒有發信人的手機號碼，顯示的是「不明來信」——簡訊內容簡短且甜美：

現在來我家，不然我把照片寄給你老婆。

簡訊同時還附上了一張圖片檔，赫斯輕敲螢幕將圖片放大。那是張照片，大約離四、五公尺遠的地方所拍攝，赫斯認出那個附輪子的垃圾箱是購物中心舞蹈教室下面走廊上的，他們就是在那裡找到潔西．魁恩。照片裡的兩人貼在一起，一看就知道他們在幹嘛。前面的那個是潔西．魁恩，穿著和蘇林現在一樣的服裝，她後面的是尼可拉吉．默勒，男人的褲子掉落在腳踝邊。

赫斯的思緒混亂。「你什麼時候收到簡訊的？」

「放我走，我什麼也沒做！」

「什麼時候？」

「半個小時前。媽的，究竟是怎麼回事？」

赫斯瞪著男子。瞬間，他放開了男子，朝門開始拔足狂奔。

75

渥爾比的漢莫可花園（Hammock Gardens），由超過一百處的景點和小屋組成，在冬季是關閉的。夏天時分，它則是哥本哈根最活潑熱鬧的綠洲，然而秋霜凍結了小木屋，關閉的花園如今只剩下一片蕭索，等待明年春天的到來。不過一棟小木屋正亮著燈，它就座落於黑暗花園的中心地帶，屬於哥本哈根市政府。

深夜時分，潔西．魁恩仍然清醒著。屋外的狂風吹掃著樹林和灌木林，有時候感覺這棟兩室的小屋就快被風掀翻。小木屋內的氣味和夏日的不太一樣，黑暗中她躺在床上，小女兒就睡在她身旁，外間的燈光透過門縫鑽了進來。她仍舊無法理解，居然有兩位警察就坐在門的另一邊，看護著她和奧莉維雅。潔西輕撫著女兒的臉蛋。她很少這麼做，儘管她的眼淚快滑落下來，儘管她現在才明白女兒是她悲慘人生中唯一真正重要的人。但她同時也明白，若是生活沒有改善，她就必須要放棄女兒。

今天發生的事十分戲劇化。首先，尼可拉吉在購物中心羞辱了她；接著，她在偏僻無人的走廊上奔跑，還被帶到警局問訊，最後竟來到了這座荒涼的花園。她頑強地堅稱自己無辜，仍被警方的指控打得落花流水。他們指控她肢體虐待女兒、疏忽照養，這與議會收到的匿名告發信一模一樣。又或者，令她深受打擊的並非是這些指控——畢竟她以前就聽過別人如此指責她——而是伴隨而來的嚴重性。那兩位探員與議會派來的社工不同，他們似乎知道究竟是怎麼回事。她按照想像中含冤婦女那般張牙舞爪，但無論她如何信誓旦旦地扯謊，就是糊弄不了他們。她並不清楚自己和女兒為何被關在這棟又濕又冷的小屋，並被人監護，但很清楚這一切必定是她的錯，就像以前一樣，都是她自作自受。

母女倆剛進到臥室獨處時，潔西下定決心打起精神、重新振作，以為自己可以改頭換面，不再混夜店、戒酒，不再費盡心機和不擇手段地求愛。她已經刪除了手機內所有尼可拉吉的通訊紀錄，免得自己又主動找他。但這麼做，就能戒掉她對愛的渴求嗎？她不會再找別人嗎？在尼可拉吉之前，她有過許多男男女女，現在這亂七八糟的人生也成了奧莉維雅的。她的女兒必須每日長時間待在公立托兒中心，一個人在遊樂區裡玩耍，或陪她在夜店裡狂歡，或早晨與被潔西扯回家過夜的陌生人打招呼，只因潔西想從他們身上渴求一點點的溫暖。她恨女兒，並懷著這股憎恨狠狠打了自己的骨肉。有時，她很想拋棄奧莉維雅，但因政府補貼的兒童津貼而作罷。

無論她有多後悔，無論她多想徹底改變，她十分清楚無法單靠一己之力來完成。

她輕手輕腳地從毯子底下滑出，以免驚擾到奧莉維雅。光腳下的地板冷冰冰的，但她置之不理，趕緊為女兒塞好被子，然後朝房門走去。

76

馬汀・理克斯探員瀏覽著色情網站 Pornhub 上的裸女，肚子卻咕嚕嚕地叫了起來。他進入警界服務已十二年了，但每次被派任像今晚這類的任務時，仍然會厭煩不已。不過 Pornhub、賭博網站 Bet365 和壽司，為冗長乏味的等待注入了一些樂趣。他繼續瀏覽著永無止境的色情圖片，但那些塑膠乳頭、高跟鞋和情趣束繩，再也無法抹去那個混帳赫斯，以及媒體爆料克莉絲汀・哈同案所帶來的挫敗和煩躁。

馬汀・理克斯六年前從貝拉赫吉（Bellahøj）警局轉調來重案組後，就一直是提姆・傑生的左右手。一開始，他並不喜歡那個眼神銳利、自以為是的高個子。傑生擅長嘲諷反譏，而理克斯不擅言語，從學生時代就被歸類為呆笨一類，直到一次偶然機會，他將那些人打扁。但傑生就不是這麼回事了。那個經驗老道的資深探員，在他身上看到別人沒看到的強項：性格堅毅，對人和世界的質疑。理克斯剛報到的前六個月，兩人幾乎形影不離，一起開車巡邏、一起訊問、開會，一起換衣服和去販賣部購物，等到理克斯的實習期結束，他們告訴長官想要成為搭檔。六年過去了，他們對彼此瞭若指掌、默契十足，而且兩人合作所創造的功績，說是除了頂頭上司外都沒人趕得上，一點也不為過。起碼，在那個混帳出現的幾個星期前，的確如此。

赫斯早就已經過氣。他或許曾經輝煌過，但那是很久以前的事了，當時他還是重案組一員，但現在只是被歐洲刑警組織那些驕傲自大的菁英踢出來的廢物。在理克斯的記憶中，赫斯性格孤僻、沉默且目中無人，他當時離開重案組真是謝天謝地，而現在就連歐洲刑警組織也受夠了他。但赫斯倒好，不虛心求教就算了，反而質疑起理克斯和傑生最引以為傲的案子。

理克斯仍然記得，去年十月破案經過的點點滴滴。當時他們所承受的壓力像山一樣大。他和傑生日日夜夜殫精竭慮，正是他們兩人率先根據那封密報展開調查，審訊並逮捕到利呂斯・貝克爾。那時，在審訊完貝克爾和其他嫌疑人後，理克斯直覺貝克爾與此案的關聯特別突出。他們握有證據，那傢伙想賴都賴不掉。事實也確實證明如此，那傢伙耗不下去，只能全盤托出，兩人終於可以大大鬆口氣了。為了慶祝破案，他們還跑去偉斯特伯的一家廉價酒吧，喝酒玩撞球直到凌晨，最後醉醺醺地回家。沒錯，女孩的屍體一直沒找到，但那不重要。

然而現在，理克斯被指派來到這個冷得都快把蛋凍掉的渥爾比，當酒鬼單身媽媽的保母，這全都是赫斯和那個賤人蘇林害的。其他人，包括傑生，都在城市規劃住宅區布下天羅地網、守株待兔，只有他被困在這裡。幸好，明早六點半他就能脫身了。

臥室的門突然打開了。那個被他看護的女人，只穿著一件T恤站在門口。理克斯放下手機，螢幕朝下。女人吃了一驚，四下張望。

「另一位警察呢？」

「不是警察，是探員。」

「另一位探員呢？」

理克斯其實不需要回答，但還是向女人解釋，另一個探員去街上拿壽司。

「妳為什麼問這個？」

「隨便問問。我想找今天審訊我的兩位探員。」

「為什麼找他們？妳有話可以跟我說。」

雖然酒鬼媽媽站在沙發後面，但理克斯還是瞥見了她的美臀，甚至開始遐想，不知道時間夠不夠趕在同伴回來前，在沙發上來一發。理克斯一直有個性幻想，和某個受自己保護的證人來一場魚水之歡，卻從來未得實現。

「我想跟他們說實話，而且想找人把我女兒暫時安置在一個好家庭，直到我整理好自己。」

馬汀．理克斯聞言十分失望。他懶懶地回答，社福辦公室還沒到上班時間，她需要等到明天上午。不過關於女人所說的「實話」他倒想聽聽，但女人還來不及回應，理克斯的手機就響了。

「我是赫斯。一切正常吧？」

赫斯氣喘吁吁，似乎正一邊講電話，一邊關上車門，隨即有人發動了引擎。馬汀．理克斯故意傲慢地回答。

「為什麼會不正常？你們那邊呢？」

但理克斯再也沒機會聽到回答了。此時，屋外一輛車的防盜器突然大響，是花園這邊的。防盜器刺耳地狂響，理克斯轉身去看他停在外面的車。汽車的燈宛如蒂沃利遊樂公園的旋轉木馬，在秋夜中瘋狂閃爍。

馬汀．理克斯見狀一頭霧水，因為汽車附近根本沒有人。他的手機仍然貼在耳邊，他告訴混帳赫斯車子的防盜器響了，只聽得赫斯的聲音瞬間警戒起來。

「待在屋子裡，我們已經在路上了。」

「你們為什麼在路上？出了什麼事？」

「待在屋子裡，保護潔西．魁恩！你聽到我的話了嗎？」

馬汀．理克斯遲疑了下，然後掛斷電話，防盜器的聲音仍然持續作響。赫斯別想命令他，他知道該怎麼做。

「怎麼了？」

酒鬼媽媽擔心地看著他。

「沒事，妳進去睡覺。」

女人不接受這個回答，但還來不及抗議，就聽到孩子的哭聲從臥室裡傳來，她趕緊衝回去。

理克斯將手機塞進口袋裡，解開槍套的釦子。他不是笨蛋，他已經從電話裡意識到情況有變。這是他翻身的機會，他要讓大家對他另眼相看，赫斯、蘇林，還有尤其是那個被媒體稱呼為栗子人的凶手。霹靂小組很快就會衝進來，但現在舞臺是空的，正等著他上場。

理克斯抽出外套裡的車鑰匙，解開大門的鎖。他舉槍走下花園小徑，感覺自己就像是一個走上紅毯的大明星。

77

奧莉維雅坐在床上靠著木牆，還有些睡眼惺忪。

「怎麼了，媽咪？」

「沒事，親愛的。現在躺回去睡覺吧。」

潔西．魁恩快步走過去，在床上坐了下來，輕撫女兒的頭髮。

「好吵，我睡不著。」女兒低語著，靠向潔西的肩膀，防盜器正好也安靜下來。

「妳聽，它停住了。妳可以繼續睡了，甜心。」

一會兒後，奧莉維雅又睡著了。潔西看著女兒，心想這下她可以向那位警察透露一些事了。這當然不夠，她原本想一吐為快，只是剛剛防盜器突然響起，改變了她的初衷。她霍然感到一陣從未經歷過的恐懼，不過現在防盜器停止了，又聽到那位警察熟悉的手機聲在花園裡響起，頓時覺得自己太過神經兮兮。然而警察並未接起手機，她等待著。手機聲停止了，接著又響起，但仍然沒人接電話。

屋外，大風正狂掃著潔西的頭髮。她穿上鞋子，但腳仍舊快凍僵，現在才後悔自己沒裹張毛毯就出來。她聽到手機鈴聲在車子附近狂響，卻看不見那位警察。

「嘿！你在哪裡？」

無人回應。潔西又是猶豫，又是害怕地朝樹籬和那輛停在門外石子路上的汽車走去。再往前跨出一步，她就走到了石子路上，可以看見整輛車，也許也會看見那支就在附近響著的手機。她突然想起那兩位探員在審訊她時說的話，他們所警告的危險似乎就在眼前，恐懼彷彿爬上了她的胸口。威脅感隨著狂風吹彎了花園的樹木，掃過光禿禿的灌木林，最後輕噬著她光裸的腿。潔西轉身往屋子跑去，跑上木階梯，衝進敞開的前門，然後砰地關上門。

從剛才那位警察在手機裡的對話聽來，她知道支援已在路上，於是告訴自己要鎮靜。她轉動鎖孔裡的鑰匙將門鎖上，再拖來五斗櫃堵住門，接著跑到廚房和小浴室檢查門窗是否有鎖上。她在廚房抽屜裡找到一把長刀，將它緊緊握在手中。從窗戶看出去，後花園裡沒有任何動靜，她猛然頓悟到自己正浸浴在燈光中。若外面有人——而她非常確定外面有人——就能看到她的一舉一動。她幾步退回到客廳，狂亂地尋找正確的開關，然後關掉屋內所有的燈。

她靜靜地站在黑暗中，目光死盯著前方的花園。沒有動靜，只有狂風亂作，彷彿企圖掀翻小屋。她就站在電暖器附近，這才意識到剛才找電燈開關時，意外將它關掉了，於是彎腰去重新打開它的電源。電暖器再次嗡嗡響起來，而在它微弱的面板紅光中，潔西突然看到剛才警察坐的那張椅子上有個小黑影。

她一開始沒認出那是什麼，慢慢才恍然大悟。儘管那個小栗子人模樣天真無邪，兩根火柴手臂卻彷彿絕望地伸向天空，令她膽戰心驚。剛才她出門去找警察時，並沒看到這個小栗子人。她抬眼一望，感覺黑暗中有個東西來到她面前，她用盡全力，舉刀一揮。

78

警車衝進了公租花園，駛上石子路。小屋群和花田一片漆黑，只有車頭燈的光芒照著門牌號碼。蘇林朝那輛便衣警車衝去，赫斯隨著跳下車。

幾個壽司盒散落在石子路上，一位年輕警察俯身在一個黑影上方。他一看到赫斯立刻放聲求救，兩手慌亂地想堵住從馬汀．理克斯喉嚨傷口洶湧而出的鮮血。理克斯全身抽搐，兩眼無神地盯著上方黑漆漆的樹枝，赫斯見狀立刻朝小屋狂奔而去。

小屋的前門是鎖著的。他用力踹開門，順道將門後的五斗櫃踹得飛開。客廳黑漆漆的，他舉槍左右掃晃，眼睛緩緩看清室內桌椅都被翻倒，似乎經過了一番打鬥。臥房裡，潔西．魁恩的女兒抓著被子，迷茫地哭得滿臉是淚。潔西不在裡面，一同趕來的蘇林指著廚房的門，示意赫斯那扇門敞開的。

屋後的花園陡峭地向下切去，他們兩人幾步就衝到了草坪上。赫斯和蘇林跑過草地中央高聳的蘋果樹，但一個人影也沒有，最後他們來到與鄰地相連的單薄圍籬。一排排的花樹在狂風中搖擺，一直延伸到大路邊的路堤。他們接著轉身調頭面向小屋，這才發現了她。

那棵蘋果樹低處的樹枝並非樹枝，而是潔西．魁恩光裸的腿。她的屍體被安坐在主幹上的岔枝上，兩腿跨坐在最粗的樹枝，所以雙腿不自然地朝不同方向突出去。她的頭歪向一邊，兩隻癱軟的手被樹枝架著舉向天空。

「媽咪？」

狂風送來了小女孩困惑的叫聲，他們看到廚房門邊那個模糊的小女孩輪廓，她已經走出小屋站在冷風中。但赫斯動也動不了，蘇林則回神衝上斜坡、抱起女孩回屋。

赫斯依然留在那棵樹旁邊。儘管天色黑暗，赫斯還是看得出來，潔西的兩隻手臂都短了一些，還有一條腿也是。赫斯朝前再走近一些，這才清楚看到，一個伸出火柴雙臂的栗子人，就塞在潔西張開的嘴裡。

十月二十日　星期二

79

蘇林在雨中小跑步穿過一棟又一棟的大樓，尋找著她要的門牌號碼。雨水滲入鞋子裡，她終於看到了37C的門牌號碼，但它卻在反方向。

一大早載女兒上學後，她就過來找赫斯。回想起之前站在城市規劃住宅區一棟棟大樓中，就只是幾天前的事，當時她不知道原來赫斯也住在國宅區，但她一點也不感到意外。戴著面紗的穆斯林婦人投來友善但防備的目光，蘇林心裡清楚她在這裡十分引人注目；她繼續找路，再次擔心在目前一切失控且混亂的情況下，會找不到赫斯。

將近四天了，媒體熱切地重播著犯罪現場、克里斯蒂安堡宮殿、警局和法官辦公室的現場直播和文字報導，而三名受害者和死於公租花園區石子路上的馬汀．理克斯的照片，也不時出現在其中。報導有針對目擊證人、鄰居和親友的採訪，也有專家的評論，更有警方的發言，尤其是來自尼藍德的。他不斷被麥克風包圍，同時經常穿插與司法部部長槍口一致的言論。最受關注的還有蘿莎．哈同，她失去了女兒，現在得知女兒的案子並未完結，日子再度回到那無盡的擔憂和煩惱中。接著，大概是媒體意識到需要新的素材，於是開始預測下一個凶案的發生時間。

自從上個星期五以來，赫斯和蘇林一直睡眠不足。在公租花園發生兩起措手不及的凶殺案後，他們展開一連串沒完沒了的審訊、打了一通又一通的電話，搜集城市規劃住宅區和花園所有人的資料，還有分析潔西．魁恩的家庭生活和情史。她的六歲女兒所幸並未目睹母親的死亡，並被送去做健康檢查，醫師發現小女孩營養不良且有多處家暴傷痕。她被安排要於固定時間與一位心理輔導醫師會診，治療主要集中在處理小女孩對母親死亡的哀痛。那位心理輔導醫師事後表示，小女孩的表達能力很強，能夠清楚說出內心的傷痛。儘管小女孩經歷了太多令人憐惜，不過萬幸的是，她的祖父母已從埃斯比約（Esbjerg）趕過來接她回家，兩位老人家十分樂意撫養她，但若想要拿到小女孩的監護權，還需要再等等。蘇林一直保護小女孩和她的祖父母不受媒體打擾，他們三人對最近轟動一時的栗子人完全不感興趣。

蘇林十分不贊同媒體如此神化凶手。她很確定凶手就是想引起群眾恐慌，現在媒體如此操作，顯然正中凶手下懷。但警方的鑑識結果和審訊仍沒有突破性發展，更是難以挽回這潰敗的局面。建茲和屬下日夜不眠地工作，也還是沒有結果。他們追查了尼可拉吉．默勒所收到的簡訊的來源，無果；也沒人目擊潔西．魁恩被跟蹤，在城市規劃住宅區和那天在購物中心都是，即使警方兩次仔細查看監視錄影畫面，也沒任何發現。就像勞拉．克約爾和安妮．塞傑爾拉森的案子一樣，凶手彷彿人間蒸發毫無蹤影。

驗屍報告顯示，潔西．魁恩的死亡時間大約是凌晨一點二十分；截肢凶器與前兩位死者相同，而潔西．魁恩遭到截肢時應該還活著，至少兩手被砍時是如此。被塞在死者口中的栗子人，上面的指紋也應該是克莉絲汀．哈同的。現在大家也有共識，舉報三位死者的匿名信是出自同一人之手。但議會和幾位社工提供不了任何實質幫助，三封電子信件的發送路徑錯綜複雜，都經過好幾台伺服器的轉發，所以無法追蹤到發信人。調查陷入僵局，尼藍德從議會告密系統所收到的匿名信中，挑選了幾位被舉報的婦女，並安排專人保護，同時也宣布重案組進入非常時期。

警局裡的氛圍深受打擊，士氣低落。馬汀．理克斯或許不是警局裡最耀眼的存在，但進入重案組六年來，只偶爾幾天不在，他就已像警局大門上的那顆金星，成為必不可缺的一份子。同時，大部分同事這才驚訝地發現他已經訂婚了。昨天中午，警局為他默哀了一分鐘，但那一分鐘的哀悼並不寂靜。同事們在痛哭後，調查工作更是如火如荼展開，這是有警察在執勤殉職後都會產生的現象。

對赫斯和蘇林來說，最令他們不解的，是凶手如何突破他們的防線得逞。他們在城市規劃住宅區布下天羅地網，卻被凶手察覺。蘇林不知凶手究竟是如何得知，但事情就是發生了。凶手隨後追殺到公租花園，而唯一的可能，就是凶手知道潔西・魁恩和女兒在夏天曾在那裡待過一個星期，於是推測她們很可能藏在那裡。尼可拉吉・默勒收到的簡訊是凶手在行凶前傳送出去的，準確的時間是半夜十二點三十七分，手機是預付卡，最可怕的是，簡訊是從花園傳送出去的。凶手預謀誘使那位不忠的丈夫去到城市規劃住宅區、撲進警察的天羅地網，蘇林由此推測，凶手這麼一番操作是為了打擊警察的士氣，嘲笑警察的愚蠢，就像他在殺害勞拉・克約爾後，傳了一封簡訊到死者手機中。所有的疑問使案情更加撲朔迷離，增添了調查的難度，而最後昨晚他們終於和尼藍德爆發了衝突。

「你究竟在怕什麼？我們為什麼不能約談蘿莎・哈同？」

赫斯再一次強調，這三起凶殺案必定與蘿莎・哈同和她女兒的案子有關。

「三個栗子人身上的三枚指紋，這已經是明擺著的事實了。三起凶殺案與克莉絲汀・哈同案絕對有關，必須同時調查。凶手不會罷手，三位死者，先是被砍掉一隻手，再來兩隻，最後是兩隻手和一隻腳。凶手接下來在預謀什麼還不明顯嗎！蘿莎・哈同要不就是案情關鍵點，要不就是下一個目標！」

但尼藍德仍然無動於衷，堅稱部長已被約談過一次，她已經受夠了。

「受夠了什麼？現在還有比破案更重要的事？」

「赫斯，冷靜下來。」

「我只是想問清楚而已。」

「根據情報部門的報告，過去兩個星期以來，部長接連被人騷擾和恐嚇。」

「什麼？」

「你不認為我們應該知道此事嗎？」蘇林插話進來。

「不。這跟凶殺案無關！情報顯示，她最近一次遭受騷擾是在十月十二日星期一，有人在她座車的引擎蓋上塗字恐嚇，而同一個時間，凶手正忙著攻擊安妮．塞傑爾拉森。」

會議在激烈的爭論中結束，赫斯和尼藍德都氣得甩手走人，蘇林無奈地看著重案組內的意見分歧，擔心這將使得偵查進度陷入膠著。

蘇林此刻走上了有遮蔽物的人行道，終於免受淋雨之苦，繼續朝盡頭的37C走去。那扇門的兩側堆著油漆、亮光漆和清潔液，其中還有一台笨重的機器，蘇林推測那應該是地板磨光機。她不耐地敲了門，但如她所預料的，沒人應門。

「妳是他打電話請來處理地板的嗎？」

蘇林看著剛出現在走廊上的矮個子巴基斯坦人，一個棕眼小男孩跟在他身邊。男子穿著亮橘色雨衣，但從他拿著的手套和垃圾袋來看，他應該正在清理大樓的落葉。

「沒事，只要妳夠專業就行了。那個人笨手笨腳的，卻自以為是建築師巴布，但他才不是。妳知道《建築師巴布》這部動畫卡通嗎？」

「知道……」

「幸好他打算賣掉公寓，這裡不適合他。但他如果想成功售出，就必須把公寓裝修得更好一些。我的意思是，我不介意幫他的牆壁和天花板上油漆，那個人連鏟子和油漆刷都分不清，但我不會幫他打磨地板，不過也不希望他自己亂搞。」

「我也沒打算亂搞他的地板。」蘇林說完亮出警徽，想打發掉這名巴基斯坦男子，但男子堅守崗位，看著她又一次敲門。

「所以妳不是來幫他打磨地板的？那我白高興一場了。」

「對，我不是。那你知道建築師巴布在不在家？」

「自己看吧，他從來不鎖門的。」

巴基斯坦男子將蘇林擠到一邊去，輕輕推了一下油漆未乾的大門。

「這也是個問題。這裡沒人不鎖門的。我跟他說了好多次，但他說自己沒東西可偷，不要緊——阿拉真主啊！」

巴基斯坦男子話說到一半愣住了，蘇林很能理解他的震驚。屋內滿是濃濃的油漆味，真的沒什麼可看的。被報紙覆蓋的地板上只有一張桌子、幾張椅子、一盒香菸、一支手機，還有一些外帶餐盒，以及幾把刷子和油漆桶。顯然赫斯待在這屋裡的時間很少。蘇林不知怎地聯想到，赫斯在海牙的公寓或其他住處，很可能也是如此家徒四壁。但真正令他們目瞪口呆的，是牆壁。

牆上到處都是一張張撕下來的小紙片、照片和剪報，其中一面壁紙上還寫了好多字。這些資料和字體像一張糾結的大蜘蛛網，散布在兩面剛油漆過的牆壁上，一條條顯目的紅線繞來繞去、連結數塊資料群，並做有記號。這些顯然是從角落裡的勞拉．克約爾案開始，擴張到隨後的兩起凶殺案，包括馬汀．理克斯。除了那些紅筆畫出來的線，還畫著幾個栗子人、人名和犯罪現罪的地名，不是用照片標示就是用紅筆直接寫在牆上。牆上的小紙片，有皺巴巴的收據及從披薩盒上撕下的碎紙，但顯然用完了。底下是一張蘿莎．哈同的剪報，以及她復職的日期，另一條紅線則將這張照片連接到勞拉．克約爾案，而從這裡開始，大量的紅線連接到數不清的資料群，再到另一個分離的縱列，此縱列標注著「克里斯蒂安堡宮殿：恐嚇、騷擾、情報單位」。最頂部的，是一張從舊報紙剪下的克莉絲汀．哈同十二歲照片，旁邊用筆畫了一個分格，格子裡寫著大大粗體字的「利呂斯．貝克爾」，附近的牆面上也寫了很多筆記，但大部分的字跡都難以辨識。赫斯必定是用了地板上的小梯子，才勉強搆到那麼高去寫字。

蘇林瞪著這龐大複雜的蜘蛛網，不知該說什麼。赫斯昨晚離去時，似乎將自己與外界隔離起來，整個人一聲不吭。蘇林今早聯絡不到他時，真不知道他是怎麼回事。不過從這兩面牆看來，他並沒有放棄調查，反倒有放手一搏的架勢。也許他一開始只是想整理思路而已，但後來卻一發不可收拾。即便是天才解密人或諾貝爾獎的數學家，也解讀不了這看似中邪或精神病患者所創造出來的蛛網。

身旁的矮個子男人看著牆壁，用巴基斯坦語爆出一連串咒罵，而就算赫斯這時突然從門口冒出來，也沒堵住他的口。赫斯此刻氣喘吁吁，全身都濕透，只穿著T恤、短褲和運動鞋。他的呼吸和身體向外冒著白色蒸氣。蘇林沒想到他的肌肉是如此結實健壯，但他整個人看起來並不太好。

「你腦子是怎麼想的？我們才剛刷好油漆！」

「我會重新上漆的。你也說了，需要上兩次漆。」

蘇林看著赫斯，他左手撐在門框上，另一手拿著一個捲起來的塑膠檔案袋。

「已經上過兩次漆了，現在要上第三層了！」

棕眼小男孩等得不耐煩，開始鬧起來，巴基斯坦男子只好先離開。蘇林瞥了赫斯一眼，才開口說話。

「我在車上等你。尼藍德找我們開會，我們一個小時後，在蘿莎．哈同的辦公室跟她會談。」

80

「我是不是打擾到你們了？」

提姆．傑生站在門口，兩眼黑眼圈明顯，眼神疏離，尼藍德聞到了濃濃的酒臭味。

「沒有，進來。」

傑生背後的重案組組員正忙碌著，在前天的哀悼會後，尼藍德已婉拒他繼續留在凶殺案調查組的要求，所以他現在很閒。赫斯和蘇林剛才走出辦公室時，傑生並沒回應他們的招呼，只是直視前方，彷彿沒聽見他們，如此看來，邀請他進來談一下似乎比較妥當。

剛剛與蘇林和赫斯的面談，尼藍德沒浪費時間，他們一走進辦公室時，他就開口交代。今早，他和社會事務部聯絡，蘿莎．哈同部長透過個人顧問腓特烈．沃戈表示，她十分樂意就自己所知道的提供一切協助。

「但因為部長不是嫌疑人，沒必要接受警方審訊，所以這次的見面不是約談，而是會談。這點，我們先講清楚。」

尼藍德一聽就猜到了七、八成，沃戈其實不贊成此事，並建議部長拒絕警方的「會談」，所以應該是部長本人堅持要協助警方的。儘管洩密事件發生，儘管尼藍德越來越看不順眼赫斯，仍還是將他留了下來。

「這表示你同意重啟克莉絲汀．哈同失蹤案的調查？」

尼藍德沒忽視掉赫斯說的是「克莉絲汀．哈同失蹤」，而非「克莉絲汀．哈同死亡」。

「不是。這不是我們現在要討論的。如果你打算繼續糾結這點，我歡迎你調頭回到城市規劃住宅區，挨家挨戶按門鈴訪查。」

昨晚將近深夜時分，尼藍德尚且打算再一次延後約談蘿莎・哈同，但現在重案組的壓力實在大得快承受不住。公租花園迎接他的那一幕，簡直是噩夢一場，理克斯之死更激起許多下屬的同仇敵愾，紛紛誓言要破案。人命就是人命，殺害一位警察跟殺害任何一人都是罪大惡極，不應該有區別。但凶手殘忍地從後方偷襲那位三十九歲的探員，並割斷他的頸動脈，如此凶殘的手段，深深震撼了所有宣誓效忠警職的人。

早上七點，尼藍德就被召到警局開緊急會議，並被要求報告最新的調查進度。基本上，向長官匯報此案已上升到高度警戒狀態，並已分頭派出各個調查小組，一切布局完善是輕而易舉的事，儘管他完全沒提起克莉絲汀・哈同，但她的案子在整個匯報過程一直陰魂不散。長官們似乎就在等著他報告完畢，然後直擊此次會議的核心重點：栗子人身上那些要命的指紋。

「事態發展至今，難道就沒有懷疑過克莉絲汀・哈同案的結果？」

副局長質疑得十分委婉，但這個問題本身就是一種羞辱，至少尼藍德是這麼看的。他進退兩難，不知該如何回答，但所有眼睛都盯著他瞧。會議室裡的長官沒有一個站在他的立場為他著想，這個問題就像是中東布滿地雷的軍需品供應線路，處處是陷阱，但尼藍德必須回答。就克莉絲汀・哈同案本身來看，沒有任何線索顯示此案有問題。當初的調查徹底且仔細，所有的可能性都已被確認，而且證據都上呈法院了，凶手也認罪並且判刑入獄。

另一方面，三起凶殺案，三個栗子人身上的三枚輕微模糊的指紋，的確比對出來是屬於克莉絲汀・哈同，但這條線索暗含的意義太多。它可能是凶手作案後的簽名，是在暗諷部長和社會福利機構，如此看來，應該安排貼身保鑣來保護部長。而且栗子人身上的指紋，很可能是克莉絲汀・哈同生前在小攤子上留下的。太多的疑點懸而不定、無法證實，但明擺著的一項事實是：沒有任何線索指明女孩仍然活著。為了堵住上司的嘴，尼藍德表示這或許是凶手在故弄玄虛，所以身為專家的他們，應該將精力和時間聚焦於事實上。

「但據我所知，你手下的探員並非全都與你看法一致。」

「那你的消息來源有問題。或許真的有人想像力太過豐富，但這很正常，更何況這個人並未參與去年那場鋪天蓋地的偵查行動。」

「你們究竟說的是誰？」一位資深警力督察員問。

尼藍德的副手恭敬地回答，是馬克・赫斯，因為停職調查，被歐洲刑警組織暫時遣返回來的協調官。尼藍德察覺到長官們的臉色變得難看，他們必定也認同這個在歐洲刑警組織搞砸的人當然不值得一提，他以為這個話題會就此結束，但副局長有意見了。副局長說他對赫斯印象深刻，十分清楚那個人不是傻子。赫斯是有些特立獨行，但他曾是重案組裡的菁英探員之一。

「但我聽到你說，他那個人總是抓錯重點。不過知道這點倒使人放心，尤其是在聽到司法部長不到一個小時前透過廣播的發言，他再次否定重啟克莉絲汀・哈同案的必要性。另一方面，我們現在有四起凶殺案和一個殺警凶犯要追緝，眼下最重要的，就是行動。若只是在這裡自我懷疑，而錯過了一些線索的調查，那不就是自亂陣腳？」

尼藍德否絕了所有的質疑，但疑念懸宕在閱兵大樓這張紅木桌上，久久不散。幸好，他夠機靈，隨即補上自己將在當天派遣探員前去二次約談蘿莎・哈同部長一事，再次確認她和她的職員是否有與凶手相關的資訊。

尼藍德最後昂首闊步地離開了閱兵大樓，沒人看出他內心深處的憂慮：也許他們在哈同案真的出了紕漏。

但他思索了無數遍，仍然看不出哪裡出了問題。同時，他也擔憂若是案子再沒有突破性發展，他將與晉升或其他的政府官職說再見。

「你必須讓我回到這個案子的調查。」

「傑生，我們已經談過了。你不會回到這個案子，回家去吧，休息一個星期。」

「我不回家，我要協助破案。」

「不行，我知道理克斯和你的交情有多深。」

尼藍德請他坐下，但提姆．傑生只是站在原地，兩眼盯著窗外的中庭。

「現在的案子進展得如何？」

「很麻煩。一有進展，我會讓你知道。」

「所以他們媽的仍然主導著調查？赫斯和那個賤人？」

「傑生，回家。你醉了，回家睡覺去。」

「都是赫斯的錯。你清楚的，對吧？」

「理克斯的死與其他人無關，是凶手的錯。核准此次行動的人，是我，不是赫斯，你想找人出氣就找我。」

「如果不是赫斯，理克斯就不會擅自離開那棟小屋。是赫斯逼他的。」

「我沒聽懂你的意思。」

傑生沒有立刻回答。

「我們忙了三個星期，幾乎沒睡覺……我們用盡全力，終於找到證據，也讓凶手認罪……現在這個混帳從海牙空降過來，四處散播謠言，說我們失職瀆職……」

傑生一字一字慢慢地說著，眼神飄渺。

「但你們沒有，你們破案了，並沒有失職瀆職，對吧？」

傑生還是沒有回應，而此時他的手機響起，連忙走開去接電話。尼藍德看著他離去，突然十分期望赫斯和蘇林造訪部長一行能有收穫。

18

社會事務部挑高的會議室中，行政人員抱來一盒又一盒的檔案箱，放到中央的白色橢圓形會議桌上。「你們要的文件數量會很龐大。有什麼需要跟我說，」幕僚長臨走之前又補上一句，「祝好運。」

那些檔案箱浸浴在陽光中，粉塵微粒懸浮於空氣，而窗外的烏雲再次密合，陽光消失，室內的光源只剩下燈具大師保爾．漢寧森（Poul Henningsen）的檯燈。探員們拿出了盒子裡的文件夾，赫斯卻被這似曾相識的感覺震懾住。不過幾天前，他就在另一個會議室裡翻閱一大疊的文件，現在凶手似乎又將他推入另一場被文件淹沒的噩夢中。赫斯數著檔案箱裡的文件夾數量，越數越覺得自己必須採取完全不同的策略，打破原有模式，不按牌理出牌。但他不知道該怎麼做。

於是他將希望放在與蘿莎．哈同的會談上。部長的個人顧問沃戈率先出來和他們寒暄，並強調這是場會談，而非約談，然後三人一起進入了部長的辦公室。儘管他們針對三位死者一個個介紹和探討，部長最終仍無奈表示完全不認識她們。赫斯看得出來部長十分努力地回想，自己是否曾遇過這些受害者或她們的家人，但事實就是沒有。赫斯甚至必須強壓下對她的憐憫。部長是個美麗且聰慧的女人，赫斯才與她接觸不久，就看出她因喪女之痛而形容憔悴。她的眼睛像受到驚嚇的動物一樣迷茫且脆弱，在她翻閱那些照片和文件資料時，赫斯注意到她的手在發抖，止都止不住。

但赫斯仍保持冷靜簡潔的語氣，他確定蘿莎．哈同就是破案的關鍵。三位受害者有幾個共通點：她們的孩子都被投訴遭受家暴，凶手都匿名舉報她們的孩子應該被政府接管，也全都遭到社工誤判，最後都未介入干涉。凶手在行凶後都留下了沾有蘿莎．哈同女兒指紋的栗子人，如此看來，凶手很可能在指控她，故意將她牽扯進來。所以這幾起案子對部長來說，必定存在了某些意義。

「我實在看不出有什麼意義。很抱歉，但我什麼都不知道。」

「最近不是有人恐嚇妳？我知道妳收到一封惡意電子信件，還有人在妳的座車上寫『凶手』。妳知道有誰會這麼做嗎？或是又為了什麼？」

「情報人員也問過我同樣的問題，但我想不出有誰……」

赫斯小心地避免將恐嚇與凶殺案連接在一起，因為部長座車遭到塗鴉的同時，凶手正在殺害安妮．塞傑爾拉森，因此這兩件事是分別獨立的案子。除非有兩個人共謀，但目前並無任何證據顯示這點。蘇林不耐煩起來。

「但事出必有因，妳一定知道對方為什麼恐嚇妳？當然不是所有選區的人都支持妳，妳一定清楚自己是否做了什麼，引發他人的報復？」

蘇林咄咄逼人，顧問沃戈提出抗議，但蘿莎．哈同堅持繼續會談。部長十分樂意配合他們辦案，只是不知道該怎麼做。她向來很重視兒童福祉，若是孩童遭到家暴，她總是提議政府介入並接管孩子的照養權；這正是她要求議會比照市政府設置告密系統的原因。兒童福祉是她施政的重點之一，她一當選部長，便督促議會在這方面要更加積極主動。後來在日德蘭的某幾個議會出了幾件非常令人不快的疏忽照料案，更顯示出加強兒童保護的必要性，但她加強力道、如火如荼展開改革時，自然會得罪許多人，尤其是議會裡的職員和遭到關注的家庭。

「會不會是有人認為妳只會說大話，讓孩子失望了？」蘇林追問下去。

「不可能，我無法想像。」

「怎麼會？坐在部長這個位子很容易分身乏術——」

「因為我不是那種人。雖然與妳無關，但我自己就是在領養家庭裡長大的孩子，所以知道那是什麼樣的滋味，而且我不會讓孩子失望。」

蘿莎・哈同糾正蘇林時，眼神慍怒。赫斯是很高興蘇林的追問，但也突然明白了哈同為何受到人民愛戴。部長不是個容易的工作，但幾年下來，她仍然率真誠懇，這是所有官員在攝影機鏡頭前努力想假裝出來的，而她則是出自真心。

「那栗子人呢？妳想得到為什麼有人會用栗子人或栗子來對付妳？」

凶手的簽名十分不尋常，若哈同真是破案關鍵，赫斯希望能從她身上找到一些蛛絲馬跡。

「沒有，抱歉。只有克莉絲汀會在秋天擺攤賣栗子人，她和瑪蒂兒德會坐在餐桌前……這我已經跟你們說過了。」

部長極力忍住淚水，沃戈見狀連忙喊停，但蘇林反駁尚有一些疑點需要部長協助：在部長的建議下，更多的孩子被議會接管，蘇林和赫斯想看看她任期中的這些案子。凶手很可能牽扯其中，所以迫切想報復她，以及她所代表的告密系統。蘿莎・哈同對此點頭應允，沃戈便領命走出去找幕僚長安排此事。赫斯和蘇林起身向蘿莎・哈同道謝，部長卻突然問了一個問題。

「在結束之前，我想知道我女兒是否還有活著的可能性。」

赫斯和蘇林都不知該說什麼。這是個很正常的問題，但他們兩人都沒有準備。最終是赫斯回答的。

「妳女兒的案子已經結案了。有人認罪，也已被判刑。」

「但那些指紋……出現了三次？」

「如果這個凶手因為某些個人原因憎恨妳，那麼讓妳和妳的家人產生這樣的幻想，將是報復妳最狠最痛快的手段。」

「但你們不能肯定。你們不能肯定是否真是如此。」

「我說了——」

「我願意配合你們，我什麼都願意做，但你們要找到她。」

「我們不能答應妳，我說了……」

蘿莎．哈同不再說話，只是用水亮的眼睛看著他們，直到恢復冷靜，沃戈上前來到她身邊。接著，赫斯和蘇林來到了會議室，尼藍德飛快地派來十個探員，協助他們過濾那些歷史文件資料。

蘇林又抱著另一個箱子進來，並將箱子放到桌上。

「還有一箱，我會在隔壁用筆電瀏覽文件。我們開始吧！」

剛取得許可與蘿莎．哈同會談時的樂觀，已然消散。他們又一次坐下來，翻閱成堆的檔案文件。大量的紙頁充斥著觸目心驚的童年、受創的心靈、議會的介入和失誤；也許凶手就是想用這些事件向警方和官員宣戰。赫斯知道自己現在實在是睡眠不足，思緒亂竄，很難集中注意力。桌子上的文件夾裡，是否包含了也受過傷害的凶手？這似乎很合邏輯，但這是凶手的邏輯嗎？凶手必定預料到他們會來調閱這些歷史資料，但為何要冒險引他們過來，在這些資料裡找到他呢？為什麼做栗子人？為什麼砍掉死者的手和腳？為什麼憎恨的是孩子的母親，而非父親？克莉絲汀．哈同在哪裡？

赫斯確認那個塑膠夾仍然在暗袋裡後，隨即邁步朝房門走去。

「蘇林，我們走。跟妳的同事說，有任何發現打電話通知我們。」

「為什麼？我們要去哪裡？」

「回到最初。」赫斯消失在門口，根本沒回頭確認蘇林是否跟上。他在出去的路上瞥見了腓特烈．沃戈，對方朝他點頭致意，隨即關上了部長辦公室的門。

82

「我們為什麼要討論哈同案？尼藍德說了，這幾個案子沒有關係。」

「不知道。如果又是拿開山刀解肢死豬，我就要退出，但你可以問他。」

蘇林站在建茲的對面，下巴朝正在關門的赫斯悻悻然地一揚。他們三人正在建茲的實驗室裡，赫斯不希望有人聽到他們的談話。他們兩人從部長辦公室出來後，便穿過市中心直奔建茲所在的無生氣白色大樓和它的玻璃籠。在路途中，赫斯要求蘇林打電話確認建茲有在實驗室，他自己則完全專注在另一通電話交談中。建茲聽起來十分開心蘇林打電話過來，但蘇林告訴他，是赫斯有事找他談，建茲的聲音明顯有些失落。蘇林滿心期盼建茲忙得沒時間見他們，但建茲正好有個會議臨時取消，所以空出了一些時間。蘇林此刻真是懊悔自己為什麼要跟來。他們就站在辦公桌旁邊，當初建茲就是在這裡向他們展示克莉絲汀．哈同的第一枚指紋，那彷彿很久以前的事了。後方，一支電焊和許多的設備器材覆蓋在一個暖氣輸出口上，蘇林一看就知道建茲正在軟化塑膠，以測試它的彈性，不過現在，建茲那和藹可親又小心翼翼的目光，鎖定在正朝他們走來的赫斯身上。

「因為我相信哈同案與我們手上的凶殺案有關。但哈同案發生時，我和蘇林都沒有參與當時的調查，所以我需要協助，而你是我唯一信得過的人。不過如果你擔心惹禍上身就直接說，我們馬上離開。」

建茲聞言一笑。「聽你這麼說，我就好奇了。只要不是讓我再分屍另一隻死豬就好。說吧，什麼事？」

「我想知道定罪利呂斯．貝克爾的證據。」

「我就知道。」

才剛坐下的蘇林聞言站了起來，但赫斯抓住她的手。

「妳先聽我說。目前為止，我們的一舉一動全在凶手的預料之中，我們一直按照他的預期行動，這樣行不通的，所以必須找到捷徑，先繞到前頭截殺他。也許糾纏舊案的結果只是浪費時間，但我們就試一次，然後我就閉嘴不再發表意見，包括哈同案一事。」

赫斯放開了她的手。蘇林愣了一會兒，才坐回椅子中。她知道建茲看到了赫斯握住她的手，不知為何她尷尬得居然沒直接甩掉。赫斯翻開一個厚厚的文件夾。

「去年十月十八日下午，克莉絲汀．哈同練習手球完後，在回家的路上失蹤。很快地，有人報案，幾個小時後，她的自行車和書包在樹林裡被找到，從此調查如火如荼展開。警方搜尋了三個星期，但她彷彿消失在空氣中。然後有人匿名舉報，要警察派人去這個叫利呂斯．貝克爾的人的家裡搜查。利呂斯．貝克爾，二十三歲，住在比斯佩比約格區，一棟樓房的一樓公寓。目前為止，這些都正確嗎？」

「沒錯。搜屋時我在現場，結果證明了告密屬實。」

赫斯沒有多作評論，繼續翻弄文件。「警方去了利呂斯．貝克爾家，就克莉絲汀．哈同一事問話，然後如你所說的搜尋屋內。這個男人嫌疑很大，沒工作、沒上學、沒朋友，獨居，整天坐在電腦前，靠著玩線上撲克牌賺錢維生。更重要的是，他十八歲時，因在凡諾斯（Vanløse）擅闖民宅性侵一對母女而被判服刑三年。貝克爾也因幾起妨害風化的輕罪，在當地醫院接受心理治療，但他從一開始就否認涉嫌克莉絲汀．哈同案。」

「他還說自己已恢復正常。我們當然檢查了他的筆電，準確的說是數位鑑識人員。」

「沒錯。就我所知，你們發現利呂斯．貝克爾居然是世界一流的駭客。他花了好幾年的時間，不間斷地自學成精。諷刺的是，他對電腦的興趣居然是在監獄裡的資訊科技課程中被激發的，警方發現至少有長達六個月的時間，他入侵警局數位資料庫的犯罪現場圖檔，觀賞被害人的屍體照片。」

蘇林一直保持沉默以節省時間，但聽到這裡不得不插嘴糾正赫斯。

「嚴格來說，他不是入侵。他從其中一台電腦截取了登入文件檔，然後登入系統。因為系統老舊、安全性不足，他才能重複送出文件檔而騙過電腦。這是系統多年未更新的弊病。」

「好，無論如何，貝克爾獲取了過去數年上百張的犯罪現場照片，發現的當時也必定震撼了警界。」

「何止震撼，簡直就是核彈級的爆炸。」建茲插話進來。「那傢伙獲取了除我們以外，外人不可能獲取的資料。他的用戶數據也顯示他獲取了最殘暴的幾件凶殺案資料。」

「我的理解也是如此，大都是女性因性而遭到殺害的案子。其中，他最愛的是光裸及肢體殘缺不全的屍體，不過他也會進到兒童凶殺檔案，尤其是女童受害者。貝克爾坦承他看那些照片會有暴力衝動，而且很興奮。但他依舊堅稱沒碰克莉絲汀．哈同一根汗毛，當時也沒有證據顯示他有。以上都正確嗎？」

「正確。直到我們分析了他的一雙鞋。」

「跟我說說那雙鞋。」

「這個的話就簡單多了。我們檢驗了公寓裡的所有東西，包括他放在衣櫥裡報紙上的一雙白色舊運動鞋。我們分析了鞋底的泥土，顯示百分之百符合克莉絲汀．哈同自行車和書包上被發現的樹林泥土。這點無庸置疑。而這時，他想當然地就開始說謊了。」

「你是指他回答去那片樹林的時間？」

「正是。就我所理解，他說犯罪現場會吸引他過去參觀，就像檔案庫裡的那些照片一樣，他一看到克莉絲汀・哈同的新聞，就開車去了那片樹林。我記得他說，他和其他圍觀者一起站在封鎖線外，並且感到性興奮。這只是我自己記得的，如果你想確認，就要去問提姆・傑生或其他探員。」

「我等等會繞回來討論這點。但是那個人仍堅持自己沒殺害克莉絲汀・哈同。他解釋不清楚自己的行為，並承認他會突然昏厥，這是他精神診斷書上的一個症狀，但他仍然否認殺人，即使在你們發現那把沾有女孩血跡的開山刀後也是。那把開山刀，是在車庫裡他車子旁的櫃子上發現的。」

赫斯翻閱文件夾，找到他要找的內容。

「直到傑生和理克斯審訊他時，亮出那把凶器的照片，他才招認。這段紀錄大致上都正確嗎？」

「我不知道審訊過程發生了什麼，但基本上是正確的。」

「好，那我們現在可以走了嗎？」蘇林不客氣地盯著赫斯。「我看不出你的重點在哪裡。這些與我們的案子根本他媽的無關。貝克爾這個人就是腦子有問題，幹嘛浪費時間在他身上，我們還有另一個凶手逍遙法外。」

「我並沒說利呂斯・貝克爾是個正常人，我只是相信他說的都是實話，直到他突然招認的那天。」

「喔，拜託。」

「你的意思是……？」

建茲的好奇心完全被激發出來了，赫斯輕敲著文件夾。

「那一年，在哈同案發生前，利呂斯・貝克爾因妨害風化兩次被捕。第一次是在歐登塞（Odense）的一間學生宿舍後院，那裡幾年前發生一名年輕女子遭男友先姦後殺。第二次是在阿邁厄公有地（Amager Common）上，十年前，一位女子在那裡被計程車司機殺害，棄屍在灌木叢裡。貝克爾被人看見在這兩個久遠前的犯罪現場手淫，被捕後判了輕刑。」

「這解開了你的疑點？」

「不是。這只是告訴我們，利呂斯．貝克爾很可能一聽到新聞，就決定去克莉絲汀．哈同失蹤的地點瞧瞧。一般人不會做這種荒誕的事，但對有這方面癖好的人來說，就很合理。」

「對，但重點是他沒直說，真正無辜的人就會。他是等到我們分析了他的運動鞋才坦承的。」

「我不認為這很奇怪。他也許一開始妄想你們不會發現鞋底的泥土，畢竟已經過了三個星期。我沒見過利呂斯．貝克爾，但我猜他想賭一把，所以沒招供自己有去參觀犯罪現場的強烈慾望。但因為泥土分析結果出來，他也就只好坦白了。」

蘇林站起來。「我們在繞圈子。我看不出來幹嘛突然要假設一個被定罪的精神病人，在絕望中編出來的藉口是實話。我要回部長那裡去了。」

「因為利呂斯．貝克爾確實去了那片樹林，就在他招供的那個時間。」

赫斯從暗袋裡抽出一個塑膠文件夾，再從中拿出一疊皺皺的影印文件。蘇林注意到那個文件夾就是赫斯早上跑步回來、站在公寓門口時，手上拿著的文件夾。

「皇家圖書館的數位資料庫裡，保存了所有報導文章和照片，在那晚樹林裡拍的犯罪現場照片中，我發現了這一張。最上面那張照片告訴我們，這張照片是女孩失蹤隔天早報報導的一部分，其他的是特寫鏡頭。」

蘇林看著那一疊的複印資料。最上面那張，是她之前看過的照片。那張照片幾乎已成為一個符號了，它是一比一的複印，來自她所記得關於該案最初的幾份報導。照片畫面陰森可怕，讓觀者直覺產生一種事關重大的印象。背景是一群聚集在封鎖線外的記者、攝影師和好奇的圍觀者，蘇林正要開口抗議這是在浪費時間，但說時遲那時快，就在下一張複印中，她看見了他。照片的像素顆粒很大，給人一種怪誕的感覺。這張放大了某一塊區域的群眾臉孔，蘇林立刻看出是鎖封線外的人群。在人群的最後方約第三、四排之中，幾乎被其他人遮住的那張臉，正是利呂斯・貝克爾。因為圖像放大的關係，他的雙眼很像兩個模糊的黑洞，但五官和稀疏的淺色頭髮清晰可辨。

「問題來了，他怎麼可能站在那裡，同時又像他後來招供的，開著車載克莉絲汀・哈同的屍體往北移動，尋找埋屍地點？」

「我的老天……」

建茲拿過蘇林手中的那疊複印資料，而蘇林還處在震驚中，說不出話來。

「你之前為什麼一個字都沒提？為什麼不告訴尼藍德？」

「我必須反覆跟拍照的攝影師確認，這張照片的拍攝時間正是那天晚上。我也是剛才在過來的路上才接到那位攝影師的再三確認。我也想在告訴尼藍德前先跟妳討論。」

「但這仍然無法說明貝克爾是無辜的。理論上，他可以殺了克莉絲汀・哈同，將屍體藏在車上，再開車回到樹林裡觀看警方的查案，然後開車往北而去。」

「的確，從以前的案子看來，確實有人這麼做過。但我說了，如果他真的把屍體分屍，那把開山刀上應該要有骨頭的碎塊，但什麼都沒有。所以問題在於——」

「但利呂斯・貝克爾既然沒殺人，他為什麼認罪？這說不通啊。」

「有很多種原因，我覺得我們要親自詢問本人。坦白說，我個人認為殺害克莉絲汀・哈同的凶手，與我們現在追緝的，是同一個人。如果運氣好的話，利呂斯・貝克爾可以幫我們解開這個謎團。」

83

前往斯勞厄爾瑟（Slagelse）的路程大約一百公里，GPS計算出的所需時間大約一小時十五分鐘。但蘇林轉彎朝格倫寧根（Grønningen）附近的舊集市，也就是精神監禁病房的所在地駛去時，還用不到一個小時的時間。

能逃出城市邊界，觀賞秋天的大地，看著紅、黃、棕相間的森林掠過眼前，真是一大快事。很快的，色彩繽紛的秋天即將退位，換上灰濛濛的秋日。蘇林努力地想專心享受美麗風光，但心裡仍然惦記著在鑑識部的談話。

赫斯的推測不斷延伸擴大，他們兩個和建茲一起顛覆了原有的想法。假設在克莉絲汀．哈同案上，利呂斯．貝克爾真是無辜的，那就表示有人設計將查案矛頭引向他。而利呂斯．貝克爾又是個再合適不過的代罪羔羊，有性侵前科、精神病問題，一旦他成為焦點，自然而然會帶走警方的高度關注。但凶手——這裡指的不是貝克爾——必定從很早以前就著手策劃這一切，他也許有特定的理由，故意製造克莉絲汀．哈同死亡埋屍的假象。而那通舉發利呂斯．貝克爾、引導警方破案的匿名電話，現在則是疑點重重。

赫斯先是詢問建茲案子的偵辦過程，最後問到了那通將調查方向指往貝克爾的關鍵舉報。建茲當下衝到鍵盤前，調閱該案的數位鑑識報告。那通匿名電話是通過有線電話撥打進來，時間是星期一一大早，但不是打給112緊急報案電話，所以未被自動錄音。奇怪的是，那通電話是直撥進尼藍德的行政管理辦公室。這件事本身並不奇怪，因為當時尼藍德頻繁出現在媒體報導中，有人向他告密很正常。

那通電話的源頭是一支使用預付卡的手機，所以追蹤不到舉報人的身分。這個人從此銷聲匿跡。根據記者報導，接到電話的祕書只記得對方是一名「說丹麥語的男子」，告密人簡潔俐落地建議警方去調查利呂斯．貝克爾，搜查他的住處並尋找哈同案的線索。對方接著又重複一次利呂斯．貝克爾的姓名，隨即掛斷電話。

於是赫斯要求建茲，再一次盡可能快速瀏覽哈同案的所有鑑識報告。當時偵查鎖定在貝克爾身上後，其他似乎不相關的線索全被拋諸腦後，而這些線索現在正是赫斯最感興趣的。建茲當然需要時間，但他十分願意配合。不過，他仍然開口問了，如果有人發現他在翻閱哈同案的物證和痕量證據的鑑識報告，他該如何回答。

「直接回答是我要求你的，免得你惹麻煩上身。」

蘇林不知該說什麼。眼前的案情發展無疑是尼藍德所不樂見的，若他們被發現，很可能影響她調去國際網路犯罪中心的機會。但她無法說服自己打電話向尼藍德打小報告，反倒是聯絡了在部長辦公室裡搜尋蘿莎．哈同潛在敵人的同僚探員。但她得到的回覆是尚無結果，只是大部分的案子都對政府的介入十分反感。所以赫斯提議他們去找利呂斯．貝克爾談話，試一試也許會有收穫，她同意了。赫斯隨即致電給關押貝克爾的監禁病房。貝克爾的主治醫師正在開會，赫斯向其副手說明了他們的來意，並告知已經上路，不到一小時就會抵達。

「妳一起去沒問題嗎？如果覺得會受到連累，妳不需要去的。」

「沒事。」

蘇林仍然不相信這次的訪談會有用。利呂斯．貝克爾的認罪口供似乎都是實話，他殺人後，仍然有可能出現在樹林的封鎖線外。蘇林所認識的提姆．傑生或者馬汀．理克斯，的確會罔顧法律、刑訊逼供，但無論如何，利呂斯．貝克爾是有許多機會翻供的。他為什麼沒有翻供？他聲稱自己會暫時性昏厥，但他記得的記憶碎片已足夠拼湊出事件的來龍去脈。他更同意配合警方重建犯罪經過：當天下午，他開車四處亂逛，看到了那個揹著運動背包的女孩；當晚，他霍然發現自己和一具屍體處在北方的一座森林中。他描述了性侵的經過，最後勒斃了女孩，隨後不知所措地載著屍體四處打轉。他在庭審時，甚至當場向女孩的父母道歉。

這整個過程都真實無誤，任何的懷疑都顯得不切實際。這是蘇林將車停在監禁病房大門外時，最後的想法。

84

最近才完工的監禁病房，座落於精神病院附近的一處正方形地皮上，四面全被兩道六公尺高的厚牆包圍，兩道厚牆之間還有一道深溝。唯一的入口在南方，那裡是毗連著停車場的監控大門所在。蘇林和赫斯來到厚重大門邊上的半球形攝影機和擴音機前。

蘇林不像赫斯，她從未來過這棟監禁病房，不過倒是聽說過。這裡是丹麥最大的法醫精神病機構，是重刑罪犯的家。囚禁在這裡的三十多位犯人，全都在特殊法令下被定罪；這類法令是法官針對罕見案子中，有證據支持、對他人具有持續危險性的個人為判決基準，又因這類人的危險性被裁決是肇因於心理精神疾病，於是被送到監禁精神病機構，一個結合精神病病房和最高度戒備監獄的地方，刑期不定。在這裡，被稱做「病患」的犯人，包括了殺人凶手、戀童癖患者、連續強姦犯和縱火犯，其中一些屬於沉痾頑疾級別，將終生監禁，永無出獄之日。

電動大門打開了，蘇林跟著赫斯進入一座類似空車庫的建築裡，一位警衛坐在防彈玻璃後方迎接他們，在他的後頭，還有另一位警衛坐在一整牆的監視螢幕前。蘇林在警衛要求下，繳交出手機、腰帶和鞋帶；按照她和赫斯的身分，也必須交出手槍。但最棘手的是交出手機，如此蘇林就沒有機會與她在部長那裡的同事聯絡，這是她始料未及的。一具掃瞄器掃過她全身，她不用再接受搜身，接著便與赫斯在車庫中等待另一扇大門打開。他們通過一扇大門，等這扇大門完全閉闔後，另一扇才打開，兩人如此這般地通過了一扇扇門，最後那扇厚實的電動鐵門滑開時，一位健壯的男護理師已等在那裡，他的名牌上寫著「漢森」（Hansen）。

「歡迎，請跟我來。」

他們經過一條條明亮的走廊，飽覽一座美麗的庭園，這裡給人的第一個印象彷彿一座現代訓練中心，直到發現大部分的家具陳設全被栓緊固定在地板或牆壁上。四處都是鑰匙互擊的聲音，他們繼續通過幾扇的連鎖系統大門（一般的普通監獄也是同樣系統），深入了機構內部，開始瞥見一些病患坐在沙發上。有的在打乒乓球，鬍鬚未刮，形容邋遢，有些顯然是在藥效中，表情和動作皆顯遲鈍，其他大部分則是穿著拖鞋四處閒逛。蘇林看見的病患都是一臉的悲傷和淒涼，與外面一般療養院裡的病患並無區別，但蘇林認出幾張面孔是在媒體報導上看過的，只是蒼老了許多，呆滯了許多。蘇林知道他們的潛意識裡，仍舊保有人性和良心道德。

「你們這樣打斷我的工作讓我很困擾，怎麼沒事先預約？」

精神病會診醫師威藍德（Weiland）十分不悅。雖然赫斯向他的副手解釋過他們的來意，但現在又得再覆述一遍了。

「實在抱歉，但我們有事必須找他談談。」

「利呂斯．貝克爾正在進步中。他接受不了死亡和暴力新聞的刺激，這些事件尤其會加重他的病情。他也是被禁止觀看新聞報導的病患之一，每天只能看一個小時的自然科學節目。」

「我們只是想問一些他之前提到過的往事，這十分重要。如果你不允許，我就去向法院申請傳票，但有人會因為你的拖延時間而喪命。」

蘇林看著醫師微露驚詫，他猶豫了一下，這才不情願地退讓。

「等著。只要他同意，我沒意見，不過我不會強迫他的。」

一會兒後，醫師回來了，他對漢森點了點頭，並告知他們利呂斯·貝克爾同意了，然後就消失離開。漢森目送他離去，接著開始提點他們這裡的安檢規則。

「無論如何，不能有肢體接觸。只要貝克爾出現一絲絲的激動或焦慮，就立刻拉探訪室裡的警報拉繩。我們會趕到房門外以防事態惡化，但希望這種事不會發生。明白了嗎？」

85

探訪室大約五公尺長、三公尺寬，厚實的強化玻璃使得鐵窗柵欄毫無用武之地，得以一覽無遺外面綠草如茵的庭園和那面六公尺高的厚牆。四張堅固的塑膠椅被精密地安置在一張小桌四周，間距相同，而且都被固定在地板上。利呂斯．貝克爾此刻已坐在一張椅子上，等著赫斯和蘇林進來。

他出乎意料地矮，大約一百六十幾公分高，是個幾乎禿頭的年輕人。孩子氣的臉龐，配上強壯的體格，有點像體操選手，再加上那白T恤和灰色運動褲就更像了。

「我可以坐到窗戶邊嗎？我喜歡坐在窗戶邊。」

貝克爾說著起身，站在原地像個緊張的小男生看著他們。

「當然可以，由你決定。」

赫斯先自我介紹，再介紹蘇林，蘇林注意到赫斯費力地表現得友善且真誠。赫斯最後向貝克爾道謝，感謝貝克爾抽空接受他們的訪問，然後結束了開場白。

「沒關係，我多的是時間。」

貝克爾面無表情淡然地回答，但兩眼不安地眨了眨。蘇林在年輕人對面的椅子坐下，赫斯開始說明他們前來探訪，是因為需要他的協助。

「但我真的不知道屍體在哪裡。真的很抱歉，但除了我告訴警察的，其他的我都不記得了。」

「這你不用擔心。我們想問的是其他事情。」

「你們兩個也參與了那個案子的調查？我不記得你們。」

貝克爾似乎有些害怕，像個老實人，不時地眨眼，模樣很無辜。他坐得直挺挺的，焦慮地挑著指甲周圍的死皮，那裡已經被他拔得又紅又粗糙。

「沒有，我們沒參與那個案子。」

赫斯開始了他們事先編好的謊言。他亮出他的歐洲刑警組織警徽，說明他是駐海牙的犯罪分析側寫師。側寫師負責分析個人的性格和行為，例如利呂斯．貝克爾，以協助偵破相似案件。赫斯目前是被派遣來丹麥協助丹麥同事，包括蘇林，成立一個同性質的部門。他們挑選具有代表性的罪犯進行訪談，以了解訪談者一步步跨過法律邊界犯案的模式，並希望貝克爾願意配合。

「但沒人通知我你們要來。」

「是的，申請手續出了紕漏。本應該提早通知你的，好讓你有個心理準備，但似乎中間溝通不良，造成了誤會。你現在完全可以喊停，除非你願意，我們才會繼續下去。」

貝克爾看著窗外，又開始拔指甲縫裡的死皮，蘇林以為他會拒絕。

「我願意。這很重要，我可以幫助到別人，對不對？」

「是，沒錯。謝謝你的熱心幫忙。」

接下來，赫斯開始核對利呂斯．貝克爾的個人資料。年齡、居住地、家庭狀況、學歷、右撇子、就醫歷史。全是無害、無關緊要，而且他們已知答案的提問，這些都只為了建立信任感，讓貝克爾感到安全。蘇林不禁承認赫斯的確擅長此道，原本擔心穿幫的她，現在只覺得自己先前杞人憂天。但如此的鋪陳需要時間，她感覺他們好像坐在颱風眼中，外面早已狂風大作，而他們還在這裡胡說八道。終於，赫斯將話題帶到了行凶的前一天。

「你說你那天的記憶很模糊，只記得零碎片段。」

「對，我會暫時性昏厥。這個病讓我頭暈，而且那時我有兩天沒睡覺了，我花太多時間瀏覽警局資料庫裡的照片。」

「我們來談談你是如何開始瀏覽警局資料庫的。」

「那有點像是我童年的夢想，也許這麼說有點不妥。我的意思，我會有一些衝動……」

貝克爾頓了一下，蘇林猜想他經歷了一年多的治療，他的病態殘忍和對死亡的執迷都大大降低了。

「……從犯罪紀錄片中，我知道警方會拍下犯罪現場的照片，但不知道警方會將照片保存在哪裡。直到我進入了鑑識部門的伺服器，剩下的，就簡單多了。」

這點，蘇林能作證。那套系統安全性不足，唯一的防衛就是假設沒人會入侵數據資料庫，去觀賞受害者和犯罪現場的照片，直到利呂斯．貝克爾破除障礙，成功入侵。

「你有告訴任何人你入侵了警局的資料庫嗎？」

「沒，我知道那是違法的，但……就像我說的……」

「那些照片對你造成了什麼影響？」

「我真的認為那些照片……對我有益，能幫助我克制……衝動。但現在，我明白了它們不能，而且會讓我興奮，讓我滿腦子只能想一件事。我記得我會很渴望新鮮空氣，然後就開車去兜風。但那之後，我就記不得任何事了。」

貝克爾愧疚的眼神瞥向蘇林，儘管他看起來像孩子般天真單純，蘇林還是起了雞皮疙瘩。

「你周遭親近的人知道你會暫時性昏厥嗎？你有告訴任何人自己有這個症狀嗎？」

「沒有，那個時候我不太願意見人。我都在家，如果出門，也是去看那些現場。」

「什麼現場？」

「犯罪現場，新的、舊的都看，例如歐登塞和阿邁厄公有地，我就在這兩個地方被逮的。但其他地點也都會去。」

「你在那些地點也會暫時性昏厥嗎？」

「也許吧，我不記得了，這就是暫時性昏厥的症狀。」

「凶案發生那天，你記得多少？」

「不多。這很難說，因為我的記憶會跟後來發生的事混淆在一起。」

「舉例來說，你記得你是否有跟蹤克莉絲汀・哈同進入那片樹林嗎？」

「不完全記得，但我的確記得那片樹林。」

「但如果你不記得她，你如何知道自己就是攻擊她、殺了她的人？」

貝克爾吃了一驚，似乎很震撼，似乎他早就接受了自己就是殺人犯的事實。

「因為……是他們告訴我的。他們協助我想起其他事情。」

「誰？」

「審訊我的警察。他們找到一些東西，我鞋底的泥土，還有那把開山刀上面的血跡，說是我用來……」

「但你那時仍然說你沒攻擊殺人。就你自己的記憶中，你記得那把開山刀嗎？」

「不記得，一開始不記得。但後來發生的事情都指向那個方向。」

「那把開山刀被發現時，最初你說你從未見過它，是別人放的，就放在你車庫裡車子旁的架子上。你是在後來的審訊才招認，說那把刀是你的。」

「對，沒錯。但醫師說那是病症造成的錯亂。如果你有妄想型思覺失調，你會現實和想像錯亂。」

「所以你想不出來是誰把刀放在那裡的，如果它真是被別人放在那裡的？」

「但不是……是我，是我把它放在那裡的。我好像沒辦法清楚回答這些問題……」

利呂斯．貝克爾不確定地望了那扇門一眼，但赫斯傾身向前，直視他的眼睛。

「利呂斯，你做得很好。我需要知道，那段時間裡有沒有人跟你很親近。有沒有了解和支持你的人？你有沒有向任何人聊心事？有沒有偶遇什麼人，或者網路通信？」

「沒有。我不明白你想要什麼樣的答案。我想回我的房間了。」

「別緊張，利呂斯。如果你協助我，我想我們能搞清楚那天究竟發生了什麼事，以及克莉絲汀．哈同究竟出了什麼事。」

貝克爾已經動身要站起來了，聞言後懷疑地直盯著赫斯。

「你真這麼想？」

「對，我就是這麼想的。只要你告訴我，你曾跟哪些人聯繫。」

赫斯看著利呂斯．貝克爾，眼神極其真摯。貝克爾被看得有些羞怯，一臉的天真無辜，彷彿被赫斯說服了，但下一刻，他卻放聲狂笑。

利呂斯．貝克爾狂笑不止，蘇林和赫斯驚訝地盯著眼前這個笑得收不住的矮個子。等他再開口說話時，彷彿拆下面具換了個人似地，態度不再緊張不安。

「你真正想知道什麼，幹嘛不直接問呢？別再鬼扯了，說重點。」

「你什麼意思？」

「你什麼意思？」

貝克爾模仿赫斯的語氣，翻白眼，譏笑一聲。

「你很想要知道，如果我沒傷人殺人，為什麼還要招認呢？」

蘇林瞪著利呂斯．貝克爾，他的轉變太驚人。這個人十足是個瘋子，赤裸裸地發狂張揚，蘇林好想叫來他的精神醫師，讓他親眼看看所謂的「貝克爾的進步」。赫斯保持鎮定不動。

「好，那你為什麼認罪？」

「滾！他們付你薪水，所以你才要找出原因。他們真的把你從歐洲刑警組織拖回來，就為了要套出我的心裡話？還是，你剛才亮出的警徽是厚紙板做的？」

「利呂斯，我聽不懂你在說什麼。但如果你真的沒傷害克莉絲汀．哈同，現在說出來還不算太遲，我們可以協助你平反。」

「但我不需要你們的協助。假設這裡仍然是個講求法治的國家，那我很可能聖誕節前後就能回家了。又或者，我只需要等到栗子人完成收割的那一天。」

蘇林聞言像是被鐵鎚敲了一下。赫斯也是，他像根石柱般僵坐在那裡。貝克爾全都看在眼裡，他輕蔑地笑笑。蘇林想努力恢復正常，但黑夜彷彿突然降臨在這個房間裡。

「栗子人……？」

「對，栗子人，你來這裡找我的真正原因。可愛的小漢森，就是那個魁梧的傢伙，他忘記公共休息室的平板電視有文字廣播系統。雖然每一行只有三十八個字，但我們還是能接收到外界的訊息。你們怎麼現在才來啊？是不是大BOSS不希望你們搗亂，攪毀他功績彪炳的案子啊？」

「你對這個栗子人有怎樣的了解？」

「栗子人，進來了。栗子人……」

貝克爾嘲諷地哼著。赫斯失去耐心了。

「我在問你，你知道什麼。」

「太遲了。他超前你們太遠了，所以你們才來求我。因為他要得你們團團轉，因為你們束手無策。」

「你知道他是誰？」

「我知道他是什麼。他是大神，他收攏我成為計畫的一部分，不然我才不會認罪。」

「告訴我們他是誰，利呂斯。」

「告訴我們他是誰，利呂斯。」

利呂斯．貝克爾又一次模仿赫斯的語氣。

「那個女孩呢？」

「那個女孩呢？」

「你知道什麼？她在哪裡？她怎麼了！」

「這重要嗎？她一定玩得……」

利呂斯．貝克爾看著他們的無辜目光，轉換成淫穢的眼神。蘇林還來不及抓住撲過去的赫斯，但貝克爾早有準備，當下扯動警報拉繩。警鈴大作，鐵門立即滑開，虎背熊腰的男人衝了進來。利呂斯．貝克爾此刻又變回畏畏縮縮的小男孩，一臉驚慌失措的模樣。

86

大門緩緩滑開，但赫斯等不了，直接側身鑽了過去，蘇林則在後面的防彈玻璃櫃檯拿回他們的物品。她看著赫斯硬擠了出門，逕自朝停車場走去。她跟著走到外頭，潮濕的寒風帶來一份清新，她深呼吸了幾口，想趕走利呂斯·貝克爾所帶來的惡氣。

他們被人毫不客氣地趕了出來。在探訪室時，威藍德醫師要求他們給他一個解釋。貝克爾一臉驚恐焦慮的模樣，一直躲他們遠遠的，彷彿遭到什麼暴力對待，心理受創且可憐兮兮的。他說赫斯「用力抓住他不放」，問「一些關於死亡和殺人的奇怪問題」，而那個醫師相信了。赫斯和蘇林都沒想到要錄音，當然就算想到也錄不了，畢竟他們的手機都被收走，所以當下只能啞口無言。跑這一趟真是場災難，她一邊穿過停車場一邊聆聽語音留言，心情更加沉重。他們在裡面時手機響了七次，她一聽完第一通留言，連忙拔腿在雨中朝車子奔去。

「我們要趕快回到部長辦公室。他們找到一些案子，需要我們看看。」

蘇林來到車邊解鎖開門，但赫斯站在雨中不動。「部長那裡的案子不重要，凶手誤導我們去找那些案子，所以他根本不會牽涉其中。你沒聽到貝克爾說的話嗎？」

「我只聽到一個神經病胡說八道，然後你就抓狂了，就這樣。」

蘇林坐進車中，將赫斯的槍和物品扔到副駕駛座上。她看了看儀錶板上的時鐘，知道天黑前是趕不回去了，只能再請樂的外公幫忙照顧樂。赫斯一腳跨進車裡，蘇林發動引擎，他又突然轉身站到車外。

「貝克爾知道我們會來，他從認罪的當下，就等著這一刻的到來。他知道我們在找的凶手是誰。」

赫斯說著關上車門。

「不對，他知道個什麼鬼。利呂斯．貝克爾是個變態強暴犯，他只是讀到一點電視新聞廣播內容。他在煽動我們，樂呵呵地耍得我們團團轉，而你不只上鈎，還把釣魚線和鉛錘都吞下去。你究竟在想什麼？」

「他知道是誰綁走了克莉絲汀．哈同。」

「見鬼了，就是他綁走克莉絲汀．哈同。全世界都知道那個女孩已死，被埋起來了，只有你還在莫名其妙。如果他沒涉案，他幹嘛招認？」

「因為他突然明白凶手是誰，而他腦子有病，認為這個凶手正在進行一個宏偉的陰謀，所以甘願當這個人的代罪羔羊。這個凶手必定是他佩服的人，他對凶手寄託了很高的期望。但是，利呂斯．貝克爾會將希望寄託在誰身上……」

「根本沒有這個人存在好嗎？這個凶手是瘋子，只對死亡和摧殘感興趣。」

「沒錯。這個人一定在死亡和摧殘方面手段高明，而貝克爾在那些犯罪現場照片中，想必看出了什麼端倪。」

蘇林慢慢消化著赫斯的推論。她猛地急踩剎車，差點就撞上大雨中從主路駛過的大卡車。接著，一長排的汽車跟隨著卡車車尾噴起的水霧急馳而過，帶起一陣狂風，蘇林感覺到赫斯正盯著她瞧。

「抱歉，我剛才太激動了。但如果利呂斯．貝克爾在說謊，就表示沒人知道克莉絲汀．哈同究竟出了什麼事，更沒人知道她是否死了。」

蘇林沒回應，又一次踩下油門加速，並拿起手機打電話。她雖然生氣，但赫斯的話有道理。電話響了一陣子，但最後建茲還是接了起來。訊號不太清楚，似乎建茲也在一輛車裡。

「嘿，為什麼我聯絡不到你們？和貝克爾談得如何了？」

「我就是因為這個才打電話給你。你能查出貝克爾碰過的犯罪現場照片嗎，他駭入的照片？」

建茲似乎吃了一驚。

「應該可以，但要試試看。怎麼了？」

「晚點再跟你解釋，我們需要知道哪種照片是貝克爾最感興趣的。一定可以追蹤到他的最愛。給我們一張清單，列出他點擊最多次的照片。如果他有下載照片的話，也列出來，或許能從中找到關鍵線索，所以要盡快。千萬別讓尼藍德察覺，好嗎？」

「好。我一回到辦公室，會立刻去找數位鑑識人員。但要不要等我們確認傑生是否是對的？」

「傑生？」

「他沒打電話給妳？」

蘇林感到一絲不安。打從那天早上他們離開尼藍德的辦公室，和他匆匆擦身而過之後，她都快忘記傑生這個人了。那天的他看起來行屍走肉，疏離且封閉。當時看到尼藍德請他進辦公室談談，蘇林放心許多，希望尼藍德會命令他回家休息一段時間。但現在聽起來，事情並未如她所願。

「傑生找我做什麼？」

「是關於席德哈芬（Sydhavnen）的一個地址。我剛才在警用頻道上聽他在求援，因為他有預感嫌犯就在裡面。」

「嫌犯？什麼嫌犯？傑生根本不負責這個案子。」

「喔，對。但他自己好像不知道，而且正打算突擊那個他認為是凶手藏身的住址。」

87

提姆・傑生坐在警車前座，檢查彈匣裡的子彈，然後咔嚓一聲將它卡回手槍裡。至少還要十分鐘援兵才會抵達，但這不是問題。他根本沒打算等他們，殺害理克斯的凶手就在屋裡，他要第一個揪住那混蛋並訊問他。若真的出事了，反正有人知道他在哪裡，事後被長官質問時，就說他是迫不得已的，來不及等到援兵。

他開門下車，陰冷的風吹拂著他的臉。這個位於席德哈芬的舊工業區是個大雜燴，有高高的倉庫、新建的私人貯藏室、廢料場和少量的民居。風沙和垃圾在風中翻飛，街上沒有來往的車輛，他朝著那棟建築物大步走去。

那棟臨街的建築物只有兩層樓，很像一棟普通的樓房，但走近一看，破破爛爛的牆上掛著一塊舊招牌，顯示它曾經是座屠宰場。大門旁的窗戶從內側以一塊黑色物體遮住，導致從外面看不到屋內的情況，於是傑生走下走道，進入院子裡。距離前面路邊房子的不遠處，有一棟大大的矩形建築物，那裡必定就是屠宰區，一段段的平台沿著建築物長邊延展過去，平台上方各有一扇寬大的大門，顯然是用來上貨卸貨的。再過去則是一座花園，圍籬已然傾塌，裡面有三、四棵果樹，看起來好像被風吹倒了。傑生轉身面向前面那棟建築，發現了一扇後門，沒有招牌，但門前有一張墊子，以及一盆枯萎的雪杉盆栽。

他抬手敲門，另一隻手則彈開外套口袋裡的手槍保險。

自從馬汀・理克斯死後，傑生就像遊魂一樣恍恍惚惚。這股恍惚，在目睹搭檔沒了生氣的屍體那一刻開始，便立即籠罩著他。理克斯就那樣躺在救護車閃爍的燈光中，四周充斥著警犬的吠叫聲，牠們激動地嗅聞著公租花園的每處角落和縫隙。從城市規劃住宅區趕過去的路上，他想都沒想到，會猛然看到這最不可思議的一幕。一開始，他不認為那具蒼白的屍體竟會是他的搭檔。死亡帶走了理克斯的魂魄，他變得跟掉落在腳邊的槍套一樣，了無生氣。好幾個小時後，傑生仍期望著搭檔會突然爬起來，大罵大家丟下他一人在石子路上那麼久，但事與願違。

他們兩人的搭伙是出於偶然，但此刻傑生回想起來，他們幾乎是見面第一天開始就十分合拍。理克斯的性格和作風，都在他能接受的範圍內。儘管不夠聰明機靈，事實上，也是個話不多的人，但只要得到他的信任，他會為你赴湯蹈火、兩肋插刀。再者，理克斯因為童年經歷，對所有人事物都抱持高度懷疑，傑生很快就了解此人的潛力無窮，可以善加利用。如果他是頭，那麼理克斯就是身體；他們形成一種默契，對上司和律師充滿敵意，因為這兩種人他媽的一點都不了解警察的工作。在兩人聯手下，他們送了好多人進監獄，包括飆車族、巴基斯坦人、打老婆的、強姦犯和殺人犯，照理說應該能一路加薪、領勛章直到退休那天，但現實世界並非如此運作。這個世界的幸運，分配得並不公平。他們除了抱怨還是抱怨，只好自己為自己慶功，在酒吧或夜店裡喝得酩酊大醉，或去外奧斯特布羅的那家小妓院搖擺一番。

但現在這一切都結束了。理克斯得到的回報，就只是名字被刻在警局紀念牆上，成為眾多殉職者之一。傑生向來不是多愁善感的人，但昨天早上他來上班、穿過圓柱中庭時，這個為理克斯感到不值的想法才突然冒出來，令他更是忿恨不平。出事後，他在家裡待了兩天。理克斯遇害當晚，他因太過震驚，除了通知理克斯的未婚妻，什麼也做不了；凌晨時分，他的妻子醒來，發現他呆坐在黑暗的前廳裡。隔天，他的家人去參加生日派對，他則待在兒子的房間，組裝新買的 Ikea 書架。但說明書寫得太複雜難懂，大約十點半開始他就一杯接著一杯喝白酒。等到下午妻兒回來後，他東倒西歪地走到後花園的小棚屋，換上了伏特加和紅牛提神飲料。後來酒醒了，他猛然意識到自己必須盡快回到工作崗位上。

星期一，是他回警局上班的第一天。警局裡，大家忙東忙西，十分熱鬧，而且個個幹勁十足，同事們也都懷著同情對他點頭致意。尼藍德想當然地拒絕他再回到這個案子中，所以他暗中召集了幾個同事到更衣間，要他們一得到關於凶手的線索，就要立刻通知他。其中有人同意他的想法，也認為赫斯和蘇林並不勝任，但也有人不贊同。不過最重要的是，向媒體告密的肯定是他們兩人之一，很可能就是赫斯，這個人一直在質疑哈同案，實在羞辱人，現在又害得理克斯遇害。

遺憾的是，早上同事被派遣到部長辦公室時，案情仍然膠著。傑生當天的任務無關緊要，所以他開車到格雷沃（Greve）郊區，路上買了半打啤酒，喝了一些後，才朝那棟位於地鐵站附近的一棟小公寓走去，敲下理克斯家的門。他的女朋友哭得滿臉是淚。他被請進屋，才正端起一杯茶要喝，部長辦公室的一位探員就打電話過來。他們找到一些可能性很高的案子，那些人有充分的理由憎恨政府、官僚體系和社會事務部，反正就是怨天怨地。傑生聆聽同僚描述這些案子，發現其中一個的動機明顯高出其他案子。在確定赫斯和蘇林尚未被通知後，他立即掛斷電話，並向理克斯的女朋友告辭，開車直奔席德哈芬的這個地址。

「是誰？」門後一個人問。

「警察！開門！」

傑生不耐煩地猛敲，另一手握著口袋裡的槍。門打開了，一個人蹙著眉頭焦慮地瞥著他。傑生壓下心裡的詫異。怎麼是一個老太太？他還聞到菸味和食物壞掉的腐臭味。

「我要找貝芮笛．史坎斯（Benedikte Skans）和阿斯格．內高（Asger Neergaard）。」

這兩個名字是同事給他的，但老太太搖搖頭。

「他們不住這兒了，半年前搬走了。」

「搬走了？搬去哪裡？」

「不知道，他們沒說。怎麼了嗎？」

「妳一個人住在這裡，是嗎？」

「對。但我不記得我說過你可以這樣質問我。」

傑生遲疑了，這真是出乎他意料之外。老太太咳了幾聲，把羊毛衫拉得更緊以保暖。

「有什麼我可以幫忙的？」

「算了。抱歉打擾了，再見。」

「再見，再見。」

傑生離開了，老太太把門關上。傑生這下不知該怎麼辦。老太太的回答讓他猝不及防。正當他要轉身回到溫暖的車上，打電話聯絡那位部長辦公室的同事時，他的目光意外停留在二樓的一扇窗戶上。他凝神一瞧，意識到自己正盯著那串懸掛在天花板的旋轉掛鈴，是那種會掛在嬰兒床上方的小鳥掛鈴。他立刻明白，若真如老太太所說，貝芮笛．史坎斯和阿斯格．內高已經搬走，那串掛鈴就不應該出現在那裡。

他又回頭去敲門，這次敲得更猛。老太太終於開了門，他立刻推開老太太闖了進去，拔出手槍。老太太大聲抗議，但傑生逕自穿過狹窄的通道進入廚房，然後是客廳，原來這裡以前曾是個店面。空的，他接著朝樓梯走去，但老太太擋在樓梯口。

「走開！」

「上面沒東西！你不能——」

「閉嘴，走開！」

他撞開老太太、跑上樓梯，老太太繼續憤怒地唸叨著。他舉槍就位，手指扣著扳機，撞開一扇又一扇的門。前兩扇門是臥室，但最後一個是間育嬰房。

旋轉掛鈴平靜地掛在嬰兒床上方，但房間裡沒有人，傑生以為自己搞錯了。隨即，他注意到門後的那面牆，立刻就知道自己破了殺死馬汀．理克斯的案子。

88

夜色降臨，通常此時所有的車都已離開席德哈芬，留下空蕩蕩的街道。但今天不是。在那棟曾是哥本哈根最重要的屠宰場外，在那搖搖欲墜的樓房外頭，眾多警察和拿著裝備箱的鑑識人員分散在大街上。車子在街上停成了一列縱隊，刺眼的探照燈從臨街的每一扇窗戶中射出。赫斯聽到二樓那位在嬰兒房裡接受訊問的老太太時不時傳來哭泣聲，四周還有人急促地下達指令、腳步聲和對講機傳來斷斷續續的通話，但最吸引他注意的，是蘇林和傑生在門邊的對話。

「但你會來這裡，是誰洩露消息給你的？」

「誰說有人洩露消息給我？我只是開車出來兜風。」

「那你為什麼不打電話？」

「打給妳和赫斯？打給你們幹嘛？」

赫斯邊聽邊看著一張照片。那張照片粗估應是兩年前拍攝的。相框玻璃上滿是灰塵，但與黑色邊框十分吻合，做工不錯，就躺在白色嬰兒床中的枕頭上。枕頭旁有一個奶嘴和一綹細細的白髮。照片裡的年輕媽媽站在早產兒保溫箱旁，抱著被包在毯子裡的小嬰兒，對著鏡頭微笑。她笑得很勉強，一臉剛分娩後的疲倦和無力，再加上她仍然穿著皺巴巴的病人服，赫斯推測照片應該是剛生完孩子後拍的。女人的眼睛裡沒有笑意，卻透著脆弱和茫然，彷彿她並未準備好成為懷裡孩子的媽媽。

照片內的貝芮笛．史坎斯，無疑就是他和蘇林去里格斯醫院兒科，找胡賽因．馬吉德詢問兩個孩子病歷時，所看見的那位漂亮且嚴肅的護理師。儘管那位護理師相較於照片裡的她，頭髮長了，面容老了，笑容沒了，但百分之百就是她。赫斯努力解開這之間的關聯。

自從他和蘇林離開監禁病房後，與利呂斯．貝克爾的對談宛如惡性腫瘤般，在他心裡不斷滋長壯大。他所有的精力和注意力，原本都集中在透過貝克爾所入侵的犯罪現場照片來追緝凶手，但後來連續得到的消息，卻令他必須分神、立刻採取行動。先是建茲的告知，再來是部長辦公室的一位探員，因收到傑生的請求支援而趕往席德哈芬。不用想也知道，部長辦公室的探員中必定有人向傑生洩密，但相較於突擊貝芮笛．史坎斯和其男友的住處，那些細節和咎責都不重要了。

「進展如何？」

尼藍德終於趕到，傑生立刻鬆了一大口氣。

「租屋合同上的租屋人是貝芮笛．史坎斯，二十八歲，里格斯醫院護理師。一年半前，哥本哈根議會帶走了她和男友的孩子。孩子被送到寄養家庭，貝芮笛．史坎斯採取法律途徑要回孩子。她也找了記者，指控社會事務部部長鼓勵議會強行帶走孩子，一手促成骨肉分離的悲劇。」

「蘿莎．哈同。」

「是的。媒體當然照單全收，不過後來發現議會有十足的理由帶走孩子，此事就被遺忘了。但貝芮笛．史坎斯和男友並未就此罷休，因為不久後，孩子死了。史坎斯被送入精神病房，直到今天春天才被放出來。她重回工作崗位，與男友搬來這裡，但從那面牆看來，這對男女並未釋懷。」

赫斯忙著瀏覽那面牆，沒去注意他們在說什麼。部長辦公室的一位探員帶了這案子的複本給他們，所以他已知道大概的來龍去脈。貝芮笛．史坎斯年少時期在汀吉格（Tingbjerg）的日子根本是一團糟，夜生活不斷，也沒完成一家服裝精品店的訓練期；直到二十一歲，她申請到哥本哈根一家護理學校的入學許可。她以高分完成了學業，也差不是這個時候她認識了男友阿斯格．內高，男友是她在汀吉格高中的學長。那時的內高是名軍人，服務於斯勞厄爾瑟（Slagelse）的兵營，後來被派遣到阿富汗，兩人在這棟破舊的屠宰場安了家。史坎斯找到了工作，在里格斯醫院兒科當護理師，此時他們也計劃生兒育女，為人父母。從社工的報告來看，史坎斯懷孕後，出現焦慮症狀和自尊問題。二十六歲時，她生了一個早產兩個月的男嬰，自己更得了產後精神病，而孩子的父親顯然幫不上忙。社工發現這位當時二十八歲的軍人並不成熟，而且內向，甚至會在史坎斯的挑唆刺激下失控、攻擊人。議會盡可能提供各種支援，但半年後，史坎斯的精神狀況更糟，被診斷出躁鬱症。因為議會有好幾個星期聯絡不上這家人，於是報警，警方最後突襲並破門而入。事實證明這個決定是對的。那個躺在嬰兒床裡的七個月大男嬰已陷入昏迷，全身黏答答的，浸泡在排泄物和嘔吐物中，嚴重營養不良。醫師還發現寶寶有慢性氣喘和食物過敏，他父母餵給他的堅果巧克力塊對他是致命的危脅。

儘管這次的介入勉強救回寶寶的性命，卻導致貝芮笛．史坎斯的發狂。社工找她會談了好幾次，她表示是因為政府和警方對待她家人的方式不公，她才會失控，而文件夾裡有一份報告的標題就引用了她的話：**若我是個壞母親，那麼到處都是壞母親**。因為議會並未公開這件兒童疏忽照料案的內幕，所以在媒體面前史坎斯佔有優勢，直到蘿莎．哈同介入插手，提醒媒體和議會為了孩子的福利，應該更嚴格地執行相關法規四十二條，媒體這才閉嘴。後來，在寄養家庭接過男嬰兩個月後，男嬰就因急性肺炎過世。一位社工前去通知史坎斯寶寶的死訊時，史坎斯的反應激動暴烈，而她定期的精神病科門診，變成了在羅斯基勒的聖漢斯醫院（Sankt Hans）的長期留院治療，直到今年春天才出院，並以試用員工的身分重回醫院的護理崗位。

現在回想起來太可怕了，因為從門後那面牆看來，這個年輕女子顯然距離康復還有一大段距離。赫斯一想到這樣的病人居然在兒科當護理師，不禁打了個寒顫。

「我認為是她和男友共謀的，」傑生繼續說。「這兩人覺得受到不公的對待，於是謀劃出這病態的計畫，譏諷部長，讓她變成傻子，暴露告密系統的荒謬，懲罰那些不善待孩子的女人。你也看到這一切眾矢之的是在暗指誰。」

這部分傑生說得沒錯。房間的一側被充當成死去孩兒的陵墓，另一側則是對蘿莎·哈同的病態執迷。從左到右，全是關於蘿莎·哈同女兒失蹤的剪報照片和報導，包括被狗仔隊偷拍、愁容滿面的部長。「分屍掩埋」、「先姦後分屍」等字眼，被貼在蘿莎·哈同的一張照片四周，意欲譏諷她，而照片裡穿著黑色套裝的蘿莎·哈同在告別式中崩潰大哭。其他還有「蘿莎·哈同倒臺」、「傷心過度病倒」等字樣貼在其他類似照片上，不過，剪報的日期突然往前跳到了右面牆上的新報導，是大約三、四個月前的報導，標題為「蘿莎·哈同回來了」。釘在牆上的一張報導中，用筆畫了一個圈括住部長將在十月的第一個星期二回到國會，旁邊則掛了一張A4紙，紙上貼滿了她女兒的自拍照，配字是「歡迎回來。等死吧，賤人。」

然而，真正令人擔心的，是另一系列的照片。這些照片並非來自報紙，而是以底片沖洗出來的，拍攝時間是九月底，在秋天尚未完全來臨前。照片包括各個角度的部長官邸、部長的丈夫、兒子，還有體育館、部長座車和辦公室，以及克里斯蒂安堡宮殿，同時還有大量列印出來的Google地圖，上面全是通往市中心的各種路線。

這些照片和地圖排山倒海而來，摧毀了赫斯離開監禁病房後，如紙牌屋般脆弱的心靈。難道去找利呂斯·貝克爾談話只是多此一舉？他試著重振信心，但令他不安的，並非只有這個問題。顯然還有另一個威脅正在蓄勢待發，需要他們當下的全心戒備，就在他們自以為案情有所突破之際。於是赫斯持續掃視著牆上的剪報、照片和地圖，而同時尼藍德和傑生繼續他們的問答。

「這對男女現在在哪裡？」

「躲起來了，女的幾天前打電話向醫院請了病假，目前也不清楚她男友的下落。我們對這男的所知不多。兩人沒有結婚，所以一切署名都是在貝芮笛．史坎斯的名下，我們已向軍方申請調閱男友的資料。有人通知情報單位我們的發現了嗎？」

「喔，已經通知了，部長現在很安全。樓下那個女人是誰？」

「阿斯格．內高的媽媽，她也住在這裡。她說不知道他們在哪裡，但我們還在問。」

「這對年輕情侶就是我們要找的凶手？」

蘇林搶在傑生之前回答了，這時，赫斯突然注意到牆上的一些小異樣。有幾張紙片落下，落在其他剪報後方被卡住。看來，有一張照片似乎被匆忙扯了下來。

「這個還不能確定。在下結論之前，我們要——」

「這還不夠？還需要什麼？天啊，該有的都在這裡了。」傑生叫嚷。

「是，但這些全是關於蘿莎．哈同，沒有另外三個遇害的女人的資料。如果這對情侶是凶手，就應該有其他三人的蛛絲馬跡，但一張都沒有！」

「但這個女的在醫院兒科病房當護理師，她有機會認識其中兩名死者和她們的孩子，難道這沒關聯？」

「是有關聯，我們當然要拘捕審問他們，但現在你正打草驚蛇，全世界都知道我們在找他們。想抓人哪有那麼簡單！」

赫斯仍然找不到那張被扯下來的照片，耳裡聽到尼藍德的聲音冷冷地插進去。

「在我看來，傑生的行動合情合理，蘇林。還有，利呂斯．貝克爾的精神醫師幾分鐘前好心打電話給我，說妳和赫斯跑去騷擾貝克爾……我記得我說得很清楚，不准你們碰克莉絲汀．哈同的案子。妳現在要解釋嗎？」

赫斯知道該介入為蘇林辯護了，但現在有其他事情更重要，於是他轉向傑生。

「傑生，那個女人在你進屋前，有可能扯掉牆上的東西嗎？」

「你們兩個究竟想從利呂斯．貝克爾身上挖出什麼?!」

背後的爭論持續著，赫斯則在思考，如果他是那個女人，知道警察來了，他會把東西藏在哪裡？他移開牆邊的一個五斗櫃，一張被揉成團的照片掉到地上，他趕緊撿起來鋪平。

照片裡的年輕人，赫斯推測他應該就是阿斯格．內高，模樣挺拔高大，站在一輛車子的旁邊，手裡拿著一串鑰匙。他穿著一套剪裁合身的黑西裝，而那輛在柔和陽光下閃閃發亮的黑轎車，彷彿剛洗過且上了蠟。那套西裝和昂貴的德國車，與背景破舊的屠宰場形成強烈對比。赫斯不明白阿斯格．內高的母親為何只藏這一張照片，但他的目光落在了那輛車上。接著，他衝到牆邊，拿著照片與蘿莎．哈同的座車照片一比對，迷霧散開了，蘿莎．哈同的座車與阿斯格．內高這張的，就是同一輛。但赫斯還來不及說話，建茲就冒了出來，他身上還是往常的白色連身工作服。

「抱歉打斷你們。我們才剛開始搜查後面那棟舊建築，不過已經有所發現，你們應該過去看看。其中一個房間似乎被整理過，而且布置齊全，好像打算把人被關在裡面很長一段時間。」

89

傍晚時分，哥本哈根西南向的E20高速公路塞滿了車。阿斯格猛按喇叭催促外線道前面的車讓道，但那些白痴堅持在雨中小心開車，速度仍舊緩慢，他煩躁地想切入內線道。部長的座車是奧迪A83.0，這是他第一次有機會放縱引擎盡情地運轉。他不在乎引起注意，現在最重要的，是逃亡。事情的發展完全超出他預期，阿斯格知道警察搞清楚他和貝芮笛就是他們的追緝對象，只是時間的問題。

三十五分鐘前，一切都還在掌控中。為了製造不在場證明，他跟在那個小混蛋後面進入網球館，向經理打招呼，那個經理每次都會在練習開始前四處檢查。道別後，他將車開到網球館後方，停在冷杉木之間，接著下車從側門進入。之前跟著男孩進去後，他刻意沒闔上這扇門。當時，球館裡還空蕩蕩的，十分容易溜進更衣間而不被人看見。男孩忙著換衣服，沒發現任何動靜，但就在阿斯格像個戴了手套和面罩的小丑，站在原地拿出三氯甲烷時，他聽到有腳步聲朝這個方向而來。經理進來更衣間，雖然阿斯格已經摘下面罩，但古斯塔夫聞聲轉過來看到他時，依然尷尬無比。倒是經理似乎鬆了一大口氣。

「喔，你在這裡。情報單位剛才打電話給我，要我找到古斯塔夫，因為他們聯絡不到你，但現在你可以自己跟他們說了。」

他把電話遞給阿斯格。哈同的其中一名自大的保鑣，命令他將古斯塔夫載到部長辦公室，因為有緊急狀況發生，警察找到殺人嫌犯藏身在席德哈芬一棟廢棄屠宰場中。阿斯格聞言，喉嚨發乾。然後，他突然反應過來，警察還不知道他就是那個嫌犯。他在電話裡被斥責一番，然後跟著小混蛋離開了球館。經理的目光一路跟著他們，所以他趕緊催促古斯塔夫上車，儘管他現在已經不在乎被人看見與這個小混蛋一起離開。部長辦公室本來就是他計畫中最後要去的地方。

「我們幹嘛走這條路？這不是去我——」

「閉上你的臭嘴，把手機給我。」

坐在後座的男孩嚇得動彈不得。

「把手機給我！聾啦?!」

古斯塔夫順從了，阿斯格將手機從敞開的車窗扔出去，手機哐啷撞在柏油路上。男孩嚇呆了，但他才不在乎，現在只擔心他和貝芮笛該逃去哪裡。之前一切順利，根本沒有逃亡的必要，也就沒準備任何逃亡計畫。阿斯格以為等警察懷疑到他身上時，他們早已遠走高飛了，但事與願違。他滿腦子都是不好的害怕念頭，但他知道貝芮笛會原諒他。計畫失敗又不是他的錯，貝芮笛會理解的，只要他們在一起，一切都會沒事。

阿斯格從望進她那雙黑眸的那一刻開始，就有這種心安的感覺。兩人都就讀汀吉格一所寒酸的高中，他們在一扇拉開綁好的窗簾旁相遇。他比貝芮笛高幾屆，從那次之後他就愛上她了。他們翹課、酗酒、抽菸，躺在外環道路被撞壞的護欄旁青草中咒罵全世界。貝芮笛是他的第一次。但後來他因打架被退學，最後被送進日德蘭南部的少年觀護所，他們的關係不了了之。大約過了十年，他們在克里安尼亞（Christiania）的嬉皮社區不期而遇，當時貝芮笛身邊還有一位護理師朋友，而就在隔天，兩人就已經在討論同居了。

阿斯格最愛貝芮笛的小鳥依人，需要他的保護，但他心裡很清楚貝芮笛比他強大多了。他與軍人生活十分契合，但兩次被調派到阿富汗駕駛偵察車和補給車後，他辭職了，因為他開始出現驚恐症，經常半夜驚醒，滿身大汗並惶恐不安。但貝芮笛會緊緊握著他的手，安撫他，直到下一次症狀再出現。貝芮笛下班回來經常和他聊起病房裡的孩子，某天，她說她想要一個家。阿斯格在她臉上看到了渴望和認真。他們很快在那個舊屠宰場找到房租便宜、空間寬敞的住處（因為沒人想住在那裡），等到貝芮笛懷孕，他們設法讓阿斯格以一個同袍的住址入籍，如此，貝芮笛就有資格申請單親補助。

阿斯格無法理解她分娩後的失常，開始將錯誤歸咎到孩子的身上。當然，成為了爸爸，有個孩子要照顧的確令人驚奇，但他從未和男孩建立起深厚的關係。貝芮笛生產後，他去當搭鷹架工人賺辛苦錢，而在他眼裡，貝芮笛是個好媽媽，絕對好過他自己的媽媽百倍；他媽索求無度，總是連哄帶騙找他要錢去買酒。貝芮笛找了律師、報社和電視台，指控那個愚蠢的婊子蘿莎·哈同，但於事無補，她哭著說記者不願再幫助他們了。男孩因肺炎之類的疾病過世不久後，一切都失控了。貝芮笛暴打了一位社會局的工作人員而被強制移送治療，阿斯格每天下班後，都會開車到羅斯基勒去精神病院看望她。一開始，貝芮笛因藥效的關係面無表情，一位女醫師過來向他說明貝芮笛的治療過程，但那又長又臭的醫學用語聽得他想撞牆。儘管阿斯格看報紙非常地慢，但他開始為貝芮笛讀報章雜誌。回到家，他便拖著疲憊的身軀走進黑夜裡的屠宰場；他孤單又無力，必須喝酒才能睡得著，所以經常喝著喝著就在電視前睡到天亮，直到去年秋天部長的女兒失蹤了，他們兩人的情況才有所改善。

部長失去一個孩子這件事給了貝芮笛很大的安慰，某天下午，他下班去找貝芮笛，貝芮笛已拿出那份報紙放在椅子上，好讓他讀給她聽。那天，這個案子正好破案。案子討論熱度逐漸退燒後，貝芮笛也逐漸有了笑容；等到下雪，醫院後方的湖泊結凍，他們開始了長長的散步。早春時分，正當阿斯格以為這場插曲告一段落時，報紙宣布哈同即將在暑假過後復職，還提到她十分渴望回到工作崗位上。貝芮笛握住阿斯格的手，阿斯格很清楚，只要能握著貝芮笛的手，他就願意為她赴湯蹈火。

貝芮笛一出院，他們立刻著手謀劃。他們的第一個想法是嚇唬哈同，寄匿名電子郵件和簡訊、潛入她家亂砸一通，有機會也可以開車撞她，然後將她扔在路邊。貝芮笛進入哈同的網頁想找電子信箱地址，網頁彈出了一個小廣告，說哈同在應徵新司機，這時他們的計畫才真正具體化。

貝芮笛替阿斯格寫了履歷並寄出去，不久，阿斯格接到電話，通知他去找部長的什麼代理人面試。那些白痴顯然對他和貝芮笛的關係一無所知，也不知他曾聯手媒體指控過部長，這很可能是因為他的戶籍地登記在另一個住址上。面試官十分看重阿斯格的從軍資歷，說他沒有家累，時間又彈性。事後，阿斯格更與一位負責篩選求職者的情報人員閒話家常、套交情。之後，他就被告知錄取了。他和貝芮笛為了慶祝，上哈同女兒的臉書並列印出女孩的自拍照做剪貼，然後寫了封電子信件，作為歡迎部長第一天復職的禮物。

阿斯格上班首日，首次見到活生生的蘿莎．哈同。他前往她位於奧斯特布羅的大豪宅接人，被她的顧問沃戈指揮得團團轉，那個混蛋自負又自大，阿斯格非常想痛扁他一頓。幾天後，他們就用屠宰區找到的老鼠血，在部長公務車上塗鴉。此外，他們還弄了幾次的惡作劇，然而之後卻突然冒出好幾樁怪異的凶殺案，以及沾有神祕指紋的栗子人，蘿莎．哈同自然也捲入其中。他和貝芮笛自然樂見其成，但如今事情大逆轉：蘿莎．哈同的女兒，這個全世界都認為死掉的人，竟然有可能還活著。

這個可能性刺激了他們採取更激烈的報復手段，但蘿莎．哈同被情報人員保護起來，即使阿斯格也接近不了她，於是貝芮笛退而求其次，要求他綁架這個小混蛋。他也接受了她的提議，覺得綁架這個男孩更值得。阿斯格也以為警察會將古斯塔夫綁架案的調查方向指往那個凶手，而現在，他打了方向燈、正駛上匝道準備下高速公路時，不禁覺得好諷刺。現在他和貝芮笛居然成為警察全面緝捕的殺人凶手。

大雨敲打著擋風玻璃，等他將車駛入路邊休息區時，最後的一絲天光也消失了。他看到早上兩人一起去赫爾茲（Hertz）租來的休旅車就停在盡頭處，他故意將車停在二十公尺遠的地方，然後關掉引擎。他拿出置物箱裡的東西，微微轉身對男孩交代。

「你留在後座上等人來找你。留在這裡，懂嗎?!」

男孩驚恐地點點頭。阿斯格下車，關上門，朝在雨中等他的貝芮笛跑去，貝芮笛那身紅色連帽運動衣外只加了件薄背心。

她看起來不太高興。她必定察覺了計畫有變，阿斯格喘著氣向她解釋。

「寶貝，我們現在只有兩個選擇。我們可以逃走，再不然直接到警局，在事情變糟前向警察說明一切。妳認為呢？」

但貝芮笛沒有回應。阿格斯打開休旅車的門、伸手去拔鑰匙時，貝芮笛也沒作聲。她只是站在雨中，沉默且嚴肅地盯著他的後方，沒有微笑，也沒有大笑，她的反常持續太久了。阿斯格不禁回頭一看，才明白貝芮笛盯著的，是那個小混蛋貼在車窗上的焦慮面孔。這時阿斯格知道了，她沒有改變初衷的打算。

90

蘿莎跟著情報人員離開首相辦公室，走下樓梯，並打電話聯絡史汀，但沒聯絡上。她等不及想跟史汀說話，她知道丈夫能了解她內心裡的激動。稍早，這名情報人員打斷她的會議，通知她警察突襲了一棟房子，發現那應該就是凶手的藏身處。一直以來，蘿莎將所有的情緒強行壓抑下來，但史汀讓她明白到，栗子人上克莉絲汀的指紋一定有什麼含意，於是她開始抱著極大的希望。警察這次的發現，可能就是他們一直等待的突破口，但她仍感到焦慮不安。

蘿莎來到通往喬根斯王大道（Prins Jørgens Gård）的大門，這扇大門以往都是首相辦公室的專用出入口，現在已有數名情報人員正等著她。他們護衛並引領她朝一輛黑轎車走去，她上了車，等車子駛到距社會事務部一百公尺遠處，她便下車朝正門走去，這是他們近來執行的安全措施一部分。

蘿莎沒理會等在門邊記者的發問，她進入宮殿，通過安檢系統，發現劉在電梯邊等著跟她一起上樓。自從媒體獲取那則關於克莉絲汀的驚天消息後，記者們無數次設法接近，但她根本沒心思就此事發表談論。一開始，對於史汀著魔般地探查克莉絲汀的小攤子、她的朋友瑪蒂兒德、栗子人偶和栗子動物時，她十分憤怒。她知道史汀在借酒澆愁，知道史汀每天都強撐著做個像樣的一家之主，但事實上，史汀可能比她還脆弱。在前兩起凶殺案發生期間，夫妻倆曾為了栗子人上的指紋爭吵不休，爭辯指紋重不重要、瑪蒂兒德和克莉絲汀是不是在前一年做的栗子人；但後來她才明白過來，無論她說什麼都不重要，史汀根本無法停下。不管是在家或警局，沒人支持史汀的看法，但最後史汀還是說服她了。不是因為他的理由充足，而是因為她相信他，因為她想相信。

過去好幾個月來，行屍走肉的史汀終於恢復生氣，蘿莎曾顫抖地問丈夫，他是否真的相信女兒還活著，史汀點點頭，握住她的手，蘿莎激動得大哭出來。兩人在無性生活六個月後，第一次做愛了，事後，史汀告訴了她自己的計畫。儘管她沒把握自己是否能撐下去，仍然無條件地支持史汀。後來星期五的晚上，史汀在新聞裡宣告，他相信克莉絲汀仍然活著。史汀比照一年前的做法，鼓勵大家提供線索，並要求綁匪放了他女兒。蘿莎勉強和古斯塔夫一起看了他的訪談，盡可能為自己做好心理建設。但古斯塔夫生氣了，他們的兒子無法理解自己的父親，不過蘿莎能理解兒子所感受到的迷茫和反抗。她差點就要反悔了。但當晚稍後，警察通知他們又一個沾有指紋的栗子人在第三位受害人的犯罪現場被找到，這個消息給了他們更多信心，儘管重案組組長和今天訪談她的兩位探員，都表示不應對此抱持希望。

在看了史汀的發言後，善心人士紛紛提供線報，但經過查驗後，沒有一通可用，就連史汀自發性針對克莉絲汀失蹤當天行蹤做的調查，也都無果。週末，史汀重建了克莉絲汀離開體育館後的各種可能路線，希望能找到新線索或人證來解開這個謎團。身為建築師的他，知道從哪裡獲取下水道平面圖、地底隧道和變電站的分布圖，嫌犯很可能利用這些隱蔽場所，讓克莉絲汀迅速消失在眾人視線中。這根本是在大海撈針，但蘿莎見丈夫的認真執著，也被感動了。所以情報人員一打斷進行中的會議，她獲知消息後便急著要通知史汀，反正那場會議也令人不太開心就是了。那場會議開始之前，首相在門口迎接她。

「進來，蘿莎。最近好嗎？」

首相給了她一個禮貌性的擁抱。

「不好不壞，謝謝。我好幾次聯絡格特．巴克，想再安排一次會談，但他都沒有回音。我想，我們應該盡快找另一個陣營談談合作的可能性了。」

「我指的不是巴克，現在他不願和我們坐下來談的原因已經很明顯了。我指的是妳和史汀。」

蘿莎以為自己是要來報告目前預算談判的僵局，但既然司法部部長也在場，就表示此次會議的主題並非她所想的。

「請不要誤會。我們很能理解妳的立場，但妳也知道，今年執政團隊出了一些紕漏，民調下滑，而最近的新聞報導更讓我們雪上加霜。史汀在新聞上的發言，暗中批判了司法部的工作效能。司法部部長已說明了好幾次，克莉絲汀的案子已經過徹底的調查，毫無遺漏，能做的都做了，能幫的都幫了，妳自己也表示過感謝，但現在民眾開始質疑部長的可信度。」

「應該說，民眾質疑的是整個執政團隊的可信度，」司法部部長插話進來。「我的辦公室現在快被電話鈴聲淹沒了，不只是白天，甚至晚上也是。記者舉著行政資訊公開的大旗，打算打破砂鍋問到底；反對黨則要求案子重啟調查，甚至有幾通電話還硬拖我去參加針對此案所開的『官方會議』。這些我都無所謂，但今天早上，連首相都被要求為此案發表看法。」

「我當然不打算這麼做，但各方施加的壓力太大了。」

「你希望我怎麼做？」

「我得要求妳公開支持司法部部長，並與史汀的發言劃清界線。我明白這很困難，但我允許妳復職是抱了很大的信心，需要妳不要辜負我的這番用心。」

蘿莎被激怒了。她堅持這起案子尚有一些說不清道不明的地方。首相居中調解，試著找出一個折衷方案，卻只令司法部部長更加不悅，然後會議就被打斷了。蘿莎不以為意，去他們的。她一邊跟著劉進入辦公室，一邊在史汀的語音信箱裡留下簡短留言。

「與首相談得如何？」沃戈問。

「不重要。你們知道些什麼？」

沃戈、兩位探員、幕僚長恩格斯和幾位同事圍坐在一張桌子旁，蘿莎坐了下來，他們開始摘要最新的發展。十分鐘前，情報單位提供了那棟位於席德哈芬屠宰場的租屋者姓名——貝芮笛．史坎斯，幕僚長恩格斯立刻找出此人的檔案夾。他們向部長介紹了這樁案子的來龍去脈，但蘿莎早在翻閱完檔案夾即已記住，而恩格斯和沃戈更是比其他人更快推測到事情的走向。一位情報人員的手機響起，他走出辦公室去接電話。其他情報人員則問她，是否想得起來最近一次與貝芮笛．史坎斯或她男友的接觸。他們仍尚未掌握到史坎斯男友的照片，卻有許多貝芮笛．史坎斯出現在媒體的舊照片。

「這就是她。」

蘿莎立刻認出那對眼神的憤怒黑眸，那名女子就是一個星期前，在大廳撞上她的那個人。當時她穿著紅色連帽運動衣和背心，同一天，就有人在她的公務車上畫血塗鴉。

「我記得她，我也見過她。」

情報人員記錄下沃戈的話，恩格斯則唸出檔案夾裡的資料：貝芮笛．史坎斯的兒子被政府接管，但不幸的是，小男孩在寄養家庭過世了。蘿莎霍然明白她為什麼如此不安了。

「古斯塔夫為什麼還沒到？」

沃戈按住她的手。「司機去接他過來了，沒事的，蘿莎。」

「關於貝芮笛．史坎斯，你們還記得什麼？那天在大廳碰到她時，她身邊有其他人嗎？」情報人員追問下去。

但那股不安仍舊糾纏不去。蘿莎突然想起，昨天司機曾問她，她或史汀會送古斯塔夫去練網球嗎。

恩格斯的話語令她全身一僵。

「我們現在對這個男友，也就是孩子的父親所知不多，只知道他曾被派遣到阿富汗擔任駕駛員，姓名是阿斯格．內高……」

沃戈也愣住了，兩人交換了一個眼神。

「阿斯格．內高？」

「對……」

蘿莎連忙叫出手機裡的一個APP查看，沃戈激動地跳起來，椅子都被他撞翻了。蘿莎查看的是一種安全應用程式，叫做「尋找我的孩子」，這是去年她和史汀下載安裝的，目的是要追蹤古斯塔夫的手機位置。但GPS上一片空白，古斯塔夫的手機並沒有發出訊號。蘿莎還來不及說話，那位出去接電話的情報人員就大步走回來，他放下耳邊的手機，蘿莎一看到他的表情，感覺腳下地板都蒸發了，就像那天得知克莉絲汀失蹤時一樣。

16

一個念頭突然冒出來，使得赫斯分神了片刻。他坐在行動指揮中心的長桌旁、蘇林的左邊，兩眼死盯著俯瞰中庭的漆黑窗戶，因為外面天色已黑。四周迴響熱鬧且沉重的交談聲，提醒大家事態嚴重。他以前也曾坐在這裡過。無論在哪裡，綁架的故事都千篇一律，只是因為這次的受害者是政府要員的孩子，所以更加備受關注。

大約五小時前，哈同的公務車被發現遺棄在西南向高速公路的一個路邊停車處。男孩、貝芮笛·史坎斯和阿斯格·內高都不見蹤影，也沒收到任何贖人條件。一發現這輛空車，警方便展開了丹麥有史以來最大的搜捕行動之一。邊界、機場、火車站、橋梁、渡輪口和海岸線全布下了檢查哨，規模之大，赫斯感覺像是所有的警車都被派遣上街巡邏去了。行動指揮中心的命令也下達至情報單位、哥本哈根警局，甚至是自衛隊，接到命令的人員全被拉離晚餐餐桌，投入秋天的陰霾中。挪威、瑞典和德國的警界也接到通知，國際刑事警察組織和歐洲刑警組織也是，但赫斯希望事件不會惡化到需要這些國際組織的介入。若接到國際組織或外國政府的通知，就表示綁匪已穿越國界，若真是如此，那麼找回古斯塔夫·哈同的機率將大大降低，尤其是找回生還的狀態。綁架案的破案黃金時間是最先的二十四小時，這時一切的線索仍然鮮明可期。但只要過了這個時段，破案的可能性會隨著時間飛逝而減少，這是海牙那邊研究失蹤孩童案例而真實做出的統計數字。

赫斯回想起數年前他接觸的一起兒童失蹤案，那件案子出動了德國和法國的警察。一名來自德國卡爾斯魯爾（Karlsruhe）的兩歲男孩失蹤，綁匪以法語向男孩父親——一位德國銀行的經理，要求兩百萬歐元的贖金。赫斯前去送贖金救人，但綁匪並未出現在約定地點，一個月後，男孩的屍體被發現在距離銀行經理住家僅五百公尺處的一條水溝裡。驗屍報告顯示男孩的頭骨碎裂，研判可能是綁匪逃亡時，將男孩丟在下水道出入口附近的馬路上所造成，時間就是綁架當天。這起案件一直未破。

但幸運的是，古斯塔夫．哈同的失蹤經過有跡可尋，警方也掌握了綁匪的身分，仍然有希望找到他。已有探員在訪談阿斯格．內高在軍中和克里斯蒂安堡宮殿的同僚，以及貝芮笛．史坎斯在里格斯醫院的同事。目前，無人知道這對情侶會帶著男孩逃亡何處，但問到線索的可能性還是有的，必須繼續問話。各個新聞電視台分分秒秒播放著古斯塔夫．哈同的照片，這讓綁匪很難帶著他公開逃亡。這有好有壞。好處是，若古斯塔夫．哈同被人看到，就會有人報警；壞處是，綁匪在高度壓力下，很可能走極端，做出致命性決定。針對這點，資深警官和情報人員進行過激烈的爭論，最後在哈同夫婦的堅持下發出警報。赫斯能夠理解他們的心情。一年前，他們才經歷了類似的驚恐，現在餘悸未了，事件再度重演，他們不可能放過找到孩子的任何可能性。赫斯聽到旁邊的蘇林不耐煩地跟建茲交談，建茲人坐鎮在鑑識部，正透過尼藍德放在桌上的手機擴音功能，向他們匯報最新的鑑識進度。

「追蹤不到他們的手機嗎？」

「對，貝芮笛．史坎斯和阿斯格．內高在下午四點十七分關機後，再也沒開機，綁架也應該發生在這個時間點。他們很可能有其他未登記的手機，但我們無法——」

「他們家裡的 iPad 和筆電呢？至少其中一台有機票、船票，或者火車票之類的電子收據吧。信用卡支付呢？」

「我說了，目前還未發現任何有效線索。要叫回筆電內被刪除的文件需要一些時間，因為筆電受損而且——」

「靠，所以你還沒搜查筆電裡的資料。建茲，我們沒有時間了！要找回被刪除的文件，只需要啟動復原程式。我的意思是，拜託——」

「蘇林，建茲知道該怎麼做。建茲，一有消息馬上通知我。」

「當然。我回去工作了。」

尼藍德掛斷電話，將手機放回口袋裡。蘇林像個被告知不能再上場的拳擊手，憤恨不平地站在原地。

「然後呢？我們繼續吧。」尼藍德說。

傑生將他的筆記本往前一推。

「我剛跟羅斯基勒的精神病院通話過，沒什麼發現，但貝芮笛．史坎斯在孩子死後，確實是失常了一段時間。一位醫師堅持說這個女人在住院期間，已完全恢復正常，但仍有可能出現暴力行為。太好了，謝謝。你能想像史坎斯還在兒科病房工作呢。」

「所以還是沒有她可能的下落。那阿斯格．內高呢？」

「退役軍人，三十歲，兩次被派遣到阿富汗，隸屬於七軍和十一軍。履歷漂亮，但一些同營的前同袍認為，他退役的原因應該不只是生病那麼簡單。」

「別賣關子了。」

「他們說他的兩手會發抖，而且會躲人，害怕與人接觸。脾氣越來越暴躁、攻擊性強，還出現其他一些創傷後壓力症候群的症狀，但他從未接受過治療。真不知道情報單位怎麼會挑中他當部長的司機，我看他們的長官等著掉腦袋囉。」

「但你說的這些人，都不知道他可能會去哪裡？」

「對。就連他母親也不知道，至少她是這麼說的。」

「既然如此，我們先暫停會議，繼續追查。我們目前幾乎一無所獲，這樣不行。這起綁架案的動機十分明顯，必須集中全力找到男孩。時間緊迫，先暫時把所有警力收回來找人，他們涉嫌的四樁凶殺案暫時擱置，直到確定男孩毫髮無傷。」

「如果他們有涉嫌凶殺案的話。」

這是會議進行以來，赫斯第一次開口發言，尼藍德看著他，彷彿他是站在門口要求進入的陌生人。赫斯在被制止前，繼續他的話題。

「那對情侶的租屋處，目前尚未找到確鑿的證據指出他們涉嫌三起凶殺案。現在能確定的，只有他們恐嚇蘿莎・哈同，並預謀綁架了她的兒子，至於那三樁女受害人的案子，目前是看不出關聯的，而且阿斯格・內高在其中一樁凶殺案發生時有不在場證明。情報單位指出，安妮・塞傑爾拉森遇害時，阿斯格・內高與蘿莎・哈同和她的祕書一起待在部長辦公室附近的一座院子裡。」

「但貝芮笛・史坎斯沒有不在場證明。」

「是沒有，但這不表示她殺了安妮・塞傑爾拉森。再者，他們殺人的動機是什麼？」

「我不想再聽你胡扯，為自己去探訪利呂斯・貝克爾找藉口。貝芮笛・史坎斯和阿斯格・內高是我們的首要嫌犯，至於你們的小犯規，我們稍後再好好談談。」

「我不是在找藉口——」

「赫斯，如果你和蘇林真的用心在部長提供的卷宗上，也許你們早就會發現了史坎斯和內高，古斯塔夫・哈同也就不會被綁架！我的意思，你聽明白了嗎？」

赫斯無言以對。他自己也在質疑這點，一股內疚油然而生，儘管他清楚如此的指控並不公平。尼藍德走了出去，傑生和其他探員也跟了出去，蘇林則拿起掛在椅背上的外套。

「現在最重要的，就是找到男孩。如果這對情侶不是凶嫌，那我們就找出凶手究竟是誰。」

她沒等赫斯的回應。赫斯看著她走下走廊，他望著隔間玻璃外那些聚精會神、來回忙碌的探員，這是一樁案子接近完結時會出現的景象。但赫斯並不這麼認為，他仍感覺到操控木偶的線從天花板垂吊下來，還在操弄著他們。他起身朝外走去，想呼吸一點新鮮空氣。

92

阿斯格向來在黑夜中來去自如。他的眼睛很快就能適應黑暗，而且黑夜中，他向來冷靜自在，即使是在大雨中飆速也是，就像現在這樣。

在阿富汗時，他喜歡上了開夜車。軍隊通常在日落後才開始換營或運輸補給品，在其他駕駛員看來，這樣的任務很危險，他卻興奮異常。反正他也喜歡開車，每坐上駕駛座，他整個人會安靜下來，視野也會隨著周遭環境的變化節奏而調整。但在阿富汗，他發現自己最喜愛的是開夜車，即使能看的風景不多。黑夜使他倍感保護和安全，為他帶來一向缺乏的寧靜和平衡，但現在那些感覺消失無蹤。墨黑色的馬路兩側被濃密森林包圍，雖然他看不到，卻感到危險隨時會從黑暗中撲出，將他們一口吞噬。他感覺肌膚刺癢、耳壓變大，於是加猛踩下油門，彷彿想要逃離自己的影子。

到處都是警察設下的路障，他們只能不斷改道。一開始，他們朝蓋瑟港（Gedser）而去，然後轉往赫爾辛格的瑞典渡輪口，但兩個地方都是警笛大作的警車，警方要猜到他們的逃亡方向並不難。現在，阿斯格計劃前往西蘭島西岸的奧德（Odde），那裡的渡船會從半島尖端駛離。大貝爾特橋（Great Belt Bridge）的目標太過明顯，應該不在考慮範圍內，但阿斯格抱持一絲的僥倖，也許前往日德蘭半島的渡輪尚未被封鎖。他飛快地思考，若是那條路也被封鎖接下來該怎麼做，但他心底一片茫然，而貝芮笛只是陰沉地坐在副駕駛座上，不發一言。

阿斯格並不打算帶著這個小混蛋逃亡，但他很清楚他們別無選擇。如果此刻放棄，那麼之前的努力就只是惡作劇一場，那個部長賤人永遠得不到教訓、不知反省。那賤人也應該嘗嘗失去孩子的痛苦。阿斯格不再內疚，這孩子會落到這般田地，被扔在後座驚慌失措，全都是拜他母親所賜。

阿斯格猛地踩下剎車，休旅車在濕漉的柏油路上打滑，但他經驗老道地穩住車體，讓車子回正繼續行駛。他看到前方出現刺眼的藍光，穿透雨滴答答的樹林照射出來。雖然還看不見警車的蹤影，但他知道繞過下一個路彎，就會有另一道關卡等著他們。他將車駛往路肩，放慢車速，車子緩緩停了下來。

「媽的，看看我們到底做了什麼好事？」

貝芮笛沒有回應。阿斯格調頭踩下油門，沿原路飆回，並大聲提出眼下僅有的選項。

貝芮笛此時終於開口說話了，卻不是他想聽的。「下一個路口，轉進森林裡。」

「為什麼？我們進森林幹嘛？」

「我說，轉進森林裡。」

他們來到了下個路口，阿斯格將車駛進森林中，開上一條崎嶇的石子小徑。他這才領悟過來貝芮笛的算盤。貝芮笛也清楚他們被包圍了，現在最明智的做法就是躲進森林深處，等待風暴過去。阿斯格當過兵，他應該要比貝芮笛更早想到這點。他們開了三、四分鐘後，周遭的樹林尚未濃密到令阿斯格感到心安，但貝芮笛突然發令，要他停下車子。

「再往前開一點，前面的樹林比較濃密，不然他們會看到我們——」

「停車。現在就給我停車。」

阿斯格踩下剎車，休旅車倏地止住。他關掉引擎，但沒關掉車頭燈。貝芮笛靜坐了一會兒，阿斯格看不到她的臉，只聽到她的呼吸聲和雨滴打在車頂的聲響。貝芮笛打開置物箱，拿出一樣東西，接著開門下車。

「妳要幹嘛？我們沒時間了，不能停在這裡！」

貝芮笛砰地關上車門，阿斯格愣在駕駛座上，聽著關門的回音迴盪車內。貝芮笛繞過車頭朝他走來，他直覺地開門下車。

「妳在做什麼？」

貝芮笛繞過他，直直走到車後方的滑門邊。阿斯格瞥見她右手裡的尖銳物體，想起早上去赫爾茲取車時，他把軍用小刀放進了置物箱裡。他頓時明白貝芮笛的想法，他對那個小混蛋還是有一絲憐憫的，於是趕緊抓住貝芮笛，但貝芮笛奮力一扯，阿斯格這才感受到她有多麼堅決。

「放開！我叫你放開我！」

他們在黑暗中拉扯，阿斯格感覺到小刀劃過了鼠蹊部的某處。

「他還是個孩子！害我們的人不是他！」

他緩緩將貝芮笛拉過來，貝芮笛的雙臂頹軟下，哭了出來。貝芮笛的哭泣一發不可收拾，他們就那樣站在森林中，不知站了多久，但感覺彷彿一生一世。這麼長時間以來，此時此刻是最甜美的時光。他知道貝芮笛也意識到這點。他們已被層層包圍，但仍然擁有彼此。他看不見貝芮笛的臉，但知道她逐漸平靜下來。阿斯格抽出她手裡的小刀，往旁邊一扔。

「我們把男孩放了。剩下我們兩個比較容易逃亡，男孩找到警察後，圍捕行動就會鬆懈一些。好嗎？」

阿斯格滿心認為他們會成功逃脫，現在的貝芮笛離他好近。他撫摸她的臉，吻去淚痕，她流著鼻涕點點頭。貝芮笛仍握著他的手，阿斯格便用另一隻手拉開了滑門。他指示男孩一個方向，在幾個小時內就能走到之前的那道關卡，而這段時間夠他們拉開距離了。

突然，他聽到一個聲響，愣了一下，戒備地四下張望。是朝他們駛來的引擎聲。阿斯格望向來時路，他仍握著貝芮笛的手。大約五十公尺遠處，兩道車頭燈的光芒反映在水窪中，霎時間，他和貝芮笛被光芒包圍住。兩人被光刺得不停眯眼。那輛車停了下來，車上駕駛觀察了他們一下，這才關掉引擎和車頭燈。

這下，前方的小路變得漆黑一片，上千個想法在阿斯格腦海裡爆發出來。他先以為是便衣警車，但此情此景，警察不應該來得如此平靜；他後來又推測可能是當地山民或森林管理員。最後才反應過來，這種時候開車沿小路過來的人，自然是衝著他們而來。但不可能有人看到他們轉進這座森林，而且他早已確認他們的手機關機，以避免被偵查到。

阿斯格感覺到貝芮笛的手繃緊，他聽到車門關上的聲音，隨即開口朝著黑暗發問。

「是誰？」阿斯格問了兩次，都沒有回應。腳步聲朝他們而來，他立刻彎腰去撿被扔在草地上的小刀。

93

蘇林將垃圾倒在兩張鋪於廚房地板的報紙插頁廣告紙上，從抽屜拿了支叉子開始一一檢視。她戴著乳膠手套，忍受著食物強烈的腐臭和菸頭的熏臭，以及腐壞的殘餘罐頭。她打開髒兮兮的收據，希望能從中找到線索，推敲出那對情侶的逃亡路線。建茲和鑑識人員早已將這裡翻了個底朝天，但蘇林寧願親力而為。不過她依然一無所獲。這裡就只是一些在超市買的生活用品，以及幾張乾洗店的收據，送洗的應該是阿斯格擔任公務車司機時穿的服裝。她將垃圾留在插頁廣告紙上。這裡是舊屠宰場的生活起居區域，附近有幾個巡邏小組在看守這棟樓房，但房裡一個人也沒有。她不得不承認，建茲和他的手下已做到一絲不漏。這裡找不到任何蛛絲馬跡暗示那對情侶的可能去處，也沒有他們規劃逃亡路線和藏身處所遺留下的資料。今天他們確認屠宰區的一間冷凍儲藏室，就是他們打算囚禁古斯塔夫．哈同的地方，裡面布置了一張放在地板上的床墊，一張被褥、便壺和幾本唐老鴨漫畫雜誌。

想到這裡，蘇林就打了個冷顫；不過以她的觀察，屋子裡沒有任何線索將他們與冷血殺手連結在一起。總之，從屋內陳設看來，住在這裡的人絕對不像是凶手。阿斯格．內高顯然是住在這裡，而非那個向前同袍租來的房間，而且他很喜歡那些有著裸露女體的日本漫畫。這是蘇林在他的私人物品裡找到的，算是他最極端的所有物了。表面看來，這個人喜歡老人愛看的情境喜劇，還有杜奇．帕瑟爾（Dirch Passer）和歐維．史普羅格（Ove Sprogøe）演的丹麥老電影；這類老電影的場景設定都是陽光普照下，丹麥國旗飄揚的綠草如茵大地，反正就是幾十年前流行的套路。這些愛好多少能說明他的性格。他的觀影設備是一台滿布灰塵的ＤＶＤ播放機和舊平面電視，以及那張破舊不堪的皮沙發，但這些完全看不出任何精神錯亂的跡象。

倒是貝芮笛的私人物品令人擔憂。講述議會兒童福利權限的書籍、列印出來的社福法規，上面還寫了注解，且被仔細閱讀過，其他還有兒童福利之類的法律期刊。客廳裡的幾個抽屜放了她整理關於兒子案件的文件夾和扣眼活頁夾，以及與政府和公設律師往來的文件。文件資料的每一頁都有她的手寫筆記，有些內容過激且不合法，不過大多都是問號和驚嘆號，透露出的憤怒和沮喪顯而易見。但他們也找到貝芮笛學生時代的相冊，其中一本，裡面照片全是她和阿斯格·內高躺在馬路邊一道破爛護欄外的草地上，還有護理學校的結業證書和報告，以及她額外選修的婦產科課程資料。

蘇林越是翻閱，越是掙扎。這對情侶的確有可能是她和赫斯在追捕的凶手。但她實在不解，若凶手真是他們，那麼幾星期來的大範圍調查應該早就露出端倪。所以她做出結論：赫斯的懷疑是對的。

那天早上，一看到赫斯在納蕊布羅家裡的牆，她以為他整個人混亂了，沒搞清楚調查的重點。赫斯根本接受不了部長女兒早已死亡的事實。即使後來在赫斯的提議下，他們去找建茲和探訪精神病監獄，也沒改變蘇林對哈同案的想法。她提醒自己，對於赫斯的過去和現在，她一無所知，然而探訪完貝克爾後，她也開始懷疑了。現在她和赫斯都想再去找他一次，想問出他所知的凶殺內幕，以及克莉絲汀·哈同的遭遇。

不過現在最重要的是古斯塔夫·哈同。蘇林翻查完臥房五斗櫃的抽屜後下樓，現在開車去鑑識部，或許能協助建茲解鎖那台難解的聯想筆電。她繞過樓梯口轉角，走進玄關時，突然聽到一陣微弱的聲響。她頓住了。屋外有防盜器響起，節奏比一般汽車防盜器慢，但同樣高亢逼人。她轉身從廚房抄捷徑，來到通往屠宰區的走道。她打開門，防盜鈴聲更響亮了。廣闊的矩形空間沒有任何燈光，蘇林停了一下，想找電燈開關，卻突然一個念頭冒出來。如果那對情侶不是凶手，那真正的凶手很可能就在這黑暗中的某一處。她搖頭甩掉這個想法，凶手怎麼可能在這裡。但她還是拔出手槍，取下保險。

在手機螢幕光線的照耀下，蘇林小心翼翼穿過屠宰區，朝聲音來源走去，經過了一間間冷凍儲藏室，包括預留給古斯塔夫・哈同的那間。幾間冷凍儲藏室除了天花板的勾子，空無一物，但大部分都塞滿了箱子和雜物。

她在最後一間冷凍儲藏室的門邊停下來，防盜鈴是從裡面傳出來的。正當她要跨過門檻的同時，立即意識到，內高顯然是將這間當成了健身房。在手機微弱的光線下，她看見老舊的握鈴、槓鈴、破舊的自行車和一個沙包，空間有限的地板上還有沾滿泥巴的軍靴和骯髒的迷彩服。然而，引起她注意的是那股惡臭。這個屠宰區已停業許久，其他儲藏室也沒有這種腐肉的臭味，但這間有。她一頭霧水，此時，角落裡的某個動靜吸引了她的注意。她將手機移向那個方向，那些動物在白光的照耀下一動也不動。四、五隻老鼠就著角落裡破舊不堪的小冰箱底部大快朵頤，小冰箱旁還放著一些園藝工具和一張折疊起的熨燙板。小冰箱門上的指示燈閃爍且發出嗶嗶聲，應該是底部的橡膠封條被老鼠咬穿，門已微微開啟。蘇林走過去，但老鼠不怕她，直到她用腳將老鼠推開，牠們才四散奔竄。老鼠在不遠處來回徘徊，激動地吱吱叫。蘇林小心翼翼地打開冰箱，朝裡面才望了一眼，便連忙抬手摀住嘴巴以免吐出來。

94

「你百分之百確定嗎？貝芮笛．史坎斯在十月十六日星期五到十月十七日星期六，都是上晚班？」

「對，百分之百確定。護理長是這麼說的，那兩天她自己也是晚班。」

赫斯向那名探員道謝後掛斷電話，人也剛好走到了蘿莎．哈同辦公室的一樓。現在快要午夜十一點了，正面的那間辦公室裡充斥著緊張的耳語和手機響鈴。幾位探員尚在約談辦公室職員，兩位眼睛紅通通的女職員一邊擤鼻涕一邊輕聲交談，桌子上有一袋袋白色塑膠袋裝的壽司，但沒人有時間去打開它們。

「部長在辦公室嗎？」

滿臉愁容的部長祕書對赫斯點點頭，赫斯朝那扇紅木大門走去，一邊回憶著他剛從司機休息室借來的 **iPad** 密碼。

蘇林說得對，現在最重要的是找到哈同的兒子，於是赫斯從警局開車過來，以協助約談這些天天與阿斯格．內高共事的職員，挖掘出那對情侶的行為模式和可能的藏身地。然而，顯然大家都不知情。探員該問的都問了，就算赫斯再問，也問不出個所以然。內高與大家的交情疏遠，也從未提到私生活，沒人知道他閒暇時的活動或愛好，倒是有人提起他的性格。有些人認為，那位司機從一開始就有點古怪，不太說話，甚至給人一種脅迫感，但這些後見之明對赫斯來說並無實質意義。幾個小時以來，電視新聞台持續以協尋古斯塔夫．哈同的報導轟炸全丹麥，並提供綁匪的描繪畫像，而其中一位經過證實，竟然是蘿莎．哈同的專屬司機。如果有人懷疑這則新聞的聳動，不妨過來看看社會事務部外這狹小的空地聚集了多少實況轉播車和記者。但媒體對內高性格的渲染，其實對辦案並無益處。不過赫斯倒是相信報導中提到的，內高為人內向、簡單，不愛交際，休息時就到運河邊抽菸或打電話，不像其他同事則喜歡待在溫暖的司機休息室。

赫斯也親自去了一趟司機休息室，一位老司機告訴赫斯，阿斯格老是需要他幫忙搞定公務車過夜停放的車庫門鎖系統。單就這點來看，阿斯格和他女友並不具備精心謀劃那三起凶殺案的能力，不可能是殺害勞拉．克約爾、安妮．塞傑爾拉森，以及潔西．魁恩的凶手。

後來，內高的一位同事（如果沒記錯，他應該是能源部部長的司機），叫出司機的數據行事曆，赫斯過目後，覺得那對情侶殺人的可能性就更小了。司機的所有活動都被仔細記錄在這個系統裡以便追蹤，每位司機也有責任記錄自己何時何地在做什麼。赫斯的目光掃過阿斯格．內高行事曆中的某一天，隨即調頭回到社會事務部。他一面走一面打電話給被派遣至醫院的一位探員，而電話裡的交談內容，就是他現在將要和蘿莎．哈同討論的。

赫斯走進部長辦公室，看到十分擔心兒子的部長，此刻兩手顫抖，通紅的雙眼充滿了恐懼，睫毛膏糊掉了，似乎剛才有拿紙巾擦過。她的丈夫也在，正在講電話，一看到赫斯就打算結束交談，但赫斯搖搖頭，示意他並沒有帶來新消息。哈同夫婦倆決定留在部長辦公室，一來是因為探員要找他們針對阿斯格．內高問話，二來是同僚們能協助他們掌握案情的最新發展。應該還有一個原因，就是他們不想獨自面對問題。兩人待在家裡，只能面對著彼此的恐懼，但在這裡至少有事可做，可以在探員結束問話後，過去了解問話結果。

史汀．哈同繼續講電話，赫斯看著蘿莎．哈同並指向會議桌。

「我們坐下來談一下？我有幾個問題希望妳能回答，也許對案情會很有幫助。」

「你有案情的最新發展嗎？」

「恐怕沒什麼新消息。但警方動員了所有警力，所有警車都派出去了，國界邊境也在密切監督中。」

赫斯看見了這個女人眼裡的恐懼，她很清楚自己兒子的處境極其危險，但赫斯必須將話題帶到他的發現。他先讓部長接受他沒有新消息的事實，接著將 iPad 放到會議桌上。

「十月十六日星期五，晚上十一點五十七分，妳的司機阿斯格·內高在數位行事曆上寫著，他抵達皇家圖書館去接結束聚會的妳。他寫著，他待在門廳待命直到半夜十二點四十三分，接著又寫『今天工作結束，開車回家。』以上這些正確嗎？妳出來的時候，他是在門廳等妳的嗎？」

「我不明白這有什麼重要，這跟古斯塔夫有關係嗎？」

赫斯沒提醒她，那一晚正是第三和第四起凶殺案發生的時間，但他不想再刺激她。如果行事曆上的訊息屬實，阿斯格·內高就不可能趕到出租花園殺害潔西·魁恩和馬汀·理克斯，並且砍掉魁恩的雙手和一隻腳。赫斯已被告知貝芮笛·史坎斯當晚在兒科當班，所以這是一個關鍵問題。

「我現在不能告訴妳為什麼這個問題很重要，但如果妳願意回想那晚的經過，對我們查案會有很大幫助。他在門廳等妳到半夜十二點四十三分，然後載妳回家，沒錯嗎？」

「嗯，我不知道他為什麼那樣寫，那晚我臨時取消出席，所以並沒去那裡。」

「妳不在那裡？」

赫斯壓下內心的失望。

「對，是我的顧問腓特烈·沃戈去幫我致歉的。」

「妳確定妳不在那裡？阿斯格·內高寫著——」

「我確定。我和腓特烈說好走路過去，因為距離不遠。但儀式開始的前幾個小時，我們又談了一下。那晚我丈夫即將在電視新聞上發言，腓特烈認為取消出席沒問題，而我鬆了一口氣，因為我真的很想回家陪古斯塔夫……」

「但如果沃戈幫妳取消了，為什麼行事曆上寫著司機——」

「我不知道。你要去問腓特烈。」

「腓特烈人呢？」

「出去辦事了，很快就會回來。但現在我想知道，警方針對古斯塔夫被綁架一事，具體的作為有哪些。」

腓特烈．沃戈寬敞的辦公室，晦暗且空無一人。赫斯走了進去，關上門。這是一間挺不錯的辦公室，很像一間沙龍，舒適愜意，與部長冷冰冰的辦公室天差地遠。他意識到自己的念頭正聯想到：女人都喜歡這種低調奢華的空間。名牌檯燈、毛茸茸的地毯，以及放了許多靠枕的義大利矮沙發。再來點情歌就完美了。赫斯不知自己是不是在嫉妒，因為他永遠不可能有那個閒工夫去布置一個房間。

赫斯不是第一次納悶，在這種時候部長的顧問會去哪裡。他知道探員在七點時找過這個三十七歲的腓特烈．沃戈問過話，而沃戈除了詫異，提供不了什麼有用的線索。但幾個小時後，赫斯抵達部長辦公室時，這位顧問已經離開了，祕書說他進城去辦事。眼下部長身陷危機，被媒體團團包圍，赫斯對他的消失不得不懷疑。

赫斯對沃戈的了解甚少。蘿莎．哈同曾說過，這位顧問一直是她很強大的精神支柱之一。他們在哥本哈根共修政治學好多年，之後沃戈進入新聞傳播學校就讀。他們一直保持聯繫，沃戈也逐漸成了哈同家的朋友。後來她當選部長，沃戈順理成章是她私人顧問的最佳人選。他在克莉絲汀失蹤的那一年，給了她和她家人無數的支持，也是他鼓勵她提起勇氣復職。

「他是怎麼看待，妳和妳丈夫認為你們的女兒仍舊活在這個世界上？」赫斯這麼問過部長。

「腓特烈一開始很擔心我們，擔心我的職業生涯，但現在他支持我們。」

赫斯向前走了幾步，小心探查這個人辦公桌上堆著關於貝芮笛．史坎斯的舊文件，以及手寫的媒體策略，但除此之外，沒有其他值得注意的細節，直到赫斯不小心碰到了MacBook的滑鼠。筆電的螢幕保護程式開始播放此人的職業生涯照片：沃戈在布魯塞爾歐盟總部外、沃戈在克里斯蒂安堡宮殿的大廳與德國總理握手、沃戈站在紐約世貿中心紀念館外頭、沃戈與蘿莎．哈同參觀聯合國兒童援助營。但在這些正式的照片之後，突然出現了腓特烈．沃戈與哈同家的私生活照：他參加孩子的生日派對、手球比賽，以及去蒂沃利遊樂公園遊玩。都是些傳統的家庭生活照片，而沃戈是其中一員。

一開始，赫斯還在慶幸，原來他對這個顧問揣測多端的偏見只是無中生有，但他突然意識到一個令他起疑的關鍵點。這些家庭照裡，沒有史汀．哈同，一張都沒有。反倒有沃戈與蘿莎、孩子們的自拍，或是單獨與蘿莎的合照，彷彿他們兩人才是夫妻。

「祕書說你想找我談談。」

房門打開了，當沃戈的眼神從赫斯轉移到筆電螢幕上時，頓時變得警戒，螢幕的光線仍然照著赫斯的臉。沃戈的外套被雨淋濕，棕髮凌亂，他抬手順了順頭髮，將它們梳理歸位。

「情況如何？你們找到司機了嗎？」

「還沒，我們也找不到你。」

「我去開會了，試著將那些混帳媒體的刺探和搧動減至最小。司機的女友呢？看來你很認真地在找他們？」

「我們正在找。現在我有別的事需要你的協助。」

「我可沒時間，盡量快一點，拜託。」

赫斯注意到沃戈假裝隨意地闔上筆電，然後將外套扔到椅子上，拿出手機。

「十月十六日星期五，你幫部長取消了皇家圖書館的夜間儀式。你們在夜間儀式前的幾個小時聊過，她告訴你她丈夫要上電視，而你說取消出席無妨。」

「大致正確。只是部長取消出席夜間儀式，並不需要我的許可，都是她自己做決定的。」

「但我覺得部長大多是依據你的建議行事？」

「我不太確定該怎麼回答這題，為什麼這麼問？」

「不重要。但是你去幫她取消的？」

「沒錯，是我打電話幫她取消的。」

「那你有通知阿斯格．內高，部長取消了夜間儀式，不需要他過去載她回家？」

「有，我通知他了。」

「他的數位行事曆上顯示他那晚有工作。他大約半夜時分到皇家圖書館的門廳待命，直到十二點四十五分左右，等著夜間儀式結束載部長回家。」

「他寫的東西你相信？也許他只是在製造不在場證明，實際上不知去幹了什麼好事。我很確定我通知他了。現在古斯塔夫．哈同失蹤，沒必要浪費時間在這件事上吧？」

「或許吧。你確定那晚有通知阿斯格．內高嗎？或者沒有？」

「我說了，我確定我通知了。也許，我可能有找別人去通知他。」

「誰？」

「這重要嗎？」

「所以你可能沒通知他，讓他在門廳前白等？」

「如果這就是你想找我協助的事，我可沒時間跟你瞎耗。」

「你那晚在幹嘛？」

沃戈正準備朝門走去，但他途中止步，轉而看著赫斯。

「你那晚原本應該陪伴部長去皇家圖書館，但取消後，你不就有時間空出來可以做點別的事了？」

沃戈露出一個微帶譏諷的笑容。

「你的意思，不是我所認為的那樣吧？」

「你認為的哪樣？」

「你在套我的話，想知道我在某個案子發生時人在幹嘛，看來你沒專注在部長兒子遭到綁架這件事上啊，不過希望這只是我想太多了。」

赫斯只是看著他。

「如果你真想知道，那我就告訴你。我回公寓去了，看史汀．哈同的新聞轉播並準備應對後續衍生出的事。我是單獨一人，沒有證人，又有大把的時間出去殺人，拿著栗子整夜遊蕩。這就是你想聽的吧？」

「那麼十月六日晚上呢？還有十月十二日的六點左右？」

「我最好在有律師在場的正式約談下回答你。現在我要去忙了，相信你也有自己的工作要忙。」

沃戈點頭道別。赫斯還不想放他走，但就在此時，他的手機響起，沃戈則趁機溜了出去。來電顯示是尼藍德。他正準備向尼藍德報告他的發現，以及對沃戈的懷疑，沒想到被尼藍德搶先了。

「我是尼藍德，通知大家暫停部長辦公室和克里斯蒂安堡宮殿的調查活動。」

「為什麼？」

「因為建茲追蹤到史坎斯和內高了。我現在正和霹靂小組趕過去。」

「去哪裡？」

「霍爾拜克（Holbæk）西邊的一處森林。建茲打開了那台聯想筆電，在男子的收件匣裡找到一張租借休旅車的收據。他打電話給租車公司，他們顯然是今天早上到偉斯特伯站取車，所以建茲才能追蹤那輛車的行蹤。租車公司為了防止車子被偷，在所有車子上都安裝了追蹤器。通知所有人，然後你回到警局寫報告。」

「寫什麼——」

尼藍德掛斷了。赫斯挫敗地將手機塞回口袋裡，快步朝門走去。他向一位探員交代了尼藍德的命令後，朝走道盡頭衝去，途中他從敞開的房門瞥了一眼部長辦公室，看到沃戈正摟著蘿莎・哈同在安慰她。

95

儘管下著雨，他們卻只花了四十分鐘就抵達西蘭島的西北部，但感覺過了好久。他們接近那條穿林而過的泥路，赫斯也看到了路口。霹靂小組的空車就停在一條石子路附近的路旁，另外還停了幾輛警車。他透過車窗向兩位全身濕透的警員出示警徽，並繼續向前駛去。既然已經能允許進入，就表示行動已經結束，但結果如何就不清楚了。他沒浪費時間向那兩位被安排在路口的警員打聽消息，他們不可能知道全情。

赫斯的車速很快，因為是在石子路上，他強迫自己放慢下來。他沒理會尼藍德要他回警局寫報告的命令，而且在過來的路上，他決定一定要好好調查腓特烈・沃戈。他早應該這麼做了。

他總覺得，阿斯格・內高能有辦法證實他在十月十六日晚上工作到深夜。無論如何，赫斯也找哈同的祕書問過，她說內高當晚十二點半多打電話給她，將她吵醒，問她部長在哪裡，因為他一直在皇家圖書館的門廳等人。祕書為了沒有知會他而向內高道歉，不過若是內高真的在門廳等人，就會有其他人可以證實這點。若貝芮笛・史坎斯在同一段時間也於里格斯醫院上晚班，就表示這對情侶根本不可能謀殺潔西・魁恩和馬汀・理克斯，反倒是沃戈還比較可疑。沃戈在公租花園凶殺案那晚並沒有不在場證明，赫斯等不及想問阿斯格・內高，沃戈在其他兩起凶殺案發生期間人在哪裡。內高應該知道沃戈和蘿莎・哈同之間的曖昧。也許他和蘇林都忽略了一種動機。赫斯現在想趕快聯絡上蘇林，但在前來的路上打了兩通電話都無人接聽。

車頭燈照著狹窄石子路的盡頭，他猛地往旁邊一讓，給一輛救護車駛過。救護車的警笛並未響起，赫斯判斷不出這是好事還是壞事。它後面跟著一輛便衣警車，赫斯瞥見尼藍德坐在後座正在講電話。他繼續往前開，經過三三兩兩朝大路走回去的霹靂小組組員，這些人表情嚴肅，赫斯感覺到應該是發生了死亡之類的大事。他終於來到封鎖線前，發現事態發展真的不是自己期望的那樣。

前方不遠處，更多的警察站在一塊大約十平方公尺、被探照燈照耀的地方。中央有輛休旅車，後擋板上有著赫爾茲的車牌標誌。一扇車前門是敞開的，側滑門也是，左前輪的地上躺著一個被白布覆蓋的人，另一個則躺在十公尺遠處。

赫斯下了車，整個人已驚訝得感受不到此刻的風雨。現場的警察中他只認得傑生，雖然兩人關係不佳，但傑生主動朝他走來。

「男孩呢？」

「你來幹嘛？」

「男孩呢？」

「他沒事，應該毫髮無傷，但需要去醫院做些檢查。他現在已前往醫院的路上了。」

赫斯頓時鬆了一大口氣，但也知道了那兩張白布覆蓋下的人是誰。

「是霹靂小組的人發現他，把他帶出休旅車。一切順利，而且你沒必要在這裡，赫斯。」

「究竟出了什麼事？」

「沒什麼，我們到的時候，他們就已經躺在地上了。」

傑生掀起車輪前那具屍體的白布。是個年輕男子，赫斯認得他就是阿斯格．內高，屍體雙眼睜大，身上全是刀傷。

「我們推測是女的發瘋、失去理智，造成悲劇發生。我們所在的位置距離一個警哨站約六公里遠，這兩人應該是進來森林躲藏的，但女的想必意識到了他們走投無路，於是拿軍用小刀刺死男友，再割斷自己的頸動脈。我們到的時候，屍體仍然是溫的，所以應該是兩小時內發生的事。我才不想弄髒我的手為他們善後，我寧願看著他們躺在這裡三十年慢慢腐爛，為理克斯報仇。」

赫斯感覺到雨水滑落臉頰。傑生放開白布，白布落下只露出了內高已無生氣的手。赫斯看著那隻手，卻覺得內高是想抬手伸向被白布覆蓋的貝芮笛．史坎斯，女友距離他不到十公尺遠。

96

「但他們有說什麼嗎？他們現在必定知道了一些線索吧？」

蘿莎知道腓特烈．沃戈回答不了，但還是忍不住提出疑問。

「他們正在調查，重案組組長很快就會聯絡我們——」

「我們不能只是等，再問他們一次，腓特烈。」

「蘿莎——」

「我們有權知道事態的發展！」

沃戈最終讓步遷就她，但蘿莎看得出他不認為再打去警局有何意義。蘿莎很感激他的協助，她知道腓特烈即使不贊同，也仍願意順著她的意思做任何事。腓特烈向來如此，而蘿莎再也等不了了。現在是凌晨一點三十七分，距離史汀和沃戈從醫院接古斯塔夫回到家已過了十五分鐘。她已經快把駐守在她家外面的兩位警員煩死了，那兩人只是來確保記者不會騷擾他們，其他的什麼也不知道。只有重案組的領頭才能給她關於克莉絲汀的答案。

蘿莎在史汀的陪伴下，一進入里格斯醫院的急診室就哭了出來，劫難後有些狼狽的古斯塔夫就是被送來這裡做檢查。蘿莎最害怕的結果沒有發生，甚至還被允許能給自己兒子一個擁抱。他是有幾處明顯的傷痕，不過現在人好好地坐在廚房他習慣的角落裡，享用著史汀為他做的小麥捲和鵝肝醬，完全看不出來才經歷過一場生死大劫。蘿莎朝他走去，揉揉他的頭髮。

「還想吃別的嗎？要不要我煮些義大利麵，或——」

「不用了，謝謝。我現在只想玩《國際足盟大賽》(注)。」

蘿莎笑了笑，這是個好現象，但她還是有很多的疑惑。

「古斯塔夫，你究竟遇到了什麼事？那兩個人還說了什麼？」

「我跟妳說過了。」

「再說一次。」

「他們把我鎖在休旅車裡，載著我開了好久，然後停下休旅車，接著開始吵架，但雨下得太大，我聽不見他們在吵什麼。再之後，就什麼聲音也沒有了，過了好久警察來了，然後幫我開門，就這樣。」

「但他們在吵什麼呢？他們有提到你姊姊嗎？他們開車要去哪裡？」

「媽——」

「古斯塔夫，這些問題很重要！」

「甜心，來。」

史汀拉著蘿莎走到客廳好避開古斯塔夫，但蘿莎就是不願冷靜下來。

「為什麼警察沒在綁匪家找到她的蛛絲馬跡？為什麼沒逼問他們她在哪裡？為什麼什麼都不告訴我們?!」

「原因可能很多種。但最重要的是警察找到了綁匪，我相信他們也會找到她的。這點，我毫不懷疑。」

蘿莎真希望史汀是對的。她緊緊抱住史汀，後來才發現有人在看他們。她轉身看到沃戈站在門口。她還沒開口詢問，沃戈就說沒必要打電話去警局了。重案組組長到了。

注 FIFA，一種足球類的電子遊戲。

97

儘管九個多月前，他也進來過這個玄關，通知哈同夫婦他們女兒的案子已經終結，但他對這個玄關並沒有印象。他覺得事件似乎在不斷反覆重演，並且一個念頭閃過：地獄肯定就是這種日子，一遍又一遍重播著可怕的畫面。但尼藍德知道他必須親自來這一趟，而且待會踏出門後，他就能舒服許多。他腦海裡已經在跑記者會的流程，那個等他回到警局向老大們匯報完，就要召開的記者會。與兩星期以來的會議不同，這次是帶著勝利的色彩。

這起案子的結果真是出人意料之外，他和霹靂小組抵達森林時，就發現貝芮笛・史坎斯和阿斯格・內高已躺在地上。看到部長兒子完好如初地坐在休旅車裡時，他自然更是鬆了一口氣。但如今兩名綁匪已死，再也問不出個所以然，也得不到他們的認罪口供來徹底了結案子。就在他坐在後座，看著救護車載著部長兒子離去，並琢磨要如何堵住群眾的疑問時，蘇林打了電話過來。實在是很諷刺，竟是這個近期受赫斯影響、比以前更難搞的蘇林，來通知他舊屠宰區小冰箱裡的發現。不過這個新發現倒是給了此案一個完美的終曲。他立刻要蘇林召集建茲等鑑識人員過去，盡快搜集證據。他掛完電話時，已不怕面對記者會上或警局裡的那些質疑了。

「古斯塔夫沒事吧？」

尼藍德向走進玄關的哈同夫婦打招呼，史汀・哈同點點頭。

「是，他應該沒事。他正在吃東西。」

「很高興他沒事。我不會打擾太久，只是來通知你們，警方目前已初步判定凶殺案已完結，我們——」

「有找到克莉絲汀的線索嗎？」

蘿莎．哈同打斷尼藍德的話頭，但尼藍德是有備而來，他冷靜又嚴肅地將話題帶回去，解釋警方並無任何新發現。

「令嬡在去年就已宣告死亡，眼前的案子並沒有扭轉這個事實。我一直想說的是，這是兩件完全不相關的事件，等警方完成目前案子的偵查，自然會給你們完整的答案。」

尼藍德看得出來這對父母十分沮喪，他們不肯放過任何疑點。

「但那些指紋呢？」

「那些指紋的出現一定有什麼意涵，對吧？」

「綁匪怎麼說?!你們審訊他們了嗎？」

「我明白你們的困惑，但你們必須相信警方的調查。我的手下搜查了古斯塔夫被找到的車輛，也搜查了綁匪的住處和工作場所，但沒發現任何克莉絲汀還活著的跡象。事實上，也沒有任何證據顯示綁匪與克莉絲汀一案有關。我們找到他們時，他們早已自我了結，也許是為了逃避罪責吧，所以對此，我給不了你們任何回答。但我說了，就目前所掌握的資料來看，就算審訊他們，也問不出關於令嬡的任何新線索。」

尼藍德看出這對夫妻不可能放棄手中握著的這根救命稻草，蘿莎．哈同隨即爆發了。

「但你們很可能出錯！你們什麼都不確定！那些栗子人偶上有她的指紋，既然你們沒找到任何關於克莉絲汀的跡象，就表示綁匪不是真正的凶手！」

「我們有事實根據，綁匪就是凶手。百分之百確定。」

尼藍德告知他們，當晚在那棟舊屠宰場所發現鐵證如山的證據。正當他有些得意洋洋時，他看見蘿莎·哈同眼裡的絕望，她雙眼空洞地看著他，尼藍德突然意識到，眼前這個人將永遠走不出這份傷痛。尼藍德像是被人揍了一拳，既難堪又尷尬。突然一個衝動，他抓住蘿莎·哈同的雙手，向她保證一切都會好起來，而且他們還有一個兒子陪在身邊，還擁有彼此，未來還有大把的好時光。就算尼藍德喋喋不休地訴說著他的遺憾，為不能解釋為何凶手會拿到沾有克莉絲汀指紋的栗子人而道歉，但事實就是事實，無法撼動。

部長一個字也沒聽進去。尼藍德只好就此告辭，後退了幾步，直到確認可以轉身離去的距離。他走到大門外，關上門。還有二十分鐘他才要向上頭匯報案情，但尼藍德做了個深呼吸，隨即快步朝車子走去。

98

赫斯小跑步通過空蕩中庭的濕地磚。他聽到警局入口處的警衛室傳出的晚間新聞播報，正在直播蘿莎·哈同住邸的報導。但他沒心思去聽。他爬到圓頂大廳樓梯的最頂層，穿過走廊朝重案組走去，一路上瞥見許多歡慶案子結束的啤酒罐。無比漫長的一天終於結束，但對赫斯來說，並不是。

「尼藍德呢？」

「在開會。」

「我必須跟他談談，很要緊，現在就要！」

祕書憐憫地看了看他，隨後消失在會議室門後，讓赫斯在房外等著。他的鞋子沾滿爛泥，衣服全濕透了，雙手也在打顫。他不清楚這是因為自己太過激動，還是他剛才在森林裡待了好幾個小時被凍僵的緣故。前去驗屍的法醫都快被他煩死了。但幸好，他沒白跑白鬧這一趟。

「我沒時間，記者會兩點準時開始。」

尼藍德出來了，還忙著向裡面的上司道別。依照從前的經驗，這場會議是所有警界高層都期待的——終於能夠公開宣布結案，好讓媒體大肆宣告。但在尼藍德接受媒體採訪前，他需要對方的一句話，於是緊跟上去，並向這位上司解釋為何他認為此案並未了結。

「赫斯，聽到你這麼說，我一點都不詫異。」

「首先，貝芮笛·史坎斯和阿斯格·內高並不認識這幾名遭到殺害的女人。他們的住處根本找不到任何與死者有關的線索。」

「這點，我不太同意。」

「再者，這對情侶也沒有殺人動機，更沒有砍掉她們手腳的理由。這兩人的怨天尤人全都是衝著蘿莎．哈同而去，並非對全天下的女人或母親充滿恨意。理論上，史坎斯很有可能在醫院拿到受害兒童的病歷，但如果真的是她和內高向政府告密，那為什麼我們之前一點線索都查不到？」

「因為那時候偵查還沒結束，赫斯。」

「第三，潔西．魁恩和馬汀．理克斯遇害的十月十六日晚上，史坎斯，內高也很可能有不在場證明。如果那晚內高真的在皇家圖書館門廳等人，那麼這兩人都不可能跑去殺人；同理可證，另外兩位受害人也不是他們殺的。」

「我不明白你在胡說八道什麼，但如果你掌握了證據，我十分樂意聽聽。」

尼藍德來到行動指揮中心，正準備拿起記者會的發言稿，卻被赫斯阻擋了。

「還有，我剛才和法醫談過。貝芮笛．史坎斯貌似割斷了自己的頸動脈，但仔細比對過刀痕，這個結論太過牽強，因為整個動作十分不自然，所以我們可以推斷那是某人故意製造的錯覺，就是想要誤導我們。」

「這我有跟法醫討論過，他強調基本上可以斷定是她自己割的。」

「阿斯格．內高身上的穿刺傷，對史坎斯的身高來說也稍微太高了；還有，既然她打算和男友同歸於盡，那他們的屍體為什麼距離彼此有十公尺遠，她似乎是想逃跑。」

尼藍德正要說話，但赫斯沒給他機會。

「既然他們有能力謀劃那三起凶殺案，怎麼可能笨到用一輛輕易被追蹤到的租車，去劫持那個男孩！」

「好，如果你全權負責，你打算怎麼做？」

尼藍德把他問傻了，他接下來都不知道自己在說什麼了。他模模糊糊聽到自己在說，他們應該盡快調查利呂斯・貝克爾和他所入侵的犯罪現場照片。這是他稍早要求建茲提供的，也才剛提醒一名數位鑑識人員要加快查閱速度。

「還有哈同的個人顧問腓特烈・沃戈，我們必須查一查他，尤其是他在這幾起凶殺案發生時的不在場證明！」

「赫斯，你沒聽我給你的語音留言……」

赫斯聽到蘇林的聲音，頭轉了過去。蘇林已經走了進來，拿著一小捆的照片盯著他瞧。

「什麼消息？」

「蘇林，快幫他更新一下資訊吧。我沒那個閒工夫。」

尼藍德朝門走去，赫斯一把抓住他的肩膀。

「那栗子人上的指紋呢？你不能沒搞清楚這點，就上記者會宣告破案！你現在做錯決定，三起凶殺案仍有可能變成四起！」

「我沒有做錯決定！你才是那個搞不清楚狀況的人。」

尼藍德甩開他的手，朝蘇林點了點頭，並開始整理服裝儀容。赫斯好奇地望向蘇林，蘇林猶疑地將手中的照片交給他。赫斯盯著第一張看。照片裡，四隻被砍下的人手，亂七八糟地擠在冰箱裡的一層隔架上。

「我是在史坎斯和內高的住處發現的。就是那棟舊屠宰區，一間冷凍儲藏室裡的小冰箱……」

赫斯驚詫地翻閱各式各樣被砍下的人手照片，途中在一張內容不同的照片上停下來。這是一隻女人發紫的腳，從腳踝被砍下，就躺在蔬果室裡，像英國藝術家達米恩．赫斯特（Damien Hirst）用甲醛保存動物屍體的創作。

赫斯愣住了，他整個人變得不知所措，不知該說什麼。

「可是……鑑識人員搜查時怎麼沒發現這些？那地方封鎖了嗎？會不會是有人後來放進去的？」

「赫斯，拜託，回家休息。」

赫斯抬眼一看，剛好迎上尼藍德的注視。

「但那些指紋？哈同的女兒……如果我們停止搜尋，如果那女孩還活著……」

尼藍德走出了房間，丟下恍惚的赫斯。一會兒後，他瞥向蘇林，希望能得到她的認同，但蘇林的目光充滿了對他的憐憫。那種既嚴肅又同情的眼神，不是因為他提到了克莉絲汀．哈同，不是因為那個失蹤的女孩，不是因為栗子人上的指紋，而是因為他。赫斯從她的眼神裡讀出了她對他的懷疑，她認為他失去理智和正常的判斷力。赫斯瞬間驚恐異常，因為他也開始不相信自己了。

赫斯蹣跚地退出房門，轉身走下走廊，蘇林則在後面呼喊他。他走進雨中，快步衝過中庭，雖然沒回頭確定，但他知道蘇林正透過窗戶望著他。還沒走到出口，他已忍不住拔足狂奔。

十月三十日　星期五

99

今年的初雪，是赫斯記憶中來得最早的一次。才十月三十日就已經有二十三公分高的積雪了，而國際機場高大的方格玻璃窗外仍舊雪花紛紛，那包預備陪著他前往羅馬尼亞首都布加勒斯特（Bucharest）的駱駝菸，剛被他抽完了。

他發現下雪時是在四十五分鐘前，當時他最後一次關上公寓大門，走進清冷的空氣中，下樓朝正等著他的計程車走去。積雪的反光刺眼，他在口袋裡摸索到墨鏡時，心裡寬慰不少，因為他不確定自己是否有記得帶墨鏡。其實他不確定的事還有很多，畢竟宿醉醒來的他，整個人都恍恍惚惚的，所以一發現墨鏡在它應該在的地方，頓時對今日的行程抱持極其樂觀的態度。今天必定一切順心如意。

在計程車上，他享受著秋天的景象逐漸被白雪掩沒，好心情一直持續到他通過安檢、深入機場的國際忙碌氛圍。他被觀光客和外國人包圍，四周充斥著嘰嘰喳喳的各種語言，他感覺哥本哈根已被拋在腦後了。他查看離境班機表，滿意地看到自己的班機已開始辦理登機手續。降雪還不足以影響到飛機起降，又一個好兆頭。他拿起只裝了幾樣私人物品的旅行袋，朝登機門走去。他經過一家服裝店，從門面玻璃窗上瞥見自己的裝扮，突然意識到這身行頭可能不適合布加勒斯特。布加勒斯特現在是大熱天嗎？或者也在下雪和結霜？或許應該在航廈買件毛皮外套和一雙Timberland靴子。不過宿醉和想離開的迫切蓋過了這些考量，他滿足地買了一塊牛角麵包和一杯星巴克咖啡，繼續上路。

昨晚，弗雷曼的祕書打電話通知他復職，並附上一張前往羅馬尼亞的機票。諷刺的是，現在的赫斯比三星期前被發配至哥本哈根時，更加地悽慘落魄。過去十天，他整日泡在哥本哈根無處不在的小酒吧和酒館裡，接到那通電話時，他根本連話都說不清楚。一會兒後，祕書將電話轉至弗雷曼，他的上司簡明扼要地告知他，海牙那邊已完成對他的適職性評估，並宣布他並無涉及任何瀆職行為。

「但要明白，如果再讓我聽到你疏職、不服從或消失無蹤的任何風聲，我保證立刻給你當頭棒喝，打得你頭昏眼花。你在哥本哈根的上司對你的工作表現評價很高，並一再保證你十分積極，所以我的要求對你來講應該不難達成。」

赫斯不打算長篇大論地解釋，只簡短地附和這位上司。他實在沒必要解釋，尼藍德之所以給予他高度的工作評價，是因為想盡快擺脫他。等他消化完這個消息，他打了電話向弗朗索瓦道謝。在目前的局勢下，能夠退回到歐洲刑警組織的安樂窩裡，真是再好不過了。在布加勒斯特之後，他當然又要在一間間大同小異的旅館間穿梭，與一件件跨國案子交手，但不管如何都比這裡好。

出售公寓的過程也十分順利。雖然公寓的買賣契約尚未簽署完成，但經紀人的確幫他找到了買主，這應該歸功於某天喝得醉醺醺的他，同意以二十萬克朗的低價出售。昨晚接近半夜時分，他將公寓鑰匙交給管理人保管，而這位管理人似乎和尼藍德、警局裡的同事一樣，巴不得能擺脫他。幾天前，這個人甚至因為能打磨地板和粗略裝修那層公寓，高興得手舞足蹈起來，可能他是看到公寓有了更佳的賣相而興奮吧。赫斯向他道謝，但直到那棟破爛公寓完全脫手前，他才不在乎地板如何，也無法開口詢問裝修費用。

唯一沒解決的事，是他與乃雅．蘇林之間莫名其妙的情愫，但這又不算是什麼大事。最後一次見面時，她臉上寫滿了對他的誤解，認為他對哈同案的偏執已到不可理喻的地步。她斷定他失去正常人的判斷力，只因為他連自己的事都處理不來。她很可能聽了別人對他從前的閒話，以及大家為什麼那樣看他——也許她是對的吧。反正，那晚以後，赫斯也不再費神去思考栗子人和指紋的事。案子已經終結，尤其是在舊屠宰區找到的截肢手腳更是無懈可擊的證據；現在他正在登機門前排隊，已出示手機裡的登機證，如今再去回想那案子破得有多不合理實在沒意義。目前唯一令他放不下的，是蘇林那雙清澈且堅毅的雙眼，以及他的不告而別。但這些都可以事後補救，至少目前他是懷著這樣的心態登上飛機，在12B坐了下來。

隔壁座位上的商人不滿地瞥了他一眼。赫斯知道自己酒氣熏天，但他依然倒在座椅裡打算小睡一、兩個小時。他才剛決定來杯琴通寧以保證做一個完美的好夢，手機就收到一通弗朗索瓦傳來的英文簡訊。

「我會去機場接你，我們直接去總部報到。在抵達前，你必須把案子資料讀過一遍。」

赫斯幾乎把那樁案子忘了，但沒事，現在延後他的美夢再開始閱讀也來得及。赫斯不情願地打開手機裡的收件匣，這是一個星期多以來他首次查看，卻沒找到那份資料。與弗朗索瓦簡訊交流後，發現問題出在自己這裡。

「再查一遍。我在晚上十點三十七分傳給你的，你這個懶鬼。」

赫斯找到他為什麼沒收到弗朗索瓦郵件的原因了。另一封郵件的附件太過龐大，佔滿了信箱的容量，使得其他郵件傳不進來。再一看，原來是數位鑑識人員傳來的郵件，當時他們探訪利呂斯．貝克爾後，蘇林要求建茲提供資料，赫斯也在當晚稍後再次催促過相關鑑識人員。具體來說，這是封從犯罪現場照片資料庫找到的，貝克爾在被捕認罪前，最吸引他的照片點擊清單。

既然這封郵件現在已無關緊要，赫斯正打算刪除它——但好奇心最終仍佔了上風。與利呂斯．貝克爾的會談結果並不愉快，但從專業角度來看，他的心理狀態十分有意思，而赫斯現在有的是時間。其他乘客仍然陸續登機中，在走道上尋找座位。他雙擊進入了附件夾，一會兒後，利呂斯．貝克爾最感興趣的幾張照片映入了他的眼簾。雖然他的手機螢幕不大，但已足夠了。

乍看之下，利呂斯．貝克爾點擊最多次的犯罪現場照片，都包含了女受害者的陳屍狀態。她們大多介於二十五到四十五歲，其中有許多應該已為人母，至少從周遭散布的物品或背景中可見玩具拖拉機、遊戲圍欄、三輪車之類的物品。有些照片是黑白的，但大部分都是彩色照片，時間從一九五〇年到貝克爾遭到逮捕，顯示出他感興趣的照片橫跨年代之久遠。光裸身體的女人、衣著完整的女人，黑髮、金髮、身材高大或嬌小的都有。有的是槍殺、刺殺、勒斃、溺斃或毆打致死，其中一些明顯是先姦後殺。這簡直是冷血殘酷的大合輯，赫斯費力不去想這些照片會帶給利呂斯．貝克爾何種性興奮。剛才下肚的牛角麵包開始想循著原路返湧上來。就在他按照習慣快速回刷，想回到頁首點擊離開時，因為檔案實在太大，螢幕卡在一張剛才並未注意到的照片上。

這是一張大約三十年前的舊照片，地點是浴室，底部的文字說明為：默恩島（Møn Island），一九八九年十月三十一日。一名女性赤裸躺在磨石地板上，軀體扭曲殘缺不全，周遭滿是凝結的黑血。她大約四十歲，不過臉部被揍得面目全非，所以很難說。而引吸赫斯目光的是她被截肢的肢體，一隻手臂和腿被砍下來、扔在旁邊。從斷口來看，像是斧頭之類的重器所為，而且施砍了無數次才成功砍下。如此的殘暴顯示出凶手是個嗜血之人，雖然現場與赫斯之前見過的沒有任何相似之處，但他似乎著了魔般欲罷不能。

「各位乘客請就位。」

空姐忙著將最後一批客人的隨身行李箱塞進頭頂上行李架中，剛才拿著話筒說話的空少則把電話放回機長座艙外的牆上。

赫斯繼續往下看，發現這張浴室凶案只是發生在同棟屋子的連環殺人案開端，每張照片下的標注都是：默恩島，一九八九年十月三十一日。一名少年和一名少女在廚房遭到殺害，男孩倒在爐子邊，女孩趴在餐桌上，腦袋埋在盛著麥片粥的碗裡，兩具屍體上都有彈孔。赫斯再將頁面往下拉，驚詫地發現下個受害者居然是一位老警察，他躺在地下室的地板上。從他的臉部傷口判斷，應該也是被斧頭砍死的。這張是這一系列的最後一張，赫斯正打算往回拉到浴室女人的那張，卻意外被老警察照片旁的標記引起好奇心，一個括號裡的數字：（37）。赫斯霎時反應過來，這數字一定是數位鑑識人員做的記號，標示著貝克爾點擊這張照片的次數。

「請把所有電子設備關機。」

赫斯點點頭，示意空少他會順從指示，空少見狀便繼續往下走提醒其他乘客。這是一張老警察遇害的照片，貝克爾為何點閱了三十七次，而他明明只對女人情有獨鍾。赫斯連忙回頭檢示每張照片旁的小數字。其他照片的點閱次數都沒這張高，甚至是浴室女性那張的數字也只有（16）。

赫斯的胃翻攪起來。這張警察躺在地下室的照片一定有什麼蹊蹺，總不會是數位鑑識人員計算失誤吧？他從眼角瞥見空少又調頭回來，不禁心中暗罵手機螢幕太小，現在他必須用酒精稍褪後的顫抖手指放大照片，好方便找出奇怪之處。這簡直就是天方夜譚，而沒多久，他就開始眼冒金星，完全看不出利呂斯・貝克爾鎖定這張照片的原因。

「請關掉你的手機！」

空少這次不再通融了。赫斯正打算關機，手指卻不小心刷過螢幕，螢幕畫面被挪移到老警察上方的架子。赫斯愣住了。一開始他還沒反應過來，他趕緊將照片縮小，瞬間，世界都靜止了。

老警察屍體上方，靠牆放著三個破舊的木架。每個上頭都塞滿了小娃娃：栗子男娃娃、栗子女娃娃、栗子小動物。有的大有的小，有些是缺了四肢的半成品，其他的都沾滿灰塵髒兮兮的。栗子娃娃全都眼神空洞，不發一語地往外看，就像一個個的小士兵——一支遭人遺棄的龐大殘軍。

直覺告訴赫斯，這些栗子娃娃正是貝克爾點閱三十七次的原因。他感覺到機身突地一抖，要準備滑行了。下一秒，空少已來不及阻止他朝駕駛艙衝去。

100

哥本哈根機場的貴賓室裡只有寥寥數人，香水味、熱咖啡的香氣和剛出爐麵包烘烤香散播開來，而赫斯和那個女服務員來回交鋒，花了五分鐘才爭取到進入的許可。年輕女服務員的妝容美麗，雖然她態度和善又面帶微笑，但明擺著不相信赫斯，因為他的外表舉止與手上的歐洲刑警組織警徽實在不相稱。赫斯只能一再強調他的任務十分緊急。直到一位年輕的索馬利警衛被指派前來驗證警徽，女服務員才寬容地放行赫斯進入神聖的貴賓室。

赫斯直接朝最深處的三台電腦走去。貴賓室裡的其他幾位客人，不是在滑手機，就是坐在圓桌旁享用低卡路里早午餐，電腦前的高腳椅顯然甚少有人使用，除了偶爾被拖來一起出差的小孩子才會坐上去玩一下吧。赫斯敲下鍵盤上的一個按鍵，急躁地登入並通過歐洲刑警組織安檢系統的驗證，再進入他的收件匣。他知道當天尚有幾個航班飛往布加勒斯特，不過可能要在德國的某個小城市轉機，若他延遲航班的消息傳到弗雷曼耳中，那位上司一定會暴跳如雷，但赫斯就是無法置之不理。他再度叫出貝克爾的點擊清單，一看到那些栗子娃娃，對於上司發火的擔憂立刻拋諸腦後。

現在從大螢幕查看照片裡沉默的栗子娃娃，它們至少有三十個年頭的歷史了，給人感覺更加詭異，但赫斯仍未破解這個發現所暗含的意義。貝克爾顯然認為這張照片意義重大，重大到點閱了三十七次，更何況照片裡的男警從來都不是他的菜。但為何如此重視？十八個月前，他駭入資料庫、第一次看到這張照片時，那時還沒出現任何謀殺婦女、留下栗子娃娃的案例和報導。那個凶手在貝克爾點閱這張照片時甚至都還不存在，如此看來，他著迷於這些手作的栗子娃娃軍隊根本不合理。但赫斯毫不懷疑，貝克爾的確被這些栗子娃娃吸引。

赫斯納悶，也許貝克爾閱讀過這樁一九八九年發生於默恩島的凶殺案檔案，所以對栗子娃娃產生興趣。他或許在檔案裡發現自己認識這些受害人或犯罪現場，或瀏覽到某個重要細節，使得他一次又一次點閱這張警察和栗子娃娃的照片。但貝克爾駭入的資料庫並沒有案情報告，無論是默恩島的凶殺案或其他案件都不會有，案件報告是存放在另一個資料庫。就赫斯所知，貝克爾就只駭入了這個能宣洩他性癖好的特定資料庫。

赫斯的思路又開始混亂，宿醉的副作用再度襲來，而且他也開始後悔，剛才真不應該像個瘋子般地猛敲駕駛艙的門，強迫那位說德語的機長放他下飛機，不然他可能早就準時起飛，前往布加勒斯特了。他的目光掃向離境班機告示牌，卻只看到利呂斯．貝克爾的臉，以及聽到他那猖狂的笑聲。赫斯決定再瀏覽一次附加檔案裡的照片，從頁首開始細看那些令人髮指的凶案細節。一張接著一張，一張比一張凶殘，卻看不出來為何這些照片能為貝克爾帶來巨大的喜悅。赫斯推測應該是某種病態的細節，某種只有貝克爾這類人才會注意到的細節。一個念頭閃過，赫斯覺得自己好像抓到了重點。赫斯先是意識到它就是重點所在，後來才親眼證實——會想到它，是因為這是他所能想像到最駭人的理由，但同時又無法理解它為何讓利呂斯．貝克爾如此興奮。

赫斯又再回到頁首重頭檢視這些照片，但這次他只找一個物件：不是照片裡的主題，而是前景和背景裡的小物件。第九張照片出現了他的目標物。這是另一個犯罪現場，標注著「里斯科夫（Risskov），二〇〇一年九月二十二日」。這張乍看與其他照片並無不同，死者為一位金髮女子，大約三十五歲，躺在一棟房子或公寓裡看似客廳的地板上，身上穿著深棕色裙子；白色無袖寬鬆內衣被撕裂，腳上的高跟鞋其中一支鞋跟斷掉了。背景有玩具和一組遊戲圍欄，桌上整齊擺放著兩組餐具，但從未被使用過。看得出來，她在遇害前經歷一番激烈又徒勞的拉扯，因為照片右邊的擺設全被翻倒且濺有血跡。但吸引赫斯注意力的，是那組遊戲圍欄上的波浪鼓旁，吊掛著一個不顯眼的小栗子人。

赫斯感到血液一股腦地往上衝，耳內轟轟作響。他繼續往下看，視線似乎已能自動聚焦在這個特定物件上，自動排除其他不相關的細節，彷彿全世界只剩下那個小娃娃。第二十三張，赫斯再次停了下來。

尼堡（Nyborg），二〇一五年十月二日。這次是名年輕女子倒在一輛黑色轎車裡。照片從擋風玻璃往內拍攝。她坐在駕駛座，上半身倒在副駕駛座的兒童座椅上。女子身著正式套裝，彷彿正要前往赴約。她的一隻眼睛被揍得凹陷，但照片裡並無血跡，凶手似乎比里斯科夫時那張克制一些。前景的後視鏡上吊掛著一個小栗子人，雖然只是剪影，但真真切切就在那裡。

接下來還剩將近四十張照片，但赫斯仍然決定登出系統，起身朝手扶梯和一樓走去。途中，一個念頭閃過腦中。這些凶殺案橫跨了將近三十年，不可能是同一個凶手所為。不可能。不然早就有人發現了，早就有人採取行動了。栗子人根本不具意義，凶殺也不一定是發生在秋天。又或許赫斯只是看見他自己想看見的？

即便如此，利呂斯．貝克爾的臉一直浮現在眼前。赫斯走到租車櫃檯，交出護照並等著職員將車鑰匙交給他。這是貝克爾製造的連結：栗子人是同一位不斷犯案的凶手留下的署名。他拿到了車鑰匙，立即朝停車場跑去，外面的降雪更濃更密了。

101

蘇林刻意閃避那兩位從螢幕抬起頭看她的探員目光，快速清空置物櫃裡的物品，然後關上鐵門，但好像用力過猛了。她不想讓任何人注意到，今天是她在重案組的最後一天，現在更不想。反正事已至此，大局已定，她沒什麼可留戀的，也可能沒人會想念她。到重案組報到的第一天，她就決定與這裡的同事保持距離，越沒有存在感越好，直到她離開這棟大樓的那一天。幾分鐘前，她巧遇了尼藍德。尼藍德正和一群助理要去出席最後一場記者會，蘇林覺得他召開的記者會已經夠多了。今天召開的理由是，法醫的最後驗屍報告已經出來，DNA化驗結果也出爐。蘇林不禁納悶，召開記者會根本是尼藍德想滿足自身需要鎂光燈的虛榮。而看起來就是這樣，他穿著光鮮亮麗的高級西裝站在司法部部長身旁，模仿著大人物慷慨激昂的手勢，強調席德哈芬屠宰場的地毯式搜索，是整樁案子的破案關鍵。

尼藍德早已不再跟她客套，只說了些祝好運之類的虛言。

「拜，蘇林。替我跟文格問好。」

他指的是尹薩克．文格，國際網路犯罪中心的領袖，蘇林的新上司。看來尼藍德認為，兩個部門間的權勢高下已不可同日而語，蘇林應該後悔轉調部門的決定了。其實，她自己都差點忘了轉調部門一事，是國際網路犯罪中心的大頭親自於星期一打電話給她，祝賀她破案。

「不過，這不是我打電話找妳的主要原因。我希望妳對我們這裡的工作仍有興趣？」

文格已為她留了一個職位，無論她有無拿到尼藍德的推薦函，都不會改變此決定。如果她接受這份工作，文格會幫她解決尼藍德方面的問題，她可以先度個假，冬天再到國際網路犯罪中心報到。於是，蘇林現在滿心期待著一整個星期屬於樂和她自己的假期。雖然一切順利，事情的發展都按著他們期望地進行，但蘇林還是花了幾天時間再三確認案子已完整結案，無所遺漏。

安妮．塞傑爾拉森和潔西．魁恩的手，以及潔西的腳，在屠宰區的小冰箱被發現後，真相昭然若揭，除了尼藍德的詮釋，沒有第二種合理的解釋。沒錯，赫斯是提出一些未解決的問題，但不可否認的，造成他如此偏執是他個人的因素。

儘管尼藍德對赫斯有許多不滿，但尼藍德客觀地告訴蘇林，赫斯當初離開重案組、離開哥本哈根，是因為一場個人的悲劇。他對此事了解也不多，因為當時他尚未執管重案組。大概是五年前五月的某一晚，赫斯二十九歲的妻子，在他們的渥爾比公寓內死於大火中。

蘇林當時聽完十分震驚。她調閱警局關於那場大火的報告，大火起於凌晨三點，並以迅雷不及掩耳的速度延燒開來。大樓很快被撤空，但烈火使得消防員到達不了頂樓。等到火勢撲滅後，他們在臥室發現了這位年輕女子焦黑的屍體，並通知她正於斯德哥爾摩查案的丈夫，重案組的探員馬克．赫斯。起火原因不明，偵查人員從電線走火、油燈翻倒、人為縱火幾個方向深入調查，但都無果。女子死亡時已有七個月身孕，夫妻倆才剛結婚一個月。

蘇林看完後胃開始翻攪。突然間，赫斯的怪異行為都合理了，但依舊令人無法理解。無論如何，再去想那些赫斯提出的問題已無意義，而且她剛才聽到副局長告知尼藍德，海牙方面已決定讓赫斯復職，赫斯也已在前往布加勒斯特出任務的路上。她不禁鬆了一大口氣。所以赫斯已經離開丹麥了，無論從哪個角度來看，這都是最好的結果。她這個星期打了幾通電話給赫斯，但對方沒接也沒回電；樂也在找赫斯，不停問「那個眼睛不一樣的傢伙」什麼時候過來看她《英雄聯盟》的闖關，讓蘇林不知如何回答。同樣的情形也發生在蘇林打電話向馬格努斯．克約爾問好時，那個男孩已被送到兒童之家，正在等社工幫他安排合適的寄養家庭。兒童之家的園長表示男孩正在進步中，不過一直在找「那個警察」。蘇林也不知該怎麼回答。現在蘇林已決定不再去想赫斯這個人，唯有漠視才不會再受人影響，就像對待薩巴斯坦那樣。儘管薩巴斯坦仍然會在她的語音信箱留言，但她已沒有再與他聯絡的想法了。

「乃雅．蘇林？」

蘇林轉向她空空如也的辦公桌，發現一位單車快遞員正看著她。雖然她已決定忘掉赫斯，但一看到快遞員手上的那束花，首先闖入她心中的人仍是他。黃、橘、紅色的秋花，她一朵也不認得，說實話，她從不覺得花朵有什麼漂亮的。她用快遞員的數位筆簽收完後，對方就踩著單車迅速離去了。蘇林打開卡片，心中不覺慶幸其他同事都聚集在餐廳的平板螢幕前，觀看尼藍德的記者會現場直播。

謝謝今天的晨跑，祝新工作一切順利。離開妳現在的辦公桌吧☺

蘇林微微一笑，順手將建茲的卡片扔入廢紙桶裡。她下樓朝自由走去，準備前往樂的學校萬聖節派對，而那束花被她留在了辦公桌上，自會有愛花人士去照顧它們的。

走出警局，雪依舊在下著，令蘇林十分困擾。在去國際網路犯罪中心報到前，她並沒想到要找一輛車代步。她的運動鞋一下就濕透了，她快步走上貝斯托夫路（Bernstorffsgade）往地鐵總站走去，搭地鐵到迪包斯普羅（Dybbølsbro）站。

今早和建茲晨跑時還未下雪。她是為了紀念重案組的最後一天，才終於答應建茲一起去跑步。既然以後他們不再是同事了，這是個不錯的方式來總結彼此的關係。再者，她很清楚自己要什麼。他們約好沿著海灘路晨跑，所以早上六點半她到建茲位於北港（Nordhavn）新建社區的住宅找他。她很驚訝建茲居然有那麼多的錢在這種地方置產，不過話說回來，建茲做事一向一絲不苟，理財能力也絕對不差。

一開始，一切都很美好，尤其是看著太陽從松德海峽（Øresund）海岸線緩緩升起，然後他們又討論了剛結束的案子。貝芮笛・史坎斯和阿斯格・內高的復仇激情，在孩子死後熊熊燃起。這個護理師搜集了受虐孩童的資料，並鎖定孩子的母親為對象；接著他們在網咖之類的地方入侵烏克蘭的一台郵件伺服器，寄出匿名舉發信。但是，為何鑑識人員最初的搜查，會遺漏掉小冰箱裡的殘肢？用來殺人和截肢的棍棒和鋸子仍舊毫無蹤跡，但貝芮笛・史坎斯是名護理師，自然有取得外科手術器具的門路，這也已在調查檢驗中了。

建茲對於此案的結論並無異議，不過蘇林看得出來，他對案子的討論並不上心，反倒更投入在跑步過程中。蘇林開始後悔告訴對方她喜歡長跑了，很快的，建茲必須放慢步伐以免兩人距離差太多。跑了八公里後，他們調頭，蘇林已落後了一大段；兩人實力懸殊，一個是週日跑者，另一個是像個經驗豐富的肯亞健將。建茲後來才發現蘇林落後了好幾公里，連忙放慢速度，兩人才又開始聊天。蘇林這才意識到她在自作多情，以為建茲約跑步是為了把她。她錯了，建茲對待跑步就跟鑑識工作一樣熱情。

此時的蘇林已喘得說不出話了，直到他們在夏洛藤隆堡（Charlottenlund Fort）的紅線前停下來，她才說出心裡的疑慮。他們再怎麼自圓其說，也解釋不了沾有克莉絲汀・哈同指紋的栗子人，為何被留在犯罪現場。而那對情侶的住處也毫無栗子人的跡象，現在內高和史坎斯死了，留下了一個解不開的謎題。

「不然就像尼藍德說的，栗子人是那對情侶在克莉絲汀・哈同和她朋友擺的攤子上買來的。」建茲提出了這個想法。

「這有可能嗎？史汀・哈同說了，他認為那年兩個女孩並沒有做栗子人。」

「他會不會記錯了？史坎斯在那段時間被送進羅斯基勒的精神病院，內高很可能就已經開始開著車四處探路了。」

「然後不幸被利呂斯・貝克爾超前一步，搶先對克莉絲汀・哈同下手？這兩人幾乎在同一時間對克莉絲汀・哈同感興趣，太巧了吧？」

建茲聳聳肩，笑了笑。

「這也不是我的看法，我只是一個鑑識人員。」

這麼討論也討論不出個所以然，但栗子人的謎團會一直糾纏著蘇林，彷彿他們遺忘了某個細節未查，或遺漏了某個線索。這時她和建茲已走到斯彎耐莫冷站（Svanemøllen）分道揚鑣，雪也下下來了，蘇林趕緊躲進月台，建茲則繞道公園繼續跑步。

「3A要怎麼走？」

「去那邊教室看看。往最吵的地方走就是了。」

蘇林抖掉身上的雪，經過兩個在師生休息室裡布置的老師。這所學校距離迪包斯普羅站不遠，就在一條小街上。她準時到達，並暗自保證，從此以後她都要準時。她有太多次遲到的不良紀錄，有時甚至缺席，所以一進教室時，幾位家長都吃了一驚。他們站在沿牆擺放的南瓜頭旁，而孩子們則穿著萬聖節的道具服四處蹦跳。明天才是萬聖節，但今天是週末，於是學校改在今天舉辦派對。女孩們扮成巫婆，男孩則扮成妖怪，許多還戴著妖怪面具，一個比一個恐怖。孩子跑過時，有些家長嗚呼地鬼叫助興。導師與蘇林同齡，也打扮成了巫婆，套著領口很低的黑色連身裙，搭配黑網襪、黑色淺口低跟鞋，一張臉塗得死白，搭配了大紅色口紅，外加一頂尖尖的黑帽子。她彷彿是從鬼才導演提姆・波頓（Tim Burton）電影走出來的角色，也難怪，那些爸爸的心情比星期五下午時還雀悅。

蘇林找不到淹沒在家長、小妖怪們間的樂和她外公，後來才看到那個戴著吸血鬼橡膠面具的小鬼。那副面具的後面做成裂成兩半的頭骨，黃色腦漿從前額流下，靈感出自電腦遊戲《植物大戰殭屍》（Plants vs. Zombies）。昨天樂拉著蘇林跑到漫畫店，樂就指定要這組道具服。她現在和外公站在一起，她外公正幫她調整頭骨，以免它下滑到她的脖子。

「嗨，媽。找得到我嗎？」

「找不到，妳在哪裡？」

蘇林四處張望，等她轉回來時，樂已掀起橡膠面具，露出流著汗、得意洋洋的臉蛋。

「我是第一個抱著南瓜進派對的小朋友。」

「酷，真希望我有看到。」

「妳要留下來看我們玩嗎？」

「當然。」

「要不要把妳的頭骨給我拿一下，免得妳被熱死？」阿克塞爾幫樂擦拭額頭上的汗。

「沒關係的，外公。」

樂戴著掉到脖子上的面具，穿過教室去找穿著骷髏裝的拉馬占。

「一切順利吧？」

阿克塞爾看著她問，蘇林知道他問的是她在警局的最後一天。

「嗯，很順利。全都結束得乾乾淨淨。」

阿克塞爾正要說話，但老師拍手拉回大家的注意。「現在我們要開始了！小朋友，都過來我這裡。」老師歡快地說完，轉向家長這邊。

「在過去師生休息室開始派對前，我們要總結秋日週的主題。小朋友準備了三件作品要展示給你們看！」

牆上的布置還在，就為了等這場派對的到來，家庭樹海報也是。蘇林只看過一次孩子們的表演，是跟馬戲團有關的，小朋友要打扮成獅子爬過一個呼拉圈三次。家長們熱烈鼓掌，把蘇林搞得渾身不自在，尷尬得腳趾頭都用力蜷縮起來刮鞋底。

這次就完全不一樣了。第一組小朋友展示出一張由森林撿來的樹枝和紅黃落葉貼成的海報。蘇林心想，她可能會需要很長的時間，才能擺脫將秋季落葉與勞拉・克約爾、安妮・塞傑爾拉森和潔西・魁恩三人聯想在一起的慣性反應。第二組小朋友則是展示出全班的栗子娃娃，這下蘇林的心情更加沉重了。終於輪到樂上場。她和拉馬占，以及其他小朋友聚集到老師的辦公桌旁邊，然後宣布栗子也是可以吃的。

「首先，切一個開口，不然它們會在爐子裡爆開！然後用兩百二十五度的高溫烘烤，就可以抹上奶油和鹽巴吃了！」

樂的童音清脆嘹亮，蘇林驚詫地下巴快掉了。她的這個小戰士般的女兒對廚藝從來不感興趣。幾個盛著烤栗子的碗在家長之間傳遞，老師轉向拉馬占，小男孩顯然忘記他的台詞了。

「拉馬占，烤栗子和吃栗子時，應該注意什麼？」

「要挑選對的栗子，可以吃的栗子。」

「對。栗子的品種很多，但只有一種可以吃。」

拉馬占點點頭，拿了一顆栗子放進嘴裡喀滋喀滋地咀嚼，他的爸媽驕傲地微笑，享受著其他家長的回饋。老師開始分享孩子準備這些烤栗子的幕後花絮，但蘇林罔若未聞。

「栗子的品種有很多種，是什麼意思？」

蘇林冷不防地冒出這個問題，老師吃了一驚看著她，其他家長也停止大笑，紛紛轉過來看。

「我以為只有兩種，一種是這種可以吃的，另一種是拿來做栗子娃娃的。」

「不是的，其實栗子有好幾個品種。而現在拉馬占要——」

「妳很確定嗎？」

「很確定。但我們現在要——」

「多少？」

「什麼多少？」

「栗子有多少品種？」

教室瞬間安靜下來。家長們看看蘇林再看看老師，小朋友也閉上嘴了。蘇林問的最後一句就像審犯人般地毫不客氣。老師被問倒了，尷尬地笑了笑，她不知道為什麼有人會這樣考她。

「我並不清楚栗子的所有品種，但各地能吃的栗子品種也不同，例如歐洲栗子和日本栗子，單單是七葉樹的種子馬栗，品種就很多。例如——」

「做栗子動物的栗子是哪一種？」

「所有的栗子都可以。但這裡最常見的，是用馬栗……」

沒人說話了。家長們盯著茫然看向老師的蘇林。蘇林從眼角瞥見女兒的臉，樂的表情告訴蘇林她想找洞鑽進去。但此時蘇林人已經衝出教室，奔過師生休息室，而裡面的派對正如火如荼進行中。

102

「如果妳是來找我挑戰的，那我們要下個星期才能再跑一程了。」

建茲對她微微一笑。他身旁有一個長方形登機箱和一個小旅行袋，同時他正在穿上防水外套。蘇林從接待員口中得知，建茲剛從一個犯罪現場回來，正準備前往赫寧展覽中心（Herning Exhibition Centre）參加一場為期兩天的研討會，不過蘇林還是說服接待員放她進去。蘇林在計程車上打電話聯絡不到建茲，等到了鑑識部，知道他就在實驗室中，這才不覺鬆了一大口氣，雖然她來的時間不對。

「不是的，我要找你幫忙。」

「跟我一起下去停車場，我們邊走邊聊？」

「留在犯罪現場的栗子娃娃，也就是有克莉絲汀・哈同指紋的栗子人偶，是用哪一種栗子做的？」

「哪一種？」

建茲正抬手要去關掉鹵素檯燈，聞言頓時愣住，盯著她瞧。

「什麼意思？」

蘇林是從樓梯跑上來的，仍然氣喘吁吁。

「栗子不只是栗子，它有好幾個品種，所以是哪一種？」

「我不記得，要查——」

「是馬栗嗎？」

「會什麼問這個？出了什麼事？」

「也許無關緊要。既然你不記得，那在你的鑑識報告裡應該會有。」

「當然，但我只是——」

「建茲，我不會拿不重要的事找你麻煩。你能現在查查嗎？」

建茲嘆口氣，在大螢幕前坐下來。他進入系統，蘇林透過牆上的螢幕看著他操作。建茲進入一個資料夾，目標清楚地往下拉，在一個又一個標注號碼的報告中搜尋，然後雙擊一個檔案。報告裡充滿大量的數字和分析數據，不過建茲快速地將頁面往下拉，顯然對報告的內容瞭若指掌，最後他停在標示著「品種與產地」的一欄。

「第一件，也就是勞拉．克約爾的案子，指紋是在一種可以吃的栗子上。具體的說，是叫 *Castanea sativa x crenata*，就是板栗。滿意了嗎？」

建茲盯了她一會兒，似乎以為她在開玩笑。

「快點，這很重要！」

建茲回到資料夾，雙擊了另一份報告，同樣的步驟又重複兩次。等他調閱完畢，在他開口前，蘇林已經知道答案了。

「另外兩件的結果也一樣，*Castanea sativa x crenata*，板栗，可以了嗎？」

「你確定？不會有錯？」

「蘇林，這部分的分析是我的助手做的，因為我把注意力都放在指紋上，所以當然不能保證——」

「但你的助手不可能連錯三次吧？」

「對，不可能發生那種事。因為他們都不是栗子專家，按照正常程序，我們都是找專家來鑑定品種。我相信我的助手按規定做了。現在，可以告訴我這是怎麼回事了嗎？」

蘇林不發一語。剛剛在計程車上，她打了兩通電話，一通給建茲，另一通給史汀・哈同。哈同的聲音無精打采，蘇林頓時被罪惡感揍了一下，她向哈同致歉打擾了他，並說明她正在寫結案報告，需要知道他家的栗子樹，也就是克莉絲汀和她朋友用來做栗子人的栗子是哪個品種。哈同已沒心思吃驚了，蘇林繼續說明這只是正常手續的一環，哈同問也不問地直接回答了。他家花園裡的大栗子樹，是七葉樹。

「意思是我們有麻煩了。我們必須趕緊找那位專家，立刻。」

103

鹿園（Deer Park）的彼得利普斯住宅餐廳（Peter Lieps Hus Restaurant）與紅色柵欄門間的地面覆滿白雪，蘿莎・哈同捨棄了柏油路，從石子路跑過去，但地面一樣如肥皂般滑溜。跑到小路的盡頭，她瞥了冬季關園的遊樂園一眼，無人問津的遊樂設施像鬼域般地淒涼。她轉向右邊，走向因大樹遮掩而未被白雪覆蓋的小路。她的腿已經跑不動了，但空氣冰冷清冽，她強迫自己繼續跑，希望長跑能幫她擺脫掉頹喪的心情。

她已經快十天沒踏出家門了。之前為了復職所凝聚的士氣，在她終於接受事實後潰散無蹤。再見克莉絲汀的願望，終究只是不切實際，終將如泡沫幻滅。一切又恢復到上個冬天和今年春天的模樣，一切灰濛濛的沒有意義，儘管沃戈、劉和恩格斯鼓勵她回去上班，但她就是回不去了。她待在家裡，不管他們怎麼說，蘿莎知道她的部長生涯已走到盡頭。首相和司法部部長對此事公開表示擔憂，但幕後的真相是：蘿莎已經出局。再過不久，她會被趕下部長的位子，理由不是她反抗首相，就是她情緒不穩，但蘿莎才不在乎。

她不能再忽視自己心中的哀痛，今早她去看了精神科醫師，醫師建議她繼續服用抗憂鬱的藥。於是一回到家，她強迫自己換上運動服，每當在家工作時，她吃過午飯都會出去跑上一段路。但今天純粹是為了製造足夠的腦內啡，拉提一下情緒，蓄存足夠的精力以抵制另一輪的藥物依賴。

當然還有另一個原因：搬家公司的人今天會來收走克莉絲汀的個人物品。看診回來後，蘿莎絕望地遵從精神科醫師的建議，一次性地清理掉女兒的物品，如此方能一了百了，讓過去的過去。這種象徵性的動作，能幫助她往前走。於是蘿莎致電搬家公司，並吩咐互惠生保母，克莉絲汀的臥房哪些東西要搬走：四大箱的衣鞋、她的書桌和床鋪，後面兩項是她過去一年來經常進去坐著發呆的地方。她還給了互惠生保母一個電話號碼，讓保母通知一家慈善機構，告知他們將有一輛休旅車載運一些衣鞋和家具過去，隨後，蘿莎就出門開車去了鹿園。

路上，她納悶是否要打電話告訴史汀她的決定，但又說不出口，她無法面對自己這個決定。夫妻倆幾乎無話可談了。重案組的那個人說得明明白白，但史汀仍舊緊抓那一絲的希望不放，蘿莎對他已無可奈何。他拒絕簽署克莉絲汀的死亡證明，雖然那是他親口向律師要來的。儘管史汀隻字未提，但蘿莎知道他在街坊鄰里一家家打聽，是否在克莉絲汀失蹤當天有看到她經過。這是史汀的合夥人比耶克告訴她的。比耶克擔憂地提到，史汀的辦公室裡，到處都是與工作無關的下水道系統分布圖、住宅區和道路平面分布圖，而且他每天早上沒有交代一個字就開車出去。昨天，比耶克決定跟蹤他，發現史汀在體育館附近的住宅區不停徘徊。不過比耶克應該後悔通知她了，因為蘿莎沒有任何回應，只表示隨他去吧。史汀的搜尋毫無意義，但話說回來，意義值幾兩重？他們本應該聯手對抗痛苦、面對未來，多為古斯塔夫著想，但現在，他們兩個都沒力氣了。

蘿莎終於又回到了紅色柵欄門前，這時的她已精疲力盡。她大汗淋漓卻渾身冰冷，口中吐著白霧，扶著木柵門往她的車走去。開車回家的路上，她經過加油站，看到頭頂上的烏雲裂出一道縫隙。天空短暫放晴，陽光灑落下來，將白雪照耀得晶瑩剔透，但刺得她瞇起雙眼。她駛上自家車道，突然意識到她的呼吸跟離家時不同，稍微平靜一些，彷彿能一口氣吸到肚子裡，而不只是停留在喉嚨和胸口間，像個被堵塞的水槽。她下車看到積雪上休旅車的粗大胎痕，不禁微感輕鬆。終於清理掉那些東西了。她習慣性地繞到房子後頭，朝洗衣間的門走去。通常跑步回來後，她會從這扇門進入玄關，以免將泥土帶進屋裡。她懶得做運動後的舒展運動，只想趕在好心情消散前躺倒在沙發上。她嘎嚓嘎嚓地踩著新雪而過，但繞過後陽臺的屋角時，她愣住了。

有人在門前的腳踏墊上放了一個東西，一開始她沒認出是什麼。再往前走一步，那東西似乎是花圈或某種裝飾品，她立刻聯想起聖誕節，這也許是白雪帶給她的聯想吧。她彎下腰要去撿，這才發現它是由幾個栗子人做成的——栗子人們手牽著手，組成一個花環。

蘿莎打了個寒噤，警戒地四下張望。一個人影也沒有。花園裡，包括那棵老栗樹全都覆上了潔白的新雪，唯一的腳印是她的。她轉頭低頭看著花圈，謹慎地拿起來並拿進屋內。關於栗子人有什麼含義、代表什麼，她已被問了多到數不清次。除了克莉絲汀和瑪蒂兒德每年都會在餐桌邊辛苦做栗子人，她想不出來栗子人還有什麼其他意義。但她穿著濕鞋跑上二樓、呼叫喚互惠生保母時，心裡卻十分不舒服，一種說不清的不安感。

蘿莎在克莉絲汀的空房間找到互惠生保母，她正用吸塵器清理箱子和家具清空後的地毯。女孩抬頭一看吃了一驚，蘿莎關掉吸塵器，拿花環給她看。

「愛麗絲，這是誰留在屋外的？它怎麼會在外面？」

但女孩什麼都不知道。她從未見過這個花圈，也不知它何時被放在洗衣間門外，又是誰放的。

「愛麗絲，這很重要！」

蘿莎又重複問了一次，這個一臉困惑的女孩一定有看見什麼。但事實是，自從蘿莎出門後，女孩除了搬家公司的人，根本沒看到任何人。直到女孩哭了出來，蘿莎才意識到自己正在對她吼叫，想從不知情的女孩身上逼問出一個答案。

「愛麗絲，對不起。對不起，我……」

「我去報警吧。妳要我去報警嗎？」

蘿莎低頭看著剛才去抱愛麗絲時，被自己放到地上的花圈。那是由五個被鐵絲綁在一起的栗子人所形成的小花冠。它們很像警察拿給她看的那個，不過，蘿莎發現其中兩個比另外三個高了一些，好似爸媽的感覺。栗子爸媽牽著栗子小孩的手，彷彿一個大家庭圍著圈在跳舞。

蘿莎恍然大悟，她認出了那個花圈。她明白附近那麼多住戶，為何它只被放在她家門外，對方就是要她發現它。她想起第一次看到它是什麼時候了，也想起是誰、又為了什麼將它送給她。一切撥雲見日，她知道怎麼回事了……但根據常識來判斷，卻又相當不可能。不可能是那個原因，因為，那是好久好久以前的事了。

「我現在去報警，蘿莎。我們最好報警。」

「不！不要報警。我沒事。」

蘿莎放開了愛麗絲。她連忙跑下樓，衝到車子旁開車出門，從家裡到出門這一小段路上，她都感覺有人在監視她；而這個人早已監視她很長很長一段時間了。

104

進城的路程彷彿永無止境，中途還有無數障礙來拖住腳步。只要有機會，她就切換線道，來到三線交流道，以及再過去的城堡花園，她油門一踩更是直接闖紅燈過去。回憶如潮水般湧上，其中一些十分清楚，另一些模模糊糊且漏洞很多，感覺像她的大腦為了賦予往事一個意義，刻意將它們縫補起來。來到國會大廈，她找了一個不會引起注意的隱僻處停好車，快步從後門進入。她這才發現自己忘了帶識別證，但警衛仍然揮手讓她通過了。

「劉，我要請妳幫我一個忙。」

進到她的辦公室，見祕書正在跟兩位新職員開會。劉一看到蘿莎，當即目瞪口呆。

「好，沒問題。我們稍後再回來談這些。」

劉送走了兩位新職員，那兩名女子出去時，斜眼偷瞧了蘿莎一眼。蘿莎這才反應過來，她此時仍然穿著運動服，鞋子上還沾了爛泥巴。

「出了什麼事？妳沒事吧？」

她現在沒時間去化解劉的擔憂。

「沃戈和恩格斯呢？」

「沃戈今天都沒出現，我想恩格斯去開會了。要我聯絡他們嗎？」

「不用，沒關係，我們可以自己找。國會大廈的電腦能查看各地議會的寄養家庭，還有接管的孩子，對吧？」

「對……但為什麼？」

「我要找一個寄養家庭的資料。這個寄養家庭在奧斯海勒茲（Odsherred）議會的轄區。大概是一九八六年時候的事，但我不確定。」

「一九八六年？我不確定那時資料數位化了沒？」

「妳試就是了！好嗎？」

劉一副很無奈的樣子，蘿莎當下感到一股歉意。

「劉，妳別我問為什麼。幫我查就是了，拜託。」

「好……」

劉在辦公桌上的筆電前坐下，蘿莎感激地看著她。劉先登入她的系統，再進入奧斯海勒茲議會做註冊，系統不久便通過了她的申請。蘿莎則挪來一張椅子，坐在旁邊觀看螢幕上的資料。

「這個寄養家庭姓彼德森（Petersen），」她告訴劉。「住在奧斯海勒茲，基勒克威吉（Kirkevej）三十五號。男主人叫保羅（Paul），學校老師。女主人是克絲汀（Kirsten），陶藝家。」

劉敲著鍵盤輸入資料。

「找不到。有他們身分證號碼嗎？」

「沒有，但我記得他們領養了一個女兒，叫蘿莎．彼德森。」劉輸入蘿莎提供的身分證號碼，然後頓了一下，看著蘿莎。

「但這是妳啊，不是……？」

「對，是我，妳先搜尋。我不能說為什麼找這個，妳要相信我。」

劉困惑地點點頭，繼續搜尋，一會兒後資料跑出來了。

「蘿莎，孤女，出生於喬爾安德森（Juul Andersen），被保羅、克絲汀夫婦領養——」

「現在用他的身分證號碼，搜尋一九八六年的一個案件。」

劉按照蘿莎的話搜尋，但幾分鐘後她搖搖頭。

「沒有找到。我說了，並不是所有的資料都有數位化，也許——」

「那試試一九八七或一九八五年。有一個男孩加入我們家，還有他的妹妹。」

「妳有那男孩的名字嗎？或者——」

「沒有，他們沒待多久，大概幾個星期或幾個月……」

劉一邊說話一邊敲鍵盤，她突然停了下來，盯著螢幕。

「有了，應該是他們。一九八七年，托克・貝寧（Toke Bering）……和他妹妹，阿絲楚伊（Astrid）。」

蘿莎看到劉找到了一頁有案件編號和很多文字的檔案。文字是舊式的鉛字體，代表這份文件是用打字機打出來的。這兩個名字對她沒有意義，他們是龍鳳胎的紀錄也是，但蘿莎知道必定就是這兩個人。

「看來他們和妳住了三個月，然後就被轉到別戶人家了。」

「轉去哪裡了？我必須知道他們後來怎麼了。」

劉讓蘿莎靠近螢幕，讓蘿莎自己看那些文字資料。蘿莎讀完了社工用打字機打出來的三頁報告，全身顫抖不已，淚水滑落臉頰，頓時感到一陣反胃。

「蘿莎，究竟是怎麼回事？妳這樣我很擔心，要不要打電話給史汀，或……」

蘿莎搖搖頭。她深吸一口氣，強迫自己再讀一次報告，因為她相信報告裡有留給她的訊息，也就是栗子花圈的主人要她接收的訊息。會不會已經太遲了？這條可怕的訊息只是要告訴她，這些事件會發生的原因？這是懲罰嗎？要她一輩子抱著這份愧疚過日子？

蘿莎細讀每一個細節，激動地掃視任何可能的線索，因為唯有如此，她才知道下一步該怎麼走。突然，她明白了。她看著這對龍鳳胎被轉去的新住址，訊息清清楚楚地擺在那裡，她知道了，只有這個地址是她必須去的地方。一定是那裡。

蘿莎起身，並記住那個地址。

「蘿莎，妳能告訴我這究竟是怎麼回事嗎？」

她沒有回答劉。她放在辦公桌上的手機收到一封簡訊，寄件者不明。簡訊裡只有一個表情符號：一隻手指按在唇上。蘿莎知道，如果她想得知克莉絲汀的真正遭遇，就必須保密。

105

雪變大了，大雪下得又密又緊，從擋風玻璃望出去一片白茫茫，能見度十分低。在高速公路上時還不成問題，因為剷雪車來來回回地剷雪，但如今下了E47高速公路、駛上通往沃汀堡（Vordingborg）的鄉道，他必須將時速放慢到二十公里，以免不小心追撞前面的車子。

出了哥本哈根，在前往西蘭島的路上，赫斯分別打給里斯科夫和尼堡兩地的警察機關，但他擔心當地警察可能幫不上忙。其中，以里斯科夫二〇〇一年的案子所提供的資訊最有限，因為那是十七年前的舊案。奧胡斯（Aarhus）警局向打電話去詢問的赫斯簡短地道歉，然後他的電話被轉了三次，終於有位女警憐憫他，幫他查了檔案：此案很久以前就被標為懸案並被擱置。女警對此案並不熟悉，但願意透過電話告知他案子的相關訊息，只是都不是赫斯要找的。受害者是某個實驗室的助理，單身母親；遇害當晚，她找人幫她照顧一歲小女兒，她則請了一位朋友到家裡共進晚餐。那個朋友一抵達，便發現她被刺死在客廳地板上，並連忙報警。經過兩年的調查，所有的嫌疑人也都被審訊過，卻再也沒有新發現，於是案子就此被擱置。

至於尼堡二〇一五年的案情則不同。受害者是一個三歲小男孩的母親，調查仍在進行中。男孩的父親是母親的前男友，也是主嫌，法院對他發出拘捕票，但他應該已躲在泰國了。殺人動機十分明顯，因為猜忌，因為錢。那人有所謂的「幫派份子的人脈」，當地刑警的合理推論是，他跟蹤受害者開的車，看見她與一位已婚的職業足球員幽會。在女子開車回家的路上，他將女子逼到路肩，拿著未經確認的凶器暴打並戳刺她，最後從她的左眼刺進腦袋。赫斯並不認為這個受害者的前男友（目前被認定躲在芭提雅），會是最近幾起發生在首都凶殺案的凶手，於是他問刑警是否還有其他嫌疑人，任何與受害者有關聯、但並非交好的朋友，或者前男友、親戚等嫌疑人。刑警認為沒有，而赫斯察覺到這位刑警將他的提問視為對其工作能力的質疑，於是決定不再追問下去，轉而詢問吊掛在受害者後視鏡上的栗子娃娃。

「你們調查時，向相關人員問話並展示犯罪現場的照片，有沒有人對任何物件產生不尋常的反應，或指出不應該出現的物件？」

「能告訴我是誰嗎？」

「你怎麼知道？你為什麼問這個？」

「是受害者的母親，她一看到吊掛在後視鏡上的栗子人，吃了一驚。她說受害人從小就對堅果類過敏，所以覺得有點古怪。」

這個刑警是個追根刨底的人，辛苦地追查到栗子人的來龍去脈。他前去受害人孩子的幼稚園探問，得知案發前兩個星期，有個班級做了栗子人，而這位母親反常地將孩子的創作掛在自己的車上，儘管她會過敏。這個回答讓赫斯心涼了一半。儘管刑警的說法貌似有理，但他根本不相信。但話說回來，九、十月是做栗子人的旺季，有誰會去懷疑出現在犯罪現場的栗子人？赫斯見那位刑警被他問得開始自我反省，而且似乎意識到新問題產生，於是趕緊收手。他眼下沒有任何新線索和證據，最好不要去觸碰警鈴，引來別人注意。

既然這兩起案件暫時都挖不出新線索，於是赫斯轉向南方，希望默恩島那裡有人可以和他深入討論案情。所幸默恩島屬於丹麥最南端的郡縣沃汀堡的轄區，他至少不用長途跋涉開車下去。但他又後悔了。他走上沃汀堡警局因雪變得滑溜的階梯，猶豫著要不要進去，也是這層顧慮讓他至今未聯絡蘇林或尼藍德。在機場恍然大悟的那一剎那，他也明白他給自己找了個大麻煩。即使他證明確實是同一位凶手殘殺女人數十年，也需要很長的時間尋找證據，並讓凶手招認。前提是，他的推論是對的。

在沃汀堡警局忙碌的接待處，赫斯流利地扯謊，說他是哥本哈根重案組的人，想找當地局長說話。警局裡很忙碌，顯然外面有事發生，不斷有人開車進來。不過他還是遇到一個好人，那個人為他指點方向，並告訴他去找布寧柯（Brink）。

赫斯進入一個骯髒的敞開式辦公室，一名滿臉痘痕的紅髮男子，大約六十歲，一百公斤重，正一邊穿外套，一邊講電話。

「既然發不動，那就把那個爛貨留在原地。我現在過去！」

男子掛斷電話，往出口大步走去，並朝赫斯筆直前進，一點也沒避開讓道的意思。

「我找布寧柯。」

「我現在要走了，你星期一再來。」

赫斯連忙翻出他的警徽，但那個人已經走出去，一邊走下走廊，一邊拉上毛皮外套的拉鍊。

「我有很重要的事要找你。有個案子，有幾個問題想請教——」

「我知道，但我要去過週末假期了。你去接待處問，他們可以協助你。再見！」

「我不能問接待處，因為是關於一九八九年發生在默恩島的一起凶殺案。」

布寧柯厚壯的身軀在走廊上霎時頓住。他背對著赫斯僵立在原地，一會兒後才轉過來，見鬼似地看著赫斯。

106

警督布寧柯永遠也忘不掉一九八九年十月三十一日。在他的警察生涯中，沒有一件事能堪比那天的驚世駭人。即使許多年過去了，坐在這個昏黃的辦公室，坐在赫斯的對面，外面大雪飄飄，這個重量級的男子仍舊感傷萬分。

當年還是探員的他，在二十九歲生日的前一天接到指令前去支援警督馬呂斯．拉森，於下午趕到厄魯姆的農場。拉森，當時職稱是「警長」，他駕車前去厄魯姆的農場，因為有幾個鄰居抱怨，他家的牲畜跑進他們的農場裡閒逛。這已不是第一次發生了。厄魯姆，一位四十多歲的父親，經營一個小農場，同時也在渡輪口打工。他並非農業專業，經驗也不足，在經營上也不夠用心，大家都說他養牲畜只是想增加一些額外收入。他以不高的金額在法院拍賣會上買下這座小農場，而牲畜、廄棚和牧草區都包含在產業裡，於是他才嘗試經營，可惜經營不善。大家一聊到厄魯姆，「錢」，尤其是「缺錢」，是最常出現的字眼。有人認為就是因為缺錢，厄魯姆和妻子才會登記成為寄養家庭。每個小孩或少年被送到他的農場，都會伴隨著一張支票到來，而且一年年下來，支票上的數字都會增加。

在默恩島這個小地方，大家可能都察覺到那不是一個熱善好施、熱心助人的人家，但話說回來，農場的環境很適合小孩子，被厄魯姆收養的孩子起碼享受了這個好處。那裡有大把的新鮮空氣、廣闊的田野和牲畜，孩子們可以學習、協助農務，並且賺點生活費。厄魯姆家的孩子，無論是收養或親生的，在小地方上很容易辨認，他們比同學都衣衫襤褸，經常穿著不合季節的衣服。沒錯，也許那家人就是喜歡特立獨行，但對那些收養孩子來說，本來就身世淒涼，再加上不體面的服裝，就更加抬不起頭。儘管厄魯姆一家人在那一帶並不受歡迎，卻仍然保有最起碼的地位，因為無論有錢沒錢，他們至少做了一件好事，提供那些一無所有的孩子一個遮風避雨的家。厄魯姆自此比以前更愛喝啤酒了，無論是在渡輪口工作時，或坐在港口邊他破爛的歐寶車內——嗯，那是他的權利，別人也不便多說什麼。

三十年前，布寧柯就是懷著這一點的了解與其他同事抵達那座農場，同時還有警長要求的救護車。牽引機後面的那頭死豬，預示了屋內有場大屠殺正等著他們。厄魯姆的兩個青春期的孩子在餐桌上遭到槍殺，妻子在浴室被分屍；他們在地下室發現仍有餘溫的馬呂斯．拉森，他的臉遭到斧頭連砍多次而亡，斧頭與砍殺厄魯姆妻子的是同一把。

厄魯姆不在家，但他的老歐寶車停在穀倉裡，但人消失無蹤。既然拉森是在最近一個小時內遇害，他們知道厄魯姆不會跑太遠，但他們將農場翻了個底朝天，仍沒有結果。直到三年後，農場的新主人意外發現了厄魯姆的屍體，他沉溺在農場後方的泥坑裡，應該是拿著獵槍自殺的。他一定是在布寧柯和同事抵達前自殺的。法醫鑑定後，證實泥坑裡的獵槍同時也是廚房兩個孩子，以及院子那頭豬的致命凶器，自此塵埃落定，此案終結。

「出了什麼事？厄魯姆為何殺人，然後又自殺？」

赫斯在便利貼上做筆記，抬頭看著辦公桌對面的警察。

「無法確定。內疚，也許吧。我們猜想，應該是因為他們虧待了領養孩子吧。」

「什麼領養孩子？」

「那對龍鳳胎……我們在地下室找到他們。」

那時，布寧柯快速確認了龍鳳胎還活著，就讓護理人員接手，用救護車載他們去了醫院，他和同事接著展開全面搜尋厄魯姆，不久後，越來越多的警察趕到，直到布寧柯再回到地下室，才發現那地方不太尋常。

「那像是一座地牢。到處都是掛鎖，窗戶上裝著鐵窗，有幾件衣服、幾本課本和一張床墊——你不會想知道那是用來幹嘛的。在一具舊櫥櫃中，我們找到一疊錄影帶，所以才發現真相。」

「什麼真相？」

「這為什麼重要？」

「就是很重要。」

布寧柯瞪著他，做了一個深呼吸。

「女孩遭到虐待和強姦。從他們抵達的那天就開始了，此後一直持續著。各種不同的性虐待，有和厄魯姆的，和青春期兒女的——厄魯姆和妻子強迫他們參與。其中一捲錄影帶，他們甚至把女孩拖到豬舍……」

布寧柯說不下去了，他揉揉耳朵，眨眨眼，赫斯看見他的眼睛閃著淚光。

「我記得的並不多，但有時候，我仍然會聽到那個男孩對著母親吼叫，求她阻止……」

「那位母親在幹嘛？」

「她是攝影的人。」

布寧柯用力吞嚥。

「在另一捲錄影帶中，她正在把男孩鎖在地下室的一個房間裡，告訴他專心做栗子人，直到他們結束。他照做了，每次都是。整個地下室到處都是那些可惡的娃娃……」

赫斯想像著當時的情景。男孩被養母鎖在地下室的一個房間，而妹妹就在隔壁經歷人間煉獄，赫斯無法想像，這對一個幼小的心靈會造成怎樣的影響。

「我想看看這案子的檔案。」

「為什麼？」

「不能告訴你細節，但我需要找到這對龍鳳胎如今在哪裡，而且要快。」

赫斯說著，並起身以強調事態的急迫，但布寧柯仍然坐著不動。

「因為你在做斯勞厄爾瑟精神監禁病房一位犯人的側寫？」

布寧柯挑眉，彷彿在問赫斯是不是把他當成了白痴。這是一開始赫斯編來騙他的理由。赫斯考量繼續擴展這個謊話比另編一個簡單，於是他騙布寧柯他在協助丹麥警方側寫精神病監禁病房裡的一位犯人，利呂斯．貝克爾，他的大腦十分奇怪，對一九八九年默恩島的一樁案子的照片著了魔。關於他真正的目的，說的越少越保險。

「別再玩遊戲了，把你在重案組的上司名字給我。」

「布寧柯，這很重要。」

「我幹嘛浪費時間幫你？我已經給你半小時了，我早應該去救我被困在大雪中的姊姊。」

「因為我不認為是厄魯姆殺了你的同事，馬呂斯．拉森。也不是其他人。」

布寧柯瞪著他。赫斯以為布寧柯會大笑出來，嘲諷他想像力太過豐富。但布寧柯再開口說話時沒有一絲驚詫，只冷靜地像是在說服自己。

「不可能是那個男孩。我們當時有討論過，但不可能，他才十或十一歲。」

赫斯沒有回應。

107

默恩島大屠殺的案件報告十分專業而且完整。沃汀堡警局的資料數位化算是先進的，所以赫斯可以在電腦螢幕上閱讀報告，不用翻閱布滿灰塵的紙本報告，例如他周遭的這些，雖然他其實比較喜歡後者。他不耐煩地聽著手機裡的鈴聲，等著對方接起電話，目光無意間掃過那些檔案櫃，驚愕於被政府存檔記錄的人類殘殺行為，數量居然如此龐大；它們被存進整個國家無數的檔案館、檔案清單和伺服器中，然後被人遺忘。

「你是排隊隊伍中的第七位。」

布寧柯跟著他來到地下室，打開檔案館的鎖。那是一間沒經過裝修的髒房間，裡面擺放著一個個排放有檔案箱和文件夾的櫃子。裡面一扇窗也沒有，只有老式的長條日光燈，赫斯離開學校後已很久沒看過這種日光燈了。這房間再一次提醒他，他恨地下室和所有的地底空間。

案件卷宗的存量十分龐大，布寧柯告訴他，他要找的案子是幾年前警局為了節省空間，資料數位化時第一批存入電腦的，所以赫斯必須在角落裡那台嗡嗡叫的舊電腦裡調閱資料。布寧柯主動提出協助，他幾乎是堅持要留下，但赫斯希望在閱讀報告時不被打擾。他的手機響了好幾次，其中幾通是弗朗索瓦打來的，而弗雷曼此時也應該發現他沒去布加勒斯特。

赫斯知道自己要找什麼，但仍然會被其他細節困住。警察剛發現那對龍鳳胎時的描寫，令人不忍卒睹。他們緊抱著彼此，蜷縮在地下室的一處角落裡，男孩抱著妹妹，而那個妹妹表情呆滯，似乎受到極大的驚嚇。他們被帶往救護車時，男孩奮力掙扎不願跟妹妹分開，他的激動程度被形容為「一頭野獸」。醫院的檢查報告再次證實了錄影帶裡記錄的虐待和家暴，而警方試著向兄妹問話，但都無果，男孩自始至終不發一言，拒絕說話。他妹妹反倒毫無保留地說了很多，但都答非所問，顯然根本聽不懂警察的問題。心理學家診斷女孩活在另一個世界，可能是為了逃避那些無法承受的經歷。法官允許兩個孩子不用出席庭審，同時間，他們被送往丹麥另一郡的寄養家庭。當地社福機構決定拆散兩個孩子分別安置，希望他們能將過去遺忘、重新開始。不過，赫斯個人並不認為這是個明智的決定。

赫斯率先草草記在便利貼上的資料，是兄妹的名字托克和阿絲楚伊．貝寧，以及他們的身分證號碼，但除此之外，報告裡並沒有關於身世背景的有效資料。一位社工在備忘錄裡提到，龍鳳胎是一九七九年被遺棄在奧胡斯一家產科醫院的樓梯間，當時他們還只是出生幾個星期的新生兒，名字是助產士們取的。備忘錄裡並沒有記錄太多細節，只寫到龍鳳胎待過幾個寄養家庭，並在大屠殺發生的兩年前轉換到栗子農場。栗子農場就是厄魯姆農場的名字。一行行讀下來，赫斯知道自己快接近謎底了，接著他進入警政戶籍登記簿，輸入龍鳳胎的身分證號碼，查詢他們目前的下落。

「你是排隊隊伍中的第三位。」

戶籍登記簿連結到各個資料庫，互相參照，最終找到某人當前的居住地，以及何時移入，是警政工作十分重要的一環。每一筆記錄包括按先後順序，排列出個人居住地和遷出日期，同時還有婚否、離婚、前科、判決、驅逐出境，以及其他警方有興趣的相關資料。

但如此尋常的搜尋，卻搜出了另一個謎團。

根據資料，托克．貝寧在一所公立貧困兒童機構待了一陣子後，十二歲時被送往朗厄蘭島（Langeland）的寄養家庭，接著是奧爾斯（Als）。然後他又換了三個寄養家庭，最後在十七歲生日過後不久，他的蹤跡就斷掉了。他的身分證號碼所叫出來的資料，再也沒有任何住址，以及其他關於他的紀錄。

如果他死了，資料上會有紀錄，但他就這樣從系統裡消失無蹤，於是赫斯打電話到國家資料庫中心詢問。接電話的女工作人員查到的跟赫斯一樣，不過她推測托克．貝寧很可能是出國了。

赫斯趁機詢問他妹妹的資料，但也是相同結果，女子提供的資料是赫斯已經找到的。阿絲楚伊．貝寧在離開栗子農場後，輾轉了幾個寄養家庭，後來社工與兒童心理學家顯然改變了策略，因為女孩後來被轉換到各個精神病青少年之家。十八歲到二十七歲之間也沒有她的住址紀錄，這也許表示她出國了，但此後，她又開始輾轉於一個又一個的精神病青少年之家。一年前，二十八歲的她竟消失得無影無蹤。赫斯聯絡她最近一次待過的精神病青少年之家，但那個機構在一年前換了新經理，新經理並不清楚阿絲楚伊．貝寧離開後去了哪裡。

「你是排隊隊伍的第二位。」

於是赫斯決定繞遠路，聯繫龍鳳胎之前待過的寄養家庭，詢問他們是否有這對兄妹的消息和下落。赫斯從栗子農場之前的寄養家庭開始，但打了兩通電話都無果。養父養母似乎很樂於協助他，但他們沒和那兩個孩子聯絡，於是赫斯打了第三個寄養家庭的電話。

「奧斯海勒茲議會，家庭部，請問有什麼事？」

奧斯海勒茲的彼德森家市內電話不通，於是赫斯打給了當地議會。赫斯自我介紹，然後說明他在找保羅和克絲汀．彼德森夫婦，住址是奧斯海勒茲郡基勒克威吉三十五號，他希望向夫婦倆詢問一九八七年他們收養的一對龍鳳胎的相關事宜。

「那除非你打電話去上帝那裡找人了。根據我螢幕上的資料，保羅和克絲汀．彼德森都已過世。先生是七年前過世的，妻子是兩年前。」

「他們是怎麼死的？」

一般人不會追問這種細節，但電話那頭疲憊的聲音依舊回答了，說是螢幕上沒有這方面的資訊。既然夫妻過世時一個七十四歲，一個七十九歲，死亡時間又相隔數年，並無怪異之處。

「他們的孩子呢？當時他們的孩子有人住在家裡嗎？」

赫斯之所以這麼問，是因為同胞手足或領養手足之間或許會保持聯絡，即使父母已離世。

「沒，至少我這裡看到的是如此。」

「好的，謝謝。再見。」

「喔，等等。他們有一個寄養孩子，看起來後來領養了她，叫蘿莎・彼德森。」

赫斯反應過來對方的話時，正準備要掛掉電話。這可能只是巧合，畢竟有成千上萬的人叫蘿莎，但還是查一下。

「妳有蘿莎・彼德森的身分證號碼嗎？」

她給了赫斯一個號碼，赫斯請她等一下，連忙回到電腦前。他輸入身分證號碼，查到蘿莎・彼德森於十五年前結婚，冠了夫姓。赫斯不再疑惑了：蘿莎・彼德森就是蘿莎・哈同。赫斯坐立難安。

「資料上怎麼說那對龍鳳胎住在彼德森家的情況？」

「沒有紀錄。我看到彼德森只收養了他們三個月。」

「為什麼只有三個月？」

「沒說。我下班時間到了。」

社工掛斷電話了後，赫斯仍然拿著話筒貼在耳邊，遲遲未放下。龍鳳胎在奧斯海勒茲，跟彼德森夫婦和養女蘿莎只住了三個月。之後，兄妹倆就被送到默恩島厄魯姆的農場。這些是赫斯目前所掌握的大概輪廓，但他確定這就是一切的關鍵點：彼德森夫婦、栗子農場地下室的男孩、被留在死者身旁的栗子人，以及遭到截肢、看似娃娃的死者——一個用死人四肢製作獨一無二栗子人的凶手。

赫斯的手指發顫，腦海裡一張張畫面閃過，試著找出重點。原來從最初開始，一切都是針對蘿莎．哈同而來。指紋一次又一次引導他們找上蘿莎．哈同，當時他不明白為什麼，但現在答案出來了。他猛地起身，又突然意識到接下來即將發生的事，眼前的世界又黯淡下來。

他立刻打電話給蘿莎．哈同，但電話被轉進語音信箱。他掛斷電話，正打算再撥打一次，一通不明電話進來了。

「我是布寧柯。抱歉打擾你，我問了一圈，沒人知道那對龍鳳胎的消息。」

「沒關係，布寧柯。我現在沒時間。」

布寧柯剛才主動提議幫他向默恩島打聽消息，而赫斯婉拒了，現在這個老警察又打回來報告結果，赫斯簡直快要受不了。

「電腦裡關於他們的資料非常少，尤其是那個男孩。我剛才問了我姊姊的小女兒，她和龍鳳胎是同學，但幾年前班上舉辦同學會時，她聯絡不上他們。」

「布寧柯，我在趕時間！」

赫斯掛斷，隨即又打了一通電話，不耐煩地在電腦旁邊等著蘿莎．哈同接電話，但她仍然沒接。他留了一條留言，正打算撥打給史汀．哈同，但一封簡訊進來。他以為是蘿莎．哈同傳來的，但寄信人是布寧柯。

「一九八九年 5 A 班的照片。不知道有沒有用。我姪女說，拍照那天女孩必定生病了，但男孩是最左邊那個。」

赫斯立刻點擊附上的照片，尋找男孩。褪色的照片裡不到二十位的學生，畢竟那是一所鄉村學校。

後面那排學生都站著，前排則坐在椅子上。色調都淺淺粉粉的，一些女孩燙了頭髮，上衣墊肩，男孩則穿著Reebok鞋和Kappa或Lacoste毛衣。前排坐了一個女孩戴著大大的耳環，肌膚被日光浴曬成古銅色，衣服上還有一個小小的標誌「5A」；大部分學生都對著攝影機笑著，彷彿攝影師剛說了一個有趣的笑話。

但只要一看到他，那個最左邊的男孩，就會立即被他吸引住。就他的年紀來說，他不算高，也不像其他男孩健壯，其實他的衣服又破又舊，還長得快拖地。但他的眼神銳利，面無表情地看著攝影師，似乎是全班唯一一個沒聽到攝影師笑話的人。

赫斯看著他，頭髮、顴骨、鼻子、下巴、嘴唇，人的五官在青春期會出現劇烈的變化。赫斯感覺自己似乎認識他，又不確定；他將照片放大，用手遮住男孩的臉只露出眼睛，好方便自己確認。他認出來了。十分明顯，但就因為太明顯，反令人覺得不可能。他隨即恍然大悟，但立刻意識到，現在要反擊已經太遲了。

108

她的腳踝細緻柔美，與她的高跟鞋相得益彰，每當這個時刻，那是他最愛觀賞的風景。他欠身讓她先走出記者會的房間，然後跟著她走下走廊。她轉過來對他說了一些話，尼藍德點頭表示收到，但實際上，他腦子裡想的是如何與她開啟一段愛情之旅。今天晚點就可以行動了，也許請她去附近大飯店的酒吧喝咖啡，討論他們的未來。他會謝謝她在工作上的付出，並隨便聊聊她身為警局女公關顧問的前景，但如果他將氣氛掌控得宜，也許不需要搞那麼多前戲，就能把她弄到樓上的房間待一、兩個小時，然後回家，趕赴老婆安排的每週五調酒約會。尼藍德很久以前就下定決心，無論在外面如何亂搞，他愛的仍然是他老婆，至少他愛家庭生活。但老婆責任重大，要忙小孩、學校家長會和搞好門面，所以他偷偷享受自己的自由時間，沒什麼大不了的。而今天，特別是今天，在經歷一週的艱苦奮鬥後，他值得一個獎賞。

最後一場記者會結束了，他們向人民公開案子的來龍去脈，以及符合尼藍德之意的偵查結果。一段伸縮自如、感性理性兼備的作秀，在媒體面前會被轉化成嚴肅正式且可信度強大的演說，知道這個訣竅的人甚少，但尼藍德很久以前就明白，一段措辭恰當的發言，可以鋪展出一條康莊大道，通往警局、檢察官辦公室，或者司法部部門更上層的職位。他也察覺到他在國內的地位和威信，隨著自己在螢幕和媒體平台上出現的每一秒而水漲船高。批評他的人當然不會放過他，然而他才不在乎那些人論斷他好大喜功。在他個人看來，他公開表揚自己的團隊，尤其是提姆．傑生，已經夠慷慨大方；至於赫斯或蘇林，實在沒必要再顧及他們了。當然，那些殘肢是蘇林發現的，但另一方面，她違背他的命令去探訪利呂斯·貝克爾。就在今天早上，他還在想能夠擺脫她也許是件好事，即使是把她讓給國際網路犯罪中心。他的部門很快就會有大批的新資源湧進，也許還會有蘇林一類的菁英幹員被送到他手下——即使蘇林那奇怪的小東西的確特別。

至於赫斯，那就另當別論了，他對這個人沒什麼好話可說。當然，尼藍德在與那位歐洲刑警組織的高層領導通話時，把赫斯吹捧得上天，但只是為了擺脫他。案子了結後，赫斯沒再出現警局，一次也沒有，尼藍德只好要求蘇林和其他探員替他把報告一併寫了，後來得知那個人正在出國的路上，真是皆大歡喜。因此，在手機上看到赫斯的來電時，他吃了一驚。

他的第一個想法是掛斷，但後來他明白了赫斯來電的原因，突然十分期待和他的對話。幾分鐘前，一位同事通知他，歐洲刑警組織一位法國警察來電詢問，是否有人知道為何赫斯未如期赴約，但尼藍德並沒認真聽他說話。他才不在乎。然而現在，尼藍德想像赫斯著急地向他解釋錯過前往布加勒斯特班機的原因，並拜託尼藍德幫忙打電話去海牙找個理由為他開脫、救他一次。赫斯這種人就應該被開除，但尼藍德接起了電話，只是想確定這個人不會又被打發到他的管轄內。

三分又三十八秒，對話結束。手機螢幕上顯示了精確的通話時間，尼藍德面無表情地看著那個數字。他的腳底下彷彿裂了個大洞。他的大腦仍然在反抗赫斯掛斷電話前所透露的事，但他心裡清楚對方說的很可能是真的。他意識到女公關顧問的甜美雙唇仍然在對他說話，但他突然拔足狂奔。他回到重案組，抓來最近的探員交代：召集霹靂小組，聯絡蘿莎·哈同。立刻！

109

史汀．哈同全身被郊區再度飄下的大雪浸濕了，但他不打算停止自己的搜尋。唯一能幫他保暖的是小酒瓶裡的酒液，但所剩不多了，他提醒自己在貝斯托夫堡（Bernstorffsvej）的加油站停下來。他艱難地跋涉過另一條被雪覆蓋的花園小路上，經過另一堆也被白雪覆蓋的萬聖節南瓜，按下另一家的門鈴。他等著屋裡人前來應門，回頭望了一眼自己的腳印，再望著周遭的大雪紛飛，感覺自己宛如置身在一顆雪景球內。有些門會開，有些不會；根據等待的時間判斷，這扇門不會開。但就在他轉身走下門階時，他聽到背後的門打開了。看著他的眼神，十分熟悉。明明就是陌生人，但史汀覺得自己認得他。不過他累了，他已經走了好幾個小時，沒有任何發現，身心的疲憊令他開始懷疑自己。他越來越覺得，這場搜尋只是為了減緩他內心的痛苦。他研究地圖、城市分布圖、敲門逐戶打聽，但內心深處，他開始承認自己所做的一切終將是徒勞無功。

他看著對方，結巴地表明來意。他先大略說明了情況，並希望對方能回想去年十月十八日下午以後，是否記得什麼，任何事都可以，當時他女兒可能就是從這條路騎車回家。史汀一邊說，一邊展示女兒的照片，照片上女兒的臉已被雪花打濕了，色彩暈開像是糊掉的睫毛膏。但史汀還沒說完，開門的男子已經在搖頭了。史汀遲疑了，隨即重振旗鼓再試一次，但那個人第二次搖頭，並打算關門，史汀突然爆發了。

「我記得我見過你。你是誰？我知道我見過你！」

史汀的聲音充滿猜疑，彷彿他認出的是一個嫌疑人，他一隻腳放到門內阻止那個人關門。

「我也記得你。這一點也不奇怪，你星期一才來按過我家門鈴，問的是一模一樣的問題。」

史汀愣住了，他知道對方是對的。他窘迫地道歉，然後走下門階朝馬路而去。後面那位男子大聲關切他是否沒事，但史汀沒回答。他從漫天翻飛的白雪中衝過去，跑到停在馬路盡頭的車子旁邊，不小心滑了一跤，連忙扶住引擎蓋才沒讓自己摔下去。他小心地挪到車門邊，坐進前座，忍不住大哭出來。他坐在被大雪覆住的陰暗車內，像個孩子似地哭泣。內袋裡的手機震動起來，他沒理會它。他突然想到，很可能是古斯塔夫打來的，於是強迫自己抽出手機，這才發現有無數通未接來電。

他開始害怕起來，趕緊接電話，但不是古斯塔夫打來的，是互惠生保母。史汀本能地要掛斷，但愛麗絲告訴他要趕緊找到蘿莎，事情不對勁。她的意思並不清楚，但話裡「栗子人」和「警察」的字眼，將他從郊區的心力交瘁拋向另一場噩夢中。

110

三輛警笛大作的警用休旅車，在車陣中清出了一條路。那三輛後方緊跟著一個車隊，尼藍德就坐在其中一輛。在出城的路上，他動腦思考另一個關聯，這是赫斯在電話中未提及的。他一次又一次盯著赫斯傳來的那張班級照片，儘管他認出最左邊的那個男孩，卻無法置信。

就在快抵達目的地前，他們關閉了警笛以免打草驚蛇，警用休旅車往前開到鑑識部大樓外，按計畫分散開來。四十五秒內，整棟大樓已被包圍，大樓內已有人從窗戶往外打量，尼藍德小心翼翼地踩著積雪朝大門走去。大門口一切看似正常，沒有任何異象。接待區播放著輕柔的音樂，職員與同事圍著辦公桌上的水果籃交流著週末計畫。散發著檸檬香的親切接待員告訴他們，建茲在實驗室召開緊急會議，尼藍德暗罵自己居然聽信了赫斯的話，甚至出動武警。

他沒換上因大雪而提供的藍色塑膠鞋套，有些鑑識人員好奇地從工作檯抬起頭，透過玻璃牆往外張望。尼藍德帶著三位探員朝實驗室走去，那是他熟悉得不能再熟悉的地方，每次只要想確認證據是否真如報告上或電話口頭報告相同時，他必定親自跑一趟。

但實驗室是空的，旁邊建茲的個人辦公室也是。兩個房間裡一切正常，令他不禁稍感放心，然而，在乾淨整齊的環境中，一個殘存幾滴咖啡的塑膠杯靜靜立在大螢幕前的辦公桌上。

跟進來的接待員一看上司不在，不為所動地表示她會設法找到人。接待員一走，尼藍德就在盤算如何教訓赫斯，讓他的人生和職業生涯更難走，好報復他令自己如此失態。等建茲回來，他也會親自解釋。建茲甚至會大笑，說照片裡的不是他，他從來沒有托克·貝寧這個名字，也沒有花數年的工夫準備復仇計畫，當然更不是赫斯所說的精神病凶手。

但他看到了。尼藍德站在實驗室中，掃視全景，再朝建茲的辦公室望去，一一看著辦公桌上的物件，那是他剛才沒注意到的。建茲的身分證、鑰匙、工作用手機和工作識別證整整齊齊地安放在光裸的桌面上，彷彿遭到遺棄，不會再被使用了。但令他驚恐的不是這些發現，而是旁邊榮登火柴盒寶座的天真小栗子人。

111

赫斯一結束跟尼藍德的通話，立刻加入高速公路最後一波駛往哥本哈根的車潮。他打了好幾通電話給尼藍德，好不容易那個白痴接電話了，還一副不耐煩的樣子。

「你想幹嘛？我很忙！」

「找到他們了嗎？」

建茲的實驗室空無一人，只有他留下來迎接追捕者的紀念物。他的職員以為他在日德蘭開會，但致電詢問後，建茲根本沒出席。

「他家呢？」

「我們現在就在這裡。是北港新社區裡的一層頂樓大公寓，但這裡什麼也沒有，連一件家具都沒有，清空了。可能一個指紋也不剩。」

此時高速公路上的能見度不到二十公尺，但赫斯仍更用力地踩下油門。

「但你們找到蘿莎．哈同了吧？她是整件事的核心，如果建茲——」

「找到個屁。沒人知道她去了哪裡，手機也關機，無法追蹤。她先生什麼都不知道，但互惠生保母說，蘿莎在後門發現一個栗子人做成的裝飾品，就開自己的車出去了。」

「什麼樣的裝飾品？」

「我沒看到。」

「能追蹤建茲嗎？他的手機或車子——」

「不行。他把手機留在辦公室裡，鑑識部的車子裡都沒裝追蹤器。你還有其他有用的建議嗎？」

「他實驗室裡的電腦呢？讓蘇林去破解密碼，進入電腦裡查找。」

「已經有一個小組在破解密碼了。」

「找蘇林！她可以在幾秒——」

「蘇林已經離開了。」

尼藍德的話裡透著一絲不祥的語氣。赫斯聽到他們走下樓梯的回音，推測他們結束了搜索建茲空公寓的行動。

「什麼意思？」

「她剛才來過鑑識部找建茲。車庫裡的一個鑑識人員說，兩個小時前，看到他們兩個從後面的樓梯下來，上了建茲的車一起走了。我就知道這麼多。」

「兩個小時前？你應該打電話給她了吧，結果呢？」

「沒人接。剛才有人通知我，在鑑識部外面的一個垃圾桶裡發現了她的手機。」

赫斯猛踩剎車，在大雪紛紛中變換車道，往路肩的緊急停車處開去。好幾輛車朝他按喇叭，他在千鈞一髮之際閃過內線道的一輛貨車，終於開到緊急停車處，將車停下來。

「她對建茲沒有用處，建茲很可能只是順道載她一程。也許她回家了，或著和她的——」

「赫斯，我們都找過了。蘇林失蹤了。你那裡還有派得上用場的消息嗎？知道他可能會去哪裡？」

赫斯聽見了他的問話，愣住了。一輛輛汽車轟轟駛過，他強迫自己快動腦筋想辦法，但唯一能動的就是來回滑動的雨刷。

「赫斯！」

「我不知道。」

赫斯聽見電話那頭傳來一個關門聲，電話掛斷了。一會兒後，他拿著手機的手才放低下來。大雪中，一輛輛車子駛過，雨刷吱嘎地來回滑動。

他應該打電話通知蘇林的。在機場發現事有蹊蹺時，就應該打給她的。如果他打了，蘇林現在就會埋頭研究貝克爾最愛的犯罪現場照片，而不是去找建茲。但他沒打。他內心翻騰不已，複雜的情緒梗在喉頭間，他一直不願去面對他沒打電話的真正原因。

他試著釐清思緒。也許一切還來得及。他不知道蘇林為何去找建茲，但如果她自願上建茲的車，就表示她還不知道建茲是誰。再者，建茲沒有理由傷害她，甚至沒興趣花時間在她身上。除非蘇林發現了什麼，跑去找建茲討論。

一想到這裡，赫斯不禁心驚膽戰。但帶蘇林一起上路會是個累贅，建茲這種時候不可能分心去應付她。建茲的目標是蘿莎·哈同，一直都是。蘿莎·哈同和那些往事。

霎時間，赫斯知道怎麼做了。這是沒辦法中的辦法了，是個直覺，沒經過邏輯推演的計畫。既然尼藍德和其他探員，在哥本哈根嘗試了所有可能性都沒結果，他只能放手一搏了。他回頭看著一排排來車的霧燈光束咻咻經過，車尾噴濺起黑色的髒雪。他看見車隊中出現了一個幾秒鐘的空檔，已足夠讓後面的車輛及時反應閃過他，他立即將油門一踩到底，快速轉動方向盤，打算急轉彎朝護欄的一個缺口飆去。車輪高速旋轉，他以為車子就要像一支卡住的保齡球瓶原地打轉。幸好，車輪終於找到抓地力，他穿過中央分隔帶，進入對向車道。他看也不看來車，只是狂按喇叭，硬是從兩輛休旅車之間穿過去，來到慢車道將車身打直。

他打算原路返回。幾秒鐘後，車子的時速飆到一百四十公里，而且整條外線道全是他的。

112

「今天很適合到森林裡兜風，但目前只看到一般的山毛櫸，沒有其他值得一看的了。」

一聽建茲如此說，蘇林更是全神貫注地透過擋風玻璃和側車窗往外仔細尋找，但似乎被建茲說中了。就算沒有積雪，也很難辨識出栗子樹，更何況默恩島已被雪覆蓋，就更不可能了。

他們在狹窄蜿蜒的鄉間小路上逗留盤桓，坐在駕駛座上的建茲瞥了手錶一眼。

「是值得一試，但現在找過了，我們現在調頭往那座橋開回去吧。我載妳去沃汀堡火車站，然後我要去日德蘭了。好嗎？」

「好……」

蘇林其實早就意識到這趟是白跑了，她躺回到座椅上。

「抱歉，浪費了你的時間。」

「沒事。就像妳說的，反正我順路。」

蘇林又冷又累，但還是擠出一個笑容回報建茲。

他們沒花很久時間，就找到了那位協助鑑識栗子品種的專家。

英格麗・卡爾柯（Ingrid Kalke），哥本哈根大學自然科學學院的植物系教授，出乎意料地年輕，大約三十五歲左右，但這位身材苗條的教授說話卻相當有權威感。他們是透過Skype交談，她再次確認她之前鑑定的栗子並非丹麥常見的七葉栗子樹。

「栗子人用的是可食用的栗子。一般來說，丹麥的天氣對這種可食用的栗子品種太寒冷，但還是能找到一些，例如利姆海峽（Limfjord）附近。具體地說，這個品種是歐洲栗子和日本栗子的雜交品種，學名是*Castanea sativa x crenata*，也就是我們說的板栗。這種栗子外形上看起來很像一朵金盞花球，這在栗子來說很尋常。不尋常的是，這些栗子似乎和法國人工栽培的栗子樹Bouchede Betizacs雜交了。大部分專家相信，這種雜交栗子樹已在丹麥絕種，我數年前聽說，最後幾棵因感染真菌而死亡了。這些我不是早跟你們說過了？」

這位年輕的教授在之前鑑識部助理向她諮詢時，已經做了說明，蘇林注意到建茲被問得啞口無言。他顯然覺得不好意思，因下屬沒把這份資料告訴警方。

如果蘇林沒再繼續追問下去，她的調查很可能就此打住。

「這種人工栽培和野生混種的栗子樹，最後在丹麥的哪裡被看見？」

英格麗・卡爾柯教授向同事確認後，回答是在默恩島的幾個地點，但她再次重複，這種雜交栗子樹已經絕種。即便如此，蘇林仍然小心地做筆記，記下那些地點，然後才結束與教授的通話。蘇林隨即花了點時間說服建茲，而建茲仍然看不出這個發現的意義何在。

蘇林解釋，如果沾有克莉絲汀・哈同指紋的栗子不是七葉栗樹，那就不是她擺攤時賣出的栗子娃娃，因此沾有指紋的栗子出處就是個謎團。而貝芮笛・史坎斯和阿斯格・內高也不可能是在攤子上買到沾有指紋的栗子娃娃，如此看來，尼藍德的解讀就不合邏輯。蘇林聽到這種栗子最近一次在丹麥被看到的地點就那麼幾個，其實鬆了一口氣，她的探尋只需要鎖定在默恩島的幾個地方。如果這種栗子真像教授所說的十分稀罕，那麼這幾個地點很可能會為調查帶來突破性發展，甚至引出關於凶手或克莉絲汀・哈同的新線索。

建茲終於聽明白了，原來蘇林認為凶殺案很可能並未破解，赫斯的推論很可能是對的，有人在製造假象，將調查方向引往那對情侶。

「妳真的這麼認為？妳不是在開玩笑吧？」

建茲覺得她的想法太荒唐而笑了出來，並拒絕載她去默恩島追蹤那些栗子樹。即使蘇林再次強調，既然他要去日德蘭，默恩島只是順路，但建茲仍然拒絕。直到建茲意識到蘇林已下定決心，無論如何都會跑一趟默恩島，他這才讓步。蘇林很是開心，因為那天她無車可開，二來也因為如果真的找到了那種栗子樹，建茲可以協助她辨識栗子。

可惜的是，搜尋的結果並沒有按照她希望的方向發展。建茲是個好駕駛，儘管小路上有積雪，仍然勉強開了一個半小時，但在跑了教授給的幾個地點後，只發現被雪覆蓋的樹樁，再不然就是早已在建房子時被砍光了。現在只剩下最後一個地點了，蘇林和建茲離開主路，往西蘭大橋繞回去，沿著一條一邊是森林、另一邊是原野的小路往前開去。但積雪越來越深，儘管建茲仍然精神飽滿，他們還是必須放棄了。

蘇林想起了樂和阿克塞爾。學校派對早已結束，她打算打電話告訴他們，她正在回家的路上。

「你有看到我的手機嗎？」

蘇林在口袋裡翻找，就是找不到手機。

「沒有。但我有一個想法，默恩島這種稀有的栗子還是有可能出現在哈同家的，例如說，哈同一家人來默恩島玩，觀賞這裡的海岸峭壁，沿途撿了一些栗子帶回家。」

「是啊，有可能。」

蘇林想起自己最後一次拿出手機，是放到了建茲的辦公桌上，她暗罵自己居然忘了帶走。但她從來都不是個健忘的人，於是又打算再重新找一次。就在此時，她的目光瞄到路邊的一個東西。剛開始她還不太確定，但那個畫面停留在腦海裡，她隨即反應過來。

「停車！停在這裡，停車！」

「為什麼？」

「停車就是了！停車！」

建茲終於踩下了剎車，車子滑行了一會兒後停下來。蘇林立刻推開車門，下車進入寂靜的野外。現在是正午，但太陽已經西沉。她的右手邊是一望無際的原野，一路延伸到積雪和天空交界的地平線，左手邊則是黑沉沉的樹林。她回頭望著前方不遠處的路邊，那裡聳立著一棵龐然大樹。那棵樹比其他的樹都高，樹幹像水桶一樣粗，大約二十公尺高，也可能有二十五公尺，骨頭般的樹枝上全是積雪。它看起來並不像栗樹，除了上頭的積雪，它基本上光禿禿的，但蘇林就是很確定。她朝大樹走去，腳下的積雪在冰冷空氣中被她踩得嘎嚓嘎嚓響，她立刻察覺到腳下的小球體。她沒戴手套，徒手挖雪撿起了地上的栗子。

「建茲！」

見建茲站在車邊動也不動，一派無所謂的樣子，蘇林有些惱火。蘇林拍掉栗子上的雪，左手上冰冷的深棕色小球體，與沾有克莉絲汀·哈同指紋的栗子看起來十分相像。她回憶著教授所提到的這個品種的特徵。

「你快來看看這些栗子，很可能就是它們！」

「蘇林，就算是他們，也不能證明什麼。哈同一家人很可能來這裡遊玩，回家時開車經過這裡，那個女孩在這裡撿了一些栗子帶回家。」

蘇林沒有回應。第一次經過的時候，她並沒注意到這棵樹，但現在站在樹下，她發現森林並不像她所想的那麼濃密。大樹邊有一條小路蜿蜒進森林，小路上的積雪沒有任何人跡。

「我們開進去看看。」

「為什麼？裡面沒有什麼好看的。」

「沒看過怎麼知道，最壞的不過是被積雪卡在裡面。」

蘇林大步朝車子走回去。建茲正站在車門邊，他看著她，但蘇林經過他、繞過車頭往副駕駛座走去時，建茲的目光沿著小路射向森林中的某個定點。

「好吧，如果妳堅持的話。」

113

一九八七年，秋天。

小男孩的手髒髒的，指甲縫裡也黑黑的。他笨手笨腳地用鑽子在栗子上鑽洞，蘿莎看不下去，演示給他看。不能用刺的，要用鑽的。旋轉鑽子，等鑽子固定栗子後，才用力刺進果肉裡。先在兩顆栗子鑽出脖子的洞，把半根火柴用力插進去，再把另一顆栗子插在火柴上。接著，用鑽子鑽出手和腿的洞，這四個洞要深一點，火柴才能插得穩，不會掉出來。

小女孩先學會了。小男孩的手指似乎太粗糙太笨拙，栗子一次又一次從他手中掉到濕草地上，蘿莎就不斷幫他撿起來，讓他繼續嘗試。蘿莎和小女孩笑著他的笨拙，但不是在取笑他，男孩也沒往那個方向想。嗯，也許剛開始會，他們兩人最初與蘿莎、爸媽走進大樹下的灌木叢中撿栗子時，彼此都很陌生。撿完栗子後，他們會像現在這樣坐在被紅黃相間的樹葉覆蓋的後花園中，在舊玩具屋的階梯上，蘿莎看著他笨拙地擺弄栗子而大笑。小男孩看起來很害怕，他妹妹也是，但蘿莎很熱心地協助他們，兄妹倆才體會到蘿莎的大笑並無惡意。

「栗子人，進來了。栗子人，進來了……」

蘿莎一邊唱一邊演示給男孩看，直到男孩也完成了他的栗子人，放到木板上與其他栗子人並列。

蘿莎告訴龍鳳胎，他們可以在馬路邊擺攤賣栗子人，所以做得越多，賺得錢就越多。蘿莎從來沒有手足的陪伴，儘管她知道龍鳳胎不會在這裡待太久，甚至不到聖誕節就會離開，但她現在不願想那麼多。每天早上醒來，有他們在她就很開心。只要是不上學的星期日或星期六，她會一大早醒來，溜進爸媽臥房另一頭的客房，而且就算她吵醒了龍鳳胎，他們也不會生氣。兄妹倆會揉著眼睛，等著她交代今天的遊戲內容。他們會熱切地聆聽蘿莎提出的遊戲建議，蘿莎也不介意兄妹倆的沉默寡言。每次蘿莎一有新點子，都迫不及待地跟他們分享，似乎有了爸媽之外的觀眾，她的想像力也瞬間充滿了有趣的點子和創意——雖然爸媽也是她的觀眾，但他們只會「喔」、「噢」、「看到了」來應對。

「蘿莎，進來一下好嗎？」

「現在不行，媽，我們在玩呢。」

「蘿莎，進來，不會太久的。」

蘿莎穿過草地，經過菜園。她看到爸爸將大鏟子插在馬鈴薯藤和醋栗藤之間。

「什麼事？」

蘿莎站在洗衣間門旁不耐煩地問，但媽要她脫掉長筒雨靴才能進到屋裡。她進屋後，看到爸媽都站在洗衣間裡，意味深長地看著她微笑，她吃了一驚。爸媽似乎看著他們三人在花園裡玩有一陣子了。

「妳喜歡和托克、阿絲楚伊玩嗎？」

「喜歡啊，怎麼了？我們很忙的。」

龍鳳胎在玩具屋那裡等著她呢，她實在不想浪費時間穿著雨衣站在洗衣間裡。如果早上能完成所有的栗子人，就能趕在午餐前，拿車庫裡的水果籃裝栗子人擺攤了，時間很趕的。

「我們決定收養托克和阿絲楚伊，這樣他們就能永遠待在這裡。妳覺得呢？」

爸爸背後的洗衣機開始轟轟地轉動，兩個大人看著她。

「他們兩個以前的日子不好過，需要一個氣氛和睦的家。我和妳爸覺得這裡很適合他們，妳也是這麼想的吧？」

蘿莎被問傻了，她也不清楚自己是怎麼想的。她以為被叫進來是要問她要吃什麼點心，黑麥麵包、果汁或小餅乾之類的，但他們不是問這個。於是她給了那兩張微笑的臉想聽的答案。

「對，那樣很好啊。」

爸媽立刻大步穿過濕花園，媽穿著長筒雨靴，爸則穿著拖鞋，蘿莎看得出來他們很開心。他們沒穿上外套，也沒套上毛衣保暖，就朝坐在玩具屋階梯上埋頭苦幹做栗子人的龍鳳胎走去。蘿莎則留在洗衣間的門邊。她聽不到他們說了什麼，只看到爸媽在龍鳳胎身邊坐下來，一副想跟他們聊天的樣子。蘿莎看得到龍鳳胎的臉，只看到小女孩突然抓住爸爸，抱住了他。小男孩哭了出來，他就坐在那裡大哭著。媽伸手摟住他，安撫他，然後爸媽微笑著相互對看，那笑容是蘿莎以前從沒見過的。天空似乎破了個大洞，大雨開始傾盆而下，蘿莎站在門口，看著他們四人在小小的屋簷下擁抱歡笑著。

「我們完全理解你們的決定，他們在哪裡？」

「在客房。我去帶他們出來。」

「妳的女兒還好吧？」

「就當下的情況看來，不算太糟。」

蘿莎坐在餐桌上，但玄關裡的交談她聽得清清楚楚。媽經過廚房微啟的門，朝客房走去，爸則和那對男女留在玄關中交談。蘿莎剛才看到，他們從停在廚房窗前馬路邊的白色轎車上走下來。玄關裡的交談變成了低語，蘿莎聽不清楚。從上個星期開始，爸媽就都這樣一直竊竊私語地說話。蘿莎真希望這樣的竊竊私語趕快結束。這個情況是從她告訴爸媽那個故事後開始的。她也忘了自己是從哪聽來的，也許是在幼稚園吧。她仍然記得，當那個叫做貝麗特（Berit）的女孩告訴他們在放滿軟墊的遊戲間裡發生的事，以及大人們聽完後的反應。貝麗特一直跟男生玩在一起，後來有個男生跟她說，想看她的下面，甚至給她五十歐爾（注）做報酬。貝麗特展示給他看了，然後問其他男生是否也想看。許多男生都想，於是貝麗特賺了很多錢。男生還可以多付二十五歐爾，就讓他們在她的下面放東西。

大人們很明顯被嚇到了。那天之後，他們的交談幾乎都壓低了聲音，包括在休息室裡的家長們，沒過多久，大人們更制定了一大堆無聊的規定。蘿莎都快忘了這整件事。但某天晚上，爸媽才剛花了一整天買了兩張小床並油漆了客房，這個故事又突然闖進她心中。

從門縫裡，她看到那兩個小身影低垂著頭經過，然後聽到他們的腳步聲走出前門，爸已將他們的袋子放在那裡了。她聽到媽在玄關問那位女士，孩子會被送到哪個寄養家庭。

「我們還沒找到新的寄養家庭，但希望不會拖太久。」

大人們互道再見，蘿莎走進她的房間。她不敢眼睜睜看著龍鳳胎被接走，她的胃好痛，感覺裡面要打結了。她再也收不回自己講的那個故事，說了就說了，這種事沒必要騙自己。從此她不會再說那個故事。一看到龍鳳胎留在她床上的禮物，她幾乎要爆炸了。那是五個栗子娃娃做成的花圈，彷彿它們在手牽著手。它們被鐵線綁在一起，其中兩個比另外三個大一點，就像是一對爸爸媽媽，以及他們的三個孩子。

「好了，蘿莎，他們走了……」

蘿莎從爸媽身旁衝過去，衝出了前門，並聽到龍鳳胎驚呼著她的名字。白色轎車才剛緩緩駛離路邊，並逐漸加速朝前面的彎道駛去。蘿莎穿著襪子、鞋都沒穿地狂奔，直到車子消失在她視線中。她的最後一眼，是男孩那黑漆漆的眼睛，透過後車窗看著她。

114

她轉進林中那條小路，並加速往前開去，此時最後一道天光已快消失。天空再度開始飄下雪花，前方車頭燈光束內的胎痕幾乎快被積雪完全掩蓋住。一開始她開過了頭，必須衝進一戶人家問路。她從未來過默恩島，即便有來過，對眼下狀況也不會多有幫助。她照著那位女士的指點倒車原路折回，這才發現剛才完全沒看見那棵大栗樹，以及旁邊通往樹林的小路。小路蜿蜒穿過光禿禿的古樹和高聳的冷杉，接著是一道道的髮夾彎，但因為有那道胎痕的導引，她能保持一定的速度而不會滑出路面。不過，胎痕在大風雪的吹掃下越來越模糊，她開始慌張起來。這附近沒有任何農場，也不見人影，只有這條馬路和森林，如果她又走錯路，很可能會徹底迷路。

就在蘿莎懷疑自己是否走錯路時，濃密的樹林一下子敞開，出現了一塊被大樹包圍的寬敞農場。這和她想像中的不一樣。根據在社會事務部那裡讀到的報告，她以為會看到一處破敗不堪的廢棄農場，但事實並非如此。它就像田園詩歌裡描述的屋舍，打理得十分完善。蘿莎停車關掉引擎，匆匆下車。她完全忘了鎖門，急忙踩雪四下探查，口中不斷呼出白霧。

兩層樓的茅頂房舍兩邊各有一棟側屋，乍看之下，像是翻修過的鄉村房屋。房子正面的灰泥牆在現代戶外燈的照耀下，光芒延展到她正站著的院子裡，茅草屋頂下的簷縫內有小小的玻璃球狀物，蘿莎認出那些是監視攝影機。透過白色的直櫺式窗戶，蘿莎看到前屋裡有暖光搖曳，她抬頭看到前門上整齊的

注　歐爾（øre），為挪威早期的流通貨幣，一克朗等於一百歐爾。所有歐爾的貨幣已於二〇一二年廢止使用。

黑色刻文「栗子農場」，這才確定她找到了。蘿莎當下放聲大喊，那個名字迴盪在院子裡，穿透樹林遠遠送了出去。

「克莉絲汀……!」

屋後樹林中的一群烏鴉一驚而起。牠們穿透雪花，飛掠過側屋，直到最後一隻烏鴉消失，她才注意到穀倉門旁的那個人。

他個子頗高，大約一百八十幾公分，穿著敞開的防水外套，一手提著一個裝有木柴的藍色厚桶，另一隻則拿著一支斧頭。他的面容溫和且年輕，蘿莎並沒有立刻認出他來。

「妳找到了……歡迎。」

那個人熟絡地打招呼，令人感覺親切友善。他默默凝視她一會兒，才嘎嚓地踩雪穿過院子朝前門走去。

「她在哪裡？」

「我想先跟妳道歉，這座農場和它以前完全不一樣了。剛買下這裡時，本來打算重建成它原有的狀態，但這個想法太沉重了。」

「她在哪裡？」

「她不在這裡，妳可以自己去找找看。」

蘿莎的心跳急劇，這整件事離奇又荒誕，她做了一個深呼吸。那個人在前門停下來，將門敞開得大大的，然後在門口用力踩踏、抖掉靴子上的雪。

「來吧，蘿莎。我們把事情做一個了結。」

115

蘿莎在黑暗冰冷的屋內，朝著走道大喊女兒的名字。她跑上二樓，搜尋斜屋頂下的每一處角落，但結果都一樣，什麼也沒有。屋內沒有任何家具，沒有私人物品，只有亮光漆和新鮮木頭的氣味飄盪在每個角落裡。這棟房子剛整修完成，感覺像是剛剛啟用。她下樓時聽到那個人在哼歌，是一首老兒歌，等她反應過來他在哼什麼時，血液都凝結了。蘿莎穿過玄關走進客廳，他背對著她蹲在壁爐前，拿著鉗子撥動燃燒著的木柴。他旁邊的藍桶子裡放著那把斧頭，蘿莎閃身抓起斧頭，但他動也不動，仍舊蹲著抬頭看著蘿莎。蘿莎兩手顫抖起來，但她緊緊握住把手試著穩住自己，準備好戰鬥。

「說吧，你做了些什麼……」

他關上壁爐門，小心地扣上鐵釦。

「她現在在一個很不錯的地方，人們不都是這麼說的？」

「我在問你，你做了什麼！」

「反正每次只要我問起妹妹，他們也都是這樣告訴我的。諷刺吧。先把男孩女孩關在地下室，任由先生做他想做的事，同時媽咪拿著攝影機拍下所有經過，之後再拆散他們，多年不讓他們聯絡，因為你們認為這樣對兩個孩子最好……」

蘿莎不知該說什麼，隨後他站了起來，蘿莎連忙抓緊斧頭把手。

「但告訴妳她在某個不錯的地方，並不能讓人放心。我覺得不知情才是最糟的情況，妳同意嗎？」

這個人瘋了，蘿莎在路上所想到的應對辦法全都不管用。那雙眼睛冷靜的凝視背後，沒有理智可談，沒有策略或計畫派得上用場。蘿莎乾脆往前踏上一步。

「我不知道你究竟想要什麼，我也不在乎。你告訴我，你對克莉絲汀做了什麼，還有她在哪裡，聽到了嗎？」

「不然如何？用斧頭砍我？」

他隨意地指著斧頭，蘿莎感覺淚水湧上。他說得對，她不會砍死他，否則她永遠不會知道克莉絲汀在何處。即便蘿莎極力把淚水擠回去，它還是滑落下來，蘿莎看著一抹微笑在他臉龐上泛起。

「我們跳過這一段吧。我們都知道妳想知道什麼，我也願意告訴妳。問題是，妳想知道多少？」

「我什麼都願意做……只要你告訴我。為什麼不告訴我……」

他傾身一晃，迅雷不及掩耳間已站到蘿莎的面前，將一個又濕又軟的東西按在她臉上。刺鼻的騷味鑽進她鼻腔，她奮力扭動掙扎，但他太強壯了。他在她耳旁低語，那低語聲是如此地靠近她。

「現在……呼吸，很快就會過去了。」

116

那道光線刺得她睜不開眼，她眨了眨眼，努力睜開眼睛。她看見白色的天花板和白牆。左手邊的牆壁前方，是一張在光線下發著金屬光澤的不鏽鋼矮桌，再加上對面牆上閃動的監視器螢幕，她以為自己是在醫院裡。她就躺在病床上，覺得自己好像在夢中，但用力想坐起來時卻發現自己動彈不得。這不是一張病床，而是一張手術檯，也是不鏽鋼做的；她光裸的四肢呈大開狀、被皮帶緊緊綁在桌上。意識到自己的處境，她開始放聲大喊，但皮帶也繞過她的嘴唇，將頭部固定在檯面上，所以只能發出嗚嗚的悲鳴聲。

「哈囉，又見面了。妳還好吧？」

蘿莎思緒仍是昏沉沉的，看不到他。

「藥效會在十分鐘左右褪去。並非很多人知道一般的馬栗含有七葉樹苷（aesculin），若是比例用得對，它和三氯甲烷，也就是舊時的醫用麻醉劑，一樣有效。」

蘿莎的眼珠子左右來回轉動，但仍然只能聽到他的聲音。

「不管怎樣，我們有很多事要做，所以從現在起妳最好保持清醒。好嗎？」

他突然走進蘿莎的視線範圍，穿著白色塑膠連身工作服，一手拿著一個長方形的工具箱，放到不鏽鋼矮桌上，然後一邊彎腰打開工具箱的鎖，一邊聊著克莉絲汀的故事要從他在多年搜尋後，終於認出蘿莎那一刻開始。

「其實我都快放棄了，以為不可能找到妳。但坐在國會後面的座位上，我看到妳晉升成為社會事務部部長。想起來都覺得諷刺，但我就是在那一刻找到妳……」

蘿莎現在反應過來，那一身白色的連身工作服，與那些警方技術人員所穿的一模一樣。他戴著白色口罩和藍色網帽，用戴著塑膠手套的手打開工具箱的蓋子。蘿莎使勁將頭轉向左邊，但只能看到箱子裡的泡沫橡膠上有兩個洞。因為視線被他擋到，看不到其他內容物，不過隨後她看到了一根閃爍光澤的鐵棍。鐵棍一端有顆拳頭大小的鐵球，球體上布滿尖銳的小倒鉤，另一端則是個把手，但把手尾端，也就是棍棒的盡頭處冒出一個五、六公分長的錘子。蘿莎使出全身力量又扭又扯，耳裡聽到他繼續說著，他入侵奧斯海勒茲議會的舊檔案，發現他和妹妹被轉換到栗子農場的原因。

「當然，妳當時也是天真單純的小女孩，想盡一切辦法要抓住遲來的恩賜，但妳的小謊言出賣了妳。每次看到妳在臺上談論可憐的兒童時，我就能從妳得意洋洋的臉上看到妳完全忘了那件事。」

蘿莎大聲抗議，她想告訴他事實不是那樣，但她的聲音只像是野獸的嗥叫，而她從眼角察覺他拿出了第一個洞內的物品。

「但直接殺死妳，又太便宜妳了。我只是想讓妳也嘗嘗妳所造成的後果，嘗嘗妳害我們所遭受到的虐待和折磨，但我又不知道該怎麼做。後來，我發現妳有一個女兒，而且還跟我妹妹當年同齡，於是我有了想法。我開始研究並探查你們每天的作息，特別是克莉絲汀的。因為她不算聰明，性格也不算特立獨行，又過著嬌生慣養的上流生活，很快就被我掌握了，隨後計畫也跟著出爐。接著，我只需要等到秋天。噢，問一下，是妳教她做栗子人的嗎？」

蘿莎奮力嘗試掙脫，在她的視線範圍內沒有窗戶、沒有樓梯和門，但她仍不斷地放聲大叫。雖然大部分的聲音都被皮帶悶住，但叫喊聲仍充斥整個房間，並給了她爆發力嘗試掙脫。但她聽到他說話的聲音變得很近，知道他就站在她旁邊擺弄著某個東西。

「看著她做栗子人真是賞心悅目。當時，我不知該如何利用她和朋友在路邊販售栗子人的這個機會，但事情總有它自己的節奏。我的確打住了幾天，才又像以前一樣從體育館一路跟蹤她。在距離妳家幾條街遠的地方，我攔住她問路，請她幫我指路去市政廳廣場，她就這樣上了我的休旅車。我把她的自行車和運動袋扔在樹林裡，好讓警察有事可忙，接著我們開車離開。我不得不說，她的家教很好，友善親切而且很相信我，只有在對的爸媽教養下，孩子才會成長成這樣。」

蘿莎哭出來了。她的胸口隨著她的啜泣起起伏伏，悲憤之情湧上喉嚨想要爆發出來。她強烈地自責，活該自己落到這個地步。是她的錯，她應該接受懲罰，不管發生了什麼，是她沒照顧好自己的小女兒。

「好啦。說來也巧，這個故事有四個篇章，這只是第一章。我們現在暫停一下，然後我再告訴妳接下來的故事，聽起來不錯吧？」

突然間，一個尖銳的機械聲冒出來，蘿莎奮力轉頭去看。那個機器，可能是不鏽鋼或鋁製的，大小像個熨斗。它有兩個手把、一個鐵盤，以及一個有著粗糙焊接接縫的鋸子，蘿莎這時才反應過來，原來尖銳的機械聲是出自前方瘋狂旋轉的刀片。她恍然大悟為何自己的四肢被綁成這樣，手和腳都超出檯面邊緣。鋸片切入了她手腕的骨頭，她開始在皮帶之下放聲尖叫。

「妳沒事吧？聽得到我說話嗎？」

那個聲音傳入她耳內，刺眼的白光又在她眼前閃爍。她想搞清楚身在何處，努力回想昏迷前的事。一開始，她還因為一切如常而慶幸，隨即便感覺到左側的麻痺感。她轉頭去看，整個人陷入驚慌。一個大型的實驗室用黑色塑膠彈簧夾，止住了從她左手開放性傷口噴出的血柱，她瞥了地上的藍色桶子一眼，看到了幾隻手指。

「第二章，是從這個地下室開始的。等你們察覺到情況有異，克莉絲汀和我已經來到這裡了。」

蘿莎聽著他的聲音往她另一側移動過去，同時還帶著那具機械和藍桶子。他身上的白色工作服被濺得血跡斑斑，她的血濺上了他的肩膀和嘴上的口罩。

「我知道她的失蹤會震驚全國，警方將會翻天覆地找她，所以，我做了萬全的準備。當時的地下室不是現在這模樣，我做了一些改善，所以就算有人找到這裡，也找不到這座地下室。當然，克莉絲汀在這裡醒來後十分震驚，應該說是害怕吧。我跟她解釋，我只是想在她又細又嫩的小手上切一道傷口，好利用她的ＤＮＡ將警方引向另一個人，而她十分勇敢地接受了。但她大部分時間都是一人待在這裡，因為我在哥本哈根有工作。我想妳一定很想知道她的心情，她難不難過、害不害怕？老實地告訴妳，是的，她很難過，也很害怕。她哀求我放她回家，回到你們的身邊。她的哀求的確令人動容，但天下沒有不散的筵席，一個月後，暴風雪終止了，也到該說再見的時候。」

蘿莎聞言心如刀割，比起手臂上的痛苦更甚萬倍。她又哭了出來，感覺自身肋骨都被劃開。

「這就是第二章的故事。現在，我們再休息一下。這次妳不要昏迷那麼久，我沒那麼多時間跟妳耗。」

他將藍色桶子放到蘿莎右手的下方，蘿莎哀求他停下來，但發出的只是模糊的嗚嗚聲。機械又開始尖聲高鳴，鋸刀高速轉動，劃入蘿莎的手腕，蘿莎痛苦哀號著。她的身體痛得弓向天花板，刀片沿著一根骨頭滑著，卡進一個凹陷處，接著咬住狠狠往下切。那是一種撕心裂肺的劇痛，即使機械突然停下並被關掉，劇痛仍舊沒有消失。

突然，蘿莎嗚嗚的尖叫聲，被一陣嗶嗶作響的警鈴掩沒，也是這個聲音引開了那男人的注意力，暫停手邊工作。他轉頭去看對面牆上的螢幕，手裡仍拿著機械，蘿莎也用力扭頭過去看。其中一個螢幕上有東西在移動，她這才意識到，那是監視攝影機傳來的畫面。有東西從遠方進入到視線範圍內，好像是一輛車。這是她兩眼發黑、昏迷前的最後一個念頭。

117

剛才一用力，頭上的傷口就開始出血，鮮血流下蘇林的臉龐，她連忙急吸數口氣，以免昏過去。包住她嘴巴的強力膠帶被纏繞得十分草率，使得她只剩下一個鼻孔能呼吸，她兩手也被綁住，無法扯掉嘴上的膠帶。她知道自己現在側躺在後車廂裡，等一恢復力氣，她又開始在黑暗中用膝蓋朝她認為是鎖的方向頂去。她繃緊全身肌肉，脖子和上背部頂著後牆。她的膝蓋一次又一次地撞著鎖，鼻涕和鮮血從鼻孔流出。但鎖動也不動，反倒是膝蓋窩傷口上的螺絲起子因而插得更深。她又再度缺氧，最終只好放棄，癱倒在原地喘氣。

她不知道自己在後車廂裡躺了多久。剛才的那幾分鐘感覺像是一輩子，她聽到遠方傳來的馬達轉動聲，混和著一個女人的尖叫聲。雖然那個女人被某個東西堵住了嘴巴，而且尖叫聲是從通風孔傳來的，但蘇林從未聽過如此淒厲的人類號叫。她聽在耳裡，宛如親眼看著那女人受苦。如果可以，她一定會狠狠摀住耳朵，但如今手腳都被綁住，兩手甚至被緊綁到開始發麻。

剛甦醒過來時，她還不確定自己在何處，只知周遭一片漆黑，但從身體四肢感覺到這個牢籠的四周和上方冰涼的金屬面，才確定她是被關在後車廂內，應該是建茲載她過來的那輛。他們沿小路駛來，森林視野突然敞開，露出一座農場。建茲將車駛入院子時，她全部的注意力都在那棟農舍上。她下車踏上那片毫無人跡的新雪，觀察周遭高大的古老栗樹，等看到農舍前門上的刻字時，便立刻拔出手槍。那座茅頂農舍又黑又荒涼，她一靠近，戶外燈便立刻亮起，使幾台監視攝影機無所遁形。前門是鎖上的，一個人影也沒有，但她就是知道她來對地方了。

蘇林於是繞著房子走了一圈，想找另一個入口，就在她決定敲碎一扇地窗爬進去時，建茲過來告訴她，他在前門的腳踏墊下發現一把鑰匙。這很正常，她剛才應該翻找一下腳踏墊確認是否藏有鑰匙的。他們一起進到屋內，蘇林走在前方，一踏入玄關，濃濃的亮光漆和新鮮木頭的氣味迎面撲來。這似乎是一棟剛完成修繕的新房子，而且尚未有人住過。但她一走到客廳角落的壁爐前時，一看就知道有人住在這裡。白色書桌上放著兩台筆電，以及充電設備和手機，另外還有一碗碗的栗子、平面分布圖、圓底燒瓶和實驗室設備。這些東西因角度的關係，從前面院子是看不到的。書桌旁的地板上放著兩桶汽油桶。書桌靠著的牆上，貼著勞拉・克約爾、安妮・塞傑爾拉森和潔西・魁恩的照片。而蘿莎・哈同的照片就貼在另外三張的上方，以及偷拍她和赫斯的照片。

一股顫慄竄上蘇林的背脊。她隨即拔掉手槍上的保險，做好更深入搜尋整棟屋子的準備。因為沒有手機，她交代建茲立刻通知尼藍德。

「我恐怕做不到，蘇林。」

「什麼意思？」

「我在等一個客人，而且我需要安靜地工作。」

建茲正站在客廳的入口處。他背後院子裡的燈仍然亮著，蘇林看不到他的臉，只看到一個逆光的剪影，這令她聯想起在公寓對面鷹架防水布後方看到的身影。

「你在說什麼鬼話？現在打給他！」

她愣住了，建茲垂在身邊的手上拿著一把斧頭，斧頭垂向地面，彷彿是他手臂的延伸。

「用農場的栗子其實很冒險，不過稍後也許妳會有機會明白，為什麼一定要用這裡的栗子。」

蘇林盯著他看。隨後她反應過來，意識到請他幫忙的這一切是多麼致命。蘇林舉槍指著他，但建茲揚手甩出斧頭，把手先行。蘇林往後仰躲，但沒躲開。之後再醒過來時，她人已被關在這黑暗的後車箱中，頭痛欲裂。一陣聲響驚動了她，那是建茲的，以及一個女人惶恐的尖叫聲，那女人的聲音聽起來像是蘿莎·哈同。聲響是從院子傳來，隨即又消失，然後就是那個被東西摀住的尖叫聲。

蘇林屏息聆聽，馬達聲靜止了，尖叫聲也是，不知這是否意味著她就是下一個受刑人，同樣的刑求也即將降臨她身上。蘇林想到了家裡的樂和女兒的外公，一個念頭閃過，她很可能再也見不到她的小女兒。

寂靜中，一陣引擎聲越來越近。她起先以為是自己聽錯了，但那陣像是車子的引擎聲駛進院子後停下來，引擎聲也隨即靜止，她才確定自己沒聽錯。

「蘇林！」

蘇林認出那個聲音。不可能，不可能是他，他不會在這裡，他早就去了很遠的地方。但他可能出現在這裡的想法，給了蘇林希望。蘇林使盡全力大喊大叫，但嘴巴被摀住，製造不出什麼動靜，他站在院子根本聽不到。於是蘇林絕望地在黑暗中奮力亂踹。慌亂中，她踹中一面箱壁，砰的一聲響，她連忙反覆朝同一個方位奮力踹去。

「蘇林！」

他仍然在喊她。只是從他的叫喊聲判斷，他一定進入了那棟房子。而建茲也知道他的到來，否則那個機器聲不會停止。一想到這裡，身處黑暗中的蘇林連忙繼續用力踹著箱壁。

118

前門沒上鎖，赫斯進入屋內，很快就確定一樓和二樓都沒有人。他拔出手槍快步下樓，穿過黑暗的屋內，但寬條地板上除了他自己的濕鞋印，沒有其他生物的跡象。他來到客廳，走到壁爐邊的工作檯，看到牆上三位受害者和蘿莎·哈同的照片，同時還有他和蘇林的照片。他連忙停下腳步，專心聆聽。沒有任何動靜。除了他的呼吸，什麼聲音也沒有，但壁爐裡仍散發出熱氣，他也能感應到屋內到處都是建茲的氣息。

農場的外觀令他吃了一驚，它與警方舊檔案裡描述的破敗荒廢完全不同，而他的驚訝隨即變成了不安。他立刻認出院子裡蘿莎·哈同的轎車，車上覆滿了白雪，代表它停在那裡至少有一個小時了。但他沒看到建茲和蘇林開來的那輛車，想必是藏起來了，或者停在另一個地方。赫斯希望是前者。他注意到屋外的正上方安裝了數台監視攝影機，所以建茲若在這裡，那一定已經知道他來了。也因此，他才會肆無忌憚地大喊蘇林和蘿莎·哈同的名字。如果她們在附近，如果她們還活著，就會聽到他的叫喊。但無人回應，只有一股不祥的寂靜充斥著，但他仍然專心聆聽，同時呼吸聲越來越急促。

雖然他已進到屋內，卻仍快步朝後面廚房走去，與當年犯罪現場的照片做對照。當年那兩個少年少女分別坐在一張凌亂的餐桌兩側，但這不是他感興趣的，而是照片背景裡的一扇門。赫斯推測那扇門就是通往馬格努斯·克約爾和龍鳳胎被發現的那種地下室，但現在，站在重新裝修過後、彷彿宜家展示間的廚房裡，他根本找不到那扇門。原本的牆壁經過改動，角度也不同。廚房中央是座全新的大型中島，上面有六個瓦斯爐盤和一台大型抽油煙機，中島旁是美式冰箱、兩座白色雙層櫥櫃，瓷製水槽，還有洗碗機和巨大的烤箱，烤箱上面的塑膠膜尚未撕去。一扇門也沒有，更沒有通往地下室的門，只有一個連接洗衣間的出入口。

赫斯回到玄關，在樓梯上下查找，想找地下室的門或者暗門。但什麼也沒有。他甚至開始懷疑地下室是否還在，不知這個假名叫建茲的人，是否早用水泥將地下室填滿，以免觸景傷情，想起自己和妹妹被關在那裡的不堪。

突然，砰的一聲響，是從遠方傳來的。赫斯一凝身，但聽不出那是什麼樣的聲響，也聽不出它從何處發出。視線中，沒有東西移動，除了在戶外燈光芒底下飄落的雪花。他快步走回廚房，打算穿過洗衣間走出後門，到屋子後面探查，是否有其他窗戶或豎井之類的地下室設備。就在經過廚房中島時，他猛地打住，一個念頭冒出。他走到第一個白色櫥櫃前面，也就是記憶中照片裡地下室所在的大概位置。他打開兩扇門，但櫃裡什麼也沒有。他隨即打開旁邊相連的櫥櫃，一眼就看到了那個白色把手。櫃子的隔板和後壁被移動過，展露出一扇白色的不鏽鋼門輪廓，這扇門就安置在廚房牆壁上。他走進空櫃裡，握住把手一按，將沉重的門板往外拉，一道樓梯顯露眼前。

刺眼的白光灑在樓梯底部的水泥地上，水泥地距離樓梯口大約有三公尺深。一股本能的抗拒忍不住竄出，赫斯想起勞拉·克約爾車庫裡的地下室，以及城市規劃住宅區和沃汀堡警局的地下室。他拔掉手槍的保險，步下一層層階梯，將注意力放在樓梯底部的地板上。踩下五個階梯後，他看見一個東西，猛地打住。第六個階梯上，有個皺皺黏黏的塑膠物體，他用手槍去挑動那個東西，原來是一雙他和同事在犯罪現場會穿的藍色塑膠鞋套，只是這雙沾滿了鮮血，已被使用過。他往下一看，下面的階梯上都沾有血鞋印，但血鞋印只走到第六個階梯。赫斯立刻反應過來，轉身往上看，但那個人已站在樓梯口。那把斧頭像是鐘擺一樣掃盪下來，馬呂斯·拉森那位老警察的死狀閃現腦中，斧頭接著擊向了他的額頭。

119

他祖母家的地下室充滿了霉味，潮濕冰涼。地板不平，牆面粗糙，天花板上幾顆光裸的燈泡發出陰沉沉的光芒，外加幾個老式的黑瓷插座和幾條磨損布料包覆的電線。那是一個雜亂擁擠的世界，分隔出一個個怪異離奇的隔間和走道，一個被那扇門隔開，與上方世界截然不同的空間。

祖母家的一樓，一切事物都黃黃的。那裡有厚重的家具、碎花壁紙、灰泥天花板、窗簾和雪茄的菸臭味。客廳搖椅旁的琺瑯碗裡積滿了厚厚的菸灰，祖母總是坐在搖椅上，直到被送去私立養老院的那天。赫斯討厭待在祖母家，但地下室更令他厭惡。沒有窗戶，沒有新鮮空氣，除了那搖搖晃晃的樓梯，沒有別的出口。每次祖母搖椅旁小長桌上的酒瓶空掉，他下去拿酒時，總是背部朝前，背對著黑暗爬下樓梯。

赫斯懷著童年夢魘和恐慌，在栗子農場的地下室醒過來。有人正暴打他的臉，他感覺到鮮血從一隻眼睛流了下來。

「還有誰知道你在這裡？回答我！」

赫斯已被人從樓梯拖到地板上，上半身半靠著牆。是建茲在掌摑他。建茲穿著白色塑膠連身工作服，血跡斑斑的口罩和網帽之間，只剩下他的雙眼露在外面。赫斯想把他推開，但背後的雙手似乎被電纜之類的東西綁得死緊。

「沒人……」

「手給我，不然我切了你的手指。按在這裡！」

建茲將他推倒在地，俯瞰著他。赫斯的臉被側壓在地板上，他趁機用眼睛搜尋手槍位置，但手槍距離他有幾公尺遠。他感覺建茲拿他的大拇指按下一支手機的指紋辨識鍵，等建茲站起來看著手機的螢幕，赫斯才意識到那是他的手機。赫斯做好準備，迎接建茲即將爆發的怒氣，但還是被那暴怒的一腳踹得差點昏過去。

「你九分鐘前才打電話給尼藍德，應該就是你在院子下車那時打的。」

「喔，對，我忘了。」

赫斯同側的臉再度被重踹一腳，這次他吐出一口血，以免被鮮血嗆到。他答應自己別再用譏諷來刺激建茲，但九分鐘這個資訊十分有用。若是他開車進院子、認出蘿莎·哈同的車並打電話通知尼藍德，整段過程已過了九分鐘，就代表布寧柯和沃汀堡的警察快到了，若是大雪沒壞事的話。

赫斯又吐了一口血，這次他的意識變得更清醒，能判斷出自己腳邊的那灘血不可能是他的。他的目光跟隨血滴往上瞄去，看到了一隻手臂上的開放性傷口正在滴血。蘿莎·哈同癱在那張不鏽鋼檯上，彷彿正在接受手術，左手腕的切口處被一個塑膠彈簧夾夾住；她的右手腕也被鋸開，只是鋸到了一半，但放在手腕下方的藍桶已就定位。赫斯瞥了桶裡的內容物一眼，不禁一陣反胃。

「你把蘇林怎麼了？」

但建茲已走出他的視線範圍。建茲剛才將赫斯的手機扔在他的大腿上，朝對面走去，赫斯聽到他在那裡乒乒乓乓不知在做什麼，他自己則試著站起來。

「建茲，別在做無謂的掙扎了。警方已確認你的身分，一定會捉捕你歸案。她在哪裡？」

「警察抓不到我，你忘了『建茲』的能耐？」

一陣強烈的汽油味撲鼻而來，建茲拿著汽油桶出現。他已經將汽油潑灑到牆上，現在過來往昏迷的蘿莎身上倒，再繼續潑灑向地面。

「建茲有鑑識方面的經驗，等警方抵達，這裡早就沒有他的任何蹤跡。建茲就是為了這個目的所創造的，等警察搞明白時，早已太遲了。」

「建茲，聽我說——」

「不，你別浪費口舌了。我知道你的運氣好，查到了當年發生在這裡的事，但你不用告訴我你為當年的事感到遺憾，並向我保證自首能減輕罪刑，我不想聽這些垃圾話。」

「我沒有為你感到遺憾。你很可能一出生就有精神疾病了，但看到你一輩子走不出這個地下室，我覺得十分可惜。」

建茲盯著他瞧，隨後詫異地笑笑。赫斯的臉冷不防地再度被踹了第三次。

「我應該早點除掉你，尤其是你背著我查看魁恩那婊子的屍體時。」

赫斯嘴裡再度滿是鮮血，於是又吐出一大口血。口腔裡盡是血腥味，有幾顆上排的牙齒也有鬆動跡象。原來凶手那時就藏在公租花園的陰暗處中，這點，赫斯想都沒想到。

「坦白說，我一開始根本沒把你放在眼裡。他們都說你是個一無是處、傲慢自大的混蛋，被歐洲刑警組織給踢了出來，但後來你突然跑來找我截肢一隻豬，還想找利呂斯．貝克爾問話，那時我就知道，除了蘇林，我也必須提防你。順帶一提，我看到你們在去城市規劃住宅區之前，還玩了一場扮家家酒。你八成迷上了那個小蕩婦，是吧？」

「她在哪裡？」

「這個嘛，你當然不是第一個迷戀上她的人。我看過好幾個男人進出她的公寓，而且你恐怕不是她的菜。但別擔心，我割斷她喉嚨之前，會替你跟她打聲招呼。」

建茲把最後剩下的汽油往赫斯身上倒，汽油液體刺得他眼睛和新舊傷口一陣刺痛，赫斯屏息地等對方倒完。他甩了甩頭試圖甩掉汽油，等再張開眼睛時，見建茲脫掉連身工作服往地面一扔，接著是口罩和網帽。建茲就站在對面的白色不鏽鋼門前，那扇門的後方應該就是通往樓上廚房的水泥樓梯。他手上拿著一個栗子人，直盯著赫斯的眼睛，接著抓住栗子人的火柴腿往火柴盒一劃，火苗竄起。等火花夠大了，他將栗子人往地上的液體一丟，然後穿門而過，關上了門。

120

椅背啪的一聲巨響，往前挪動，騰挪出一道裂口。蘇林終於得到了一絲光線。她滿身大汗躺著休息片刻，她現在軀幹仍然處在後車廂中，但頭部已塞在那道裂口中。她抬頭往右邊一看，從後車窗瞥出去。那道縱向的纖細光線是從建築物外的院子鑽進來，於是她判斷這輛車應該是停在穀倉內。

廂門的鎖一直死卡著，後來她發現用膝蓋頂著，背後的廂壁便開始鬆動，於是用上背部持續撞它。她再一次用力頂，整個人更往後座擠去。如果能想辦法割斷手上的強力膠帶，那她就還有救。屋子那邊沉寂了許久，這點更令人心慌，但如果她能再進屋去，甚至找到她的手槍，那他們就是二對一了。赫斯並不傻，既然他都來了，就表示他已發現建茲的真正身分，所以會小心提防。但她一想完，就聽到火焰轟的一聲巨大爆裂聲，聽起來像突然颳來一陣風，將帆船一下推過了臨界點，進入失重狀態極速飆行。那聲音不遠，很可能就是從屋裡的某處傳出，與之前的尖叫聲的出處相同。

蘇林屏息聆聽，沒錯，是火焰翻騰的聲音，而且也聞到煙味了。她一面扭動身子，打算鑽過裂口到後座上，一面思考大火的起因。她猛地想起在客廳桌上看到的兩個汽油桶。當時她一進入客廳就注意到它們，但注意力隨即被牆上的照片和建茲引走。若這場火是建茲的預謀之一，赫斯顯然凶多吉少。她繼續扭動身體，上半身終於鑽進了裂口，然後兩腳一抬繞過去，整個人就躺到了後座上。她用手肘撐坐起來，打算用綁住的雙手去開門。腦海裡，她想像自己找到了工具釋放了雙手，所以可以跑進那棟房子，但此時，她從穀倉的門縫中瞥見了他。

他拿著一個汽油桶走出前門，繼續倒著汽油直到門階的最後一層。他將汽油桶從前門扔回房子裡，點燃火柴扔過去，隨即轉身朝穀倉走來。蘇林知道他背後的火焰已無情地蔓延開來。等他走到穀倉的門前時，窗戶邊的火焰已竄上了天花板，他整個人在背景的火焰中也成了陰暗的剪影。

蘇林躲到駕駛座後面，此時，穀倉的兩扇門同時被拉開。狂野閃爍的光芒流洩進來，她盡可能地縮小自己的存在。車子的前門打開，他坐進駕駛座，椅背壓在蘇林的臉頰上。他插入車鑰匙發動引擎，車子穿過了積雪的院子，蘇林聽到第一扇窗戶在高熱中爆裂。

121

赫斯早就冷靜地思考過死亡這件事。不是因為他憎恨生命，而是活著太苦。當年，他沒向外求助，也沒去找他寥寥無幾的朋友訴苦，更沒有接受別人給的建議，而是就這樣逃掉。他落荒而逃，將窮追不捨的黑暗甩在身後，有時這麼做還滿管用的。在歐洲某個國家角落裡的小小避難所中，他用新的環境和新挑戰來轉移注意力，但黑暗會伴隨著回憶和經年累月看過的死者遺容，不停地回來找他。他孤身一人，行屍走肉，欠了死人一屁股的債務，若是死神來找他索命，他也無所謂。

這是他曾經的想法，但現在被扔在這座地下室裡，他卻想要奮力一搏。

建茲一關上那扇門，火焰便立刻蔓延開來，他立刻爬到剛才看到放在蘿莎背後地板上，那個沾滿鮮血的工具旁。它一看就知道是用來做什麼的，它的鑽石刀片一下就劃斷了他手腕上的電纜，然後是腳上的，此時，火焰已延燒至半間地下室，並朝蘿莎撲去。他一邊抓起手機和手槍，一邊踉蹌地爬起身。濃密的黑煙已竄上天花板，他看著火焰肆虐，雙手飛快地一一解開綁住蘿莎的皮帶。就在火焰從地板竄上不鏽鋼桌時，他側抬起癱軟的蘿莎，揹著她躲進未被潑到汽油的角落裡。

但這只是暫時的，火舌已舔上纖維板牆壁，再來是天花板，而且他和蘿莎身上都被倒了汽油。他們遲早會被燒到，再不然也會因高熱而自燃。唯一的出口是建茲離開的那扇門，但它的手把太燙，赫斯脫掉外套想墊著握住手把，但一靠近外套就著火。天花板上的黑煙越聚越濃，但赫斯注意到，對面牆上有一圈圈小小的螺旋狀黑煙，被吸進纖維板的接縫中。他趕緊抓起電鋸，把鑽石刀片塞入接縫中當撬棍，一撬，纖維板便隨之翹起，他將手指伸進去用力一扯，板子就被扯了開來。

赫斯一看，原來板子後面是一扇地下室窗戶，窗戶的裡側有兩根鐵柵欄，而窗外有一道車子的後照燈滑過院子。他一驚，立刻瘋狂地拉扯鐵柵欄，但那輛車最後消失在黑暗中，赫斯也認命地體悟到他的生命即將在此結束。他轉身面對火焰和腳邊的蘿莎．哈同。看到她的殘肢，赫斯靈光一閃。他連忙抓起電鋸轉身面向窗戶，並暗中祈禱鐵柵欄不會比骨頭還厚實。鑽石刀片像切奶油般切斷了第一根鐵柵欄，他再切了三刀，鐵柵欄被紛紛切斷。赫斯解開窗閂，推開窗戶。

高熱燒燙著赫斯的背部，他將哈同抬到窗臺，自己跟著爬上去，爬過她，然後抱著哈同一起往後滾落。此時火焰已燒到他的脖子和衣服，不過他隨後背朝下地掉落在窗外的雪地中，壓滅了火苗。

他咳嗽著爬了起來，拖著蘿莎．哈同穿過院子。他的全身軀體滾燙，好想撲到雪裡為自己降溫，同時將肺裡的濃煙咳出來。但他才走了二十公尺，就趕緊把哈同扶靠到一面石牆上，自己則開始拔足狂奔。

122

蘇林全身細胞都在吶喊著趕快採取行動。她蜷縮在駕駛座後面的黑暗中，注意著車速，特別是車子的行進路線，腦海裡則不斷回想著來時穿林而過的小路路徑，並試著推算建茲分神應對轉彎的時機。路上至少有五到十公分的積雪，在加上四周黑暗，對她十分有利，因為建茲必須全神貫注在駕駛上。蘇林等待著最佳時機，在手腳都被綁住的情況下先發制人。但隨著時間分分秒秒地滑過，她依舊沒有採取行動，簡直是在浪費時間。她必須盡快回到農場。雖然車子駛離農場時，她不敢抬頭透過車窗向外看，但仍能感覺到火勢之凶猛。

車速突然慢了下來，似乎正準備繞過一個大彎，她全身肌肉繃緊，蓄勢待發。她明白他們已來到那個大彎路，過了這個大彎再往前開一段路，就會抵達外面那條大路。她猛地坐起來，堅定地抬起被綁著的雙手，像套索般揮過駕駛座椅。在儀錶板微光的照耀下，蘇林看到前面的那雙眼睛瞄了後視鏡一眼——他太快發現她的動作。建茲彷彿早有準備，抬起一隻手擋開了她的手臂。蘇林再次嘗試，建茲乾脆放開油門，一隻手固定方向盤，整個人轉過來猛敲蘇林的腦袋。車子最後停下來，引擎空轉，蘇林則躺在後座上大口喘氣。

「我不得不說，妳是整個重案組裡最讓我費心的警察。當然，這代表我會特別注意妳，對妳瞭若指掌，包括妳身上的氣味。妳躲在後面散發出小豬一樣的汗臭味時，我就發現妳了。妳沒事吧？」

這個問題實在沒意義，他早就知道蘇林躲在駕駛座後面。建茲拿著一把小刀劃進她嘴上的強力膠帶時，蘇林以為他是要拿刀刺進她口中，但建茲只是用刀劃開一道開口，蘇林趕緊用被綁住的手撕掉膠帶大口呼吸。

「他們在哪裡？你對他們做了什麼？」

「妳早就知道答案了，不是嗎？」

蘇林躺在後座上大口喘氣，腦海浮現出大火中的農場。

「其實，大火燒起前，赫斯似乎已不怎麼喜歡呼吸了。噢，他還要我在割斷妳喉嚨前，替他跟妳打聲招呼，我想妳聽了應該會寬慰一些。」

蘇林閉上眼睛，心情激動，眼淚流了下來。她為赫斯和蘿莎·哈同哭泣，更為樂而哭，她天真無辜的小女兒正在家裡等著她。

「哈同家那個女孩，也是你……」

「對，那是必要的。」

「為什麼……？」

蘇林的聲音微小且脆弱，她恨自己如此地示弱。一陣沉默。她聽到建茲深吸了一大口氣，便轉過去看著他凝視外頭黑暗沉思的模樣。隨後，建茲轉頭回過神，轉身看著她。

「說來話長。我很忙，而妳需要睡覺了。」

他拿著刀的手開始移動，蘇林抬手自保。

「**咻……！**」

那聲音劃破寂靜的空氣而來，蘇林聽不出那是什麼聲音。它從遠方傳來，似乎是從森林深處發出，又或者是從下方很遠的地方。建茲全身繃緊，猛地轉向那聲音的方向。蘇林看不見他的臉，但他似乎十分震驚地瞪著某個東西。蘇林掙扎地坐了起來，目光透過擋風玻璃望向車頭燈光束的盡頭，當下明白了。

123

他的胸口就要爆炸了，心臟怦怦地撞擊著他疼痛的肋骨。口中吐出的白霧像劇烈翻騰的雲朵，他舉著槍，指著前方車輛的兩隻手臂在冰冷空氣中顫抖。赫斯距離那輛車足足有七十五公尺遠，他就站在馬路正中央、車頭燈光束的盡頭處，這裡正是幾分鐘前，他像活死人般從黑森林裡撲出來的位置。

他一路衝過來，剛開始還有熊熊烈火的光芒，伴隨著他朝樹木長長的倒影的方向狂奔。他記得通往農場的小路像一個大大的C字，於是打算穿林而過從中切入，攔截住那輛車。但隨著他深入森林，火焰的光芒愈發薄弱，後來只能依靠火光在白雪上的反光，但最後反光也沒了，他只能在全然的漆黑中盲目奔跑。四面八方漆黑一片，樹木的輪廓更加深暗，他決定無論遇到什麼阻擋，都只鎖定一個方向往前直奔。他好幾次一頭栽進積雪裡，摔得他七葷八素。就在迷失方向之際，他瞥見了左手邊的遠方有道微弱的光芒。那道光芒就在他的前方，很遠的前方，而且正在移動中。隨即，他注意到那輛車突然慢了下來。等到他趕到馬路上時，他已經超前了，只聽得車子的引擎空轉，車頭燈亮著。

赫斯並不清楚車子為何停下，他也不在乎。他只知道建茲就在擋風玻璃後方，赫斯動也不動地站在馬路中央，槍口指著前方，狂風在樹林間咻咻地穿梭，此時此刻，居然有一陣手機鈴聲響起。他反應過來那是他的手機在響。他瞪著前方，注意到駕駛座上那手機螢幕發出的微光。他遲疑地從口袋抽出手機，兩眼仍舊死盯著那輛車。

對方的聲音冷漠平靜。

「哈同呢？」

赫斯辨識出坐在方向盤後方那人的輪廓。這個問題提醒了他，折磨蘿莎・哈同是建茲最在乎的事，於是他努力控制呼吸，盡可能冷靜地回答。

「她沒事，就坐在院子裡，等你回去告訴她她女兒的遭遇。」

「你說謊，你不可能救她出來。」

「你那把自製的電鋸不只切骨頭好用。一個稱職的鑑識人員，會在留下電鋸之前多想一下，對吧？」

電話那頭陷入沉默。赫斯知道建茲能夠反推出他們在地下室內的逃生經過，藉此判斷他話中的可信度。有那麼一刻，赫斯好擔心建茲會不顧一切調頭開回農場，畢竟建茲知道警察已朝這裡趕來。

「你告訴她，我會回來找她的。讓開那裡，蘇林在我手上。」

「想都別想。下車，兩手貼身趴在地上。」

對方又是一陣沉默。

「建茲，下車！」

赫斯瞄準車內唯一的可識物。但手機螢幕的微光消失，電話掛斷了。赫斯愣住沒反應過來，直到引擎怒吼起來，彷彿油門被一踩到底。車輪在積雪裡空轉，白煙在後車燈的紅光中翻騰，車輪抓到了阻力，隨即往前快速衝來。

赫斯將手機扔開，舉槍瞄準。車子朝他筆直駛來，速度越來越快。赫斯開了第一槍，接著是第二、三發。前五槍他朝著冷卻器發射，但沒有效果，後來才發現他的手在發抖，錯失了準頭。於是他雙手握緊搶把，一次又一次地開槍，信心卻不斷地減弱。車子彷彿有一層隱形的保護殼、難以攻破，當距離剩下三十公尺時，他才意識到，如果蘇林在車內，他很可能會射中她。扣著扳機的手指已然僵住。他舉槍站在馬路上，引擎聲轟隆隆逼近，但扣著扳機的手指就是動不了。他來不及閃開，就快要被迎面撞上了。就在那最後一刻，他瞥見擋風玻璃後方出現動靜，車頭猛地改向了。他感覺到溫熱的引擎蓋從他右臂邊閃過，他一轉身，看著車子飛出馬路，接著砰的一聲巨響傳來。隨後是金屬遭到輾壓的聲音，玻璃碎裂，高速空轉的引擎聲變得尖銳刺耳，喇叭響起。兩個交纏在一起的人影從擋風玻璃處被拋出來，像軟綿綿的娃娃般飛進樹林裡。他們看起來似乎互擁著對方，隨後從彼此的掌控中鬆脫出來，一個呈弧線飛出，另一個則砰地撞上一棵樹，融入那片無盡黑暗中。

赫斯拔足狂奔過去。只見引擎蓋已被一個樹樁撞壓成兩半，但車頭燈仍然亮著，首先映入眼簾的是那個掛在樹上的人。一根彎曲的粗樹根穿過了他的胸口，雙腿在下方抽動著。他一看到赫斯，勉強打起精神。

「救……我……」

「克莉絲汀．哈同在哪裡！」

他圓睜著眼睛看著赫斯。

「建茲，回答我！」

一個生命消逝了。建茲等於是貼著樹幹掛著，幾乎與樹木融成一體，他的頭歪向一邊，兩手像他的栗子人一樣垂掛在身側。赫斯慌張地四處搜尋，大喊蘇林的名字，感覺栗子在他腳下的雪裡嘎嚓嘎嚓響著。

十一月三日　星期二

124

三輛小型車隊駛下了匝道，在太陽升起的時刻離開了渡船頭。羅斯托克（Rostock）天氣又冷風又大。小車隊朝幾個小時路程外的目的地前進。赫斯坐在最後一輛車上，儘管此趟任務的結果未卜，但能夠離開這裡總覺得開心。過去幾天來，整個警局的各個部門都是灰頭土臉，大家都忙著洗脫責任歸屬；但在這條德國的高速公路上，十一月的太陽明媚燦爛，他終於可以放心地打開收音機，不用再接受丹麥媒體的謾罵和尋找代罪羔羊的抹黑。

建茲就是栗子人殺手，此事一揭露便震驚了國內上下。建茲身為鑑識部門的領袖，一直是該部門的燈塔，指引同事們前進的方向，不過有幾位他的信徒仍無法相信他會昧著良心濫用職權，並殺害了數條人命；而他的對立者，則大肆批評建茲掌握的權力太多。批評和反省並不止於警局內部，媒體自然也不放過這個大作文章的機會。一向重用建茲並倚仗他才能的重案組，因對這個內賊毫無警覺和戒備，被推到了風口浪尖上。當然，提拔建茲的警界高層更是躲不掉社會大眾的指責。目前，被圍剿得體無完膚的司法部部長，尚未對這些錯誤的後果發表言論，起碼要等到進一步了解西蒙・建茲所作所為的背後動機再說。

赫斯和幾位探員就在媒體的喧鬧聲中，全心全意地為案子收尾。隨著調查的推進，赫斯越來越驚詫於建茲居然能如此全方面地操控警方的偵查方向。打從一開始，他就引導蘇林和赫斯把偵查方向鎖定在沾有指紋的栗子人，好將蘿莎・哈同牽扯進來。接著，再用裝著勞拉・克約爾手機的包裹，將赫斯、蘇林引向埃里克・塞傑爾拉森，與此同時，他則前往卡拉姆堡殺害安妮・塞傑爾拉森。他入侵里格斯醫院兒科的資料庫，找到理由鎖定並研究勞拉．克約爾、安妮．塞傑爾拉森和潔西．魁恩——原來奧莉維雅．魁恩也曾因家中意外而住院治療——然後寄出匿名舉報信，以期警方和其他官員與那套無用的系統正面交鋒。至於警方在城市規劃住宅區布下的天羅地網，也因他的警覺而被他逃過。赫斯和蘇林前去探訪利呂斯．貝克爾，必定讓建茲倍感威脅，因此利用去史坎斯和內高的住處做鑑識工作時，將殘肢栽贓給那對情侶。再來，他利用那對情侶租車的追蹤器，跟蹤他們進入樹林殺人滅口，再打電話向尼藍德舉報那對情侶的行蹤。這些發現令人髮指，但這還不是全部，尤其是建茲在去年克莉絲汀．哈同失蹤案所扮演的角色，因為調查尚未結束，克莉絲汀．哈同下落仍舊成謎。

談到建茲的個人成長史，赫斯所發現的資料隨後也在調查中得到證實。那對龍鳳胎在離開栗子農場後被拆散並分別安置，社福機構在托克．貝寧十七歲時，已找不到安置他的寄養家庭，於是將他送到西蘭島西邊的一所寄宿學校。在那裡，幸運之神終於眷顧了他。一位在該校設立資助窮苦孩子基金的獨居老商人，最後領養了托克．貝寧。老商人姓建茲，將改名為西蒙．建茲的養子送到索勒（Sorø）一所貴族高中就讀，給了他重新開始的機會，而男孩也不負所望，進步神速。但社經地位提高和社交經驗的成就都只是表象。西蒙．建茲後來就讀於奧胡斯的一所大學，雙修經濟學和資訊工程，二十一歲時，他認識了參與里斯科夫案的一位鑑識部助理。警方調閱奧胡斯警局關於此案的檔案，發現了以下報告：西蒙．建茲，住在對面學校宿舍的學生，接受警方問話時，表示似乎在凶案發生當天目睹了受害者的前男友。換句話說，建茲當時住在受害者住家的對面，並提供了線索協助破案，而他自己正是該案的凶手。

之後不久，他的贊助人死於心臟病發作，建茲繼承了大筆遺產，從此隨心所欲的他搬到了哥本哈根，轉校進入警察學校就讀，立志成為鑑識人員。他才幹出眾又刻苦用功，很快就被校方注意到，不過，顯然他第一個學習到的知識，是如何駭入國家身分證資料庫，更改自己的資料，切斷與托克．貝寧的關聯。隨後他的職涯爬升之路讀來實在令人印象深刻，同時也讓人驚恐，因為警方發現二〇〇七和二〇一一年的兩起懸而未破的凶殺案，在犯罪現場的照片中竟也有栗子人的存在，故而重啟調查。

從二〇一四年開始，已是知名鑑識專家的他，同時與德國聯邦警察局和倫敦警察廳合作，大約兩年前，哥本哈根警方邀請他回國統領鑑識部門，於是他辭職回到了國內工作。實際上，他接受邀請回國工作的真正原因，是為了利用職位去展開他的報復計畫。當時蘿莎・哈同因為當選社會事務部部長，而成為炙手可熱的大紅人。建茲回國後，立刻買下栗子農場，並運用豐厚的遺產重新裝修，等到去年秋天開始落葉了，他已萬事俱備，著手實行報復計畫的第一階段。身為鑑識部的長官，他十分輕易就能更動偵查的證據。首先，他將克莉絲汀的個人物品棄置他處，使警方誤解案發現場的位置；再者，栽贓證據，使利呂斯・貝克爾被定罪。

蘇林在上週末查閱了建茲實驗室的電腦，發現建茲早在警方察覺前就知道利呂斯・貝克爾這號人物，以及此人經常入侵犯罪現場的資料庫，但建茲從未告訴任何人。建茲想必意識到利呂斯・貝克爾是他需要的代罪羔羊人選，而在匿名舉發前，要將那把帶有血跡的開山刀，暗中放置在貝克爾住處的車庫裡更是易如反掌。貝克爾之後的認罪，算是建茲的意外收穫，雖然證據已十分充足，並不需要貝克爾的親口招認。

對於赫斯來說，最棘手的問題在於警方從建茲極少數的個人物品，查不到克莉絲汀・哈同的蛛絲馬跡。那些個人物品就像焚燒殆盡的栗子農場，不是被刪除，就是被燒成了灰燼。赫斯後來將希望寄託在樹林裡那輛撞毀車子上的兩支手機，但兩支手機都是全新的，只在被發現的當天使用過。不過，那輛車的ＧＰＳ行車紀錄顯示，建茲曾多次前往德國北部，羅斯托克東南方某個特定地點。一開始，鑑於建茲以前曾在德國聯邦警局工作過，所以造訪德國很正常，赫斯並沒將這條線索放在心上，不過就在昨天下午他與從法爾斯特島（Falster）和洛蘭島（Lolland）出發的渡輪聯絡後，這條線索變得有趣起來。一輛租車公司的深綠色汽車仍然停在羅斯托克的渡輪碼頭上，等待客人前去取車，而那輛車從星期五，也就是建茲死在那棵栗子樹上的那天起，就停在那裡了。赫斯聯繫那家德國的租車公司，得知車子是以一個女人的名字租借的。

「*Der Name der Vermieterin ist Astrid Bering*。」電話那頭的人用德語回答，租車人的姓名是阿絲楚伊·貝寧。

至此，偵查進度如火如荼推進。赫斯透過他在德國警界的人脈協助追蹤，兜兜繞繞下終於找到，建茲的雙胞胎妹妹現在居住地是登記在德國，最後追蹤到一座叫布格維茨（Bugewitz）的小村莊，距離羅斯托克只有兩小時的車程，離波蘭邊境也不遠。赫斯之前查閱警方的檔案，這個妹妹於一年前離開一家精神病院後就消失無蹤，一點也查不到下落，不過如果她在這段期間一直和建茲保持聯絡（建茲車上的GPS紀錄是如此顯示），就表示她很可能是目前唯一知道克莉絲汀·哈同遭遇的人。

「蘇林，醒醒。」

一陣手機鈴聲從隔壁副駕駛座上的那團衣服中傳出來，蘇林的頭從大衣底下探出，一臉睡眼惺忪。

「應該是德國警方。我在開車，所以我請他們打妳的手機，沒關係，把手機給我吧。」

「我有手有腳，而且德語流利，幹嘛不讓我接。」

赫斯微微一笑，清晨被叫醒的蘇林迷迷糊糊地從外套口袋裡翻出手機。她骨折的左手手臂吊在背帶裡，再加上臉上的瘀青，活脫脫就是一個剛從車禍現場走出來的傷患。赫斯自己也好不到哪去，他們兩人半個小時前出現在渡輪口的餐廳用早餐時，簡直再般配不過了。用完早餐一回到車上，蘇林立即要求小睡片刻，赫斯當然沒有異議。他們打從星期六下午就馬不停蹄，根本沒有休息。他們尊敬的上司讓他們回到案子中，並給了幾天時間要他們了結案子，赫斯推測這幾天蘇林應該睡不到幾個小時。赫斯十分感激蘇林，若不是她在那輛車裡踹了建茲一腳，他很可能早被撞死了。赫斯是在距離建茲被掛死的栗樹不遠處，找到昏迷的蘇林。當時他不知道蘇林的傷勢是否嚴重，一聽到警笛接近，他立刻抱起她爬到馬路上，交給第一輛抵達的救護車，送她去最近的醫院救治。

「是的……收到……我明白……謝謝。」

蘇林掛斷了電話，兩眼發亮。

「他們怎麼說？」

「武警已經在距離該住址五公里處的一個停車場就定位。當地人說，那棟房子裡的確住著一個女人，而且根據他們的描述，這個女人符合阿絲楚伊・貝寧的年紀。」

「但是？」

赫斯從蘇林的表情看出消息不只如此，但看不出來是好是壞。

「那個女人大部分都是獨來獨往，但偶爾會帶著一個大約十二、三歲的孩子到樹林裡散步。他們目前推測那個孩子是她的兒子……」

125

陽光在霧狀玻璃後面閃耀著。袋子就放在腳邊的墊子上，阿絲楚伊不安地在玄關等著外面騎自行車經過的一家人再騎遠一點，以免他們看見她開門衝出去。從房子到車庫和那輛破舊的小車之間不過十五步，但她的腳已不耐煩地挪來挪去，她還必須趕在其他自行車或車子經過前，回到這棟房子接穆勒（Mulle）。

阿絲楚伊睡眠不足，幾乎是睜著眼直到天亮，滿腦子都在想究竟出了什麼事，並於今早大約六點多時，決定違背哥哥的指示，自行駕車離開。她解開食品儲藏室的鎖，輕輕搖醒穆勒，要對方在她做早餐時穿好衣服。今早只有幾片塗著果醬的硬麵包可吃，外加給穆勒的一粒蘋果。她從上個星期開始，就不敢冒險出門購物了。哥哥通知她在星期五晚上做好準備，一等他開車抵達，他們立刻出發離開，在那之後不久她就已打包好了行李。但哥哥一直沒出現。阿絲楚伊等啊等，緊張地望著廚房水槽上方窗戶外的鄉間馬路，一有車頭燈的光束出現，她立刻往外窺探。但每一次，那些車子都只是直接從這棟孤立於田野和森林間的房子前面經過。她又是害怕又是鬆了一口氣，但除了再等一天，她什麼也不敢做。但她等了一天又一天。通常，哥哥的電話都像鬧鐘般地準時打來，每天早晚一通，以確保一切都在他的掌控之內，但自從星期五早上後就沒再接到他的電話，而她也不能打給他，因為她不知道哥哥的手機號碼。哥哥很早以前就告訴她這樣太危險了，她也就默默接受了他的安排。她一切都聽哥哥的，因為哥哥比她強大，比她清楚什麼是最好的。

若不是她的哥哥，她早就死於吸毒、酒精中毒和自暴自棄中。是哥哥不厭其煩地敲了一扇又一扇治療中心的門，說服他們再想辦法治療她。也是哥哥一次次坐在醫師和治療師面前，聆聽他們解釋毒品和酒精對她神智的傷害，而當時的她並不知道受苦受難的不只是她，哥哥也也在為此煎熬。她當然早就知道哥哥的能耐，她是那天在栗子農場親眼目睹整個經過的人，但這麼多年來，她被自己的傷痛吞噬，忽視了哥哥內心的苦痛和陰影，直到一切都太遲。

大約一年前，她待在另一家療養院時，某天哥哥開車來接她離開。他們開到那個渡船口，再往南開到羅斯托克南方的一棟小屋，那是哥哥用她的名字買下的。她雖然一頭霧水，不過那個地方被色彩繽紛的秋天包圍著，充滿了魔力，她內心湧起了對哥哥強烈的感激之情。但後來，哥哥才告訴她買下這棟小屋的原因和用途。

某天晚上，哥哥用後車廂載來了一個被迷昏的小女孩。當時她看到快嚇死了。阿絲楚伊在一個月前於療養院活動中心裡，從電視上看到那個女孩的照片，而哥哥甚至得意洋洋地告訴她女孩的母親是誰。阿絲楚伊坦然反對哥哥的計畫，哥哥發怒了，並威脅她，如果她拒絕照看女孩，他就當場殺死女孩。然後哥哥把女孩關在特別改造的食品儲藏室裡，並告訴阿絲楚伊，屋子四周安裝了足夠的監視攝影機，他對她們的一舉一動瞭若指掌，說完後就離開了。從那一刻起，阿絲楚伊就很怕他，甚至比他拿著斧頭俯瞰著那位警察屍體時，更怕他。

剛開始，阿絲楚伊除了每天兩次送菜送飯，都盡量躲著那個女孩，避免接觸。但女孩的哭聲令她心酸不已，她想起了自己被囚禁的日子。沒多久，阿絲楚伊就放女孩出來，和她一起在廚房用餐，或者讓她在客廳看德國的兒童節目。阿絲楚伊覺得她們兩人同病相憐，都是被囚禁的囚犯，而且有女孩的陪伴，她的日子不再那麼難熬。但女孩還是想逃，阿絲楚伊將她攔住後，只能再將她關回食品儲藏室。附近沒有鄰居，所以那時造成的動靜很大也不要緊，但那次經驗仍然令人不悅，阿絲楚伊也發現自己很同情女孩。於是一熬過聖誕節和元旦，她為每天安排了一系列的活動，利用時間做些有意義的事。

每天從早餐開始，接著是上課。阿絲楚伊開車去了趟附近的小鎮，買了一個粉紅色的鉛筆盒和英文的數學課本，並在餐桌上盡其所能地教導女孩。她在網上找到一個網站，運用網站裡的資料教導女孩丹麥文學，而女孩也積極主動地參與學習。上午被分成三堂課，然後是共同烹飪午餐，接著會再上一堂課，通常是體育課，在權充體育館的客廳裡進行。也是在這裡，她們第一次一同大笑，因為兩人在做原地跑步的動作時，都覺得好蠢。那是三月底的事了，阿絲楚伊這多年來都沒這麼快樂過。她開始叫女孩穆勒，她覺得這是自己想到最好聽的名字。

不過，哥哥每星期一次的造訪，會讓氣氛立刻急轉直下。他就像死神光臨般，嚇得阿絲楚伊和穆勒謹小慎微地應對。哥哥察覺到她們之間的親密，多次責罵阿絲楚伊，有時候監視攝影機也會洩露她對女孩的縱容，斥責電話就打來了。他們三人同處一室時，通常都是沒人說話的，哥哥經常陰沉沉地看著穆勒，而正在洗碗的她會提高警覺，注意哥哥的一舉一動。但什麼事都沒發生過。直到夏天時，穆勒再次企圖逃跑，哥哥才摑了穆勒一巴掌。

在穆勒再次企圖逃跑前，因為屋內太熱，她們挪到屋後的露臺上課，當然也包括了體育課。那天，穆勒要求一起去樹林裡散步，阿絲楚伊也覺得沒有危險，畢竟樹林很大，巧遇他人的機率很小。總之，她們距離丹麥很遠，而且穆勒剪短了頭髮，穿得像個男孩子，與她剛到這裡時已判若兩人。但在一次哥哥慷慨允許的散步中，穆勒逃走了。通常，她們在樹林裡一看到別人的身影，就會立刻轉身朝小屋走回去，但那次穆勒掙脫了她，跑去追那對老夫妻。但最後穆勒還是被阿絲楚伊抓到，被她一路拖回小屋，一切也被監視攝影機拍下了。幾個小時後哥哥趕到，罰女孩關禁閉一個月。整整三十天，女孩只在上廁所時才能離開食品儲藏室。禁閉一結束，阿絲楚伊就帶女孩到露臺上，請女孩吃了她能買到的最大號冰淇淋。阿絲楚伊告訴女孩她很失望，女孩道歉，然後阿絲楚伊緊緊抱住那瘦弱的身軀。此後，一切恢復原狀，她們繼續上課和散步，阿絲楚伊好希望日子就這樣過下去。但秋天來臨了，哥哥帶來了栗子。

「妳留在這裡等我，穆勒。我等等回來。」

騎自行車的那家人消失了，阿絲楚伊打開前門，一隻手各拿著一個袋子，走進冰冷的清新空氣中。她快步朝車庫走去，一路思考著如果她開快一點，今天能開到哪裡。她沒時間做計畫，這種事通常也都是哥哥在負責，而現在她只能靠自己了。但只要有穆勒在，她就不怕。她很久以前就開始認為她們屬於彼此，也早已經忘了女孩還有自己的家和家人。也許哥哥不在，只剩她們兩人也是個好事。阿絲楚伊一直害怕哥哥在一切結束時，會對女孩下手。

她想到這裡，走進了車庫，一隻戴手套的手摀住了她的嘴巴。有人用德語朝她大吼。

「*Wie viele gibt es im Haus?!*」（房子裡有多少人?!）

「*Das Mädchen, wo ist sie?!*」（小女孩在哪裡?!）

「*Antworte!*」（快點回答我！）

她手上的袋子被拽走，整個人都嚇呆了。直到那個滿臉瘀青、異色瞳眸的高個子用丹麥語跟她說話，她才囁囁嚅嚅地告訴他們不能帶走她的小女兒。但那個人壓根沒聽她說話，她難過地哽咽，淚水滑落下來。

「她在哪裡？」高個子不停地問她。直到她意識到他們即將拿著槍，戴著可怕的面具破門而入，她才回答對方，隨後就癱倒在高個子腳邊的地磚上。

126

廚房空蕩蕩的，她總有一種感覺，自己不會再回來這裡了。她穿著外套坐在鋪著油氈布桌子旁的凳子上，等著她媽來接她，因為她不可以獨自一人走出屋外。

那其實不是她真正的媽媽，但那個女人要求她這樣叫，而不能叫她阿絲楚伊，尤其是在外面的時候。她仍然記得她真正的媽媽、爸爸和弟弟，每天都會夢見與他們重逢。但夢終究只是夢，最後都會醒過來。每一次她都好失望，她告訴自己遵照他們的指示，直到她能逃跑的那天到來。她在現實中、在幻想中逃了好幾次，但都失敗。然而現在，她坐在凳子上警覺地望著窗外的車庫，心裡突然冒出一線希望。

這個希望應該是幾天前，自從那個人沒有準時出現時萌發的。媽那天變得好慌張，一直告訴她，她們要坐在這裡等待。但那個人還是沒來，第二天、第三天都沒有出現，也沒有電話打來。媽變得更緊張了，比平常更加手足無措。今天早上被叫醒時，她立刻聽出媽已下定了決心。

離開這裡也許不錯，只要能遠離這棟她憎恨的房子，逃離那個人，以及他那一直盯著她瞧的監視攝影機，她就會舒服許多。但去哪裡呢，會不會更糟？她不敢想下去了。所以她的這股希望與跟媽離開這裡無關。她的希望是出自從前門透進來的銀色日光，以及媽仍然沒有回來的事實。

她小心翼翼地踩著地板站起來，眼睛直盯著車庫外面的空地。這也許是她最後的機會了。天花板角落裡的攝影機紅光閃爍，她試探性地一步步往前挪動。

127

尼藍德痛恨自己現在必須與德國武警站在樹林邊，等待確定克莉絲汀·哈同是否就在小木屋裡面。自從上個星期五開始，他便彷彿兵敗如山倒，一切都超出他的掌控。更可怕的是，他的恥辱被媒體大肆宣揚開來。

在公關顧問的慫恿下，沒錯，就是那個他打算引誘進飯店房間的女人，他的上司因而紛紛將矛頭指向他，指責他誤判案情。隨即，當然是將辦案大權移交給了赫斯和蘇林。

在尼藍德看來，上司很可能卸除他的職位，甚至將他踢出警局。但他都是依令行事，到頭來，居然要眼睜睜看著自己的手下和專家沒收建茲少數的個人物品，希望從中能找到哈同家女兒的蛛絲馬跡，而就在幾天前，尼藍德才在眾多攝影機前公開宣告這起案子終結。

為了拯救自己的名聲，他有好多事要做，卻被困在那三輛小車隊中，在破曉時分駛離哥本哈根警局。謎團很快就會破解，他也能知道他職業生涯的致命一擊，是否會就此重重揮打過來。如果克莉絲汀·哈同不在屋內，那他還有得救，她的案子也許會成為懸案，他還能在媒體前亂扯一番；如果克莉絲汀·哈同在屋內，那麼他就等著下地獄。除非，他能為自己開脫，解釋一切錯誤全都出自某人（絕非是他），給了建茲這個神經病如此重要的職位。

德國武警已包圍了小木屋，並兩兩一組地向前推進。但突然間，他們停頓下來。小屋的前門被打開，一個瘦弱的身影衝了出來。尼藍德的目光緊緊跟隨著那道身影，穿過花園中央沾著露水的長長雜草。那身影瞬間停下，瞪著他們瞧。

所有人都愣住了。

她的五官不一樣了，她長大了，眼神狂亂且深邃。但尼藍德看過她的照片上百次，立刻就認出她來。

128

太久了，蘿莎感覺事情不太妙。他們站在大馬路上看不到那棟小屋，但警方告訴他們，這裡距離田野和樹林、矮樹叢另一邊的小屋只有五百公尺遠。陽光燦爛，但冷風颯颯，即使他們躲在兩輛德警的休旅車後方，仍躲不過冷風陣陣的吹襲。

昨晚警方告知她和史汀，他們在德國發現一條線索，夫妻倆堅決同行。凶手的妹妹顯然住在靠近波蘭邊界的一棟小木屋內，而警方查到凶手在生前經常造訪他的妹妹。凶手的妹妹很可能是共犯，應該知道克莉絲汀的下落。既然凶手已無法再爬起來說話，這就是夫妻倆的唯一希望，因此他們堅決要求加入車隊同行。

這也是蘿莎在醫院接受手術醒來後，第一個提出的問題。她一睜開眼，就看到滿臉淚痕的史汀，當下意識到她已離開那噩夢般的白色地下室，身處在一家設備先進的醫院。她隨即打聽那個凶手有沒有交代什麼。史汀搖搖頭，蘿莎注意到當下丈夫最在意的，並不是女兒的下落。對史汀來說，看到蘿莎活著比什麼都重要，她也在古斯塔夫的眼中看到同樣放心的眼神。當然，他們也為她的被折磨截肢感到難過傷心。她左手臂上的大夾子止住了血，沒讓她失血過多致死，但被截斷的左手在大火中焚燒殆盡，醫師告訴她，等到疼痛消褪，他們會為她特製義肢。她最終會慢慢習慣，久而久之就不會再因臨時忘記左手已斷而驚嚇，也不會望著自己的倒影和手臂尾端的繃帶而震驚。

奇怪的是，蘿莎並沒有因殘廢而發愁。她沒被打倒，她覺得這只是一個小小的犧牲。如果時光能倒轉、讓她回去拯救克莉絲汀，她願意奉上她已縫合的右手和兩隻腳，甚至是她的性命。沉重的罪惡感猛地壓在躺在病床上的她，她流著淚回想很久以前小時候犯下的過錯。是她的錯，儘管成年後已盡力去彌補，但仍於事無補，反倒害得女兒為她受過。克莉絲汀是無辜的，她只是投錯胎成為了她的女兒。認知到一切都是她自己造成的，她差點情緒崩潰。史汀一直勸她不要再折磨自己，但克莉絲汀不在了，那個說綁架了她的男人也不在了，蘿莎無時無刻都在想，自己才是那男人應該綁架的人。

就在她自怨自艾之際，警方於昨晚通知他們發現一條可疑線索，於是他們坐在車隊裡，黎明前駛往德國，警方在車上告知他們一個地址。幾個小時後，車隊來到德國警方休旅車停放的停車場，史汀在聽到丹麥警方和德警交流的訊息時，眼睛都亮了起來。聽說，有人在夏天看到住在這個地址的女人，帶著一個小孩在散步，孩子大概就是克莉絲汀的年紀。不過丹麥警察拒絕給予他們任何肯定性答覆，之後蘿莎和史汀就被留在休旅車旁，由兩位德警陪同，與此同時，武警已展開突擊任務。

蘿莎突然意識到，她根本不敢相信克莉絲汀還活著的消息。她再次建立起希望，營造出一個夢想，一個隨時幻滅的海市蜃樓。昨晚，她下床洗漱準備出遠門時，發現自己特意挑了一套克莉絲汀必定會認出來的衣服。深藍色牛仔褲、綠色套頭毛衣、秋天的舊外套，以及一雙被克莉絲汀戲稱為「泰迪熊靴子」的毛邊靴。她為自己開脫，告訴自己她總得穿衣服，但心裡很清楚，她挑選這身裝扮只為了一個原因。她希望今天就是與孩子的重逢之日，她會朝克莉絲汀跑去，緊緊抱住她，給她滿滿的愛。

「史汀，我想回家。我覺得我們應該馬上回家。」

「什麼？」

「幫我打開車門，她不在那裡。」

「警察還沒回來……」

「我們不應該離開家裡太久，我想回到古斯塔夫身邊。」

「蘿莎，我們已經站在這裡了。」

「打開車門！你聽到了嗎？打開車門！」

她用力拉扯門把，但史汀拒絕拿出車鑰匙讓她坐回車裡。史汀直盯盯地瞪著她背後，蘿莎跟隨著他的目光轉身望去。

有兩個人影走出樹木和矮樹叢，朝他們前進。那兩個人穿過田野，朝大馬路這邊的警車走來，兩人都把腳抬得高高地行走，顯然是田野上的爛泥吸住了鞋子，所以他們必須使勁將腳拔出來。其中一位是那個叫蘇林的警探，另一個則牽著蘇林的手，乍看之下是個十二、三歲的小男孩。他短頭髮，模樣邋遢，寬大的衣服像是掛在一個稻草人身上，因為要對付爛泥，他的眼睛一直盯著地上。但是當男孩抬頭朝警車這裡望過來、四處搜尋時，蘿莎認出她來了。蘿莎的胃翻攪起來，她看著史汀，想確認他是否也認出來，只見史汀已笑了出來，淚水滑落他的臉頰。蘿莎拔足狂奔跑進了田野。克莉絲汀放開了女警的手，也狂奔過來，蘿莎此刻才真正相信一切成真了。

十一月四日　星期三

129

香菸的氣味與以往不再相同，赫斯也不再急趕著進入機場忙碌的氛圍裡，儘管他仍舊喜歡那種氣氛。他正站在機場通往第三航廈的入口，儘管大雨滂沱，他仍想等等看蘇林是否會前來送機。

他依然還為昨天的事情激動不已，就算他暫時忘了，周遭的手機或iPad螢幕上的新聞報導也會提醒他。哈同一家團聚的新聞秒壓了對西蒙．建茲的關注，也是今天最轟動的新聞，只有中東可能爆發戰爭的消息可以與之匹敵。即便是赫斯，在看到那對父母於大風中緊抱著女兒時的場景，也必須努力將眼淚擠回去。昨晚深夜回到奧汀的公寓，他倒頭大睡了十個小時，這是他數年來第一次睡得如此痛快。

早上他開心地起床，這才意識到這樣的心情早已被他遺忘了好久好久。接著他與蘇林及她的小女兒一起利用這遲來的秋日假期，開車去探訪馬格努斯．克約爾。馬格努斯的前繼父，漢斯．亨力克．豪格，在上個週末於日德蘭的一家休息站被交警發現逮捕，但這並不是赫斯想來看馬格努斯的原因。樂和馬格努斯這兩個孩子，因為《英雄聯盟》迅速成為了好朋友，同時該機構的負責人也告訴蘇林和赫斯，他們已替馬格努斯找到合適的寄養家庭。這個家庭來自吉勒萊厄（Gilleleje）那座海港城鎮，有十年照顧寄養兒童的經驗，他們家裡已有一個年紀比馬格努斯稍微小一點的養子，兩個孩子可以作伴成長。馬格努斯與那家人的第一次會面很順利，不過馬格努斯在事後曾說過，如果他能選擇，他想跟「那個兩隻眼睛不一樣的警察」住。這當然是不可能的，但後來蘇林和樂出去散步時，赫斯和馬格努斯玩了一會兒遊戲。兩人合作攻下了一座塔樓，殲滅一群小兵，打敗一個優勝者並獲得高分後，赫斯在一張紙條上寫下了他的手機號碼，交給馬格努斯後才離開。赫斯又去找機構的負責人，再次確定那個寄養家庭足夠合適，這才放心地離去。

後來三人去了科學博物館，赫斯與蘇林吃了當日的第一頓飯，而樂則又埋頭苦幹玩著電玩，他們就這樣一起坐在一個個家庭中，處在孩子們大吵大鬧的熱鬧氛圍裡。兩人都知道赫斯即將前往布加勒斯特，而過去數日來，兩人之間的親密和自在瞬間尷尬起來。赫斯迷失在蘇林深邃的眼眸中，愣愣地不知該說什麼。就在此時，樂跑了回來，拖著他們去玩獅子洞，就是把頭伸進一個盒子的洞裡，盡可能地大吼，來測試自己的肺活量。玩完這個遊戲後，蘇林有事必須離開了，但在道別時，蘇林說會去機場為他送機。赫斯就是帶著這份雀躍的心情趕回奧汀公園，與管理員和房屋仲介會面。

然而仲介帶來了一個壞消息，買主說在奧斯特布羅找到另一棟「更安全」的房子，反悔不買了。結果，那位巴基斯坦管理人反倒比赫斯更加失望。赫斯向他道謝，並將鑰匙交給了他，隨後精神抖擻地前往機場，並在途中要求計程車司機先在韋斯特公墓（Vestre Cemetery）停留一會兒。

這是赫斯第一次來掃墓。他不知道那座墓碑的準確位置，只好去公墓辦公室詢問，管理人指示他一個通往小樹林的路徑。那片墓地如他想像般，透著一股令他害怕的氣息。石座上長著青苔，甚至冒出了一些植株，散布著石礫和石塊，荒涼得令他感到內疚。赫斯從樹林中摘了一朵花放在石塊上，然後拔下婚戒埋在石碑下方。她應該早就希望他這麼做了，但即便是現在真正埋下去，赫斯仍然感到心如刀割。如此長的一段時間以來，他第一次站在這座墓地前任由回憶流盪，而當他終於轉身朝出口走去時，心情已不覺輕鬆許多。

又一輛計程車啪啪地滑過第三航站前濕漉的馬路，他扔掉菸蒂，轉身離開外面的雨幕。蘇林沒有來，也許這對他們兩個來說才是最好的結局。畢竟他像流浪漢般地四處飄流，甚至有些顛沛流離。他拿出口袋裡的手機，叫出登機證。就在他朝通往安檢門的手扶梯走去時，他發現手機裡有一封簡訊。

一路順風。簡訊只寫了這幾個字。看到寄件人的名字，他點擊了簡訊附加的圖檔。

一開始，他看不懂圖片裡的內容。那是一張奇怪的兒童畫作，童真的筆觸畫了一棵大樹和樹枝，並貼上了他的照片，同時還有一張鸚鵡和一張倉鼠的照片。赫斯開懷大笑出來。等他走到安檢門前，他已反覆看了照片好幾次，臉上的笑容停都停不下來。

「妳傳出去了嗎？他看見了嗎？」

樂看著蘇林放下手機，然後找出一個抽屜放她的海報。

「對，傳出去了。現在去幫妳外公開門。」

「他什麼時候回來？」

「不知道，快去開門！」

樂心不甘情不願地拖著腳步，朝門鈴的聲音走去。蘇林覺得今天已經夠奇妙了，而傳出那張照片更是奇妙得不能再奇妙。與赫斯和樂一起去探訪克約爾，已在她心裡激起一波漣漪，後來樂又慫恿他們一起去科學博物館的那個家庭地獄玩。她坐在餐廳裡，被亂叫亂喊的孩子們包圍，到處又都是餐盒。看著周遭一個個類似的家庭，她突然湧起一股危機感，害怕自己也將步入他們的後塵。她知道赫斯不是那種居家型的男人，但一想起他看她時那欲言又止的模樣，蘇林腦海裡不禁浮現出那些獨棟房子、養老金，以及關於小家庭幸福生活的彌天大謊。她跟赫斯說她會去機場送別，但那其實只是她脫身的推託之詞，她只想趕快回到安全的家。

回到家裡，樂堅持列印出她用手機在獅子洞拍的赫斯照片。這樣還不行，她還要把赫斯的照片貼上學校的家庭樹海報上。

蘇林當時很不願意。但那張照片一貼上去，赫斯在樹上顯得十分和諧且自然，就跟他兩旁的寵物一樣自然，也就是這張家庭樹照片，樂堅持要她傳過去。

蘇林在那個廚房抽屜旁猶豫不決，臉上笑意卻止不住。就在她聽到樂開門放了外公進來，她做了一個決定。她要把那張家庭樹釘在廚房牆壁上，反正又不是貼在其他意義非凡的房間，而且只貼著一、兩天。

130

利呂斯．貝克爾呼吸著新鮮空氣，但頭頂上的烏雲蔽天。斯勞厄爾瑟站的月台空蕩蕩的，他腳邊的小背包裡裝著他想帶出監禁病房的個人用品。他才剛被釋放出來，理應心情輕鬆愉悅，但沒有。他自由了——但又如何？

利呂斯．貝克爾的念頭轉到了律師的建議，律師要他另外尋找能夠抹平他痛苦和煎熬的人事物。入侵資料庫（這才是他唯一真切犯下的罪行），已讓他付出過多的囚禁時間作為代價。他想，金錢是個好東西，但又覺得金錢無法填補他所感受到的失落和失望。栗子人一案的結局，並未達到他的期望。自從去年在一次審訊中，他察覺到自己是整件事裡十分重要的齒輪後，整個人都開心起來。一開始，他也毫無頭緒到底是誰將開山刀栽贓到他的車庫裡，但探員無數次拿著放在櫃子上的開山刀照片逼他招認時，他注意到了照片背景裡的小栗子人。利呂斯一番綜合推斷後認罪了，而在監禁病房的每一天，他都期盼著秋天的到來，那時栗子人就會揭露他的下一步計畫。等待是值得的，凶殺案的新聞終於一樁樁出現，但這場派對卻虎頭蛇尾草草結束。這個栗子人殺手根本是個笨拙的外行，他簡直是高估那個人了。

火車進站，利呂斯．貝克爾拿起背包上了車。他在一個靠窗的座位坐下來，只覺得生活實在是單調無趣，直到他看到坐在斜對面，那個抱著小女兒的媽媽。那位媽媽客套地對他點頭微笑。貝克爾也客氣地回之一笑。

火車離站了，烏雲也散開，貝克爾知道他會找到方法來消磨時間。

全書完

謝辭

Lars Grarup，他是第一個鼓勵我寫犯罪小說的人。那已是五、六年前的事了，當時他是Politiken的資深數位編輯，已從我們相識的丹麥廣播公司負責人一職退下。

Lene Juul，Politikens Forlag的負責人，她聯合Lars Grarup說服了我接受這個全新的挑戰。在創作過程中，我幾乎有一半以上的時間被卡住、前進不了，是Lene給了我時間和空間，也是因為她的信任，給了我信心突破瓶頸。

Emilie Lebech Kaae，一位製作人和文學愛好者。感謝她在我最需要的時刻，提供我熱情的支持和樂觀的願景。

我的朋友Roland Jarlgaard和Ole Sas Thrane。感謝他們願意讀我的初稿，並持續激發我寫下去。特別感謝Ole，謝謝他無私地奉獻出他在資訊科技方面淵博的知識。

Michael W. Horsten編劇，感謝他引領我探索，讓我終於起了個頭。Nina Quist和Esther Nissen，謝謝他們協助我做資料的搜找和研究。Meta Louise Foldager和Adam Price，感謝他們每天在共同工作室裡對我的包容。

我的妹妹Trine，感謝她對我永遠的支持和信心。

我的經紀人Lars Ringhof，謝謝他的經驗老道和敏銳的觀察力，以及所有有力的建議。

我在Politikens Forlag的編輯，Anne Christine Andersen，感謝她的精準犀利和聰慧。

Suzanne Ortmann Reith，感謝她的指導和機智幽默。

最後，萬分感激我的妻子，Kristina。謝謝她對我的愛，她從頭到尾都對《栗子人殺手》這本小說有著滿滿的信心。

特別收錄：作者訪談

◆從一位編劇跨足寫書領域，促使你這麼做的動機為何？

我二十多歲在哥本哈根大學修讀文學時，就已經有寫書的計畫。但當時，我的寫作技巧和能力都還不足，也忍受不了那份創作的孤寂感。後來，我發現自己也可以嘗試為電影和電視劇寫劇本，於是申請了丹麥電影學院的劇本創作課程，結果證明這條路十分適合我。台詞、劇情和人物的心理變化，全都是我極感興趣的議題，而且劇本創作是團隊合作，不需要獨自面對問題。二十多年後，我感到自己已具備了足夠的勇氣，可以試一試單打獨鬥，或許不再有其他「烹飪夥伴」，我仍能帶著從劇本創作而來的自信起程了。

◆這個轉變和決定是突如其來的嗎？

我曾與安妮・克莉斯汀・安德森（Anne Christine Andersen）合作，她是政治出版社十分了不起的編輯，在這次合作中，我震驚地意識到語言詞彙的工作是如此艱難。這句應該用「開始」或是「著手」？要用「停止」還是「放手」？應該說「煮飯」或者是「烹調」？這樣的問題永無止境。對於一個動作或情景的描寫，有大大小小的明文規定，以及非正式的潛規則。這些規則不一定與「理解」有關，但在追求完美的路上，卻起著至關重要的作用，十分有意思。除此之外，寫書這份工作更是辛苦，因為你只能跟自己討論、自問自答，但這也帶來了絕對的自由；另一方面，它也算是一種自我強迫的監禁。

◆有沒有特別喜愛的書籍或電視影集，想要推薦給大家？

我的書籍閱讀量，以及電視影集的觀影量都不大，所以只能推薦大家去看經典作品。我每次花時間嘗試新類型的電影和電視影集前，例如愛情喜劇電影，一定會讓自己以收視率或票房為基準，挑選該類型中的佼佼者，以求多觀摩學習。至於書籍嘛，很慶幸我本身就是文學專業出身，所以已讀過不少的經典著作。

◆你的靈感從何而來？

這不好說，有時滿簡單的。我的靈感大多出自生活中的點點滴滴：經驗、感悟、願望、渴望、恐懼和夢想。

◆你在創作描寫那些驚悚詭異的場景時，敢獨自一人待在家裡工作嗎？

我很容易一邊寫作一邊起雞皮疙瘩，特別是在「靈機一動」的時候！一般來說，那些驚悚詭異場景的描寫，大多是出於我自身的體驗，只不過是在另一種情境中。不知為什麼，但我就是能記得這些事，例如，仍然記得小時候躺在床上，聽著房外樹枝刮擦著窗戶的感覺；又或者，在一棟空屋裡，以及在同伴都回家後，我獨自待在足球場旁的矮樹叢中時，那些環境中迴盪的各種聲響。如果你恰巧又是個想像力豐富的人，任何在當下無法破譯、無法理解的人事物，都能讓你感到不確定、沒把握、焦慮不安。成年人亦是如此。

任何陰陽怪氣的詭異感，在書寫犯罪故事的時候，都能提供一股基本的死亡驚悚氣息或生活中的孤寂感。我們活在人群中、活在群體中，被親朋好友或陌生人包圍著，但有時還是會經歷那種全然的孤單寂寞，困惑於生與死的人生問題。當一個角色與嫌疑人獨處時，這種感受本身就是最最驚悚的經歷。

◆哪種主題是你特別感興趣，想要深入探索與書寫的？

失落、希望和信仰；求生的本能和渴望；自我犧牲還有家庭功能的失調，以及鞏固家人關係的親情；在無意義中，對於生命意義的追求和探尋。應該還有其他的主題，只是我現在還沒意識到。

◆你認為這本《栗子人殺手》達成了什麼目標？是什麼令這本書與眾不同？

這很難說，不過真實的犯罪謎題，包含了某些恣意妄為和冥頑不靈，這些特質有股迷人的魅惑力。同時，這本小說描寫的是緊抓著希望不放的人，他們如何勇敢地面對挑戰，放手一搏。

◆你希望讀者能這本小說獲得什麼？

我當然希望讀者對它愛不釋手，認同它是一本真正的驚悚小說，同時也被它感動，認同它的情節複雜緊湊。我希望讀者們最後掩卷而思、往後一坐後，帶著那份勇敢，為自己珍愛的人事物奮力一搏。

◆你對這本《栗子人殺手》有什麼雄心抱負？你希望它被拍成電視影集或……？希望它進入更廣大的世界、更廣為人知嗎？

我才剛得知《栗子人殺手》的版權已售出二十四種語言，所以它確實已經進入更廣大的世界。我一直想寫一個能引起世界關注的故事，而《栗子人殺手》從一開始就引起許多人的興趣，的確讓我大感意外。我還不清楚這本小說是否也會被拍成電影，但我絕對不會是它的編劇。這次，我要坐在辦公桌的另一邊，以原著作者的身分來審稿！

中英名詞對照表

A

Aarhus 奧胡斯

Administration for Technology and the Environment 科技環境行政部門

Admiralgade 艾德米羅加德路

aesculin 七葉樹苷

Aksel 阿克塞爾

Ali 阿里

Alice 愛麗絲

Als 奧爾斯

Amager 阿邁厄島

Amager Boulevard 阿邁厄大道

Amager Common 阿邁厄公有地

Amaliegade 阿馬利加德路

H.C. Andersen Boulevard 安德森大道

Anne Sejer-Lassen安妮・塞傑爾拉森

Asger Neergaard 阿斯格・內高

Astrid 阿絲楚伊

B

Bellahøj 貝拉赫吉

Benedikte Skans 貝芮笛・史坎斯

Berit 貝麗特

Bernstorffsgade 貝斯托夫路

Bernstorffsvej 貝斯托夫堡

Bispebjerg 比斯佩比約格區

Bjarke 比耶克

Blegdamsvej 漂布塘路

Bob the Builder
《建築師巴布》

Boldhusgade 博德哈斯加德路

Bornholm Island 博恩霍爾姆島

Brink 布寧柯

Bucharest 布加勒斯特

Bugewitz 布格維茨

C

Cedervænget 塞德文格特

Charlottenlund Fort 夏洛藤隆堡

Children and Adolescent Psychiatric Centre 兒童青少年精神病中心

Children's and Young Adults' Services 兒童少年服務部

Christiania 克里安尼亞

Christianshavn Torv 克里斯蒂安港區

Christian IX's Gade 基督九世大道

Christiansborg 克里斯蒂安堡宮殿（國會大廈）

D

D'Angleterre
安格勒吉泰樂酒店

Damien Hirst 達米恩・赫斯特

Deer Park 鹿園

Den Knaldrøde Gummibåd
〈大紅色橡皮艇〉

deputy commissioner 副局長

Dirch Passer 杜奇・帕瑟爾

Dronning Louises Bro 露易絲皇后橋（Queen Louise Bridge）

Dybbølsbro 迪包斯普羅（站）

E

Engells 恩格斯

Erik Sejer-Lassen 埃里克・塞傑爾拉森

Esbjerg 埃斯比約

F

Falster 法爾斯特島

forensic psychiatric institution 法醫精神病機構

François 弗朗索瓦

Frederik Vogel 腓特烈・沃戈

Freimann 弗雷曼

G

Gammeltorv 加姆梅爾托夫

Gedser 蓋瑟港

Gentofte 根措夫特

Gert Bukke 格特・巴克

Gilleleje 吉勒萊厄

Glostrup Hospital 格洛斯特魯普醫院

Gothersgade 戛德斯大道

Great Belt Bridge 大貝爾特橋

Greve 格雷沃

Grønningen 格倫寧根

Gustav 古斯塔夫

H

Hammock Gardens 漢莫可花園

Hans Henrik Hauge 漢斯・亨力克・豪格

Hans Scherfig 漢斯・薛爾菲格

Hansen 漢森

Harzen 哈爾森

Havreholm Castle 哈夫瑞爾姆城堡區

H.C. Andersen Boulevard H.C.安德森大道

Helsingør 赫爾辛格

Henning Loeb 亨寧・勞卜

Herning Exhibition Centre 赫寧展覽中心

Hertz 赫爾茲

Holbæk 霍爾拜克

Holmens Kanal 霍門斯卡納爾

Hussein Majid 胡賽因・馬吉德

Husum 胡蘇姆（德國城市）

I

Ingrid Kalke　英格麗・卡爾柯

Isak Wenger　尹薩克・文格

Islands Brygge　布里格島

J

Jarmers Square　賈爾馬士廣場

Jessie Kvium　潔西・魁恩

Jonas Kragh　裘納斯・克拉

Josef Fritzl　約瑟夫・弗里茨勒（奧地利密室囚閉亂倫犯）

Judith　茱蒂絲

Jutland　日德蘭半島

Juul Andersen　喬爾安德森

K

Kalle　卡勒

Kalvebod Quay　卡爾維博德碼頭

Karlsruhe　卡爾斯魯爾

Klampenborg　卡拉姆堡區

Kirkevej　基勒克威吉

Kirsten　克絲汀

Kristine Hartung　克莉絲汀・哈同

L

Langeland　朗厄蘭島

Laura Kjær　勞拉・克約爾

Le　樂

League of Legends　英雄聯盟（電玩遊戲）

liaison officers　協調官

Limfjord　利姆海峽

Lina　莉娜

Linus Bekker　利呂斯・貝克爾

Liu　劉

Lolland　洛蘭島

Lucian the Purifier　驅魔聖槍路西恩

M

Magnus Kjær 馬格努斯・克約爾

Malmø 馬爾默

Mantuavej 曼突亞維吉

Marc Dutroux 馬可・杜特斯（比利時戀童癖犯）

Mark Hess 馬克・赫斯

Marius Larsen 馬呂斯・拉森

Martin Ricks 馬汀・理克斯

Mathilde 瑪蒂兒德

Methodist hotel 衛理公會旅館

Minister for Social Affairs 社會事務部

Ministry of Justice 司法部

Møn Island 默恩島

Mulle 穆勒

N

Naia Thulin 乃雅・蘇林

NC3（National Cyber Crime Centre） 國際網路犯罪中心

Nehru Amdi 尼赫魯・安姆迪

Nexus 極限閃擊

Nikolaj Møller 尼可拉吉・默勒

Nordhavn 北港

Nørrebro 納蕊布羅

Nyborg 尼堡

Nylander 尼藍德

O

Odde 奧德

Odense 歐登塞

Odin Park 奧汀公園

Odsherred 奧斯海勒茲

Olivia 奧莉維雅

Ordrup High School 奧爾佐普高中

Øresund 松德海峽

Ørum 厄魯姆

Outer Østerbro 外奧斯特布羅

Ove Sprogøe 歐維・史普羅格

P

Parade Hall　閱兵大樓

Park Su　蘇帕克

Per Kirkeby
　梅・柯克比（畫家）

Peter Lieps Hus Restaurant　彼德利普斯住宅餐廳

Petersens　彼德森

Plants vs. Zombies　《植物大戰殭屍》

Poul Henningsen　保爾・漢寧森

Prins Jørgens Gård
　喬根斯王大道

R

Rådhuspladsen　市政廳廣場

Ramazan　拉馬占

Rigshospital（Rigshospitalet）
　里格斯醫院

Risskov　里斯科夫

Rosa Hartun　蘿莎・哈同

Roskilde　羅斯基勒

Rostock　羅斯托克

Royal Chapel　皇家禮拜堂

Royal Library　皇家圖書館

S

Sankt Hans　聖漢斯醫院

Sebastian Valeur
　薩巴斯坦・瓦勒

Simon Genz　西蒙・建茲

Sjælland　西蘭島

Slagelse　斯勞厄爾瑟

Sofia　蘇菲雅

Sorø　索勒

Steen Hartung　史汀・哈同

Store Kongensgade　孔根斯加德商店大街

Strandvejen　海灘路

Svanemøllen
　斯彎耐莫冷（站）

Summoner's Rift　召喚峽谷

Sydhavnen　席德哈芬

T

TAG Heuer watch　泰格豪雅

Tagensvej　塔均斯弗吉大街

Tim Jansen　提姆・傑生

Tim Burton　提姆・波頓

Tingbjerg　汀吉格

Tivoli　蒂沃利遊樂公園

Toke Bering　托克・貝寧

U

Urbanplan Housing Estate　城市規劃住宅區（國宅）

V

Valby　渥爾比區

Vanløse　凡諾斯

Vesterbro　偉斯特伯

Vestre Cemetery　韋斯特公墓

Vordingborg　沃汀堡

W

Weiland　威藍德

Z

Zeekantstraat　澤堪斯佐拉特

B
E
S 嚴
T 選 129

栗子人殺手

原 著 書 名／The Chestnut Man
作　　　者／索倫・史維斯特拉普（Søren Sveistrup）
譯　　　者／清揚
企畫選書人／張世國
責 任 編 輯／劉瑄

版權行政暨數位業務專員／陳玉鈴
資深版權專員／許儀盈
行 銷 企 畫／陳姿億
行銷業務經理／李振東
總　編　輯／王雪莉
發　行　人／何飛鵬
法 律 顧 問／元禾法律事務所　王子文律師
出版／奇幻基地出版
城邦文化事業股份有限公司
台北市 104 民生東路二段 141 號 8 樓
電話：(02)25007008　　傳眞：(02)25027676
網址：www.ffoundation.com.tw
e-mail：ffoundation@cite.com.tw
發行／英屬蓋曼群島商家庭傳媒股份有限公司城邦分公司
台北市 104 民生東路二段 141 號 11 樓
書虫客服服務專線：(02)25007718・(02)25007719
24 小時傳眞服務：(02)25170999・(02)25001991
服務時間：週一至週五 09:30-12:00・13:30-17:00
郵撥帳號：19863813　　戶名：書虫股份有限公司
讀者服務信箱 e-mail：service@readingclub.com.tw
歡迎光臨城邦讀書花園　網址：www.cite.com.tw
香港發行所／城邦（香港）出版集團有限公司
香港灣仔駱克道 193 號東超商業中心 1 樓
電話：(852) 2508-6231　傳眞：(852) 2578-9337
e-mail：hkcite@biznetvigator.com
馬新發行所／城邦（馬新）出版集團
【Cite(M)Sdn. Bhd】
41, Jalan Radin Anum, Bandar Baru Sri Petaling,
57000 Kuala Lumpur, Malaysia.
Tel: (603) 90578822 Fax:(603) 90576622
email:cite@cite.com.my

封面設計／高偉哲
排　　版／極翔企業有限公司
印　　刷／高典印刷有限公司
■ 2021 年（民 110）5 月 27 日初版

售價／ 499 元

國家圖書館出版品預行編目資料

栗子人殺手 / 索倫・史維斯特拉普（Søren Sveistrup）作；清揚譯. -- 初版. -- 臺北市：奇幻基地，城邦文化出版：家庭傳媒城邦分公司發行，民 110.05
面：公分. -（Best 嚴選：129）
譯自：The Chestnut Man
ISBN 978-986-06450-1-9（平裝）

881.557　　110006266

ISBN　978-986-06450-1-9

Printed in Taiwan.

廣　告　回　函
北區郵政管理登記證
台北廣字第000791號
郵資已付，免貼郵票

104台北市民生東路二段141號11樓

英屬蓋曼群島商家庭傳媒股份有限公司城邦分公司 收

請沿虛線對摺，謝謝

奇幻基地

每個人都有一本奇幻文學的啓蒙書

奇幻基地官網：http://www.ffoundation.com.tw

奇幻基地粉絲團：http://www.facebook.com/ffoundation

書號：**1HB129**　　書名：栗子人殺手

奇幻基地 20 週年 ‧ 幻魂不滅，淬鍊傳奇

集點好禮瘋狂送，開書即有獎！購書禮金、6 個月免費新書大放送！

活動期間，購買奇幻基地作品，剪下回函卡右下角點數，集滿兩點以上，寄回本公司即可兌換獎品&參加抽獎！

參加辦法與集點兌換說明：

活動時間：2021 年 3 月起至 2021 年 12 月 1 日（以郵戳為憑）

抽獎日：2021 年 5 月 31 日、2021 年 12 月 31 日，共抽兩次

奇幻基地 2021 年 3 月至 2021 年 12 月出版之新書，每本書回函卡右下角都有一點活動點數，剪下新書點數集滿兩點，黏貼並寄回活動回函，即可參加抽獎！單張回函集滿五點，還可以另外免費兌換「奇幻龍」書檔乙個！

【集點處】（點數與回函卡皆影印無效）

1	2	3	4	5
6	7	8	9	10

活動獎項說明：

★ **「基地締造者獎 ‧ 給未來的讀者」抽獎禮**：中獎後 6 個月每月提供免費當月新書一本。（共 6 個名額，兩次抽獎日各抽 3 名）

★ **「無垠書城，戰隊嚴選」抽獎禮**：中獎後獲得戰隊嚴選覆面書一本，隨書附贈編輯手寫信一份。（共 10 個名額，兩次抽獎日各抽 5 名）

★ **「燦軍之魂 ‧ 資深山迷獎」抽獎禮**：布蘭登．山德森「無垠祕典限量精裝布紋燙金筆記本」。
抽獎資格：集滿兩點，並挑戰「山迷究極問答」活動，全對者即有抽獎資格（共 10 個名額，兩次抽獎日各抽 5 名），若有公開或抄襲答案者視同放棄抽獎資格，活動詳情請見奇幻基地 FB 及 IG 公告！

特別說明：

1. 請以正楷書寫回函卡資料，若字跡潦草無法辨識，視同棄權。
2. 活動贈品限寄台澎金馬。

當您同意報名本活動時，您同意【奇幻基地】（城邦文化事業股份有限公司）及城邦媒體出版集團（包括英屬蓋曼群島商家庭傳媒股份有限公司城邦分公司、書虫股份有限公司、墨刻出版股份有限公司、城邦原創股份有限公司），於營運期間及地區內，為提供訂購、行銷、客戶管理或其他合於營業登記項目或章程所定業務需要之目的，以電郵、傳真、電話、簡訊或其他通知公告方式利用您所提供之資料（資料類別 C001、C011 等各項類別相關資料）。利用對象亦可能包括相關服務的協力機構。如您有依個資法第三條或其他需要協助之處，得致電本公司（(02) 2500-7718）。

個人資料：

姓名：＿＿＿＿＿＿＿＿＿＿ 性別：☐男 ☐女

地址：＿＿＿＿＿＿＿＿＿＿＿＿＿＿＿＿ Email：＿＿＿＿＿＿＿＿＿＿

想對奇幻基地說的話或是建議：＿＿＿＿＿＿＿＿＿＿＿＿＿＿＿＿＿＿＿＿＿＿＿＿＿＿＿＿

＿＿

請剪下右側點數，貼於集點處，集滿兩點即可參加抽獎

1p 2021

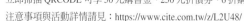